现代儿童文学文论解说

朱自强　著

中国和平出版社

China Peace Publishing House

北京

图书在版编目（CIP）数据

现代儿童文学文论解说 / 朱自强著. –– 北京 : 中
国和平出版社, 2024.1

ISBN 978–7–5137–2232–2

Ⅰ. ①现… Ⅱ. ①朱… Ⅲ. ①儿童文学 – 文学批评史
– 研究 – 中国 – 现代 Ⅳ. ①I207.8

中国版本图书馆 CIP 数据核字 (2022) 第 027564 号

现代儿童文学文论解说

XIANDAI ERTONGWENXUE WENLUN JIESHUO

朱自强　著

策　　划	林　云	
编辑统筹	张春杰	
责任编辑	金惠云	
装帧设计	李墨洋	
责任印务	魏国荣	
出版发行	中国和平出版社（北京市海淀区花园路甲 13 号院 7 号楼 10 层　100088）	
	www.hpbook.com　　bookhp@163.com	
出 版 人	林　云	
经　　销	全国各地书店	
印　　刷	艺堂印刷（天津）有限公司	
开　　本	710 mm × 1000 mm　　1/16	
印　　张	23	
字　　数	308 千字	
版　　次	2024 年 1 月第 1 版　　2024 年 1 月第 1 次印刷	
书　　号	ISBN 978–7–5137–2232–2	
定　　价	58.00 元	

～导 言～

这本书是一部由现代儿童文学文论作者和我本人共同撰写的学术著作。

对我而言，编选中国现代儿童文学文论并为其撰写"解说"这一工作，是中国现代儿童文学理论批评史的一项学术工作，属于理论批评史论的范畴。从事这项学术工作，需要具有儿童文学理论、中国儿童文学史、中国儿童文学理论批评史这几方面的知识储备。在整个工作过程中，我对自己的要求是，通过选文和解说，努力建立现代儿童文学文论与当代儿童文学文论的互动性关联，进而建构一个属于我本人的中国儿童文学理论批评史的基本框架和大致走向。这个框架是粗疏的，但是，我求其自身有贯通，求其与我以往的儿童文学理论、史论、评论工作有贯通。总之，这是我建构自身的儿童文学学术系统的一项工作。

在中国，儿童文学理论批评已经有百年的历史。但是，由于动乱的时代和儿童文学学科被大学学术体制边缘化等诸多原因，儿童文学的学科发展长期处于缓慢甚至停滞的状态。这种令人遗憾的状况，表现在儿童文学理论批评史研究领域，就是至今为止，仅有方卫平于1993年出版的《中国儿童文学理论批评史》（2007年作过修订）这一部专史著作。此外，张永健主编的《20世纪中国儿童文学史》在以历史时期划分的各编之中，设立了"儿童文学理论"一章，以"概述"和人物专论的方式，研究各期儿童文学理论批评，如果将各编"儿童文学理论"部分抽取出来，依次排列，便具有一定的历史演化脉络和整体性，算得"隐形"的中国儿童文学理论批评史。除了上述两部著作，也就只有散见于一些儿童文学史著作、史论著作和论文中的关于中国儿童文学理论批评的零散论述了。

在我眼里，还有另一种形式的关于儿童文学理论批评史的"研究"，即儿童文学文论选本。这种选本，隐含着编选者的儿童文学观、儿童文学史观方面的眼光，其中王泉根选评《中国现代儿童文学文论选》，每篇选文之后均有"砚边小记"，既选且评，更是较为清晰地呈现出了选评者在儿童文学理论批评史论方面的研究心得。

我编选、解说中国现代儿童文学文论，就是在参考上述学术成果的基础上进行的。我一方面汲取这些成果的学术资源，一方面审视这些学术成果，力求能为中国儿童文学理论批评史研究提供一些新的思考和观点，以此促进这一学术领域的学术增值。

我在研究已有的中国现代儿童文学理论批评史研究成果时发现，在许多重大的问题上，比如中国儿童文学理论是否"古已有之"、复演说和人类学对于"儿童本位"的儿童文学理论发生所起的作用、杜威的儿童中心主义与周作人的"儿童本位"论的关系等，我与王泉根、吴其南、方卫平等学者的观点出现了根本性之不同。由于这些观点的不同，双方对于中国儿童文学理论的起源（发生的因由）、性质、基本走向，均有不同的阐释。对此，在本书的解说中，我都作了较为具体、详细的讨论。

也正是在编选、解说中国现代儿童文学文论的过程中，我逐渐清醒地意识到，在一些重大学术问题上，我与一些学者之间出现的观点分歧，除了各自的儿童观、儿童文学观（比如对周作人的"儿童本位"论的评价）不同之外，学术研究方法的不同也是一个根本性的原因。就目前的儿童文学研究状况来看，学术研究方法论的思考和探求是儿童文学学科建设的当务之急。

关于促使我进行学术研究方法论的思考和探求的契机，我在《"儿童文学"的知识考古 ——论中国儿童文学不是"古已有之"》一文中说："自觉地进行学术反思，在我有着现实的迫切性。我的儿童文学本质理论研究和中国儿童文学史研究，在一些重要的学术问题上，面临着有些学者的质疑和批评，它们是我必须面对的问题，也是我愿意进一步深入思考的问题。其中最为核心的是要回答本质论（不是本质主义）的合理性和可能性这一问题，而与这一问题相联系的是中国儿童文学的历史起源，即儿童文学是不是'古已有之'这一问题。这两个问题，是儿童文学基础理论建设和学科建设上的重大问题，需要研究者们进一步重视，充分地展开思想的碰撞和学术的讨论。"①为此，除了这篇论文，我还写作了《"反本质论"的学术后果——对中国儿童文学史重大问题的辨析》②一文。

在上述两篇论文中，我主张并采用建构主义的本质论，强调凝视、谛视、审视这三重学术目光，运用实用主义哲学的真理观方法，来思考、处理目前在本质论理论和中国儿童文学（包括理论）起源问题上出现的学术分歧。

比如，在《"儿童文学"的知识考古——论中国儿童文学不是"古已有之"》一文中，我回到历史的现场，对"儿童文学"这一概念进行"知识"考古，以使围绕中国儿童文学（包括理论）的起源问题的研究，走出解不开套的困局，出现新的学术可能。

如果简要地介绍，关于中国儿童文学（包括理论）是否"古已有之"，有以下观点：王泉根认为："中国的儿童文学确是'古已有之'，有着悠久的传统"，并明确提出了"中国古代儿童文学""古代的口头儿童文学""古代文人专为孩子们编写的书面儿童文学"的说法。③方卫平说："……中华民族已经拥有几千年的文明史。在这个历史过程中……儿童文学及其理论批评作为一种具体的儿童文化现象，或隐或现，或消或长，一直是其中一个不可分离和忽视的组成部分。"④我则不同意上述中国儿童文学（包括理论）"古已有之"的观点，指出："儿童与儿童文学都是历史的概念。从有人类的那天起便有儿童，但是在相当漫长的历史时期里，儿童却并不能作为'儿童'而存在。……在人类的历史上，儿童作为'儿童'被发现，是在西方进入现代社会以后才完成的划时代创举。而没有'儿童'的发现作为前提，为儿童创作的儿童文学是不可能产生的，因此，儿童文学只能是现代社会的产物。它与一般文学不同，它没有古代而只有现代。如果说儿童文学有古代，就等于抹杀了儿童文学发生发展的独特规律，这不符合人类社会

---

① 朱自强：《"儿童文学"的知识考古——论中国儿童文学不是"古已有之"》，《中国文学研究》2014年第3期。
② 载于《中国海洋大学学报》2013年第5期。
③ 王泉根著：《中国儿童文学现象研究》第15至24页，湖南少年儿童出版社1992年版。
④ 方卫平著：《中国儿童文学理论批评史》第28页，明天出版社2006年版。

的历史进程。"⑤

在当时，意见不同的双方陷入讨论的僵局状态，是因为双方都在拿"实体"（具体作品）作证据来证明自己的观点的正确性。把儿童文学看作是"实体"这种思维方式具有一定的本质主义色彩。当我思考如何解决"公说公有理，婆说婆有理"的难断官司时，建构主义的本质论方法帮我找到了解决问题的出路。

以建构主义的本质论看来，作为"实体"的儿童文学并不存在，存在的只是作为"观念"的儿童文学，而这种观念的儿童文学存在于语言的建构之中。因此，到古代或现代寻找作为"实体"的儿童文学（即具体的作品）以证明儿童文学的存在，这是没有意义、没有可能的，具有意义、能够给学术带来增值的研究，是考察在中国古代或现代，作为一个建构的"观念"的儿童文学是否存在，即考察在儿童文学观念的成立上，是否进行了"确定的话语实践"。我在《"儿童文学"的知识考古——论中国儿童文学不是"古已有之"》一文中就回到历史的现场，像福柯主张的那样，将历史的"知识""事件化"，进行所谓的"知识考古"，得出了"儿童文学"这一知识（观念）不是"古已有之"，而是发生于"现代"这一结论。⑥

后现代理论出现以后，对于文学史研究特别是文学理论批评史而言，"知识考古"绝不是可有可无的方法，而是必得采用的方法。"知识考古"这一学术操作是不能被忽略掉的。

在我看来，以往的某些中国儿童文学理论批评史研究之所以在重大问题上出现阐释上的重大失误，盖在于缺乏本质论研究应备的凝视、谛视、审视这三重目光，盖在于对理论概念未能进行仔细认真的"知识考古"。仅就表述一种崭新的文学观念的"儿童文学"这一词语而言，它是在哪个时代里，在怎样的"文学场"（即"一整套社会机制"）中，由哪个人（或哪些人），经历了怎样的话语实践中的思考

---

⑤ 朱自强著：《中国儿童文学与现代化进程》第54页，浙江少年儿童出版社2000年版。

⑥ 朱自强：《"儿童文学"的知识考古——论中国儿童文学不是"古已有之"》，《中国文学研究》2014年第3期。

演化，最终在哪个（或哪些）文献中表述出来的，这一"知识考古"工作可说是从来没有人仔细、严谨并且全过程地做过。

对"儿童文学"这一"知识"（观念）进行考古，是儿童文学理论批评史最为重要的基础工作。这一工作不做好，对其他重要问题的阐释就很容易陷于盲目、混乱甚至错误之中。

为了能够将我所发现的问题、我对现代儿童文学理论的理解和阐释较为充分地表述出来，我采用了对选入的文论进行"解说"的方式。选入的文论和我的解说是"我注六经，六经注我"的融合。

我想强调一点——我所做的工作是一种对中国儿童文学理论批评史的建构工作，自以为它和以往的某些学者所作的历史阐释（比如王泉根选评《中国现代儿童文学文论选》和方卫平著《中国儿童文学理论批评史》）都很不一样。所以会造成这种不一样的建构，是因为我们彼此之间所持的儿童观和儿童文学观不同。另外，因为信奉建构主义的本质论，我很想像夏志清写作《中国现代小说史》时，企求"从现代文学混沌的流变里，清理出个样式与秩序"⑦那样，在中国儿童文学理论"混沌的流变里，清理出个样式与秩序"来。

为了读者阅读的方便，对本书的编选和解说做几点具体说明——

1. 以编年体的方式排列选文。

2. 为了给读者提供求证、辨析、思考的便利，形成新的研究可能，在解说文末，对涉及、引用到的学术观点均说明出处，列出相关文献，以备读者参考。

3. 在解说时，也尽我所能，做了一些勘误和考证的工作。

4. 解说中国现代儿童文学文论，我没有仅仅局限于对选入的文论本身作读解，而是联系与此相关的其他论述，特别是有意将其与当代儿童文学理论研究联系起来思考、辨析，使这本书的"解说"具有一定程度的打通现代和当代儿童文学理

⑦ 转引自王德威：《重读夏志清教授〈中国现代小说史〉——英文本第三版导言》，见夏志清著：《中国现代小说史》第34页，复旦大学出版社2005年版。

论批评史的价值功能。这一意识出自我对中国儿童文学学科建设的关切之情。在联系中，常有对当下论点的辨析和批判，这都是对事不对人，出发点是求其有利于儿童文学学术的发展。我认为，思考、审视今天，可以更加看清历史，规划未来。

5. 通过选文和解说，我力求发现并呈现中国儿童文学理论批评史研究上的重要问题之线索。主要包括："儿童文学"这一词语概念的生成过程；"儿童本位"的儿童文学理论的形成过程及当代学者对其进行的批判；复演说和人类学与"儿童"的"发明"、儿童文学的"发明"之间的关系；周作人的"儿童本位"论与杜威的"儿童中心主义"的关系；"儿童本位"理论与儿童文学创作之间的错位；"童心"论的历史意义和现实价值；浪漫主义向现实主义的转向；对"神怪"故事的集体性否定倾向所体现出的中国文化传统对儿童文学理论发展的负面影响；以叶圣陶、张天翼为代表的现实主义儿童文学的局限等。

细心阅读、勤于思考的读者，也许会从这本由现代儿童文学文论和当代研究者的解说融合而成的书籍中，梳理、建构出一条百年中国儿童文学理论批评史的主要脉络。

对于我本人来说，在编选文论、撰写解说的过程中，的确进一步发现了现代儿童文学理论批评中的很多重大、重要的问题，在一定程度上理清了当代儿童文学理论批评与现代期文论的一些重要关系，初步形成了我本人建构的中国现代儿童文学理论批评史演化的大体走向和粗略框架。因为我所建构的这一框架的主体部分，大多涉及对于现有中国儿童文学理论批评史研究中的重要学术观点的批判和质疑。所以，自认为本书具有鲜明地重写儿童文学理论批评史的性质。对我的这些重新"建构"的观点，诚挚地欢迎诸位学者批判和讨论。

在不断地"重写""重写之重写"之中，中国的儿童文学学科才能得以发展，渐趋成熟。

朱自强

2014年10月6日

于中国海洋大学儿童文学研究所

·目 录·

1909年

《童话》序

孙毓修

儿童七八岁，渐有欲周知世故、练达人事之心，故各国教育令，皆定此时为入学之期，以习普通之智识。吾国旧俗，以为世故人事，非儿童所急，常俟诸成人之后，学堂所课，专主识字。自新教育兴，此弊稍稍衰歇，而盛作教科书，以应学校之需。顾教科书之体，宜作庄语，谐语则不典；宜作文言，俚言则不雅。典与雅非儿童之所喜也。故以明师在前，保母在后，且又鳃鳃焉。虞其不学，欲其家居之日，游戏之余，仍与庄严之教科书相对，固已难矣。即复于校外强之，亦恐非儿童之脑力所能任。至于荒唐无稽之小说，固父兄之所深戒，达人之所痛恶者，识字之儿童则甘之如寝食，秘之于箧笥。纵威以夏楚，亦仍阳奉而阴违之，决勿甘弃其鸿宝焉。盖小说之所言者，皆本于人情，中于世故，又往往故作奇诡以耸听闻。其辞也，浅而不文，率而不迂，固不特儿童喜之，而儿童为尤甚。西哲有言，儿童之爱听故事，自天性而然，诚知言哉！欧美人之研究此事者，知理想过高，卷帙过繁之说部书，不尽合儿童之程度也。乃推本其心理之所宜，而盛作儿童小说以迎之。说事虽多怪诞，而要轨于正则，使闻者不懈而几于道，其感人之速、行世之远，反倍于教科书。附庸之部，蔚为大国，此之谓欤？即未尝问字之儿童，其父母亦乐购此书。灯前茶后，儿女团坐，为之照本风诵。听者已如坐狙邱而议稷下，诚家庭之乐事也。吾国之旧小说，既不足为学问之助，乃刺取旧事，与欧美诸国之所流行者，成童话若干集，集分若干编，意欲假此以为群学之先导，后生之良友。不仅小道可观而已。书中所述，以寓言、述事、科学三类为多。假物托事，言近旨远，其辞则妇孺知之，其理则圣人有所不能尽，此寓言之用也。里巷琐事，而或史策陈言，传信、传疑，事皆可观，闻者足戒，此述事之用也。鸟兽草木之奇，风雨水火之用，亦假伊索之体，以为稗官之料，此科学之用也。神话幽怪之谈，易启人疑，今皆不录。文字之浅深，卷帙之多寡，随集而异，盖随儿童之进步，以为吾书之进步焉。并加图画，以益其趣。每成一编，辄质诸长乐高子，高子持归，召诸儿而语之。诸儿听之皆乐，则复使之自读之。其事之不为儿童所喜，或句调之晦涩者，则更改之。昔云亭作桃花扇词，不逞文笔，而第求合于管弦。吾与高子之用心，殆亦若是耳。今复以此质诸世之贤父兄，其将如一切新旧小说之深恶而痛绝之也耶？小学生之爱读此者，其亦将甘之如寝食，秘之为鸿宝也耶？

　　记者曰：信夫孙子之言也。犹忆儿时，家君橐笔四方，家居时鲜。余弟兄束发受书，即吾母教之。每当傍晚或临睡之时，吾母辄为讲故事，大率取材于左、国、史、汉、纲鉴、东华录、诗词、笔记，间亦采之说部。余等听之，娓娓不倦。偶或一事未终，而预定之时已届，吾母欲辍讲，余弟兄必力求毕之而后已。吾母恐误正课，不肯多讲，则必要求吾母，宁多读书速毕课以易之。惟正史有趣者不多，稗官又滋流弊，吾母讲时，于枯燥者必润色之，于不经者必辨正之，亦苦甚矣。向使孙子童话当日已经出版，其受余辈之欢迎，节吾母之劬劳者果何如耶？

◆ 解说

　　此文如题目所示，是孙毓修为《童话》丛书撰写的序文。不过，这篇序文并未刊登于《童话》丛书上，而是发表在1909年2月刊行的《教育杂志》第一年第二期上。此文发表时附有"记者曰"，犹如今日之"编者按"。原文无标点，此文标点为解说者所加。

就目前的史料来看，《〈童话〉序》可称是中国儿童文学史上的第一篇儿童文学论述文章。《〈童话〉序》文虽不长，但却是中国儿童文学史上的重要文献。文中的"童话"几乎就是儿童文学的代名词。

所谓儿童文学是在成人社会认识到儿童是与成人不同的特殊的人，儿童需要属于自己的特殊的文学之后，由成人社会为儿童创造的文学。即是说，儿童文学产生的标志有两个，一是将儿童从一般成人中分化出来，二是将给儿童的文学从一般文学中分化出来。孙毓修的《〈童话〉序》便初步具备了这两个分化意识。

孙毓修对儿童独特的审美心理和需求作了分析。他首先批判了"专主识字"，而不顾"儿童七八岁，渐有欲周知世故、练达人事之心"的旧教育，然后说，新教育的"教科书之体，宜作庄语，谐语则不典；宣作文言，俚语则不雅。"1917年以前的小学教科书还都是文言体，孙毓修虽然还没能超越现实的局限，但是，却发现了"典与雅，非儿童之所喜"这一关涉到儿童文学艺术本质的问题。

"虞其不学，欲其家居之日，游戏之余，仍与庄严之教科书相对，固已难矣。即复于校外强之，亦恐非儿童之脑力所能任。"此语已透露出儿童的课外读物应与教科书性质不同的意识。

孙毓修对儿童的独特审美心理和需求作了这样的阐述："荒唐无稽之小说，固父兄之所深戒，达人之所痛恶者，识字之儿童，则甘之寝食，秘之于箧笥。纵威以夏楚，亦仍阳奉而阴违之，决勿甘弃其鸿宾焉。盖小说之所言者，皆本于人情，中于世故，又往往故作奇诡，以耸听闻。其辞也，浅而不文，率而不迂。固不特儿童喜之，而儿童为尤甚。西哲有言：儿童之爱听故事，自天性而然。诚知言哉！"

在看清儿童的独特审美需求之后，孙毓修又将目光投注于西方："欧美人之研究此事者，知理想过高、卷帙过繁之说部书，不尽合儿童之程度也。乃推本其心理之所宜，而盛作儿童小说以迎之。"由此看来，孙毓修编辑的"刺取旧事，与欧美诸国之所流行者，成童话若干集，集分若干编"的《童话》丛书，是仿效西方做法以满足中国儿童审美之需求的产物。

孙毓修的《〈童话〉序》，不仅具有将儿童读者从一般成人读者那里分化出来的意识，而且对儿童读者也具有从年龄上加以区分的意识。"文字之浅深，卷帙之多寡，随集而异。盖随儿童之进步，以为吾书之进步焉。"根据这一编辑方针，《童话》丛书第一集的读者对象为七、八岁儿童，每本书为22至26页，字数在4000字左右，第二集的读者对象为十、十一岁儿童，每本书为42至46页，字数增加近一倍，使用的文字也稍深一些。

孙毓修是《童话》丛书的编辑者，也是作品的编译者和编撰者。作为作者，他"每成一编，辄质诸长乐高子，高子持归，召诸儿语之，诸儿听之皆乐，则复使之自读之。其事之不为儿童所喜，或句调之晦涩者，则更改之。"追求着使儿童"甘之如寝食，秘之为鸿宝"的艺术效果。在中国最早的儿童文学读物的编撰中，便贯彻如此周到的尊重儿童、服务于儿童读者的精神，孙毓修实乃功莫大焉。也正因为有此种精神，孙毓修才不愧"是中国有童话的开山祖师"（茅盾语）。

在文学上承认儿童具有与成人不尽相同的审美心理和需求，借鉴西方"推本其心理之所宜，而盛作儿童小说以迎之"的方法，在编译、编撰"童话"时，考虑不同的读者年龄，并实际听取儿童读者的意见，孙毓修的《〈童话〉序》以及《童话》丛书所表现出的观念以及编撰姿态，已经毫无疑问地具有了相当的现代性。

事实上，"童话"丛书的广告语上常常出现"儿童的"字样，比如，1922年作为第六版出版的《俄国寓言》下册的封底上，刊有"儿童文学丛书"的广告："我们编这一套'儿童文学丛书'的宗旨是：（一）满足儿童精神生命的需求；（二）帮助儿童精神生命的发展；（三）使儿童和书本相熟悉，引起他们读书的兴趣。我们所用的材料，都经过严密的考虑和审慎的选择；对于文字和句调，也力求合于'儿童的'这个标准。至于图画之安插，色调之调剂，及封面画之精美，尤能引起儿童的兴味。"

当然，《〈童话〉序》作为中国最早具有明确儿童文学意识的文献，其中也含藏着前现代的思想因子。孙毓修编撰《童话》"以寓言、述事、科学三类为多"，而"神话幽怪之谈，易启人疑，今皆不录"。显然偏重的是教育性、现实性和科学性，而对带有幻想精神的神怪故事则是疏远的。虽然由于取"欧美诸国之所流行者"这一编辑方针，《童话》丛书也收入了《大拇指》《红帽儿》《海公主》等世界著名童话，但是，在"刺取旧事"编撰中国古代典籍时，则对写实故事情有独钟。中国儿童文学这种扬现实而抑幻想的发轫，对中国儿童文学的日后命运具有耐人寻味的暗示性和象征性。

《〈童话〉序》发表于《教育杂志》之上时，还加有"记者曰"，相当于今日之"编者按"。"记者"记述了母亲为其弟兄讲故事时，"余等听之，娓娓不倦"的情形。但是，"惟正史有趣者不多，稗官又滋流弊，吾母讲时，于枯燥者必润色之，于不经者必辨证之，亦苦甚矣。"于此，"记者"慨叹："向使孙子童话当日已经出版，其受余辈之欢迎，节吾母之劬劳者果何如耶？"这段"记者曰"以个体之经验，如实呈现了《童话》丛书出版之前，儿童们没有适合自己阅读的文学书籍的状况。

《童话》丛书作为中国最早的、规模性出版的儿童文学读物，其原貌对于儿童文学史研究至关重要，因此，有必要对《童话》丛书的相关情况作一说明。

1. 关于《童话》丛书的性质

我在《中国儿童文学与现代化进程》一书中说："1908年11月，上海商务印书馆开始出版由孙毓修编辑的《童话》丛书，它宣告了最早的儿童文学读物的诞生。《童话》丛书以崭新的面貌，划时期地将自己与以往的具有儿童文学要素的读物区分开来。"①

---

① 朱自强著《中国儿童文学与现代化进程》第129页，浙江少年儿童出版社2000年版。

在中国儿童文学的起源问题上，王泉根、方卫平、吴其南、班马等人认为中国儿童文学"古已有之"，而我本人则认为，对于任何国家而言，儿童文学都是"现代"文学。对这一问题的最新讨论成果可参见拙文《"儿童文学"的知识考古——论中国儿童文学不是"古已有之"》。[②]

2. 关于《童话》丛书的起始出版时间

王泉根在《中国现代儿童文学文论选》一书中，为《〈童话〉序》写的"砚边小记"作过这样的介绍："《童话》丛书从1909年创办，到1916年，他共编写了77册（后由茅盾、郑振铎续编），是'五四'以前我国影响最大的儿童文学读物。"[③]方卫平的《中国儿童文学理论批评史》也说："1909年，孙毓修在商务印书馆开始编辑并主撰《童话》丛书……"[④]

《童话》丛书的最初出版时间，不是王泉根、方卫平所说的是"1909年创办"，而是起始于1908年11月。我所见到的《童话》丛书第一集第一编《无猫国》是重印本，其版权页上标注的"戊申年十一月初版，中华民国十一年六月十四版"，可作证明。

3. 关于"童话"一词的来源

早在1922年，周作人在与赵景深就童话作通信时，就说："'童话'这个名称，据我知道，是从日本来的。"[⑤]周作人又于1952年，在《童话的翻译问题》一文中说："……连'童话'这名词也是新的，那时日本只想利用于儿童教育，因此规定了这名称与其性质，中国就因袭了也以童话解作儿童读物……"[⑥]

② 载于《中国文学研究》2014年第3期。

③ 王泉根评选：《中国现代儿童文学文论选》第19页，广西人民出版社1989年版。

④ 方卫平著：《中国儿童文学理论批评史》第97页，江苏少年儿童出版社1993年版。

⑤ 周作人：《童话的讨论》，钟叔河编订：《周作人散文全集》（第2卷）第585页，广西师范大学出版社2009年版。

⑥ 周作人：《童话的翻译问题》，钟叔河编订：《周作人散文全集》（第12卷）第37至38页，广西师范大学出版社2009年版。

到了1980年代，儿童文学界出现了质疑周作人的"童话"一词来自日本的说法。盛巽昌说："'童话'两字究竟是日本传入中国（当然不是'五四'运动之后），或者是中国传入日本，甚至是英雄所见，不谋而同，至今还是个谜。"⑦洪汛涛说："如果上笙一郎在《儿童文学引论》中的说法确凿的话，那周作人的说法就被否定。日本出现'童话'这个词，最早也是1912年。……孙毓修编撰《童话》，出版期为1909年3月，……较之日本的大正元年，也早了好几年。当然，光有这些材料，也不能断定说'童话'这个名称是由中国传到日本去的。但是可以说日本的'童话'这个名称，有由中国传过去的可能性。"⑧

在我看来，盛巽昌和洪汛涛的观点是站不住脚的，因为他们的说法源自他们因对日语和日本儿童文学史的生疏、隔膜而造成的误解。我在《"童话"词源考——中日儿童文学早年关系侧证》⑨一文中，一方面梳理日语"童话"在日本出版物中的百年轨迹，来说明"至中国出现'童话'一词的1908年，日语的'童话'一词已是年代久远，根深蒂长了"，另一方面，论述日本对诞生期的中国儿童文学的影响，希望从文献学的考证和大的历史背景这两个方面来证明"童话"来自日语的可能性。

4. 关于《童话》丛书的"编译者""编纂者"

《童话》丛书版权页上所标注的著述形式，或为"编译者"，或为"编纂者"，并不是王泉根所说的笼统的"编写"。

《童话》丛书并不是如王泉根所说，先由孙毓修编写，"后由茅盾、郑振铎续编"，而是孙毓修与茅盾有过交替。

《童话》丛书的"编译者""编纂者"也并不是只有孙毓修、茅盾、郑振铎三人，而是还有其他人参与"编译""编纂"。赵景深的《孙毓修

---

⑦ 盛巽昌：《关于"童话"的来源》，《儿童文学研究》第21辑。
⑧ 洪汛涛著：《童话学》第15页至16页，安徽少年儿童出版社1986年版。
⑨ 载于《东北师大学报》1994年第2期。

童话的来源》⑩一文介绍的其他作者有谢寿长、高真常、张继凯三人。据我所见的《童话》丛书（缺第二集第四编、第五编，第三集全部四种），第一集第二十五编《怪石洞》的"编译者"为"三山高真长"，而第一集第四十六编《橄榄案》的"编译者"为"长乐高真常"，"高真长"似为"高真常"之误。

---

⑩ 见王泉根评选：《中国现代儿童文学文论选》，广西人民出版社1989年版。

儿童问题之初解

周作人

    一国兴衰之大故，虽原因复杂，其来者远，未可骤详，然考其国人思想视儿童重轻何如，要亦一重因也。盖儿童者，未来之国民，是所以承继先业，即所以开发新化。如其善遂，斯旧邦可新，绝国可续。不然，则虽当盛时，而赫赫文明难为之继，衰运转轮，犹若旦暮，其源竭也。

    将兴之国，靡不重其种息，故富进取之气，而有未来之望。东方国俗，尚古守旧，重老而轻少，乃致民志颓丧，无由上征。且教养不讲，遗传所积，日即于下。虽以自然之惠，或得繁衍，但足以纪数而已。中国亦承亚陆通习，重老轻少，于亲子关系见其极致。原父子之伦，本于天性，第必有对待，有调合，而后可称。今偏于一尊，去慈而重孝，绝情而言义，推至其极，乃近残贼。如传言河内郭巨妻生男，谋曰：养子则不得营业，妨于供养，当杀而埋焉。锸入地，得黄金一釜。（见宋躬《孝子传》，又刘向《孝子传》中。）世俗传说且收入《二十四孝》中，正可以见其例矣。中国思想，视父子之伦不为互系而为统属。儿童者，本其亲长之所私有，若道具生畜然。故子当竭身力以奉上，而自欲生杀其子，亦无不可。凡在蛮荒，类有是制，掠女为婚，食其生息，妇老不育，则并食之，遗意流衍，至于今日，故犹形变而神存。世人之期其子惟在禄养，俗言："养儿防老，积谷防饥。"又如子女有过，则得自死之，官法不问。（章太炎先生《五朝法律索隐》曾辟之甚详。）而乡曲溺婴之俗，固公行于全国。凡是数者，事异而意同，类以一己之损益，决子孙之生死，比之政史，但有族制，而无政府者也。彼以儿童属于家族，而不知外之有社会；以儿童属于祖先，而不知上之有民族。以是之民为国后盾，虽闭关之世犹或不可，况在今乎？

凡人对于儿童感情可分三纪，初主实际，次为审美，终于研究。字育之事，原于本能。婴儿幼生，未及他念，必先谋所以保育之方，此固人兽同尔，有不自觉者。逮文化渐进，得以余闲，审其言动，由恋生爱，乃有赞美。终以了知个人与民族之关系，则有科学的研究，依诸问题，寻其解释。第在中国，则儿童研究之学固绝不讲，即诗歌艺术，有表扬儿童之美者，且不可多得。今所存者，但有医术保育之书。而遍视民间，对其儿童，亦仅禽育而兽爱之，其所予求，但及实际问题而止。性欲主其始，私利持其终，彼其终生，实为自然所漂流。而知调御者谁邪？

中国更始，而人民未化，欲求振革，望在来祀。然对儿童问题，天下父母之心既如此矣，若教育者之意见复何如？救治之方安在？此又可深思者矣。

◆ 解说

此文原载于1912年11月16日《天觉报》第16号。

在这篇文章中，周作人在人格权利上为儿童主张与成人的平等。

在周作人的著述里，最早质疑"成人本位"的儿童观的就是这篇《儿童问题之初解》，因此，可以将此文看作是周作人的"儿童本位"论的出发点。

周作人指出："中国亦承亚陆通习，重老轻少，于亲子关系见其极致。原父子之伦，本于天性，第必有对待，有调合，而后可称。今偏于一尊，去慈而重孝，绝情而言义，推至其极，乃近残贼。……中国思想，视父子之伦不为互系而为统属。儿童者，本其亲长之所私有，若道具生畜然。

故子当竭身力以奉上，而自欲生杀其子，亦无不可。"

虽然，梁启超于1901年，在《清议报》第98、99期上发表的《卢梭学案》一文，直接承继卢梭的《社会契约论》中的名言"人是生而自由的"，说过"彼儿子亦人也，生而有自由权，而此权，当躬自左右之，非为人父者所能夺也"这样的话，不过，周作人的"原父子之伦，本于天性"，可是，后来的中国伦理却"偏于一尊，去慈而重孝，绝情而言义"这一分析，却明确显示出了儒家文化传统的倒退。

需要重视的是，在周作人第一次质疑"成人本位"的儿童观的《儿童问题之初解》一文中，他就在倡导"儿童研究"：

"凡人对于儿童感情可分三纪，初主实际，次为审美，终于研究。字育之事，原于本能。婴儿幼生，未及他念，必先谋所以保育之方。此固人兽同尔。有不自觉者。逮文化渐进，得以余闲，审其言动，由恋生爱，乃有赞美。终以了知个人与民族之关系，则有科学的研究，依诸问题，寻其解释。""一国兴衰之大故，……视儿童重轻何如，要亦一重因也。"周作人还指出了中国历史在"儿童研究"上的贫瘠："第在中国，则儿童研究之学固绝不讲，即诗歌艺术，有表扬儿童之美者，且不可多得。"

周作人对"儿童研究"的上述梳理，也被鲁迅所全面接受。鲁迅任职教育部佥事及社会教育司第一科科长期间，为"全国儿童艺术展览会"所作的《儿童艺术展览会旨趣书》一文有："人自朴野至于文明，其待遇儿童之道，约有三级。最初曰育养。更进，则因审观其动止既久，而眷爱益深，是为审美。更进则知儿童与国家之关系，十余年后，皆为成人，一国盛衰，有系于此，则欲寻求方术，有所振策，是为研究。"这段话是对周作人文章的袭用。①

---

① 具体考证见朱自强著：《中国儿童文学与现代化进程》第219页至221页，浙江少年儿童出版社2000年版。

周作人在1912年时"儿童研究之学"这一说法，很快就在写于1913年的《童话略论》《儿童研究导言》两文中，被"儿童学"这一表述所取代："童话研究当以民俗学为据，探讨其本原，更益以儿童学，以定其应用之范围，乃为得之。"② "上来所述，已略明童话之性质，及应用于儿童教育之要点，今总括之，则治教育童话，一当证诸民俗学，否则不成为童话，二当证诸儿童学，否则不合于教育，……"③ "儿童研究，亦称儿童学。以研究儿童身体精神发达之程序为事，应用于教育，在使顺应自然，循序渐进，无有扞格或过不及之弊。"④

周作人倡导"儿童研究"，不论对他本人，还是对中国儿童文学，意义都十分重大。我曾指出："作为思想家的周作人，在'儿童的发现'上，他的道德家、教育家、学问家这三个身份，起到了根本的、合力的作用。因为兼备这三种身份，使周作人在'发现儿童'这一思想实践中，走在了时代的最前端，立于了时代的最高处。"⑤周作人自己也说过，"……要了解儿童问题，同时对于人与妇女也非有了解不可，这须得先有学问的根据，随后思想才能正确"。⑥

由于在周作人未购买斯坦利·霍尔的 *Aspects of Child Life and Education* 一书之前所写的《童话研究》没有出现"儿童学"这一表述，可以猜测，《童话略论》《儿童研究导言》似写于购阅 *Aspects of Child Life and Education* 一书的1913年2月之后。

---

②③ 周作人：《童话略论》，钟叔河编订：《周作人散文全集》（第1卷），广西师范大学出版社2009年版。

④ 周作人：《儿童研究导言》，钟叔河编订：《周作人散文全集》（第1卷），广西师范大学出版社2009年版。

⑤ 朱自强：《"儿童的发现"：周作人的"人的文学"的思想源头》，《中国现代文学研究丛刊》2013年第10期。

⑥ 周作人：《论救救孩子——题〈长之文学论文集〉后》，钟叔河编订：《周作人散文全集》（第6卷）第413页，广西师范大学出版社2009年版。

童话研究

周作人

一

童话（Märchen）之源，盖出于世说（Saga），惟世说载事，信如固有，时地人物，咸具定名，童话则漠然无所指尺，此其大别也。生民之初，未有文史，而人知渐启，监于自然之神化，人事之繁变，辄复综所征受，作为神话世说，寄其印感。迨教化迭嬗，信守亦移，传说转昧，流为童话。征诸上国，大较如是，而荒服野人，闻异邦童话，则恒附以神人之名，录为世说用之。二者之间，本无大埂，惟以化俗之殊，乃生转移而已。

故今言童话，不能不兼及世说，而其本原解释则当于比较神话学求之。自文教大敷，群俗悉革，及今而闻在昔之谭，已谊与时湮，莫得通释。西方学者多比附事实，或寻绎语源，求通其指，而涂附之说，适长歧误。及英人安特路阑出，以人类学法为之比量。古说荒唐，今昧其意，然绝域野人，独能领会，征其礼俗，诡异相类，取以印证，一一弥合，乃知神话真诠，原本风习，今所谓无稽之言，其在当时，乃实文明之信史也。

原始文明之见于神话者，大较二本。一本于思想，一本于制度，二者亦复交互出入。原人之教多为精灵信仰（Animism），意谓人禽木石皆秉生气，形躯虽异，而精魂无间，能自出入，附形而止，由是推衍，生神话之变形式。人兽一视，而物力尤暴，怨可为敌，恩可为亲，因生兽友及物婚式。崇兽为祖，立图腾之制，其法不食同宗之兽，同徽为妃，法为不敬，男子必外婚，以劫夺为礼，因生盗女式。复次，形神分立，故躯体虽殒，招魂可活，因生回生式，而藏魂及生死符诸式隶之。又以联念作用，虚实相接，斯有感应魔术，能以分及全，诅爪发呼名氏而贼其身，因生禁名式。传家以幼，位在灶下，因生季子式。异族相食，因生食人式，用人祭鬼，亦多有之。以上所言，皆其荦荦大者，足见一例，若详细疏引，则更仆不能尽也。

又如童话（及在世说中）言帝王之事，虽状至尊严，而躬亲操作，不异常人。希腊史诗《阿迭塞亚》（Odysseia）记王与牧人为友，门前即为豕苙。阿迭修思至代该亚之岛，则见王女浣衣河干。格林所集童话，亦有云，昔在此乡，有小王数人，散居山陂间。依此数例，部落遗风，约略可见，所谓王者实即酋长，且王女下嫁，及于厮养，位不传子而归赘婿，斯与母统时代婚姻嗣续之法，正相合也。

凡童话言男子求婚，往往先历诸难而后得之，末复罗列群女，状貌如一，使自辨别。今世亦故有此习，匈加利乡曲婚夕，新妇偕二女伴匿帷后，令男子中之，法国罗棱之地亦然，马来埃及苏鲁诸国皆有此俗。其意本非相难，但故为迷乱，俾不得猝辨。盖古人初旨，男女姅合，谊至神秘，故作此诸仪式，以禳不若。如今欧俗新妇成礼，多从女伴，正其遗风，越中亦犹有伴姑之名。

又童话多言劫女事，则上古盗婚之遗。所言皆具人形，而非异物，故与物婚式殊类。其人率为巨人，或枳首一目而止，日耳曼童话多言侏儒，法英诸邦则有地中人曰咈黎（Faerie），爱尔兰人讳其名曰善人，皆能取人间子女，顾案其实，乃不过昔之胜民，或为异族。希腊诃美洛斯（Homeros，或译荷马）诗中有赖尸屈列刚，居夜半日出之地者，实北欧之先民也。盖异族逼处，各怀畏心，而胜民窜迹于深密之地，状至委琐，洎夫时异境迁，记忆转晦，传说古事，但存仿佛，故强者有若巨人，弱者有若侏儒，附会神怪，爰成此说。中国童话虽鲜有此，然《山经》所记多有三身一臂之民，亦此意也。

二

今将就中国童话，少加证释，以为实例。第久经散逸，又复无人采辑，几将荡然，故今兹所及，但以儿时所闻者为主，虽止一二丛残之作，又限于越地，深恨阙漏，然不得已，尚期他日广搜遍集，更治理之耳。

越童话有《蛇郎》者，略云：樵人有三女，一日入山，问女所欲，幼者乞得鲜花一枝。樵方折华，乃遇蛇郎，言当以一女见妻，否则相噬。季女请往，他日其姊造访，妒其富美，诱使窥池，溺而杀之，自以身代。女死化为鸟，（越俗名清水鸟，多就清水池取虫蛆为食。）哀鸣树间，姊复杀之，（一作溺泔水缸中死之。）埋诸园中，因生枣木。蛇郎食之，其实甚甘，姊若取啖，皆化毛虫，乃伐以为灶下榻。蛇郎用之甚适，姊坐辄蹶，又碎而然之，木乃暴裂，中姊之目，遂瞎（一作火发烂姊手遂废）。

案此犹欧洲童话之"美人与兽"一类，所谓物婚式也。蛮荒之民，人兽等视，长蛇封豕，特人之甲而毛者，本非异物，故昏媾可通，况图腾之谊方在民心，则于物婚之事，纵不谓能见之当世，若曰古昔有之，斯乃深信不疑者也。东方之俗，有凭托术数，以人配鸟或树，用为诃禁者，如印度人所为，谓能厌妻偶，正古风之留遗也。

物婚式童话最为近纯，其中兽偶，皆信为异类。北美土人传说，多有妇人与蛇为匹，极地居人亦言女嫁蜻蜓事，其关于图腾起原者传说尤众。中国所传盘瓠之民，即其一例。迨及后世，渐见修饰，则其物能变形为人，或本为人类而为魔术所制者，西方"美人与兽"之说，为其第三类，盖其初为物，次为物魅，又次为人，变化之迹，大较如此也。

此式童话中，多具折华一节，盖亦属于禁制（Tabu），又以草木万物皆有精灵，妄肆摧折，会遭其怒，故野人获兽，必祝其鬼，或诿咎于弓矢，伐木则折枝插地，代其居宅，俾游魂有依，不为厉也，于此仿佛可见遗意。

化鸟一节，多见之故妻式童话中，大都由人以术化女为鸟或鱼鹿等，而自代之，其人率为妖巫，或为后母，或为女姊。鸟自鸣冤，复得解脱，置罪人于法。新希腊一说，有奴溺女于井，化而为鳝，奴伪为主妇，取鳝杀之，弃骨园中，化为柠檬，复伐作薪，木语老仆，以株击上下，女得更生。此与回生式中埃及之兄弟传说近似，惟男女易性而已。

易女之事，亦可以实例明之。原民婚礼，夫妇幽会，不及明而别，至生子乃始相见，欧土乡曲亦有新婚之夕不相觌面者，中国新妇之绛巾，亦其遗。童话中如希腊之《爱与心》（见亚普刘思著《变形记》卷四至六）亦言女不守约，中夜燃火窥夫，遂即离散，所谓破禁式者，即由此意。由是推引，故合昏既久而中道代易，弗及觉察，正为常事。蛇郎以姊大足而面多瘢痕为怪，姊诡言由于操作及枕麻袋故尔，则殆后世夸饰。盖世说之初，以宗教族类之关系，务主保守，故少变易，迨为童话，威严已去，且文化转变，本谊渐晦，则率加以润色，肆意增削缘附以为诠释，此童话分子之所以杂糅也。

童话述兄弟或姊妹共举一事，少者恒成，或独贤良，说者谓长兄既先尝试，相继败绩，终及少子，故必成事，此或行文之法使尔。然征诸史事，乃别有故。欧洲中世有所谓季子权者，法以末子传家，无子则传末女，英国十三世纪时犹有行者，东方鞑靼诸族亦有此制。论者谓诸子既长，出为公民，不复数为家人，故以幼子承业，若人情之爱少子，盖亦为之傅助，以成此俗，今遗迹之见于童话者，人称季女式（或季子式），《蛇郎》亦其一也。

国民传说虽与民歌异格，而杂用韵语者亦多有之。盖叙说之中，意有特重，则出以歌吟。如蛇郎欲得樵人女，长姊皆不可，季曰，不可吞爹吃，宁可嫁蛇郎，是也。此他尚有数语，皆为其例，亦有方言未见正字，而精意所在，不可移易，但应疏注而存之者，此采录童话者所应将意也。

三

又有《老虎外婆》者，略云：母有二女，一日宁家，因止宿焉。夕有虎至，伪言母归，及夜共卧，即杀幼女食之。长女闻声询其何作，曰方食鸡骨头糕干也，女乞分啖，乃掷一指予之。女惧谋逸，诡言欲溲，便命溺被中，女诿以被冷，乃索足带牵之，女以带端系溺器盖上，登树匿。虎曳带不见有人，乞猿往捕，猿堕地死，卒不能得。（江西一说为猩猩，而无使猿捕女事。）

案此为食人式之一例。希腊史诗言阿迭修斯遇圜目之民，其事最著。异族相食，本于蛮荒习俗，人所共知，其原由于食俭，或雪愤报仇。又因感应魔术，以为食其肉者并有其德，故敢啖之，冀分死者之勇气，今日本俗谓妊娠者食兔肉令子唇缺（《博物志》亦云），越俗亦谓食羊蹄者令足健，食羊睛可以愈目疾，犹有此意也。

童话中食人者多为厉鬼，或为神自吞其子，今所举者则为妖巫类。上古之时，用人以祭，而巫觋承其事，逮后淫祀虽废，传说终存，遂以食人之恶德属于巫师，（食人之国，祭后巫医酋长分胙，各得佳肉。）故今之妖媪，实古昔地母之女巫，欧洲中世犹信是说，谓老妪窃食小儿，捕得辄焚杀之，与童话所言，可相印证。俄国童话则别称巴巴耶迦（Babayaga），居鸡脚舍中，日本曰山姥，亦云山母，皆为丑媪，未尝异人，老虎外婆正亦此类，惟以奇俗骇人，因傅兽名，殆非原谊。越中一说有野扁婆者，未详其意，但亦人类，不言有毛。老虎外婆中言女欲秉火出迎，虎止勿须，坐凳上，藏其尾，又卧时女怪其毛氄氄然，虎以被衾自解，恐皆后出，以为前言文饰者也。

日本肥后天草岛亦有一说，言有三子，名豆大豆次豆三。山姥入其家，夜取豆三啖之。问何声响，答曰食泽庵渍芦菔也。又索食，亦予一指。二人思遁，豆次言欲溺，山姥令溺庭间（方言谓室中泥地），曰恐为庭神所怒，遂得脱，匿井边桃树上。山姥窥水见影，追之，坠地而死。其后又言坠处适在荞麦田中，流血渍麦，故荞麦之壳至今赤色，则转为物原传说，但论大体与老虎外婆甚肖，虑非孤生也。山姥而外，犹有山男山女诸名，然皆不为害，其食人者，惟妖鬼与媪而已（北欧俗忌晨出遇老妪，以为不祥）。

国民传说，原始之时类甚简单，大抵限于一事，后渐集数式为一，虽中心同意，而首尾离合，故极其繁变，如上举二式，同为食人，节目亦近，而终乃变异，一为物原传说，一为动物故事，可以见矣。老虎外婆令猿追女，猿以绳绕颈，缘树而上，女惶迫溺下，猿呼热，虎误解为曳（热曳越音相近），即曳其绳，猿遂缢死，其结束重在猿虎因缘，与《老虎怕漏》同，此特多滑稽之趣而已。

《老虎怕漏》者，有虎入人家，闻二人言，甲云虎可畏，乙云漏尤可畏。时方有盗马者来，见虎误为马，跨之而去。虎以为漏也，亦大惧，天明始知。盗避树上，虎偕猿来，亦不胜而死。日本大隅传说，与此相同，惟云主人见虎误为马逸，追之入山，闻败庙中有声，探得猿尾，力拔之，尾绝，故今猿皆赤臀。童话中猿虎事常相因，《老虎外婆》篇中饰人为虎，因袭屋漏中猿事入之，虑非其所故有者也。

以上所言，但就一二越中童话，少加解绎，以为一例。传说残阙，鲜可征对，但据一见以为听断，荒落之处，盖无可免。其次，童话亦函动物故事（略如寓言而不必含有义训者）笑谈（如越中所传呆女婿故事）诸体，第其本事非根民俗，无待征证而后明了，故不具论。又若世说，当别考索，兹亦不及也。

四

依人类学法研究童话，其用在探讨民俗，阐章史事，而传说本谊亦得发明，若更以文史家言治童话者，当于文章原起亦得会益。盖童话者（兼世说）原人之文学，茫昧初觉，与自然接，忽有感婴，是非畏懔即为赞叹，本是印象，发为言词，无间雅乱，或当祭典，用以宣诵先德，或会闲暇，因以道说异闻，以及妇孺相娱，乐师所唱，虽庄愉不同，而为心声所寄，乃无有异。外景所临，中怀自应，力求表见，有不能自已者，此固人类之同然，而艺文真谛亦即在是，故探文章之源者，当于童话民歌求解说也。

民歌（Ballade）者盖与童话同质，特著以韵言，便于歌吟，其变则有史诗（Epos），犹世说之与童话，四者类似而复差别，介其间者曰歌传（Cante fable），歌谣陈说互相间隔（中国所行市本仿佛似之，又传奇院本起原疑亦与此相关）。殆童话之中，多入韵语，或民歌转变，将为散文而未成者也。史诗世说，大都篇章长广，词旨庄重，所叙率神祇帝王及古英雄事迹（亦有说山川城塞诸故事者），上古王侯长老之所信守（神话学上称高级神话）。民歌童话则皆简短，记志物事，飘忽无主，齐民皆得享乐，为怡悦之资（称亚级神话）。其在文学，则一为古之史册，一为古之诗词，后世著作皆承此出。今之文史，于各国史诗及北方世说，加以论录，而其余盖阙，近世乃有征引民歌以明诗之本原者，其在童话正无所异，或称之为小说之胚胎，殆至当也。

童话取材大旨同一，而以山川风土国俗民情之异，乃令华朴自殊，各含其英，发为文学，亦复如此，可一一读而识之。如爱兰童话，率美艳幽怪，富于神思，斯拉夫居阴寒之地，所言深于迷信，憯烈可怖，与南方法伊之国多婉冶之思者殊矣。东方思想秾郁而夸诞，传叙故极曼衍，如《一千一夜》（通俗称为《天方夜谭》）之书可见。多岛海童话亦优美多诗味，马达斯加所传，特极冗长，在虾夷澳洲诸族，则以简洁胜，莽民及蔼思吉摩文化疏末，犹近古石器时代，凡所著述亦最近自然。日本文教虽承中国之流，而其民爱物色，多美感，洒脱清丽，故童话亦幽美可赏，胜于华土，与他艺术同也。

童话作于洪古，及今读者已昧其指归，而野人独得欣赏。其在上国，凡乡曲居民及儿童辈亦犹喜闻之，宅境虽殊而精神未违，因得仿佛通其意趣。故童话者亦谓儿童之文学。今世学者主张多欲用之教育，商兑之言，扬抑未定：扬之者以为表发因缘，可以辅德政，论列动植，可以知生象；抑之者又谓荒唐之言，恐将增长迷误，若姑妄言之，则无异诏之以面谩。顾二者言有正负，而于童话正谊，皆未为得也。

盖凡欲以童话为教育者，当勿忘童话为物亦艺术之一，其作用之范围，当比论他艺术而断之，其与教本，区以别矣。故童话者，其能在表见，所希在享受，撄激心灵，令起追求以上遂也。其余效益，皆属副支，本末失正，斯昧其义。有若传奇，亦艺文之一，以其景写人生，故可假以讨论世故（即社会剧），或以扬榷国闻，然必首具文德，乃始可贵，不然则但得比于常谈，盖喻道益智，未为尽文章之能事也。

童话之用，见于教育者，为能长养儿童之想象，日即繁富，感受之力亦益聪疾，使在后日能欣赏艺文，即以此为之始基。人事繁变，非儿童所能会通，童话所言社会生活，大旨都具，而特化以单纯，观察之方亦至简直，故闻其事即得了知人生大意，为入世之资。且童话多及神怪，并超逸自然不可思议之事，是令儿童穆然深思，起宗教思想，盖个体发生与系统发生同序，儿童之宗教亦犹原人，始于精灵信仰，渐自推移，以至神道，若或自迷执，或得超脱，则但视性习之差，自定其趋。又如童话所言实物，多系习见，用以教示儿童，使多识名言，则有益于诵习，且以多述鸟兽草木之事，因与天物相亲，而知自然之大且美，斯皆效用之显见者也。

又童话于人地时三者皆无限制，且不著撰述名字，凡所论述，悉本客观，于童蒙之心正相遥应。逮知虑渐周，能于文字之中领略著者特性，则有人为童话（与自然童话对）承其乏，如丹麦安兑尔然所著，或茸补旧闻，或抽发新绪，凡经陶冶，皆各浑成，而个性自在，见于行间，盖以童话而接于醇诗者，故可贵也。

综上所言，足知童话者，幼稚时代之文学，故原人所好，幼儿亦好之，以其思想感情同其准也。今之教者，当本儿童心理发达之序，即以所固有之文学（儿歌童话等）为之解喻，所以启发其性灵，使顺应自然，发达具足，然后进以道德宗信深密之教，使自体会，以择所趋，固未为晚。若入学之初，即以陈言奥义课六七岁之孺子，则非特弗克受解，而聪明知力不得其用，亦将就于废塞，日后诱掖，更益艰难。逆性之教育，非今日所宜有也。

中国童话自昔有之，越中人家皆以是娱小儿，乡村之间尤多存者，第未尝有人采录，任之散逸。近世俗化流行，古风衰歇，长者希复言之，稚子亦遂鲜有知之者。循是以往，不及一世，渐没将尽，收拾之功，能无急急也。格林之功绩，茀勒贝尔（Fröbel）之学说，出世既六十年，影响遍于全宇，而独遗于华土，抑何相见之晚欤？

◆ 解说

此文原载于1913年8月《教育部编纂处月刊》1卷7期。

1912年10月2日的周作人日记里有这样一句："下午作童话研究了"。在中国儿童文学学术史上，这是值得记忆的时刻。

正是在这篇用文言写作的论文里，周作人明言："故童话者亦谓儿童之文学。"其论述的依据便是"复演说"："足知童话者，幼稚时代之文学，故原人所好，幼儿亦好之，以其思想感情同其准也。"虽然孙毓修于1909年发表的《〈童话〉序》一文，出现了"童话""儿童小说"这样的表述，但是，"儿童之文学"的说法仍然是一个大的进步。

周作人儿童文学研究的一个重要出发点是"教育"。不仅儿童文学，就是整个文学研究，周作人也导入了教育的视野。周作人于1908年发表的《论文章之意义暨其使命因及中国近时论文之失》一文，是对他的文学观的最早梳理。从儿童文学维度来看，周作人的这篇文章的重要之处，在于其初步形成的具有变革意志的文学观念里，已经包含着儿童文学这一要素："以言著作，则今之所急，又有二者，曰民情之记（Tolk-novel）与奇觚之谈（Marchen）是也。盖上者可以见一国民生之情状，而奇觚作用则关于童稚教育至多。"① "奇觚作用则关于童稚教育至多"一语所显示出的儿童教育意识，此后一直是周作人儿童文学研究的着眼点。

大约在1911年7月，周作人从日本回到绍兴家乡。1912年3月，任浙江军政府教育司科长，后改任本省视学。1913年3月，被选为县教育会会长，任职四年。周作人在这一时期所作文章，多关乎儿童教育问题、儿童文学研究，这当然主要出自其"想知道一点的都是关于野蛮人的事"中的所谓"小野蛮"的研究，不过与上述教育职责，似乎也颇有关联。

在《童话研究》中，周作人在论述儿童文学的教育功能时，意识是清醒的，眼光是独到的："盖凡欲以童话为教育者，当勿忘童话为物亦艺术之一，其作用之范围，当比论他艺术而断之，其与教本，区以别矣。故童话者，其能在表见，所希在享受，撄激心灵，令起追求以上遂也。是余效益，皆为副支，本末失正，斯昧其义。""凡欲以童话为教育者，当勿忘童话为物亦艺术之一"，这是周作人从文学的立场出发，对教育者的一个警示。所以，吴其南、谭旭东说以周作人为代表的儿童本位论是一种教育理论（哪怕是在最初）②，是完全不符合周作人自己的论述的。周作人在1940年作《童话》一文，就曾经交代其在民国前搜寻童话，出

---

① 周氏所谓"奇觚之谈（Marchen）"中的"Marchen"应为德语"Märchen"之误。所误应该不在周氏而是手民，因为在后来的《童话研究》一文中的表记是"Märchen"。德语的Märchen即是格林童话那样的作品，现通译为"童话"，周氏译为"奇觚之谈"，大体不错。

② 参见吴其南著：《20世纪中国儿童文学的文化阐释》，中国社会科学出版社2012年版；谭旭东著：《寻找批评的空间》，黑龙江教育出版社2007年版。

自对文学的兴趣:"其实童话我到现在还是有兴味,不过后来渐偏于民俗学的方面,而当初大抵是文学的……"

周作人自己说:"民国初年我因为读了美国斯喀特尔(Socudder)、麦克林托克(Maclintock)诸人所著的《小学校里的文学》,说明文学在小学教育上的价值,主张儿童应该读文学作品,不可单读那些商人杜撰的读本,读完了读本,虽然说是识字了,却是不能读书,因为没有养成读书的趣味。我很赞成他们的意见,便在教书的余暇,写了几篇《童话研究》《童话略论》这类的东西,预备在杂志上发表。"[3]考察《童话研究》《童话略论》等论文内容,里面的确显示出周作人将"童话"(儿童文学)运用于教育的意识和主张,但是,将其归为来自美国斯喀特尔、麦克林托克诸人的影响,有可能是周作人自己记忆有误。查他的日记,麦克林托克的 *Literature in elementary schools* 一书为1914年3月30日购得,斯喀特尔的 *Childhood in Literature and Art* 为1914年10月11日购得,此时《童话研究》《童话略论》等文言论文业已完成。目前还没有证据证明周作人以其他方式先期读到过麦克林托克等人的书。

《童话研究》提到了复演说,这很重要。周作人运用复演说,找到了解释童话的依据。但是,解读周作人的儿童文学理论,不能像吴其南那样,将复演说夸大成"在中国儿童文学走向自觉、独立的途中,'儿童本位论'与'复演说'是两面并列的但又常常合在一起使用的旗帜。"[4]周作人的儿童文学理论的基石是"儿童本位"论,复演说则又隔了一层。

---

③ 周作人著:《苦茶——周作人回想录》第310页,敦煌文艺出版社1995年版。
④ 吴其南著:《20世纪中国儿童文学的文化阐释》第81页,中国社会科学出版社2012年版。

儿童研究导言

周作人

儿童研究，亦称儿童学，以研究儿童身体精神发达之程序为事，应用于教育，在使顺应自然，循序渐进，无有扞格或过不及之弊。盖儿童者，大人之胚体，而非大人之缩形，如以初生儿与大人相较，理至易明。大人首长居全体八分之一，小儿则四分之一，其躯干之不相称犹是，则即以儿童各期发达，自有定级，非平均长发，与大人相比例也。世俗不察，对于儿童久多误解，以为小儿者大人之具体而微者也，凡大人所能知能行者，小儿当无不能之，但其量差耳。于是有以廉让之德、利他之谊诏二三岁儿者，微特不受，且抑其固有之种性，不得发泄，留为后因，反成其贪婪自利之德，皆逆自然之教有以致之也。教育部小学校令颇致意于儿童身心之发育，又教则第一条亦云，凡所教授，当适合于儿童身心发达之程度。顾言之匪艰，行之惟艰，欲知如何始适合于儿童身心发达之程度，必先知儿童身心如何发达之情形而后可，此则即儿童学所有事也。次如幼稚园之教养，家庭育儿之法则，亦在在有需于此。故儿童研究者，实谓为教育之根本学可也。

欧洲中世之教育，以传习学业为的，以强记多识为胜。及卢梭起，始大非之，创任天之说。至茀勒贝尔，主张自力活动，以为教育儿童若种树然，树始于一粒之种子，以雨露之润，膏沃之养，渐自长大，成百尺之材。然其百尺之材，初实寄于一粒之种，雨露膏沃但助长之而已。蒙养之道，亦唯在辅导儿童，俾得尽其性，以成完人耳。创为幼稚园，实施其说，为儿童研究之先导，然尚未成学。十八周末，德人谛兑曼以后，始有专书记述儿童发达之状况。今乃大盛，以美国霍尔博士为最著名。其研究分二法：一主单独，专记一儿之事，自诞生至于若干岁，详志端始，巨细不遗，以寻其嬗变之迹；一主集合，在集各家实录，比量统计，以见其差异之等。所依据之学，则生理、心理、生物、人类四者为之纲，略言之，可云进化论的教育学也。

儿童学上，凡人自诞生至二十五年止，统称儿童。中国古制，男子二十而冠，已为成人。各国法律，亦大抵以二十一岁为成年。今以二十五为断者，盖人至此时，肉体精神两方始发达完全，得称成人。如在他种动物，苟身体长足，能任诞育，即为长成。第在人类，则神经系统更益繁复，长成发达，自需时日。今若以动物与人比而论之，以一生与儿童期之长短，相较如下：

		寿命		儿童期	
鼠		七年			七月
猫		十二年			一年
山羊		十二年			一年三月
牛		十八年			二年
狮子		四十年			六年
骆驼		四十年			八年
人		七十五年			二十五年
象		百年			三十年

由此观之，象体最大又长寿，故其儿童期亦较人为久。然比较论之，则固以人类为长。盖象之儿童期居平生十分之三，人类儿童期居平生三分之一，正以象躯体至大，而人之精神生活繁剧又有过之，故期乃延长。

凡生物之有儿童期，即所以为其入世之预备。下等动物生而能自活，本无所谓儿童期者。即在人类，而其期之长短又视其生活高下为异，故如上国之与蛮荒，又不可同日而语也。

儿童期中又约分为四，其际互相奄被，不能显为分画，但依身心变化之大端而区别之。其说尚多，今取其普通者。

第一曰婴儿期，自诞生以至三岁。其间身体伸长，肤革充实，五官之用渐利。乳齿既具，能自营养。初克坐立，渐以步行。始作言语，模拟动作，游戏之事于是发端。此时家庭教育，保养而外，游戏为重矣。

第二曰幼儿期，自四岁以至八岁。其间身体重在伸长，四肢渐益发达，齿亦代生。感觉益敏，情绪欲望亦始发生，又以自发活动，游戏乃盛。幼稚园者，即据此性施以教育，玩具与童话实为其主要学科。故儿歌、童话、玩具、游戏，在儿童研究中至为重要。茀勒贝尔集日耳曼歌谣游戏为一书，用诸幼稚园，自言曰：“孰能知此歌意者，即能通吾之隐衷。”其为重如此。

第三曰少年期，自九岁以至十四岁。其间身体发达，可分二期。八至十岁重在充实，十岁以后重在伸长。第以循环机官发达迟缓，不相适应，故善倦健忘，学问之力反逊于前，加以严教，乃多障害。其精神一面变化益繁，个人感情渐以发见，想象作用与好奇心皆至旺盛。两性差异，此时亦已渐显，如体格情性嗜好皆是。男子率好斗，喜闻武勇之故事，女子则拟家事，弄人形。此时正教育之好机，但在善为迎导，各循其分以成全之而已。

第四曰青年期，自十五岁以至二十五岁。其间身心发达，渐臻完备，始有自觉，因生个性，乃知对于群己之责任，道德学业皆于此时分别造就，两性之爱亦以成立。故此期特甚重要，可别立为儿童学之一部。盖儿童期虽包括上列四者，而大要又可分为二，即自诞生至十四岁为前期，十五至二十五岁为后期。普通儿童研究，恒归重于前期，而别为青年期研究详治之，今亦依其例焉。

育儿之事，自昔属于医术，但于民种教育所关至大，故儿童学中首重之。儿歌童话以及游戏之事，视若细微，然儿童生活半在游戏之中，若除此数者，将使减其生趣，无上遂之望。故比较研究，利而用之，正教育者所有事，而未可以琐屑考据类视之者也。

生物学言，个体发生与系统发生同序。人类居胚胎期中，自阿弥巴形，历经鱼类两栖类鸟类兽类之情状，以至于人，二百八十日间，遍示生物进化之象。出世之初，乃若野人，又历经游牧树艺工商之时代，以至于成人，则犹文明之民矣，是又以二十余年中遍示人类进化之迹。比量考索，足以互相发明。儿童研究固与人类学相关，歌谣游戏之研究，亦莫不有藉于此。以进化论见地论儿童学之发达，推究所极，自以是为之源宿矣。

◆ **解说**

此文原载于1913年12月15日《绍兴县教育会月刊》第三号。

前面介绍到的《儿童问题之初解》一文的主旨之一，是在人格权利上为儿童主张与成人的平等，而《儿童研究导言》的主旨则在于揭示儿童在心理、生理上与成人的不同："盖儿童者大人之胚体，而非大人之缩形。……世俗不察，对于儿童久多误解，以为小儿者大人之具体而微者也，凡大人所能知能行者，小儿当无不能之，但其量差耳。"

儿童在人格权利上与成人平等，在心理、生理上与成人不同，周作人于1912年、1913年提出的这两点主张，就是他的"儿童本位"论——中国的"儿童的发现"的两个逻辑支点。

对于周作人"儿童本位"思想的这一历史起源，当代儿童文学理论研究者失之探求，多有不识。

方卫平在《中国儿童文学理论批评史》一书中，引用了诸多周作人的论述，但却忽视了上述周作人的"儿童本位"这一思想原点。五四时期的中国儿童文学理论是以这样的"儿童本位"的儿童观为思想根基的，而不是像方卫平所说的那样——"'五四'是一个'收纳新潮，脱离旧套'（鲁迅语）的时代。在汹涌而至的西方文化思潮和理论学说中，直接对当时的儿童文学理论建设和批评实践产生重大影响的是19世纪以摩尔根、泰勒、安德鲁·朗为代表的西方人类学进化学派的理论和19世纪末、20世纪初产生的美国哲学家、教育家杜威的实用主义教育学说。这两种理论适应了当时建立现代儿童文学形态的需要，在突破囿于封建文化意识的无视儿童独立人格的传统'儿童观'，建立尊重儿童独立人格和精神需求的新型儿童文学观方面为人们提供了有力的理论支持。可以说，中国现代儿童文学批评的最初的理论框架，就是以这些学说为学术基座的。"[1]方卫平把西方人类学派和杜威的儿童中心主义的学术维度理解错了，所以也就忽视了周作人的真正的"思想革命"，忽视了周作人的具有主体性的现代儿童观。

吴其南认为，"在晚清至五四这段时间，周作人等以'复演说'这种方式发明了儿童和儿童文学，使中国儿童文学走向自觉"[2]，这一观点是对"儿童本位"论和"复演说"的双重误解。

要认清方卫平、吴其南的误解，需要弄清楚周作人的"儿童本位"思想的理论资源来自何处。

关于"儿童本位"思想的理论资源，儿童文学史研究似乎一直语焉不详。我认为，影响周作人"儿童本位"的儿童观的思想来源，应当主要是美国和日本的儿童学"定人类行为的标准"的"生物学""个人主义的人间本位主义"，而不是西方人类学派，更不是杜威的儿童中心主义。

《儿童问题之初解》和《儿童研究导言》中的关于儿童的人格权利和心理、生理上的特性的主张，都是接受了美国的儿童学，特别是斯坦利·霍尔的儿童学理论。

---

① 方卫平著：《中国儿童文学理论批评史》第29页，少年儿童出版社2007年版。
② 吴其南著：《20世纪中国儿童文学的文化阐释》第62页，中国社会科学出版社2012年版。

在《儿童研究导言》中，出现了美国的儿童学。儿童学"今乃大盛，以美国霍尔博士为最著名，其研究分二法。一主单独，专记一儿之事，自诞生至于若干岁，详志端始，巨细不遗，以寻其嬗变之迹。一主集合，在集各家实录，比量统计，以见其差异之等。"周作人的这些介绍与斯坦利·霍尔的工作似乎是相符合的。应该说，他对斯坦利·霍尔有相当的了解。这些了解至少是来源于斯坦利·霍尔的 *Aspects of Child Life and Education* 一书（周作人将其译为《儿童生活与教育的各方面》）。查周作人日记，*Aspects of Child Life and Education* 一书为1913年2月1日从相模屋书店邮寄至绍兴家中。此后，自当月21日，日记中连续六次记载阅读该书。

根据周作人的著述，他得之于美国的斯坦利·霍尔的儿童学的资源相当多。周作人的著述中，至少七次论及斯坦利·霍尔及其儿童学。如按照发表的年代顺序细加琢磨，前面都是积极地汲取姿态，而到了后来，则是对中国难以引入儿童学这一状况渐渐失望了。这正与中国社会在五四以后的复辟式"读经"有关。比如，1934年，他在《论救救孩子——题〈长之文学论文集〉后》一文中说："听说现代儿童学的研究起于美洲合众国，斯丹莱霍耳博士以后人才辈出，其道大昌，不知何以不曾传入中国？论理中国留学美国的人很多，学教育的人更不少，教育的对象差不多全是儿童，而中国讲儿童学或儿童心理学的书何以竟稀若凤毛麟角，关于儿童福利的言论亦极少见，此固一半由于我的孤陋寡闻，但假如文章真多，则我亦终能碰见一篇半篇耳。据人家传闻，西洋在十六世纪发见了人，十八世纪发见了妇女，十九世纪发见了儿童，于是人类的自觉逐渐有了眉目，我听了真不胜歆美之至。中国现在已到了那个阶段我不能确说，但至少儿童总尚未发见，而且也

---

③ 周作人：《论救救孩子——题〈长之文学论文集〉后》，钟叔河编订：《周作人散文全集》（第6卷）第413页，第413页，第414页，第413至414页，广西师范大学出版社2009年版。

还未曾从西洋学了过来。"③在文中，周作人认为，要想"救救孩子"，就"要了解儿童问题"，"须得先有学问的根据，随后思想才能正确"。④周作人在批判了成人社会对儿童的"旧的专断"和"新的专断"之后，深为遗憾地说："中国学者中没有注意儿童研究的，文人自然也同样不会注意，结果是儿童文学也是一大堆的虚空，没有什么好书，更没有什么好画。"⑤周作人所指出的"儿童的发现"在中国的不幸命运是符合实情的。

周作人在1945年时曾说："关于儿童，如涉及教养，那就属于教育问题，现在不想来阑入，主张儿童的权利则本以瑞典蔼伦开女士美国贺耳等为依据，也可不再重述。"⑥周作人明确说"主张儿童的权利"应该以"美国贺耳等为依据"。虽然是日后谈，但是，周作人当年在《儿童问题初解》《人的文学》《儿童的文学》等文章中就是这样做的。

在理解儿童与成人的不同的生理心理方面，周作人也从以研究儿童心理发展为特色的美国儿童学中得到了启蒙。美国的儿童学这一资源对于儿童的"发现"非常重要。周作人就说过："大家知道欧洲的儿童发现始于卢梭，不过实在那只可算是一半，等到美国史丹来霍耳博士的儿童研究开始，这才整个完成了。"⑦

值得关注的是，周作人在《儿童研究导言》一文中总结出的"应用于教育，在使顺应自然，循序渐进，无有扞格或过不及之弊"这一儿童学的教育理念，直接转化成了他的儿童文学的理念——"今以童话语儿童，既足以餍其喜闻故事之要求，且得顺应自然，助长发达，使各期之

④⑤ 周作人：《论救救孩子——题〈长之文学论文集〉后》，钟叔河编订：《周作人散文全集》（第6卷）第413页，第413页，第414页，第413至414页，广西师范大学出版社2009年版。

⑥ 周作人：《凡人的信仰》，钟叔河编订：《周作人散文全集》（第9卷）第619页，广西师范大学出版社，2009年版。

⑦ 周作人：《安徒生的四篇童话》，钟叔河编订：《周作人散文全集》（第7卷），广西师范大学出版社，2009年版。

儿童得保其自然之本相，按程而进，正蒙养之最要义也。"⑧ "顺应自然，助长发达，使各期之儿童得保其自然之本相"，这是周作人的"儿童本位"的儿童文学观的思想核心。他的这一思想理念对于中国儿童文学的健康发展极为重要。

在中国儿童文学的历史上，每当出现违反这一思想理念的"逆性之教育"风潮，周作人常常会挺身而出，猛烈批判："但是近来见到《小朋友》第七十期'提倡国货号'，便忍不住要说一句话，——我觉得这不是儿童的书了。无论这种议论怎样时髦，怎样得庸众的欢迎，我以儿童的父兄的资格，总反对把一时的政治意见注入到幼稚的头脑里去。"⑨ "旧礼教下的卖子女充饥或过瘾，硬训练了去升官发财或传教打仗，是其一，而新礼教下的造成种种花样的信徒，亦是其二。我想人们也太情急了，为什么不能慢慢的来，先让这班小朋友们去充分的生长，满足他们自然的欲望，供给他们世间的知识，至少到了中学完毕，那时再来诱引或哄骗，拉进各派去也总不迟。现在却那么迫不及待，道学家恨不得夺去小孩手里的不倒翁而易以俎豆，军国主义者又想他们都玩小机关枪或大刀，在幼稚园也加上战事的训练，其他各派准此。这种办法我很不以为然，虽然在社会上颇有势力。"⑩

周作人说："我写文章，往往牵引到道德上去，这些书的影响可以说是原因之一部分，虽然其基本部分还是中国的与我自己的。"⑪ 这话虽然是针对"文化人类学"的借鉴所说，但也适用于其他西方思想的借鉴。

⑧ 周作人：《童话略论》，钟叔河编订：《周作人散文全集》（第1卷）第279页，广西师范大学出版社，2009年版。

⑨ 周作人：《关于儿童的书》，钟叔河编订：《周作人散文全集》（第3卷）第192页，广西师范大学出版社，2009年版。

⑩ 周作人：《论救救孩子——题〈长之文学论文集〉后》，钟叔河编订：《周作人散文全集》（第6卷）第413页，第413页，第414页，第413至414页，广西师范大学出版社2009年版。

⑪ 周作人著：《苦茶——周作人回想录》第536页，敦煌文艺出版社1995年版。

我认为，周作人的"儿童本位"论是在借鉴西方思想、理论资源的基础上，对中国以成人为本位的封建文化反思和批判的结果，其基本部分还是中国的与他自己的，是他遵守"物理人情"（周作人语）的结果。

最后，想趁便指出一个校勘上的问题。钟叔河在编订《周作人散文全集》时，在"以进化论见地论儿童之发达，推究所极，自以是为之源宿矣"这一原文的"儿童"之后，加了"学"字，变成了"以进化论见地论儿童学之发达"，逻辑不通，应为误勘。

学校成绩展览会意见书

周作人

本会发起学校成绩展览会，意将以励儿童向学之心，征学校教育之效，且因以知各期儿童知识才能之发展与外缘之关系若何，于幼稚教育或足为一助焉。

儿童教育，本依其自动之性加以激励，引之入胜，而其造诣所及，要仍以兴趣之浅深为之导制，徒恃赏黜，未克有功。斯会主旨，故在品第而不重利诱。唯儿童乘此时机，喜得自表见，或能于制作之时少增兴趣，荣誉之心复为之副，足以鼓励其勤勉之习。此展览会旨趣之一也。

教育者百年之事业，不可旦夕计功。然大用大效，小用小效。今罗列各级学生之成绩，依班级年岁之别，而示其学业之深浅，俾世俗知一日之教育即有一日之实效，所以为社会告。且凡事以有比较而有改良，此又足供教育界之观摩，互证其长短。他山之石，可以攻玉，愿各校之取资焉。此其二也。

蒙养之要，不在理论而在方术，欲通其术，要当以儿童为师而自求之。如儿童之性生习染、知识技能为状若何，外缘感受之效若何，苟明乎此，于教育方术可得会通。今兹展览，旨在集儿童醇真之作，视其年岁学级与家族土地之情形，比量研究，得知绍兴在学儿童，当某级几岁时，其普通知能程度统计若何。虽纸上推量，难得真相，当亦可粗具大略，或足供蒙养研究之参考。此其三也。

故今对于征集成绩品之希望，在于保存本真，以儿童为本位，而本会审查之标准，即依此而行之。勉在体会儿童之知能，予以相当之赏识。如稚儿之涂鸦，与童子之临帖，工拙有殊，而应其年龄之限制，各致其志，各尽其力，则无不同。斯其优劣不能并较，要当分期而定之。世俗或以大人眼光评儿童制作，如近来评儿童艺术展览会者，揄扬少年（十四五岁之男子或女子）所作锦绣书画，于各期幼儿优秀之作未有论道，斯乃面墙之见，本会之所欲勉为矫正者也。

此次开会，在于展览在学儿童之制作品，而儿童以年岁区别，自分时期，每期复各有其本色。今所期望，即在多集不失本色之制作品，统计其结果，足以为儿童研究之一助，而儿童与学校之荣誉，亦自与之俱矣。

◆ 解说

此文最初发表于1914年6月20日《绍兴县教育会月刊》第九号。

对于中国的儿童教育、儿童审美文化而言，这是一篇极为重要的文章。在我的阅读视野里，这是中国的最早从审美立场精到阐述"以儿童为本位"思想的文字。虽然其具体论述的是对于学校成绩展览会上的"成绩品"的"审查之标准"，但是，却是关乎儿童教育、儿童文学、儿童文化的普遍哲学。它是继《儿童问题之初解》《儿童研究导言》之后，对"儿童本位"思想的重要补充和完善。

"故今对于征集成绩品之希望，载于保存本真，以儿童为本位，而本会审查之标准，即依此而行之。勉在体会儿童之知能，予以相当之赏识。如稚儿之涂鸦，与童子之临帖，工拙有殊，而应其年龄之限制，各致其志，各尽其力，则无不同。斯其优劣不能并较，要当分期而定之。世俗或以大人眼光评儿童制作，如近来评儿童艺术展览会者，揄扬少年

（十四五岁之男子或女子）所作锦绣书画，于各期幼儿优秀之作未有论道，斯乃面墙之见，本会之所欲勉为矫正者也。"

每当我读到这一论述，我都会想到20世纪末的某些中国儿童文学理论的倒退。比如，吴其南就说，"儿童文学的读者年龄小，审美能力普遍偏低"。[①] "少儿文学的读者作为一个整体毕竟属于社会审美能力较低的一个层次。"[②] 在"以大人眼光"（成人本位）贬低儿童审美能力之后，吴其南进一步以少年的审美水平为标准来贬低幼儿的审美能力。我在《新时期儿童文学理论的误区》一文中曾指出，20世纪80年代中期以来，中国儿童文学创作和理论触到的两个暗礁之一，就是"在总的格局上，对少年小说倾注了过多的重视和努力"，却"忽略了年龄较小的儿童读者"。可是对此，吴其南非但不去担忧，反倒表示出欢迎和赞赏，称其为"非常有力地兴起一场少儿文学文学化运动"："走向较高层次的一个明显标志就是少年在少儿文学隐含读者中占了更大的比重。比如，儿歌、故事、童话的读者一般是年龄较小的儿童。这几种样式在新时期都有走向衰落的迹象。（中略）少儿文学理论界的兴奋点也有向较高层次移动的趋向。（中略）80年代中期以来，少儿文学领域正在发生一系列重要变化，如热闹型童话退潮，琼瑶小说走红，探索性儿童文学兴起，曹文轩、程玮、秦文君、班马、赵冰波等人的创作引人瞩目……归结到一点，就是少儿文学领域正在悄悄地，然而非常有力地兴起一场少儿文学文学化运动。"[③]

20世纪90年代的某些中国儿童文学理论，转了一大圈，又回到了80年前周作人所否定的"大人眼光"那里，此等现象颇耐人寻味。

吴其南这样的儿童观和儿童文学观，显然具有明显的"前现代"或曰"反现代"的性质。这当然不是他后来用后现代理论来反现代性的"反现

---

① 吴其南：《"热闹型"童话漫议》，载《儿童文学研究》1989年第2期。
②③ 吴其南：《近年少年儿童文学中的隐含读者》，载《浙江师大学报》1990年第4期。

代"，而是具有封建性的"反现代"。

　　用周作人当年的话来说，吴其南的这种儿童文学理论"乃面墙之见"，是中国儿童文学应该"勉为矫正者也"。所幸的是，中国儿童文学经过20世纪90年代的向儿童性回归，终于出现了21世纪的图画书（幼儿文学）的兴起。

安得森的《十之九》

周作人

凡外国文人，著作被翻译到中国的，多是不幸。其中第一不幸的要算丹麦诗人"英国安得森"。

中国用单音整个的字，翻译原极为难：即使十分仔细，也只能保存原意，不能传本来的调子。又遇见翻译名家用古文一挥，那更要不得了。他们的弊病，就止在"有自己无别人"，抱定老本领旧思想，丝毫不肯融通：所以把外国异教的著作，都变作班马文章，孔孟道德。这种优待，就是哈葛得诸公也当不住，到了安得森更是绝对的不幸。为什么呢？因为他独一无二的特色，就止在小儿一样的文章，同野蛮一般的思想上。

日前在书铺里看见一本小说，名叫《十之九》，觉得名称很别致，买来一看，却是一卷童话，后面写道"著作者英国安得森"，内分《火绒箧》《飞箱》《大小克劳思》《翰思之良伴》《国王之新服》《牧童》六篇。我自认是中国的安党，见了大为高兴；但略一检查，却全是用古文来讲大道理，于是不禁代为著作者叫屈，又断定他是世界文人中最不幸——在中国——的一个人。

我们初读外国文时，大抵先遇见格林（Grimm）兄弟同安得森（Hans Christian Andersen）的童话。当时觉得这幼稚荒唐的故事没甚趣味；不过因为怕自己见识不够，不敢菲薄，却究竟不晓得他好处在那里。后来涉猎民俗学（Folk-lore）一类的书，才知道格林童话集的价值：他们兄弟是学者，采录民间传说，毫无增减，可以供学术上的研究。至于安得森的价值，到见了诺威波耶生（Boyesen）、丹麦勃阑特思（Brandes）、英国戈斯（Gosse）诸家评传，方才明白：他是个诗人，又是个老孩子（即Henry James所说Perpetual boy），所以他能用诗人的观察，小儿的言语，写出原人——文明国的小儿，便是系统发生上的小野蛮——的思想。格林兄弟的长处在于"述"；安得森的长处，就全在于"作"。

原来童话（Märchen）纯是原始社会的产物。宗教的神话，变为历史的世说，又转为艺术的童话，这是传说变迁的大略。所以要是"作"真的童话，须得原始社会的人民才能胜任。但这原始云云，并不限定时代，单是论知识程度，拜物思想的乡人和小儿，也就具这样资格。原人或乡人的著作，经学者编集，便是格林兄弟等的书；小儿自作的童话，却从来不曾有过。倘要说有，那便是安得森一人作的一百五十五篇Historier了。他活了七十岁，仍是一个小孩子；他因此生了几多误解，却也成全了他，成就一个古今无双的童话作家。除中国以外，他的著作价值，几乎没有一国不是已经明白承认。

上面说安得森童话的特色：一是言语，二是思想。——他自己说，"我著这书，就照着对小儿说话一样写下来。"勃阑特思著《丹麦诗人论》中，说他的书出版之初，世人多反对他，说没有这样著书的。"人的确不是这样著书，却的确是这样说话的。"这用"说话一样的"言语著书，就是他第一特色。勃阑特思最佩服他《邻家》一篇的起头：

人家必定想，鸭池里面有重要事件起来了；但其实没有事。所有静睡在水上的，或将头放在水中倒立着——他们能够这样立——的鸭，忽然都游上岸去了。你能看见湿泥上的许多脚印。他们的叫声，远远近近的都响遍了。刚才清澈光明同镜一般的水，现在已全然扰乱了。……

又如《一荚五颗豆》的起头说：

五颗豆在一个荚里：他们是绿的，荚也是绿的，所以他们以为世间一切都是绿的：这也正是如此。荚长起来，豆也长起来，他们随时自己安排，一排的坐着。……

又如《火绒箱》也是勃阑特思所佩服的：

一个兵沿着大路走来——一，二！一，二！他背上有个背包，腰边有把腰刀；他从前出征，现在要回家去了。他在路上遇见一个老巫：她很是丑恶，她的下唇一直挂到胸前。她说，"兵阿，晚上好！你有真好刀，真大背包！你真是个好兵！你现在可来拿钱，随你要多少。"

再看《十之九》中，这一节的译文：

一退伍之兵。在大道上经过。步法整齐。背负行李。腰挂短刀。战事已息。资遣归家。于道侧邂近一老巫。面目可怖。未易形容。下唇既厚且长。直拖至颔下。见兵至。乃谍之曰。汝真英武。汝之刀何其利。汝之行李何其重。吾授汝一诀。可以立地化为富豪。取携甚便。……

误译与否，是别一问题，姑且不论；但勃阑特思所最佩服，最合儿童心理的"一二一二"，却不见了。把小儿的言语，变了八大家的古文，安得森的特色，就"不幸"因此完全抹杀。

安得森童话第二特色，就是野蛮的思想；——原人和小儿，本是一般见识，——戈斯论他著作，有一节说得极好：

安得森特殊的想象，使他格外和儿童心思相亲近。小儿像个野蛮，于一切不调和的思想分子，毫不介意，容易承受下去。安得森的技术，大半就在这一事：他能很巧妙的，把几种毫不相干的思想，联结在一起。例如他把基督教的印象，与原始宗教的迷信相混和，这技艺可称无二。……

　　还有一件相像的道德上的不调和，倘若我们执定成见，觉得极不容易解说。《火绒箱》中的兵，割了老妇的头，偷了他的宝物，忘恩负义极了，却毫无惩罚；他的好运，结局还从他的罪里出来。《飞箱》中商人的儿子，对于土耳其公主的行为，也不正当；但安得森不以为意。克劳思对于大克劳思的行为，也不能说是合于现今的道德标准。但这都是儿童本能的特色；儿童看人生像是影戏：忘恩负义，虏掠杀人，单是并非实质的人形，当着火光跳舞时映出来的有趣的影。安得森于此等处，不是装腔作势地讲道理，又敢亲自反抗教室里的修身格言，就是他的魔力的所在。他的野蛮思想，使他和育儿室里的天真漫烂的小野蛮相亲近。

　　这末一句话，真可谓"一语破的"，不必多加说明了。《火绒箱》中叙兵杀老巫，只有两句：

　　于是他割去她的头。她在那里躺着！

　　写一件杀人的事，如此直捷爽快，又残酷，又天真漫烂，真可称无二的技术。《十之九》中译云：

　　忍哉此兵。举刀一挥。老巫之头已落。

　　其实小儿看此"影戏"中的杀人，未必见得忍；所以安得森也不说忍哉。此外译者依据了"教室里的修身格言"，删改原作之处颇多，真是不胜枚举;《小克劳思与大克劳思》一篇里，尤为厉害。例如硬教农妇和助祭做了姊弟，不使大克劳思杀他的祖母去卖钱；不把看牛的老人放在袋里，沉到水里上天去，都不知是谁的主意；至于小克劳思骗来的牛，乃是"西牛贺洲之牛"！《翰思之良伴》（本名《旅行同伴》）中，山灵（Trold）对公主说："汝即以汝之弓鞋为念！"这岂不是拿著作者任意开玩笑么？《牧童》中镶边的铃所唱德文小曲：

Ach，du lieber Augustin

Alles ist weg，weg，weg.

（唉，你可爱的奥古斯丁

一切都失掉，失掉，失掉了。）

也不见了。安得森的一切特色，"不幸"也都失掉。

安得森声名，已遍满文明各国，单在中国不能得到正确理解，本也不关重要。但他是个老孩子，他不能十分知道轻重：所以有个小儿在路上叫他一声大安得森，他便非常欢喜，同得了一座"北极星勋章"一样；没价值的小报上说他一句笑话，——关于他的相貌！——他看了就几乎要哭。如今被中国把他的杰作译成一种没意思的巴德文丛著，岂不也要伤心么？我也代他不舒服，就写这几行，不能算是新著批评，不过为这丹麦诗人说几句公话罢了。

〔附记〕安得森（即安徒生）生于一八零五年，一八七五年卒。著有小说数种，《即兴诗人》（*Improvrsitoren*）最有名；但童话要算是他独擅的著作。《无画的面帖》（*Billedbog uden Billeder*）记"月"自述所见，凡三十三夜，也是童话的一种，又特别美妙。他的童话全集译本，据我所晓得的，有英国 Graigie 本，最为确实可靠。（一九一八年六月）

◆ 解说

《安得森的〈十之九〉》原题《随感录二十四》，原载于《新青年》杂志1918年第五卷第三号上，后来收入《谈龙集》（上海开明书店1927年）时改为此题。

《新青年》作为新文化、新文学的大本营和策源地，理所当然地在发现"儿童"、发现儿童文学的过程中发挥着最为重要的启蒙作用。翻阅1921年以前的《新青年》杂志，里面有大量的儿童教育、儿童文学的信息和内容。由此可见，儿童文学是中国新文学的一翼。

语言为精神之相。文言构成的文学世界难以与儿童的精神世界相融合。周作人是最早发现文言表现与儿童精神水火相克的人。他在《安得森的十之九》一文中批判陈家麟、陈大镫的译本《十之九》在翻译安徒生童话时，"用古文来讲大道理"。周作人通过具体的比较，说明古文与儿童心理的格格不入——

又如《火绒箧》也是 Brandes 所佩服的——

一个兵沿着大路走来——一，二！一，二！他背上有个背包，腰边有把腰刀；他从前出征，现在要回家去了。他在路上，遇见一个老巫；他（女）很是丑恶，他（女）的下唇一直挂到胸前。他（女）说，"兵阿，晚上好！你有真好刀，真大背包！你真是个好兵！你现在可来拿钱，随你要多少。"

再看《十之九》中，这一节的译文——

一退伍之兵。在大道上经过。步法整齐。背负行李。腰挂短刀。战事已息。资遣归家。于道侧邂逅一老巫。面目可怖。未易形容。下唇既厚且长。直拖至颔下。见兵至。乃诱之曰。汝真英武。汝之刀何其利。汝之行李何其重。吾授汝一诀。可以立地化为富豪。取携甚便。……

周作人指出："误译与否，是别一问题，姑且不论；但 Brandes 所最佩服，最合儿童心理的'一二一二'，却不见了。把小儿的言语，变了大家的古文，Andersen 的特色就'不幸'因此完全抹杀。"

对白话文与古文的性质，周作人有一个形象的比喻——"白话如同一条口袋，装入那种形体的东西，就变成那种样子。古文如同一个木匣，它是方圆三角形，仅能置放方圆三角形的东西。"①看来儿童文学这种非方非圆非三角形的"新文学"，是绝不能装进古文这个"木匣"里的。

五四新文学运动确立白话文在文学中的正宗地位，这对中国儿童文学意义极为重大。但是，白话文运动之于中国儿童文学的意义，在历来的研究中或遭到忽视，或被仅仅说成白话文为儿童文学找到了一种通俗浅显、易为儿童接受的语言工具，使儿童文学在语言形式上向儿童读者接近了一大步。其实，五四新文学倡导白话文，对中国儿童文学的确立和发展具有本体意义，它为儿童文学的思想变革提供不可或缺的契机。白话文与"儿童本位"的儿童观成为中国儿童文学走向现代化进程的双轨。

在这个意义上，《安得森的〈十之九〉》作为语言革命的一个文献，在中国儿童文学理论批评史上，具有特殊重要的价值。

---

① 周作人：《死文学与活文学》，原载1927年4月15日至16日《大公报》，见陈子善、张铁荣编：《周作人集外文》下集，海南国际新闻出版中心1995年版。

人的文学

周作人

我们现在应该提倡的新文学，简单的说一句，是"人的文学"。应该排斥的，便是反对的非人的文学。

新旧这名称，本来很不妥当，其实"太阳底下何尝有新的东西"？思想道理，只有是非，并无新旧。要说是新，也单是新发见的新，不是新发明的新。"新大陆"是在十五世纪中，被哥仑布发见，但这地面是古来早已存在。电是在十八世纪中，被弗兰克林发见，但这物事也是古来早已存在。无非以前的人，不能知道，遇见哥仑布与弗兰克林才把他看出罢了。真理的发见，也是如此。真理永远存在，并无时间的限制，只因我们自己愚昧，闻道太迟，离发见的时候尚近，所以称他新。其实他原是极古的东西，正如新大陆同电一般，早在这宇宙之内，倘若将他当作新鲜果子，时式衣裳一样看待，那便大错了。譬如现在说"人的文学"，这一句话，岂不也像时髦。却不知世上生了人，便同时生了人道。无奈世人无知，偏不肯体人类的意志，走这正路，却迷入兽道鬼道里去，彷徨了多年，才得出来。正如人在白昼时候，闭着眼乱闯，末后睁开眼睛，才晓得世上有这样好阳光；其实太阳照临，早已如此，已有了许多年代了。

欧洲关于这"人"的真理的发见，第一次是在十五世纪，于是出了宗教改革与文艺复兴两个结果。第二次成了法国大革命，第三次大约便是欧战以后将来的未知事件了。女人与小儿的发见，却迟至十九世纪，才有萌芽。古来女人的位置，不过是男子的器具与奴隶。中古时代，教会里还曾讨论女子有无灵魂，算不算得一个人呢。小儿也只是父母的所有品，又不认他是一个未长成的人，却当他作具体而微的成人，因此又不知演了多少家庭的与教育的悲剧。自从弗罗培尔（Froebel）与戈特文（Godwin）夫人以后，才有光明出现。到了现在，造成儿童学与女子问题这两个大研究，可望长出极好的结果来。中国讲到这类问题，却须从头做起，人的问题，从来未经解决，女人小儿更不必说了。如今第一步先从人说起，生了四千余年，现在却还讲人的意义，从新要发见"人"，去"辟人荒"，也是可笑的事。但老了再学，总比不学该胜一筹罢。我们希望从文学上起首，提倡一点人道主义思想，便是这个意思。

我们要说人的文学，须得先将这个人字，略加说明。我们所说的人，不是世间所谓"天地之性最贵"，或"圆颅方趾"的人。乃是说，"从动物进化的人类"。其中有两个要点，（一）"从动物"进化的，（二）从动物"进化"的。

我们承认人是一种生物。他的生活现象，与别的动物并无不同。所以我们相信人的一切生活本能，都是美的善的，应得完全满足。凡有违反人性不自然的习惯制度，都应该排斥改正。

但我们又承认人是一种从动物进化的生物。他的内面生活，比别的动物更为复杂高深，而且逐渐向上，有能够改造生活的力量。所以我们相信人类以动物的生活为生存的基础，而其内面生活，却渐与动物相远，终能达到高上和平的境地。凡兽性的余留，与古代礼法可以阻碍人性向上的发展者，也都应该排斥改正。

这两个要点，换一句话说，便是人的灵肉二重的生活。古人的思想，以为人性有灵肉二元，同时并存，永相冲突。肉的一面，是兽性的遗传；灵的一面，是神性的发端。人生的目的，便偏重在发展这神性；其手段，便在灭了体质以救灵魂。

所以古来宗教，大都厉行禁欲主义，有种种苦行，抵制人类的本能。一方面却别有不顾灵魂的快乐派，只愿"死便埋我"。其实两者都是趋于极端，不能说是人的正当生活。到了近世，才有人看出这灵肉本是一物的两面，并非对抗的二元。兽性与神性，合起来便只是人性。英国十八世纪诗人勃莱克（Blake）在《天国与地狱的结婚》一篇中，说得最好：

（一）人并无与灵魂分离的身体。因这所谓身体者，原止是五官所能见的一部分的灵魂。

（二）力是唯一的生命，是从身体发生的。理就是力的外面的界。

（三）力是永久的悦乐。

他这话虽然略含神秘的气味，但很能说出灵肉一致的要义。我们所信的人类正当生活，便是这灵肉一致的生活。所谓从动物进化的人，也便是指这灵肉一致的人，无非用别一说法罢了。

这样"人"的理想生活，应该怎样呢？首先便是改良人类的关系。彼此都是人类，却又各是人类的一个。所以须营一种利己而又利他，利他即是利己的生活。第一，关于物质的生活，应该各尽人力所及，取人事所需。换一句话，便是各人以心力的劳作，换得适当的衣食住与医药，能保持健康的生存。第二，关于道德的生活，应该以爱智信勇四事为基本道德，革除一切人道以下或人力以上的因袭的礼法，使人人能享自由真实的幸福生活。这种"人的"理想生活，实行起来，实于世上的人无一不利。富贵的人虽然觉得不免失了他的所谓尊严，但他们因此得从非人的生活里救出，成为完全的人，岂不是绝大的幸福么？这真可说是二十世纪的新福音了。只可惜知道的人还少，不能立地实行。所以我们要在文学上略略提倡，也稍尽我们爱人类的意思。

但现在还须说明，我所说的人道主义，并非世间所谓"悲天悯人"或"博施济众"的慈善主义，乃是一种个人主义的人间本位主义。这理由是，第一，人在人类中，正如森林中的一株树木。森林盛了，各树也都茂盛。但要森林盛，却仍非靠各树各自茂盛不可。第二，个人爱人类，就只为人类中有了我，与我相关的缘故。墨子说，"爱人不外己，己在所爱之中"，便是最透彻的话。上文所谓利己而又利他，利他即是利己，正是这个意思。所以我说的人道主义，是从个人做起。要讲人道，爱人类，便须先使自己有人的资格，占得人的位置。耶稣说，"爱邻如己。"如不先知自爱，怎能"如己"的爱别人呢？至于无我的爱，纯粹的利他，我以为是不可能的。人为了所爱的人，或所信的主义，能够有献身的行为。若是割肉饲鹰，投身给饿虎吃，那是超人间的道德，不是人所能为的了。

用这人道主义为本，对于人生诸问题，加以记录研究的文字，便谓之人的文学，其中又可以分作两项：（一）是正面的，写这理想生活，或人间上达的可能性；（二）是侧面的，写人的平常生活，或非人的生活，都很可以供研究之用。这类著作，分量最多，也最重要。因为我们可以因此明白人生实在的情状，与理想生活比较出差异与改善的方法。这一类中写非人的生活的文学，世间每每误会，与非人的文学相混。其实却大有分别。譬如法国莫泊桑（Maupassant）的小说《一生》（Une Vie），是写人间兽欲的人的文学；中国的《肉蒲团》却是非人的文学。俄国库普林（Kuprin）的小说《坑》（Jama）是写娼妓生活的人的文学；中国的《九尾龟》却是非人的文学。这区别就只在著作的态度不同：一个严肃；一个游戏。一个希望人的生活，所以对于非人的生活，怀着悲哀或愤怒；一个安于非人的生活，所以对于非人的生活，感着满足，又多带些玩弄与挑拨的形迹。简明说一句，人的文学与非人的文学的区别，便在著作的态度，是以人的生活为是呢，非人的生活为是呢这一点上。材料方法，别无关系。即如提倡女人殉葬——即殉节的文章，表面上岂不说是"维持风教"；但强迫人自杀，正是非人的道德，所以也是非人的文学。中国文学中，人的文学本来极少。从儒教道教出来的文章，几乎都不合格。现在我们单从纯文学上举例如：

（一）色情狂的淫书类

（二）迷信的鬼神书类（《封神传》《西游记》等）

（三）神仙书类（《绿野仙踪》等）

（四）妖怪书类（《聊斋志异》《子不语》等）

（五）奴隶书类（甲种主题是皇帝状元宰相，乙种主题是神圣的父与夫）

（六）强盗书类（《水浒》《七侠五义》《施公案》等）

（七）才子佳人书类（《三笑姻缘》等）

（八）下等谐谑书类（《笑林广记》等）

（九）黑幕类

（十）以上各种思想和合结晶的旧戏

这几类全是妨碍人性的生长，破坏人类的平和的东西，统应该排斥。这宗著作，在民族心理研究上，原都极有价值。在文艺批评上，也有几种可以容许。但在主义上，一切都该排斥。倘若懂得道理，识力已定的人，自然不妨去看。如能研究批评，便于世间更为有益，我们也极欢迎。

人的文学，当以人的道德为本，这道德问题方面很广，一时不能细说。现在只就文学关系上，略举几项。譬如两性的爱，我们对于这事，有两个主张：（一）是男女两本位的平等，（二）是恋爱的结婚。世间著作，有发挥这意思的，便是绝好的人的文学。如诺威伊孛生（Ibsen）的戏剧《娜拉》（*Et Dukkehjem*）、《海女》（*Fruen fra Havet*），俄国尔斯泰（Tolstoj）的小说 *Anna Karenina*，英国哈兑（Hardy）的小说《台斯》（*Tess*）等就是。恋爱起原，据芬阑学者威思德马克（Westermarck）说，由于“人的对于与我快乐者的爱好”。却又如奥国卢阐（Lucke）说，因多年心的进化，渐变了高上的感情。所以真实的爱与两性的生活，也须有灵肉二重的一致。但因为现世社会境势所迫，以致偏于一面的，不免极多。这便须根据人道主义的思想，加以记录研究，却又不可将这样生活，当作幸福或神圣，赞美提倡。中国的色情狂的淫书，不必说了。旧基督教的禁欲主义的思想，我也不能承认他为是。又如俄国陀思妥也夫斯奇（Dostojevskij）是伟大的人道主义的作家。但他在一部小说中，说一男人爱一女子，后来女子爱了别人，他却竭力斡旋，使他们能够配合。陀恩妥也夫斯奇自己，虽然言行竟是一致，但我们总不能承认这种种行为，是在人情以内，人力以内，所以不愿提倡。又如印度诗人泰戈尔（Tagore）做的小说，时时颂扬东方思想。有一篇记一寡妇的生活，描写他的"心的撒提（Suttee）"（撒提是印度古语，指寡妇与他丈夫的尸体一同焚化的习俗），又一篇说一男人弃了他的妻子，在英国别娶，他的妻子，还典卖了金珠宝玉，永远的接济他。一个人如有身心的自由，以自由别择，与人结了爱，遇着生死的别离，发生自己牺牲的行为，这原是可以称道的事。但须全然出于自由意志，与被专制的因袭礼法逼成的动作，不能并为一谈。印度人身的撒提，世间都知道是一种非人道的习俗，近来已被英国禁止。至于人心的撒提，便只是一种变相。一是死刑，一是终身监禁。照中国说，一是殉节，一是守节，原来撒提这字，据说在梵文，便正是节妇的意思。印度女子被"撒提"了几千年，便养成了这一种畸形的贞顺之德。讲东方化的，以为是国粹，其实只是不自然的制度习惯的恶果。譬如中国人磕头惯了，见了人便无端的要请安拱手作揖，大有非跪不可之意，这能说是他的谦和美德么？我们见了这种畸形的所谓道德，正如见了塞在坛子里养大的、身子像萝卜形状的人，只感着恐怖嫌恶悲哀愤怒种种感情，决不该将他提倡，拿他赏赞。

其次如亲子的爱。古人说，父母子女的爱情，是"本于天性"，这话说得最好。因他本来是天性的爱，所以用不着那些人为的束缚，妨害他的生长。假如有人说，父母生子，全由私欲，世间或要说他不道。今将他改作由于天性，便极适当。照生物现象看来，父母生子，正是自然的意志。有了性的生活，自然有生命的延续，与哺乳的努力，这是动物无不如此。到了人类，对于恋爱的融合，自我的延长，更有意识，所以亲子的关系，尤为深厚。近时识者所说儿童的权利，与父母的义务，便即据这天然的道理推演而出，并非时新的东西。至于世间无知的父母，将子女当作所有品，牛马般养育，以为养大以后，可以随便吃他骑他，那便是退化的谬误思想。英国教育家戈思德（Gorst）称他们为"猿类之不肖子"，正不为过。日本津田左右吉著《文学上国民思想的研究》卷一说，"不以亲子的爱情为本的孝行观念，又与祖先为子孙而生存的生物学的普遍事实，人为将来而努力的人间社会的实际状态，俱相违反，却认作子孙为祖先而生存，如此道德中，显然含有不自然的分子"。祖先为子孙而生存，所以父母理应爱重子女，子女也就应该爱敬父母。这是自然的事实，也便是天性。文学上说这亲子的爱的，希腊诃美罗斯（Homeros）史诗《伊理亚斯》（*Ilias*）与欧里毕兑斯（Euripides）悲剧《德罗夜兑斯》（*Troiades*）中，说赫克多尔（Hektor）夫妇与儿子的死别两节，在古文学中，最为美妙。近来诺威伊孛生的《群鬼》（*Gengangere*），德国士兑曼（Sudermann）的戏剧《故乡》（*Heimat*），俄国都介涅夫（Turgenjev）的小说《父子》（*Ottsyidjeti*）等，都很可以供我们的研究。至于郭巨埋儿、丁兰刻木那一类残忍迷信的行为，当然不应再行赞扬提倡。割股一事，尚是魔术与食人风俗的遗留，自然算不得道德，不必再叫他混入文学里，更不消说了。

照上文所说，我们应该提倡与排斥的文学，大致可以明白了。但关于古今中外这一件事上，还须追加一句说明，才可免了误会。我们对于主义相反的文学，并非如胡致堂或乾隆做史论，单依自己的成见，将古今人物排头骂倒。我们立论，应抱定"时代"这一个观念，又将批评与主张，分作两事。批评古人的著作，便认定他们的时代，给他一个正直的评价，相应的位置。至于宣传我们的主张，也认定我们的时代，不能与相反的意见通融让步，唯有排斥的一条方法。譬如原始时代，本来只有原始思想，行魔术食人肉，原是分所当然。所以关于这宗风俗的歌谣故事，我们还要拿来研究，增点见识。但如近代社会中，竟还有想实行魔术食人的人，那便只得将他捉住，送进精神病院去了。其次，对于中外这个问题，我们也只须抱定时代这一个观念，不必再划出什么别的界限。地理上历史上，原有种种不同，但世界交通便了，空气流通也快了，人类可望逐渐接近，同一时代的人，便可相并存在。单位是个我，总数是个人。不必自以为与众不同，道德第一，划出许多畛域。因为人总与人类相关，彼此一样，所以张三李四受苦，与彼得约翰受苦，要说与我无关，便一样无关；说与我相关，也一样相关。仔细说，便只为我与张三李四或彼得约翰虽姓名不同，籍贯不同，但同是人类之一，同具感觉性情。他以为苦的，在我也必以为苦。这苦会降在他身上，也未必不能降在我的身上。因为人类的运命是同一的，所以我要顾虑我的运命，便同时须顾虑人类共同的运命。所以我们只能说时代，不能分中外。我们偶有创作，自然偏于见闻较确的中国一方面，其余大多数都还须绍介译述外国的著作，扩大读者的精神，眼里看见了世界的人类，养成人的道德，实现人的生活。

（一九一八年十二月七日）

◆ 解说

此文原载于1918年12月《新青年》第五卷第六号。

"1918年，周作人在《新青年》上发表了《人的文学》一文，对于新文学运动大幕的完全拉开，意义重大。但以往的研究者在阐释《人的文学》时，往往细读不够，从而将'人的文学'所指之'人'作笼统的理解，即把周作人所要解决的'人的问题'里的'人'理解为整体的人类。可是，我在剖析《人的文学》的思想论述逻辑之后，却发现了一个颇有意味、耐人寻思的现象——'人的文学'里的'人'，主要的并非指整体的人类，而是指'儿童'和'妇女'。在《人的文学》里，周作人的'人'的概念，除了对整体的'人'的论述，还具体地把'人'区分为'儿童'与'父母'、'妇女'与'男人'两类对应的人。周作人就是在这对应的两类人的关系中，思考他的'人的文学'的道德问题的。周作人要解放的主要是儿童和妇女，而不是男人。《人的文学》的这一核心的论述逻辑，也是思想逻辑，体现出周作人的现代思想的独特性以及'国民性'批判的独特性。"

"五四新文学思想是在颠覆封建专制的'三纲'这一基础上建立的。可是，仔细考察周作人在《人的文学》中表达的现代文学观，却主要是在颠覆'父为子纲''夫为妇纲'这两纲，尤其以颠覆'父为子纲'这一封建传统最为激烈，而'君为臣纲'却并没有作为批判对象。"

"在《人的文学》中，周作人为什么在提倡'人的道德'时，只批判'三纲'中的后两纲，却偏偏没有批判居首的'君为臣纲'呢？

在周作人的思想中，男子中心思想是'三纲主义'的思想根柢，'帝王之专制，原以家长的权威为其基本'（所以才有'君父'和'家天下'之说），在非人的社会里，在非人的文学里，'家长'（男人）正是压迫者。"

"1948年，周作人在《〈我与江先生〉后序》中进一步把男子中心思想称为封建伦常的'主纲'：'三纲主义自汉朝至今已有两千多年的寿命，向来为家天下政策的基本原理，而其根柢则是从男子中心思想出来的，因为女人是男人的所有，所生子女也自然归他所有，这是第二步，至于君与臣的关系，则是援夫为妻纲的例而来，所以算是第三步了。中国早已改为民国，君这一纲已经消灭，论理三纲只存其二，应该垮台了，事实却并不然，这便因为它的主纲存在，实力还是丝毫没有动摇。'可以把周作人在四十年代说的这段话，看作为《人的文学》的思想论述逻辑所作的注释。如果说在写作《人的文学》时，周作人对'家长'、男子中心思想是'三纲'的'主纲'这一思想尚无清晰的认识，那么，这时已经洞若观火，清晰至极。"

"其实，在《人的文学》一文中，周作人所主张的'人'的文学，首先和主要是为儿童和妇女争得做人的权利的文学，男人（'神圣的''父与夫'）的权利，已经是'神圣的'了，一时还用不着帮他们去争。由此可见，在提出并思考'人的文学'这个问题上，作为思想家，周作人表现出了其反封建的现代思想的十分独特的一面。"

以上引用的几节文字，均出自我的《"儿童的发现"：周作人"人的文学"的思想源头》一文①。正如论文题目所示，在《人的文学》这一新文学理念的宣言式文章中，"儿童的发现"（当然还包括"妇女的发现"）成为周作人的"人的文学"的思想源头。正是因此，我曾经指出："五四时期的新文学是包括儿童文学在内的。在五四新文学的整体中，儿童文学是有机组成部分。甚至可以这样说，最能显示五四新文学的'新'质的，也许当推'儿童'的发现和'儿童的文学'的发现。"②

在此，我不能不纠正吴其南对中国现代儿童文学性质的一个错误判断。吴其南说："……专指意义上的启蒙，即人文主义与封建主义的冲突，人的个性的觉醒，属于思想革命的较深层次，儿童文学的内容较为清浅，思想情感不十分分化，适合表现具有普遍意义的内容而非较深的更具个性化的内容，在一个启蒙思想不是普遍受到推崇而是遭受到压抑、打击的环境里，往往更难表现出来。这样，一个看起来与儿童生活距离很近的文化思潮却在20世纪儿童文学很少得到表现和关注，也就不难理解了。"③吴其南认为，"20世纪中国文化经历了三次启蒙高潮。……前两次，从戊戌维新到五四新文化运动，中国儿童文学尚处在草创阶段，启蒙作为一种文化思潮不可能在儿童文学中有多大的表现，……只有新时期、80年代的新启蒙，才在儿童文学内部产生影响，出现真正的启蒙主义的儿童文学。"④

针对吴其南的这一观点，我在《"反本质论"的学术后果——对中国儿童文学史重大问题的辨析》⑤作了以下批评——

"'儿童文学的内容较为清浅，思想情感不十分分化'，在这里，吴其南再一次流露出他贬抑儿童文学的价值观。由于看不到儿童文学的现代

① 载于《中国现代文学研究丛刊》2013年第10期。
② 朱自强著：《中国儿童文学与现代化进程》第153页至154页，浙江少年儿童出版社2000年版。
③④ 吴其南著：《二十世纪中国儿童文学的文化阐释》第166页，第166页至167页，中国社会科学出版社2012年版。
⑤ 载于《中国海洋大学学报》2013年第5期。

性价值，他忽略了五四启蒙运动时期，位于思想革命的最高处的周作人，在儿童文学领域以'儿童本位论'所进行的最为彻底的现代性启蒙。

"周作人此后发表的《儿童的书》《关于儿童的书》《〈长之文学论文集〉跋》等文章对抹杀儿童、教训儿童的成人本位思想的批判，都是深刻的思想启蒙，是吴其南所说的'专指意义上的启蒙，即人文主义与封建主义的冲突'。周作人的这些'思想革命'的文字，对规划中国儿童文学的发展方向至为重要。

"吴其南认为'只有新时期、80年代'才'出现真正的启蒙主义的儿童文学'，其阅读历史的目光显然是被蒙蔽着的。造成这种被遮蔽的原因之一，就是对整体的历史事实，比如对周作人的'人的文学'的理念，对周作人儿童本位的儿童文学思想的全部面貌，没有进行凝视、谛视和审视，因而对于周作人作为思想家的资质不能作出辨识和体认。"

1919年

我们现在怎样做父亲

鲁　迅

　　我作这一篇文的本意，其实是想研究怎样改革家庭；又因为中国亲权重，父权更重，所以尤想对于从来认为神圣不可侵犯的父子问题，发表一点意见。总而言之：只是革命要革到老子身上罢了。但何以大模大样，用了这九个字的题目呢？这有两个理由：

　　第一，中国的"圣人之徒"，最恨人动摇他的两样东西。一样不必说，也与我辈决不相干；一样便是他的伦常，我辈却不免偶然发几句议论，所以株连牵扯，很得了许多"铲伦常""禽兽行"之类的恶名。他们以为父对于子，有绝对的权力和威严；若是老子说话，当然无所不可，儿子有话，却在未说之前早已错了。但祖父子孙，本来各各都只是生命的桥梁的一级，决不是固定不易的。现在的子，便是将来的父，也便是将来的祖。我知道我辈和读者，若不是现任之父，也一定是候补之父，而且也都有做祖宗的希望，所差只在一个时间。为想省却许多麻烦起见，我们便该无须客气，尽可先行占住了上风，摆出父亲的尊严，谈谈我们和我们子女的事；不但将来着手实行，可以减少困难，在中国也顺理成章，免得"圣人之徒"听了害怕，总算是一举两得之至的事了。所以说，"我们怎样做父亲"。

　　第二，对于家庭问题，我在《新青年》的《随感录》（二五，四十，四九）中，曾经略略说及，总括大意，便只是从我们起，解放了后来的人。论到解放子女，本是极平常的事，当然不必有什么讨论。但中国的老年，中了旧习惯旧思想的毒太深了，决定悟不过来。譬如早晨听到乌鸦叫，少年毫不介意，迷信的老人，却总须颓唐半天。虽然很可怜，然而也无法可救。没有法，便只能先从觉醒的人开手，各自解放了自己的孩子。自己背着因袭的重担，肩住了黑暗的闸门，放他们到宽阔光明的地方去；此后幸福的度日，合理的做人。

还有，我曾经说，自己并非创作者，便在上海报纸的《新教训》里，挨了一顿骂。但我辈评论事情，总须先评论了自己，不要冒充，才能像一篇说话，对得起自己和别人。我自己知道，不特并非创作者，并且也不是真理的发见者。凡有所说所写，只是就平日见闻的事理里面，取了一点心以为然的道理；至于终极究竟的事，却不能知。便是对于数年以后的学说的进步和变迁，也说不出会到如何地步，单相信比现在总该还有进步还有变迁罢了。所以说，"我们现在怎样做父亲"。

我现在心以为然的道理，极其简单。便是依据生物界的现象，一、要保存生命；二、要延续这生命；三、要发展这生命（就是进化）。生物都这样做，父亲也就是这样做。

生命的价值和生命价值的高下，现在可以不论。单照常识判断，便知道既是生物，第一要紧的自然是生命。因为生物之所以为生物，全在有这生命，否则失了生物的意义。生物为保存生命起见，具有种种本能，最显著的是食欲。因有食欲才摄取食物，因有食物才发生温热，保存了生命。但生物的个体，总免不了老衰和死亡，为继续生命起见，又有一种本能，便是性欲。因性欲才有性交，因有性交才发生苗裔，继续了生命。所以食欲是保存自己，保存现在生命的事；性欲是保存后裔，保存永久生命的事。饮食并非罪恶，并非不净；性交也就并非罪恶，并非不净。饮食的结果，养活了自己，对于自己没有恩；性交的结果，生出子女，对于子女当然也算不了恩。前前后后，都向生命的长途走去，仅有先后的不同，分不出谁受谁的恩典。

可惜的是中国的旧见解，竟与这道理完全相反。夫妇是"人伦之中"，却说是"人伦之始"；性交是常事，却以为不净；生育也是常事，却以为天大的大功。人人对于婚姻，大抵先夹带着不净的思想。亲戚朋友有许多戏谑，自己也有许多羞涩，直到生了孩子，还是躲躲闪闪，怕敢声明；独有对于孩子，却威严十足，这种行径，简直可以说是和偷了钱发迹的财主，不相上下了。我并不是说，如他们攻击者所意想的，人类的性交也应如别种动物，随便举行；或如无耻流氓，专做些下流举动，自鸣得意。是说，此后觉醒的人，应该先洗净了东方固有的不净思想，再纯洁明白一些，了解夫妇是伴侣，是共同劳动者，又是新生命创造者的意义。所生的子女，固然是受领新生命的人，但他也不永久占领，将来还要交付子女，像他们的父母一般。只是前前后后，都做一个过付的经手人罢了。

生命何以必须继续呢？就是因为要发展，要进化。个体既然免不了死亡，进化又毫无止境，所以只能延续着，在这进化的路上走。走这路须有一种内的努力，有如单细胞动物有内的努力，积久才会繁复，无脊椎动物有内的努力，积久才会发生脊椎。所以后起的生命，总比以前的更有意义，更近完全，因此也更有价值，更可宝贵；前者的生命，应该牺牲于他。

但可惜的是中国的旧见解，又恰恰与这道理完全相反。本位应在幼者，却反在长者；置重应在将来，却反在过去。前者做了更前者的牺牲，自己无力生存，却苛责后者又来专做他的牺牲，毁灭了一切发展本身的能力。我也不是说，如他们攻击者所意想的，孙子理应终日痛打他的祖父，女儿必须时时咒骂他的亲娘。是说，此后觉醒的人，应该先洗净了东方古传的谬误思想，对于子女，义务思想须加多，而权力思想却大可切实核减，以准备改作幼者本位的道德。况且幼者受了权力，也并非永久占有，将来还要对于他们的幼者，仍尽义务。只是前前后后，都做一切过付的经手人罢了。

"父子间没有什么恩"这一个断语，实是招致"圣人之徒"面红耳赤的一大原因。他们的误点，便在长者本位与利己思想，权利思想很重，义务思想和责任心却很轻。以为父子关系，只须"父兮生我"一件事，幼者的全部，便应为长者所有。尤其堕落的，是因此责望报偿，以为幼者的全部，理该做长者的牺牲。殊不知自然界的安排，却件件与这要求反对，我们从古以来，逆天行事，于是人的能力，十分萎缩，社会的进步，也就跟着停顿。我们虽不能说停顿便要灭亡，但较之进步，总是停顿与灭亡的路相近。

自然界的安排，虽不免也有缺点，但结合长幼的方法，却并无错误。他并不用"恩"，却给与生物以一种天性，我们称他为"爱"。动物界中除了生子数目太多——爱不周到的如鱼类之外，总是挚爱他的幼子，不但绝无利益心情，甚或至于牺牲了自己，让他的将来的生命，去上那发展的长途。

人类也不外此，欧美家庭，大抵以幼者弱者为本位，便是最合于这生物学的真理的办法。便在中国，只要心思纯白，未曾经过"圣人之徒"作践的人，也都自然而然的能发现这一种天性。例如一个村妇哺乳婴儿的时候，决不想到自己正在施恩；一个农夫取妻的时候，也决不以为将要放债。只是有了子女，即天然相爱，愿他生存；更进一步的，便还要愿他比自己更好，就是进化。这离绝了交换关系利害关系的爱，便是人伦的索子，便是所谓"纲"。倘如旧说，抹杀了"爱"，一味说"恩"，又因此责望报偿，那便不但败坏了父子间的道德，而且也大反于做父母的实际的真情，播下乖剌的种子。有人做了乐府，说是"劝孝"，大意是什么"儿子上学堂，母亲在家磨杏仁，预备回来给他喝，你还不孝么"之类，自以为"拼命卫道"。殊不知富翁的杏酪和穷人的豆浆，在爱情上价值同等，而其价值却正在父母当时并无求报的心思；否则变成买卖行为，虽然喝了杏酪，也不异"人乳喂猪"，无非要猪肉肥美，在人伦道德上，丝毫没有价值了。

所以我现在心以为然的，便只是"爱"。

无论何国何人，大都承认"爱己"是一件应当的事。这便是保存生命的要义，也就是继续生命的根基。因为将来的运命，早在现在决定，故父母的缺点，便是子孙灭亡的伏线，生命的危机。易卜生做的《群鬼》（有潘家洵君译本，载在《新潮》一卷五号）虽然重在男女问题，但我们也可以看出遗传的可怕。欧士华本是要生活，能创作的人，因为父亲的不检，先天得了病毒，中途不能做人了。他又很爱母亲，不忍劳他服侍，便藏着吗啡，想待发作时候，由使女瑞琴帮他吃下，毒杀了自己；可是瑞琴走了。他于是只好托他母亲了。

欧："母亲，现在应该你帮我的忙了。"

阿夫人："我吗？"

欧："谁能及得上你。"

阿夫人："我！你的母亲！"

欧："正为那个。"

阿夫人："我，生你的人！"

欧："我不曾教你生我。并且给我的是一种什么日子？我不要他！你拿回去罢！"

这一段描写，实在是我们做父亲的人应该震惊戒惧佩服的；决不能昧了良心，说儿子理应受罪。这种事情，中国也很多，只要在医院做事，便能时时看见先天梅毒性病儿的惨状；而且傲然的送来的，又大抵是他的父母。但可怕的遗传，并不只是梅毒，另外许多精神上体质上的缺点，也可以传之子孙，而且久而久之，连社会都蒙着影响。我们且不高谈人群，单为子女说，便可以说凡是不爱己的人，实在欠缺做父亲的资格。就令硬做了父亲，也不过如古代的草寇称王一般，万万算不了正统。将来学问发达，社会改造时，他们侥幸留下的苗裔，恐怕总不免要受善种学（Eugenics）者的处置。

倘若现在父母并没有将什么精神上体质上的缺点交给子女，又不遇意外的事，子女便当然健康，总算已经达到了继续生命的目的。但父母的责任还没有完，因为生命虽然继续了，却是停顿不得，所以还须教这新生命去发展。凡动物较高等的，对于幼雏，除了养育保护以外，往往还教他们生存上必需的本领。例如飞禽便教飞翔，鸷兽便教搏击。人类更高几等，便也有愿意子孙更进一层的天性。这也是爱，上文所说的是对于现在，这是对于将来。只要思想未遭锢蔽的人，谁也喜欢子女比自己更强，更健康，更聪明高尚，更幸福；就是超越了自己，超越了过去。超越便须改变，所以子孙对于祖先的事，应该改变，"三年无改于父之道可谓孝矣"，当然是曲说，是退婴的病根。假使古代的单细胞动物，也遵着这教训，那便永远不敢分裂繁复，世界上再也不会有人类了。

幸而这一类教训，虽然害过许多人，却还未能完全扫尽了一切人的天性。没有读过"圣贤书"的人，还能将这天性在名教的斧钺底下，时时流露，时时萌蘖；这便是中国人虽然凋落萎缩，却未灭绝的原因。

所以觉醒的人，此后应将这天性的爱，更加扩张，更加醇化；用无我的爱，自己牺牲于后起新人。开宗第一，便是理解。往昔的欧人对于孩子的误解，是以为成人的预备；中国人的误解，是以为缩小的成人。直到近来，经过许多学者的研究，才知道孩子的世界，与成人截然不同；倘不先行理解，一味蛮做，便大碍于孩子的发达。所以一切设施，都应该以孩子为本位，日本近来，觉悟的也很不少；对于儿童的设施，研究儿童的事业，都非常兴盛了。第二，便是指导。时势既有改变，生活也必须进化；所以后起的人物，一定尤异于前，决不能用同一模型，无理嵌定。长者须是指导者协商者，却不该是命令者。不但不该责幼者供奉自己；而且还须用全副精神，专为他们自己，养成他们有耐劳作的体力，纯洁高尚的道德，广博自由能容纳新潮流的精神，也就是能在世界新潮流中游泳，不被淹没的力量。第三，便是解放。子女是即我非我的人，但既已分立，也便是人类中的人。因为即我，所以更应该尽教育的义务，交给他们自立的能力；因为非我，所以也应同时解放，全部为他们自己所有，成一个独立的人。

这样，便是父母对于子女，应该健全的产生，尽力的教育，完全的解放。

但有人会怕，仿佛父母从此以后，一无所有，无聊之极了。这种空虚的恐怖和无聊的感想，也即从谬误的旧思想发生；倘明白了生物学的真理，自然便会消灭。但要做解放子女的父母，也应预备一种能力。便是自己虽然已经带着过去的色采，却不失独立的本领和精神，有广博的趣味，高尚的娱乐。要幸福么？连你的将来的生命都幸福了。要"返老还童"，要"老复丁"么？子女便是"复丁"，都已独立而且更好了。这才是完了长者的任务，得了人生的慰安。倘若思想本领，样样照旧，专以"勃谿"为业，行辈自豪，那便自然免不了空虚无聊的苦痛。

或者又怕，解放之后，父子间要疏隔了。欧美的家庭，专制不及中国，早已大家知道；往者虽有人比之禽兽，现在却连"卫道"的圣徒，也曾替他们辩护，说并无"逆子叛弟"了。因此可知：惟其解放，所以相亲；惟其没有"拘挛"子弟的父兄，所以也没有反抗"拘挛"的"逆子叛弟"。若威逼利诱，便无论如何，决不能有"万年有道之长"。例便如我中国，汉有举孝，唐有孝悌力田科，清末也还有孝廉方正，都能换到官做。父恩谕之于先，皇恩施之于后，然而割股的人物，究属寥寥。足可证明中国的旧学说旧手段，实在从古以来，并无良效，无非使坏人增长些虚伪，好人无端的多受些人我都无利益的苦痛罢了。

独有"爱"是真的。路粹引孔融说，"父之于子，当有何亲？论其本意，实为情欲发耳。子之于母，亦复奚为，譬如寄物瓶中，出则离矣。"（汉末的孔府上，很出过几个有特色的奇人，不像现在这般冷落，这话也许确是北海先生所说；只是攻击他的偏是路粹和曹操，教人发笑罢了。）

虽然也是一种对于旧说的打击，但实于事理不合。因为父母生了子女，同时又有天性的爱，这爱又很深广很长久，不会即离。现在世界没有大同，相爱还有差等，子女对于父母，也便最爱，最关切，不会即离。所以疏隔一层，不劳多虑。至于一种例外的人，或者非爱所能钩连。但若爱力尚且不能钩连，那便任凭什么"恩威，名分，天经，地义"之类，更是钩连不住。

或者又怕，解放之后，长者要吃苦了。这事可分两层：第一，中国的社会，虽说"道德好"，实际却太缺乏相爱相助的心思。便是"孝""烈"这类道德，也都是旁人毫不负责，一味收拾幼者弱者的方法。在这样社会中，不独老者难于生活，即解放的幼者，也难于生活。第二，中国的男女，大抵未老先衰，甚至不到二十岁，早已老态可掬，待到真实衰老，便更须别人扶持。所以我说，解放子女的父母，应该先有一番预备；而对于如此社会，尤应该改造，使他能适于合理的生活。许多人预备着，改造着，久而久之，自然可望实现了。单就别国的往时而言，斯宾塞未曾结婚，不闻他侘傺无聊；瓦特早没有了子女，也居然"寿终正寝"，何况在将来，更何况有儿女的人呢？

或者又怕，解放之后，子女要吃苦了。这事也有两层，全如上文所说，不过一是因为老而无能，一是因为少不更事罢了。因此觉醒的人，愈觉有改造社会的任务。中国相传的成法，谬误很多：一种是锢闭，以为可以与社会隔离，不受影响。一种是教给他恶本领，以为如此才能在社会中生活。用这类方法的长者，虽然也含有继续生命的好意，但比照事理，却决定谬误。此外还有一种，是传授些周旋方法，教他们顺应社会。这与数年前讲"实用主义"的人，因为市上有假洋钱，便要在学校里遍教学生看洋钱的法子之类，同一错误。社会虽然不能不偶然顺应，但决不是正当办法。因为社会不良，恶现象便很多，势不能一一顺应；倘都顺应了，又违反了合理的生活，倒走了进化的路。所以根本方法，只有改良社会。

就实际上说，中国旧理想的家族关系父子关系之类，其实早已崩溃。这也非"于今为烈"，正是"在昔已然"。历来都竭力表彰"五世同堂"，便足见实际上同居的为难；拼命的劝孝，也足见事实上孝子的缺少。而其原因，便全在一意提倡虚伪道德，蔑视了真的人情。我们试一翻大族的家谱，便知道始迁祖宗，大抵是单身迁居，成家立业；一到聚族而居，家谱出版，却已在零落的中途了。况在将来，迷信破了，便没有哭竹，卧冰；医学发达了，也不必尝秽，割股。又因为经济关系，结婚不得不迟，生育因此也迟，或者子女才能自存，父母已经衰老，不及依赖他们供养，事实上也就是父母反尽了义务。世界潮流逼拶着，这样做的可以生存，不然的便都衰落；无非觉醒者多，加些人力，便危机可望较少就是了。

但既如上言，中国家庭，实际久已崩溃，并不如"圣人之徒"纸上的空谈，则何以至今依然如故，一无进步呢？这事很容易解答。第一，崩溃者自崩溃，纠缠者自纠缠，设立者又自设立；毫无戒心，也不想到改革，所以如故。第二，以前的家庭中间，本来常有勃谿，到了新名词流行之后，便都改称"革命"，然而其实也仍是讨嫖钱至于相骂，要赌本至于相打之类，与觉醒者的改革，截然两途。这一类自称"革命"的勃谿子弟，纯属旧式，待到自己有了子女，也决不解放；或者毫不管理，或者反要寻出《孝经》，勒令诵读，想他们"学于古训"，都做牺牲。这只能全归旧道德旧习惯旧方法负责，生物学的真理决不能妄任其咎。

既如上言，生物为要进化，应该继续生命，那便"不孝有三无后为大"，三妻四妾，也极合理了。这事也很容易解答。人类因为无后，绝了将来的生命，虽然不幸，但若用不正当的方法手段，苟延生命而害及人群，便该比一人无后，尤其"不孝"。因为现在的社会，一夫一妻制最为合理，而多妻主义，实能使人群堕落。堕落近于退化，与继续生命的目的，恰恰完全相反。无后只是灭绝了自己，退化状态的有后，便会毁到他人。人类总有些为他人牺牲自己的精神，而况生物自发生以来，交互关联，一人的血统，大抵总与他人有多少关系，不会完全灭绝。所以生物学的真理，决非多妻主义的护符。

总而言之，觉醒的父母，完全应该是义务的，利他的，牺牲的，很不易做；而在中国尤不易做。中国觉醒的人，为想随顺长者解放幼者，便须一面清结旧账，一面开辟新路。就是开首所说的"自己背着因袭的重担，肩住了黑暗的闸门，放他们到宽阔光明的地方去；此后幸福的度日，合理的做人。"这是一件极伟大的要紧的事，也是一件极困苦艰难的事。

但世间又有一类长者，不但不肯解放子女，并且不准子女解放他们自己的子女；就是并要孙子曾孙都做无谓的牺牲。这也是一个问题；而我是愿意平和的人，所以对于这问题，现在不能解答。

一九一九年十月。

◆ 解说

此文原载于1919年11月《新青年》第六卷第六号。

钱玄同曾说："我认为周氏兄弟的思想，是国内数一数二的，所以竭力怂恿他们给《新青年》写文章。"[①]在钱玄同的"竭力怂恿"下，先是周作人，接着是鲁迅，开始为《新青年》撰稿。

《我们现在怎样做父亲》开篇即说："……中国亲权重，父权更重，所以尤想对于从来认为神圣不可侵犯的父子问题，发表一点意见。总而言之：只是革命要革到老子身上罢了。"鲁迅正是以这样一篇文章，与周作人并肩投入到了"儿童的发现"这一思想革命之中。五四时期，"救救孩子"是周氏兄弟的共同事业。

要想真正理解鲁迅的这篇重要文章的思想内涵，要想历史地估量这篇

---

① 钱玄同：《我对于周豫才（即鲁迅）君之追忆与略评》，转引自止庵著：《周作人传》第65页，山东画报出版社2010年版。

文章的价值，有必要将其与周作人先此之前发表的一系列文章进行比较。[②]

此前有学者作过这种比较。比如，方卫平认为："鲁迅的'儿童本位论'比起周作人来要开放、博大得多。他们的'儿童本位论'在理解儿童、尊重儿童这一点上达成了一种共识和默契，同时又显示了两种不同的理论胸怀和眼光。"[③]而我在将周作人的《人的文学》《祖先崇拜》与鲁迅的《我们现在怎样做父亲》作了罗列、比较后，则认为："鲁迅完全接受了周作人的思想观点和重要理论语言。虽然，鲁迅的《我们现在怎样做父亲》也作了一定的发挥，比如提出'自己背着因袭的重担，肩住了黑暗的闸门，放他们到宽阔光明的地方去'的想法，将周作人强调的'祖先为子孙而生存'这一'父母的义务'进一步具体化；将'祖先为子孙而生存''子孙崇拜'鲜明地改造成'幼者本位'等，但是，从文章的核心思想、根本观点来看，鲁迅对周作人并未作出超越。"[④]不仅对周氏兄弟的文章的语言表述作比较，我还考察了周氏兄弟的语言能力、对西方文化的态度以及知识结构上的异同，指出："相比之下，周作人从留学时起，便利用自己习得的英文和日文广泛涉猎、阅读神话学、文化人类学、生物学、儿童学方面的西方书籍。这些学术领域，对人的发现、儿童的发现都具有本原性。"[⑤]"在五四时期，周氏兄弟联手开拓中国儿童学的荒地时，周作人是处于打头阵的位置的，他所到达的思想和学术的高度，不仅郑振铎、赵景深、郭沫若、茅盾等新文学主将，而且连鲁迅这样的新文学巨人也不能企及。"[⑥]

当然，在五四时期的"儿童的发现"这一思想革命中，鲁迅也作出了不可替代的巨大贡献。"……不过，这些贡献主要不在儿童文学理论维

---

② 关于这方面的详细比较，可参见朱自强著：《中国儿童文学与现代化进程》之"'东有启明，西有长庚'：周氏兄弟的儿童观比较"一节。

③ 方卫平著：《中国儿童文学理论批评史》第188页，江苏少年儿童出版社1993年版。

④⑤⑥ 朱自强著：《中国儿童文学与现代化进程》第215页，第217页，第222页，第222页，浙江少年儿童出版社2000年版。

度中的儿童观建树上，而是在文学创作领域，对儿童心灵世界的真实而深刻的表现上。而恰恰对后者，研究者们不是重视不足，便是浮光掠影，未能触及鲁迅心态的深处。鲁迅的《故乡》《社戏》等小说，《朝花夕拾》中的一系列散文，虽然不是专为儿童创作的儿童文学作品，但是，里面刻画的儿童形象和描写的儿童生活，却令同时代的众多儿童文学作品相形见绌，面露愧色。这些作品通过儿童生活世界的视角所透露出的独特而深刻的人生哲学思想和对封建思想文化的批判，不仅构成鲁迅文学世界的一道重要景观，而且还足以成为处于起步阶段的中国儿童文学汲取思想营养和艺术经验的宝贵源流。"⑦

---

⑦ 朱自强著：《中国儿童文学与现代化进程》第215页，第217页，第222页，第222页，浙江少年儿童出版社2000年版。

儿童的文学

周作人

今天所讲儿童的文学，换一句话便是"小学校里的文学"。美国的斯喀特尔（H.E. Scudder）、麦克林托克（P.L. Maclintock）诸人都有这样名称的书，说明文学在小学教育上的价值，他们以为儿童应该读文学的作品，不可单读那些商人杜撰的读本。读了读本，虽然说是识字了，却不能读书，因为没有读书的趣味。这话原是不错，我也想用同一的标题，但是怕要误会，以为是主张叫小学儿童读高深的文学作品，所以改作今称，表明这所谓文学，是单指"儿童的"文学。

以前的人对于儿童多不能正当理解，不是将他当作缩小的成人，拿"圣经贤传"尽量地灌下去，便将他看作不完全的小人，说小孩懂得什么，一笔抹杀，不去理他。近来才知道儿童在生理心理上，虽然和大人有点不同，但他仍是完全的个人，有他自己的内外两面的生活。儿童期的二十几年的生活，一面固然是成人生活的预备，但一面也自有独立的意义与价值；因为全生活只是一个生长，我们不能指定哪一截的时期，是真正的生活。我以为顺应自然生活各期，——生长，成熟，老死，都是真正的生活。所以我们对于误认儿童为缩小的成人的教法，固然完全反对，就是那不承认儿童的独立生活的意见，我们也不以为然。那全然蔑视的不必说了，在诗歌里鼓吹合群，在故事里提倡爱国，专为将来设想，不顾现在儿童生活的需要的办法，也不免浪费了儿童的时间，缺损了儿童的生活。我想儿童教育，是应当依了他内外两面的生活的需要，适如其分地供给他，使他生活满足丰富，至于因了这供给的材料与方法而发生的效果，那是当然有的副产物，不必是供给时的唯一目的物。换一句话说，因为儿童生活上有文学的需要，我们供给他，便利用这机会去得一种效果，——于儿童将来生活上有益的一种思想或习性，当作副产物，并不因为要得这效果，便不管儿童的需要如何，供给一种食料，强迫他吞下去。所以小学校里的文学的教材与教授，第一须注意于"儿童的"这一点，其次才是效果，如读书的趣味，智情与想象的修养等。

儿童生活上何以有文学的需要？这个问题，只要看文学的起源的情形，便可以明白。儿童那里有自己的文学？这个问题，只要看原始社会的文学的情形，便可以明白。照进化说讲来，人类的个体发生原来和系统发生的程序相同：胚胎时代经过生物进化的历程，儿童时代又经过文明发达的历程；所以儿童学（Paidologie）上的许多事项，可以借了人类学（Anthropologie）上的事项来作说明。文学的起源，本由于原人的对于自然的畏惧与好奇，凭了想象，构成一种感情思想，借了言语行动表现出来，总称是歌舞，分起来是歌、赋与戏曲小说。儿童的精神生活本与原人相似，他的文学是儿歌童话，内容形式不但多与原人的文学相同，而且有许多还是原始社会的遗物，常含有野蛮或荒唐的思想。儿童与原人的比较，儿童的文学与原始的文学的比较，现在已有定论，可以不必多说；我们所要注意的，只是在于怎么样能够适当地将"儿童的"文学供给与儿童。

近来有许多人对于儿童的文学，不免怀疑，因为他们觉得儿歌童话里多有荒唐乖谬的思想，恐于儿童有害。这个疑惧本也不为无理，但我们有这两种根据，可以解释他：

第一，我们承认儿童有独立的生活，就是说他们内面的生活与大人不同，我们应当客观地理解他们，并加以相当的尊重。婴儿不会吃饭，只能给他乳吃；不会走路，只好抱他：这是大家都知道的。精神上的情形，也正同这个一样。儿童没有一个不是拜物教的，他相信草木能思想，猫狗能说话，正是当然的事；我们要纠正他，说草木是植物猫狗是动物，不会思想或说话，这事不但没有什么益处，反是有害的，因为这样使他们的生活受了伤了。即使不说儿童的权利那些话，但不自然地阻遏了儿童的想象力，也就所失很大了。

第二，我们又知道儿童的生活，是转变的生长的。因为这一层，所以我们可以放胆供给儿童需要的歌谣故事，不必愁他有什么坏的影响。但因此我们又更须细心斟酌，不要使他停滞，脱了正当的轨道。譬如婴儿生了牙齿可以吃饭，脚力强了可以走路了，却还是哺乳提抱，便将使他的胃肠与脚的筋肉反变衰弱了。儿童相信猫狗能说话的时候，我们便同他们讲猫狗说话的故事，不但要使得他们喜悦，也因为知道这过程是跳不过的——然而又自然的会推移过去的，所以相当的对付了，等到儿童要知道猫狗是什么东西的时候到来，我们再可以将生物学的知识供给他们。倘若不问儿童生活的转变如何，只是始终同他们讲猫狗说话的事，那时这些荒唐乖谬的弊害才真要出来了。

据麦克林托克说，儿童的想象如被迫压，他将失了一切的兴味，变成枯燥的唯物的人；但如被放纵，又将变成梦想家，他的心力都不中用了。所以小学校里的正当的文学教育，有这样三种作用：（1）顺应满足儿童之本能的兴趣与趣味；（2）培养并指导那些趣味；（3）唤起以前没有的新的兴趣与趣味。这（1）便是我们所说的供给儿童文学的本意，（2）与（3）是利用这机会去得一种效果。但怎样才能恰当的办到呢？依据儿童心理发达的程序与文学批评的标准，于教材选择与教授方法上，加以注意，当然可以得到若干效果。教授方法的话可以不必多说了，现在只就教材选择上，略略说明以备参考。

儿童学上的分期，大约分作四期，一婴儿期（一至三岁），二幼儿期（三至十），三少年期（十至十五），四青年期（十五至二十）。我们现在所说的是学校里一年至六年的儿童，便是幼儿期及少年期的前半，至于七年以上所谓中学程度的儿童，这回不暇说及，当俟另外有机会再讲了。

幼儿期普通又分作前后两期，三至六岁为前期，又称幼稚园时期，六至十为后期，又称初等小学时期。前期的儿童，心理的发达上最旺盛的是感觉作用，其他感情意志的发动也多以感觉为本，带着冲动的性质。这时期的想象，也只是所动的，就是联想的及模仿的两种，对于现实与虚幻，差不多没有什么区别。到了后期，观察与记忆作用逐渐发达，得了各种现实的经验，想象作用也就受了限制，须与现实不相冲突，才能容纳；若表现上面，也变了主动的，就是所谓构成的想象了。少年期的前半大抵也是这样，不过自我意识更为发达，关于社会道德等的观念，也渐明白了。

约略根据了这个程序，我们将各期的儿童的文学分配起来，大略如下：

幼 儿 前 期

（1）诗歌　这时期的诗歌，第一要注意的是声调。最好是用现有的儿歌，如北平的"水牛儿""小耗子"都可以用，就是那趁韵而成的如"忽听门外人咬狗"，咒语一般的决择歌如"铁脚斑斑"，只要音节有趣，也是一样可用的。因为幼儿唱歌只为好听，内容意义不甚紧要，但是粗俗的歌词也应该排斥，所以选择诗歌，不必积极地罗致名著，只须消极加以别择便好了。古今诗里有适宜的，当然可用；但特别新作的儿歌，我反不大赞成，因为这是极难的，难得成功的。

（2）寓言　寓言实在只是童话的一种，不过略为简短，又多含着教训的意思，普通就称作寓言。在幼儿教育上，他的价值单在故事的内容，教训实是可有可无；倘这意义是自明的，儿童自己能够理会，原也很好，如借此去教修身的大道理，便不免背谬了。这不但因为在这时期教了不能了解，且恐要养成曲解的癖，于将来颇有弊病。象征的著作须得在少年期的后期（第六七学年）去读，才有益处。

（3）天然故事　童话也最好利用原有的材料，但现在的尚未有人收集，古书里的须待修订，没有恰好的童话集可用。翻译别国的东西，也是一法，只须稍加审择便好。本来在童话里，保存着原始的野蛮的思想制度，比别处更多。虽然我们说过儿童是小野蛮，喜欢荒唐乖谬的故事，本是当然，但有几种也不能不注意：就是凡过于悲哀、苦痛、残酷的，不宜采用。神怪的事只要不过恐怖的限度，总还无妨；因为将来理智发达，儿童自然会不再相信这些，若是过于悲哀或痛苦，便永远在脑里留下一个印象，不会消灭，于后来思想上很有影响；至于残酷的害，更不用说了。

幼　儿　后　期

（1）诗歌　这期间的诗歌不只是形式重要，内容也很重要了；读了固然要好听，还要有意思，有趣味。儿歌也可应用，前期读过还可以重读，前回听他的音，现在认他的文字与意义，别有一种兴趣。文学的作品倘有可采用的，极为适宜，但恐不很多。如选取新诗，须择协韵而声调和谐的；但有词调小曲调的不取，抽象描写或讲道理的也不取。儿童是最能创造而又最是保守的；他们所喜欢的诗歌，恐怕还是五七言以前的声调，所以普通的诗难得受他们的赏鉴；将来的新诗人能够超越时代，重新寻到自然的音节，那时真正的新的儿歌才能出现了。

（2）传说　小学的初年还可以用普通的童话，但是以后儿童辨别力渐强，对于现实与虚幻已经分出界限，所以童话里的想象也不可太与现实分离；丹麦安兑尔然（Hans C. Andersen）作的童话集里，有许多适用的材料。传说也可以应用，但应当注意，不可过量地鼓动崇拜英雄的心思，或助长粗暴残酷的行为。中国小说里的《西游记》讲神怪的事，却与《封神传》不同，也算纯朴率真，有几节可以当童话用。《今古奇观》等书里边，也有可取的地方，不过须加以修订才能适用罢了。

（3）天然故事　这是寓言的一个变相；以前读寓言是为他的故事，现在却是为他所讲的动物生活。儿童在这时期，好奇心很是旺盛，又对于牧畜及园艺极热心，所以给他读这些故事，随后引到记述天然的著作，便很容易了。但中国这类著作非常缺少，不得不取材于译书，如《万物一览》等书了。

少　年　期

（1）诗歌　浅近的文言可以应用，如唐代的乐府及古诗里多有好的材料；中国缺少叙事的民歌（Ballad），只有《孔雀东南飞》等几篇可以算得佳作，《木兰行》便不大适用。这时期的儿童对于普通的儿歌，大抵已经没有什么趣味了。

（2）传说　传说与童话相似，只是所记的是有名英雄，虽然也含有空想的分子，比较的近于现实。在自我意识团体精神渐渐发达的时期，这类故事，颇为合宜；但容易引起不适当的英雄崇拜与爱国心，极须注意。最好采用各国的材料，使儿童知道人性里共通的地方，可以免去许多偏见。奇异而有趣味的，或真切而合于人情的，都可采用；但讲明太祖那颇鹏鸟等的故事，还以不用为宜。

（3）写实的故事　这与现代的写实小说不同，单指多含现实分子的故事，如欧洲的《鲁滨孙》（*Robinson Crusoe*）或《吉河德先生》（*Don Quixote*）而言。中国的所谓社会小说里，也有可取的地方，如《儒林外史》及《老残游记》之类，纪事叙景都可，只不要有玩世的口气，也不可有夸张或感伤的"杂剧的"气味。《官场现形记》与《广陵潮》没有什么可取，便因为这个缘故。

（4）寓言　这时期的寓言，可以注意在意义，助成儿童理智的发达。

希腊及此外欧洲寓言作家的作品，都可选用；中国古文及佛经里也有许多很好的譬喻。但寓言的教训，多是从经验出来，不是凭理论的，所以尽有顽固或背谬的话，用时应当注意；又篇末大抵附有训语，可以删去，让儿童自己去想，指定了反妨害他们的活动了。滑稽故事此时也可以用，童话里本有这一部类，不过用在此刻也偏重意义罢了。古书如《韩非子》等的里边，颇有可用的材料，大都是属于理智的滑稽，就是所谓机智。感情的滑稽实例很少；世俗大多数的滑稽都是感觉的，没有文学的价值了。

（5）戏曲　儿童的游戏中本含有戏曲的原质，现在不过伸张综合了，适应他们的需要。在这里边，他们能够发扬模仿的及构成的想象作用，得到团体游戏的快乐。这虽然是指实演而言，但诵读也别有兴趣，不过这类著作，中国一点都没有，还须等人去研究创作：能将所读的传说去戏剧化，原是最好，却又极难，所以也只好先从翻译入手了。

以上约略就儿童的各期，分配应用的文学种类，还只是理论上的空谈，须经过实验，才能确实的编成一个详表。以前所说多偏重"儿童的"，但关于"文学的"这一层，也不可将他看轻；因为儿童所需要的是文学，并不是商人杜撰的各种文章，所以选用的时候还应当注意文学的价值。所谓文学的，却也并非要引了文学批评的条例，细细地推敲，只是说须有文学趣味罢了。文章单纯、明了、匀整；思想真实、普遍：这条件便已完备了。麦克林托克说，小学校里的文学有两种重要的作用：（1）表现具体的影象，（2）造成组织的全体。文学之所以能培养指导及唤起儿童的新的兴趣与趣味，大抵由于这个作用。所以这两条件，差不多就可以用作儿童文学的艺术上的标准了。

中国向来对于儿童，没有正当的理解，又因为偏重文学，所以在文学中可以供儿童之用的，实在绝无仅有；但是民间口头流传的也不少，古书中也有可用的材料，不过没有人采集或修订了，拿来应用。坊间有几种唱歌和童话，却多是不合条件，不适于用。我希望有热心的人，结合一个小团体，起手研究，逐渐收集各地歌谣故事，修订古书里的材料，翻译外国的著作，编成几部书，供家庭学校的用，一面又编成儿童用的小册，用了优美的装帧，刊印出去，于儿童教育当有许多的功效。我以前因为汉字困难，怕这事不大容易成功，现在有了注音字母，可以不必多愁了。但插画一事，仍是为难。现今中国画报上的插画，几乎没有一张过得去的，要寻能够为儿童书作插画的，自然更不易得了，这真是一件可惜的事。

◆ 解说

此文原载于1920年12月1日《新青年》第八卷第四号。

《儿童的文学》是一篇讲演文。1920年10月26日，是中国文学史上值得大书一笔的日子，因为在这一天的下午，周作人在北京孔德学校作了题为"儿童的文学"的讲演。这场讲演与在此之前的《圣书与中国文学》（1920年11月30日在燕京大学文学会讲）《新文学的要求》（1920年1月6日在北平少年中国学会讲）一起被人们并称为周作人"三大文学讲演"。根据周作人"声音细小""照稿宣读"的讲演风格推测，也许场上效果并不见得多好。但是，讲演稿《儿童的文学》在《新青年》上发表后，却有如登高一呼，应者云集。自此之后的两三年间，题目冠以"儿童文学"云云的文章、书籍开始不断出现，可以猜测是受到了周作人的《儿童的文学》一文的影响。比如，严既澄发表于1921年的《儿童文学在儿童教育上之价值为题》一文，未加注释地大段袭用了《儿童的文学》中的重要观点，魏寿镛、周侯于出版于1923年的《儿童文学概论》一书，也未加注释地袭用了《儿童的文学》的两段重要文字，由此可知，他们都读到了周作人的文章并深受其影响。

周作人曾说："我来到北京之后，适值北京大学的同人在方巾巷地方开办孔德学校，——平常人家以为是提倡孔家道德，其实却是以法国哲学家为名，一切取自由主义的教育方针，自小学至中学一贯的新式学校，我也被学校的主持人邀去参加，因此又引起了我过去的兴趣，在一九二〇年十一月二十六日乃在那里讲演了那篇《儿童的文学》。这篇文章的特色就只在于用白话所写的，里边的意思差不多与文言所写的大旨相同，并没有什么新鲜的东西……"①周作人的这段话里既有自谦成分，也有记忆不确之处。

我以为，在《儿童的文学》里，周作人的儿童文学理论有新的重要的发展。这主要表现在三个方面：

第一，更清晰、深入地阐述了"儿童本位"的儿童观的内涵。

第二，直接借鉴麦克林托克和斯喀特尔等美国学者的"小学校里的文学"教育的观点，论述了"小学校里的正当的文学教育"的诸问题。

第三，从文体的角度，梳理小学校的文学教育的儿童文学资源，呈现了更加完整的儿童文学的文体面貌。

《儿童的文学》是中国儿童文学理论宣言式文章，对它的解读可以牵连出儿童文学理论、儿童文学史研究的许多重大、重要的问题。

1.《儿童的文学》是中国首次出现"儿童文学"这一词语（概念）表述的文献。

在中国，第一次使用"儿童文学"这一词语（概念）的是周作人。

在周作人的著述中，"儿童文学"这一概念的形成过程大致是，先是于1908年发表的《论文章之意义暨其使命因及中国近时论文之失》一文中，提出"奇觚之谈"（即德语的"Märchen"，今通译为"童话"），将其与"童稚教育"联系在一起，随后于1912年写作《童话研究》，提出了"儿童之文学"（虽然孙毓修于1909年发表的《〈童话〉序》一文，出现了"童话""儿童小说"这样的表述，但是，"儿童之文学"的说法仍然是一个进步），八年以后，在《儿童的文学》一文中，提出了"儿童文学"这一词语。

---

① 周作人著：《苦茶——周作人回想录》第310至311页，第539页，敦煌文艺出版社1995年版。

在我的阅读视野中，《儿童的文学》不仅是中国第一篇最为系统地论述儿童文学的论文，而且还应该是中国首次用"儿童文学"这一词语来表述儿童文学这一概念的文献。

2014年6月，中国海洋大学与美国南卡罗莱纳大学在哥伦比亚市共同主办第二届中美儿童文学论坛。我在论坛上发表的《论周作人的"儿童文学"观念的发生——以美国影响为中心》一文，考证了周作人撰写《儿童的文学》一文，从他所购读的麦克林托克的 *Literature in elementary schools* 和斯喀特尔的 *Childhood in Literature and Art* 两书中受到的影响，指出："在麦克林托克的 *Literature in elementary schools* 一书中多次出现了 literature for children 这一词语。这个词语的意思是专门给孩子的文学，即儿童文学。在斯喀特尔的 *Childhood in Literature and Art* 一书中多次出现了 literature for children 和 books for children 这样的词语。在《儿童的文学》一文中，周作人笔下的'儿童文学'很可能直接来自麦克林托克和斯喀特尔笔下的 literature for children 一语。"

2. 更加清晰、深入地阐述了"儿童本位"的思想内涵。

《儿童的文学》虽然文中没有出现"儿童本位"这一字样，但却是更加清晰、深入地论述"儿童本位"思想的文章。这里之所以用"更加"这一说法，是因为周作人在《儿童问题之初解》（1912年）、《儿童研究导言》（1913年）、《学校成绩展览会意见书》（1914年）、《小学校成绩展览会杂记》（1914年）、《玩具研究一》（1914年）、《人的文学》（1918年）等文章中，都论述过"儿童本位"的思想。

到了写《儿童的文学》，周作人将此前的"儿童本位"的儿童观与关于"儿童的文学"的论述整合了起来。在文中，他不仅继续批判封建的儿童观（"以前的人对于儿童多不能正当理解，不是将他当作缩小的成人，拿'圣经贤传'尽量的灌下去，便将他看作不完全的小人，说小孩懂得甚么，一笔抹杀，不去理他。"），而且还深入揭示儿童的心灵世界："儿童在生理心理上，虽然和大人有点不同，但他仍是完全的个人，有他自己的内外两面的生活。儿童期的二十岁年的生活，一面固然是成人生活的预备，但一面也自有独立的意义与价值，因为全生活只是一个生长，我们不能指定那一截的时期，是真正的生活。""我们承认儿童有独立的生活，就是说他们内面的生活与大人不同，我们应当客观地理解他们，并加以相当的尊重"。"我们又知道儿童的生活，是转变的生长的。因为这一层，所以我们可以放胆供给儿童需要的歌谣故事……"这样，周作人建立起了儿童具有与成人对等的人格，儿童具有"与大人不同"的内面生活这样两个支撑自己的现代儿童观的基本观点。

3. 对儿童文学的教育功能作了明晰的阐释。

周作人阐述儿童文学的教育功能时，是直接借鉴麦克林托克 *Literature in elementary schools* 一书中的观点——"小学校里的正当的文学教育，有这样三种作用：（1）顺应满足儿童之本能的兴趣与趣味；（2）培养并指导那些趣味；（3）唤起以前没有的新的兴趣与趣味。"

周作人所引述的上述麦克林托克的观点，也对郑振铎的儿童文学观产生过很大的影响。他在《〈儿童世界〉宣言》《儿童文学的教授法》两篇文章中，都曾加以引用。

4. 对儿童文学的文体把握更为系统、完整。

周作人在绍兴时期发表的那组儿童文学研究文章，文学体裁主要限于"童话"和"儿歌"，但是，在《儿童的文学》里，他的文学体裁上的视野一下子打开了，论述里出现了"诗歌""传说""天然故事""写实的故事""滑稽故事""寓言""戏曲"等文学体裁，这使周作人描画的"儿童文学"的疆域更加开阔了。

我认为，出现这种学术上的发展，很可能是因为周作人借鉴了美国麦克林托克等人研究"小学校里的文学"的著作。比如，周作人1914年购读的麦克林托克的 *Literature in elementary schools* 一书，就有"文学种类及小学阶段的文学元素"一节论述，后面还列专节讨论了"故事""民间传说""童话""神话""写实主义小说""寓言""诗歌""戏剧"等。

周作人还按照"儿童学上的分期","将各期的儿童文学分配起来"。虽然各期的文体划分值得推敲，但是这种划分意识显然是有眼光的。

5. 在对周作人的"儿童本位"论的认识上，有几个重要的问题需要辨析。

（1）"儿童本位"论与杜威的儿童中心主义的关系。

在中国儿童文学史研究上，一直存在着周作人的"儿童本位"论，是受杜威的"儿童中心主义"影响而产生这种观点。"解放前，以杜威的'儿童中心主义'和整个资产阶级的'自由教育论'的教育理论为基础的儿童文学理论，都认为'儿童文学就是用儿童本位组成的文学……'"（蒋风著：《儿童文学概论》）"周作人认为'儿童的文学只是儿童本位的，此外更没有什么标准'，儿童文学应当'顺应满足儿童之本能的兴趣与趣味'，'顺应自然，助长发达，使各期之儿童得保其自然之本相'。不难看出，周作人的这些观点明显地受到了杜威'儿童本位论'的影响。"（王泉根语，见蒋风主编《中国现代儿童文学史》）"'儿童本位论'是'儿童中心主义'的中国化了的理论表述和用语。"（方卫平著：《中国儿童文学理论批评史》）"众所周知，'儿童本位论'是周作人等在借用杜威实用主义教育观的基础上提出来的，其原意是'儿童中心主义'，它促动了儿童教育的现代化，但在解读儿童文学本体审美特征方面是乏力的。"（谭旭东：《寻找批评的空间》）"杜威的儿童本位论主要是一种教育—教学理论，在五四时的中国，经过周作人、胡适等鼓吹推演，与文化人类学、'复演说'相融合，才变成一种儿童文学理论。"（吴其南著：《20世纪中国儿童文学的文化阐释》）

上述说法流布甚广，但却是违背儿童文学史的客观事实的（对这一观点，我曾在《中国儿童文学与现代化进程》一书中予以否定）。理由主要有两点：第一，周作人的"儿童本位"论属于文化批判理论、文学理论，它在血统上不是源于杜威的儿童中心主义这一教育理论，而是受到了斯坦利·霍尔、高岛平三郎等人的儿童学、生物学上的进化论、人道主义和个人主义思想的影响。此间影响关系，细读周作人的著作即可了解。第二，从史料来看，周作人从没有与杜威的儿童中心主义理论发生过交集。没有交集也就谈不到受其影响。对杜威这个人，周作人似乎也是不以为然，未予赞赏的。周作人共有七篇文章提到过杜威，但几乎都没有好印象。这与周作人反复撰文赞美给他以思想影响的霭理斯形成了鲜明的对比。

周作人的"儿童本位"的儿童观，明显接受的是儿童学的直接影响。关于美国儿童学对周作人的影响，我在《儿童研究导言》的解说里已经谈过。关于来自日本儿童学的影响，周作人曾自述："在东京时，得到高岛平三郎编的《歌咏儿童的文学》及所著《儿童研究》，才对于这方面感到兴趣，……"，②

吴其南认为周作人等人使用的"儿童本位"中的"'本位'原是一个金融学用语"，③其实是不对的。我曾说周作人使用的"儿童本位"来自于日语语汇，④这是有事实依据的。

首先，在语言表述上，从周作人等人所使用的"本位"一词的意义来看，它应该取自日语语汇。

查日语《学研国语大词典》，对"本位"（日语表记与汉语完全相同）一词的解释是——

本位：（名词）（1）原来的位置。以前的位置。（2）成为（思想和行为的）中心的基准或标准。作为结尾词，也接在名词后面使用，表示将

② 周作人著：《苦茶——周作人回想录》第310至311页，第539页，敦煌文艺出版社1995年版。
③ 吴其南著：《20世纪中国儿童文学的文化阐释》第77页，第62页，中国社会科学出版社2012年版。
④ 见朱自强著：《中国儿童文学与现代化进程》第166页，第255页，第253页，浙江少年儿童出版社2000年版。

其作为思想和行为的中心。

而查汉语的《现代汉语词典》，对"本位"一词的解释是——

本位：（1）货币制度的基础或货币价值的计算标准：金～｜银～｜～货币。（2）自己所在的单位；自己的工作岗位：～主义｜做好～工作。

可见，周作人等人的"儿童本位"一语的用法，不是《现代汉语词典》所说的任何一种用法，而是《学研国语大词典》里说的第二种用法。在明治时代，周作人所欣赏的日本文豪夏目漱石就使用了"本位"一语。上述《学研国语大词典》里，解释"本位"词条时，作为例句，引用了夏目漱石于1909年在春阳堂出版的《文学评论》中的一句："我感到，这一倾向似乎正在成为著述的本位……"所以，说周作人的"儿童本位"论的"本位"一词的语源是日语，这是符合逻辑的。

其次，从文献上的直接影响来看，我查阅到高岛平三郎所著《应用于教育的儿童研究》（即周作人所说的《儿童研究》）一书的目录和正文里，都出现了"儿童本位"一语。完全可以猜想，周作人所用"儿童本位"这一表述，很可能就来自他阅读过的高岛平三郎的这部著作。

（2）"儿童本位"论与"西方人类学派"的关系。

方卫平在《中国儿童文学理论批评史》一书中，以"西方人类学派与现代中国儿童文学理论建设"为题，用力地论述了他的"西方人类学派"给予周作人"儿童本位"的儿童文学理论以根本影响这一观点。

方卫平说："……他的儿童文学观的直接理论来源主要也是由这一学派提供的。……不了解人类学派学说对周作人的影响，也就不可能了解周作人儿童文学观的真实面貌，而不了解周作人儿童文学观的真实面貌，也就不可能把握现代中国儿童文学理论初期的生成状态及其历史特征。"⑤这句话也可以反过来说，如果将"人类学派学说对周作人的影响"阐释错了，"也就不可能了解周作人儿童文学观的真实面貌"，进而"也就不可能把握现代中国儿童文学理论初期的生成状态及其历史特征"。

方卫平认为，"西方人类学派"给予周作人儿童文学观的影响"最集中地表现在三个方面"。

"首先，人类学派为周作人确立具有新的时代内容和思想特征的'儿童观'提供了有力的理论支持，这一儿童观为他的儿童文学观念的展开找到了一个建筑在近代科学精神基础之上的逻辑起点。""第二方面，人类学派为周作人的儿童文学观提供了许多具体的理论阐说；这些阐说是支撑周作人儿童文学观念体系的最基本的理论构件。""西方人类学派对周作人儿童文学研究影响的第三个方面，表现在研究方法的运用上。"⑥

方卫平所认为的上述三个影响，后两个影响也有一定的值得讨论的问题，但是，他所谓第一个影响，却是完全不能成立的。

我们先看方卫平提出的一个重要依据："他还明确承认：'我们对于儿童文学的有些兴趣这问题，差不多可以说是从人类学连续下来的。'于是，周作人儿童文学观念的酝酿与建构，便始终是在西方人类学派学说的理论笼罩之下进行的。"⑦（重点号为本解说文作者所加）连周作人自己都说对于"儿童文学"的兴趣直接来自"人类学"，事情还会有假吗？但是，方卫平对周作人的自述的引用出了错误，他将周作人所说的"儿童学"，误认成了"儿童文学"，所以便差之毫厘谬以千里，形成了"于是，周作人儿童文学观念的酝酿与建构，便始终是在西方人类学派学说的理论笼罩之下进行的"这一错误判断。

据方卫平的《中国儿童文学理论批评史》的"注"，周作人的这段话

---

⑤⑥⑦　方卫平著：《中国儿童文学理论批评史》第150页，第155至158页，第154页，江苏少年儿童出版社1993年版。

引自"周作人:《我的杂学》"。根据我的记忆,周作人的这段话应该出自"我的杂学"之十《儿童文学》一文。后来这篇文章构成了《知堂回想录》中的"儿童文学"一节。

方卫平之所以生出"周作人儿童文学观念的酝酿与建构,便始终是在西方人类学派学说的理论笼罩之下进行的"这一错误判断,是因为对《儿童文学》一文的解读出了诸多的问题。

《儿童文学》开篇即说道:"民国十六年春间我在一篇小文中曾说,我所想知道一点的都是关于野蛮人的事,一是古野蛮,二是小野蛮,三是文明的野蛮。一与三是属于文化人类学的,上文略说及,这其二所谓小野蛮乃是儿童。"这段话毫无理解上的歧义,在周作人的理解中,他想知道的"儿童",并不属于文化人类学的研究范畴。

那么要想了解"儿童",应该汲取何种理论资源呢?依然是在《儿童文学》一文中,周作人作了明确的交代:"我在东京的时候得到高岛平三郎编《歌咏儿童的文学》及所著《儿童研究》,才对于这方面感到兴趣,其时儿童学在日本也刚开始发达。斯丹莱贺尔博士在西洋为斯学之祖师,所以后来参考的书多是英文的,塞来的《儿童时期之研究》虽已是古旧的书,我却很是珍重,至今还时常想起。以前的人对于儿童多不能正当理解,不是将他当作小形的成人,期望他少年老成,便将他看作不完全的小人,说小孩懂得什么,一笔抹杀,不去理他。现在才知道儿童在生理心理上虽然和大人有点不同,但他仍是完全的个人,有他自己内外两面的生活。这是我们从儿童学所得来的一点常识,假如要说救救孩子,大概都应以此为出发点的。"[8]可见,作为周作人的儿童文学理论之原点的"儿童本位"的儿童观并非来自西方人类学派,而是来自儿童学。

在《儿童文学》一文中,周作人明确承认的是,"我们对于儿童学的

---

[8] 周作人:《儿童文学》,钟叔河编订:《周作人散文全集》(第9卷),广西师范大学出版社2009年版。

有些兴趣这问题，差不多可以说是从人类学连续下来的。"（重点号为本解说文作者所加）是"儿童学"，而不是"儿童文学"，因此，我们可以说的只能是"周作人儿童文学观念的酝酿与建构"，"始终是在西方""儿童学"的"理论笼罩之下进行的"。

那么，"西方人类学派"对于周作人的儿童文学理论具有什么影响作用呢？

我在《中国儿童文学与现代化进程》一书中指出："西方（包括日本）在儿童文学发展的早期，也都将人类学的方法运用于儿童文学研究上，可以说，这是儿童文学走向现代化的必经环节。周作人第一个将这一方法移植到中国，显示了敏锐的理论目光。"[9]对其给周作人的影响，我则作了这样阐释："由安德鲁·朗格等人的人类学理论，周作人得到了'童话者，原人之文学'的解释。仅此，似还不能使周作人与儿童文学发生直接连系。可是，由于人类学，周作人开始对儿童学发生了兴趣：'我们对于儿童学的有些兴趣这问题，差不多可以说是从人类学连续下来的。'"[10]前面所引"我在东京的时候得到高岛平三郎编《歌咏儿童的文学》及所著《儿童研究》，才对于这方面感到兴趣……"云云的"这方面"，指的就是"儿童学"，有了"儿童学"，才有了周作人对于"儿童文学"进行理论研究的兴趣。周作人在《童话略论》中还有过这方面的交代："……则治教育童话，一当证诸民俗学，否则不成为童话，二当证诸儿童学，否则不合于教育……"[11]周作人此处所言"民俗学"即人类学。将童话应用于教育，是儿童文学发生期的一个重要环节。可以说，在这一环节中，"证诸儿童学"比"证诸民俗学"更具有对于儿童文学成立的决定性。

---

[9][10] 见朱自强著：《中国儿童文学与现代化进程》第166页，第255页，第253页，浙江少年儿童出版社2000年版。

[11] 周作人：《童话略论》，钟叔河编订：《周作人散文全集》（第1卷），广西师范大学出版社2009年版。

方卫平在《中国儿童文学理论批评史》中也说及"儿童学"对周作人的儿童文学理论有影响，但是没有具体的论述，而在"西学东渐与传播"一节，有大段"儿童学"在中国的介绍，却没有出现周作人的名字。正是因为没能认识到"儿童学"之于周作人儿童文学理论的根本性、重要性这一问题，才出现了我在《儿童研究导言》解说中已经指出过的重大失误，即将西方人类学进化学派的理论和美国哲学家、教育家杜威的儿童中心主义教育学说看成了"这两种理论适应了当时建立现代儿童文学形态的需要，在突破囿于封建文化意识的无视儿童独立人格的传统'儿童观'，建立尊重儿童独立人格和精神需求的新型儿童文学观方面为人们提供了有力的理论支持。可以说，中国现代儿童文学批评的最初的理论框架，就是以这些学说为学术基座的。"⑫

　　对儿童观的认识，对儿童观是儿童文学的原点这一问题的认识，对周作人的"儿童本位"儿童观的认识，对周作人的这一儿童观是其儿童文学理论的原点这一问题的认识，是中国儿童文学史（包括理论批评史）研究的一个重要立论基础。如果这一基础出现了倾斜，中国儿童文学史（包括理论批评史）的建构也必然是倾斜的。

　　（3）"儿童本位"论与复演说的关系。

　　吴其南认为："在晚清至五四这段时间，周作人等以'复演说'这种方式发明了儿童和儿童文学，使中国儿童文学走向自觉……"⑬

　　在我的理解和认识中，"发明了儿童和儿童文学"的不是"复演说"，而是"儿童本位"论，"复演说"恐怕也难以称作"儿童本位"论的基础。"儿童本位"论是"思想革命"，是文化批判，用周作人自己的话说，其"出发点"是要"救救孩子"，即把儿童从"野蛮的大人的处治"下解放出来。可是，"复演说"并无这一"思想革命"的指向。"复演说"主要

---

⑫ 方卫平著：《中国儿童文学理论批评史》第29页，少年儿童出版社2007年版。

⑬ 吴其南著：《20世纪中国儿童文学的文化阐释》第77页，第62页，中国社会科学出版社2012年版。

解决的是对童话进行解释的"门路"——"……盖个体发生与系统发生同序，儿童之宗教亦犹原人……综上所言，足知童话者，幼稚时代之文学，故原人所好，幼儿亦好之，以其思想感情同其准也。"⑭

（4）"儿童本位"论可否被超越？

"儿童本位"论是贯穿于中国儿童文学百年历史的最重要的儿童文学观，它产生于五四时期，经过当代的理论诠释和创作实践，已经成为儿童文学创作和研究中最有影响力的儿童文学思想。但是，近年来，儿童文学学术界有学者提出了以"主体间性"来超越"儿童本位"论这一理论主张。⑮对此，我撰文指出：试图以"主体间性"超越"儿童本位"论的理论主张，没有真正理解"儿童本位"的本义，没有认识到在儿童文学这个世界里，儿童与成人之间，有着其他任何人际关系都不具有的特殊关系。在现阶段，"儿童本位"论依然是远比"主体间性"更具有历史和现实实践之有效性的一个方案。作为历史真理，"儿童本位"论在实践中，依然拥有马克思所说的"现实性和力量"。⑯

---

⑭ 周作人：《童话研究》，钟叔河编订：《周作人散文全集》（第1卷）第264页至265页，广西师范大学出版社2009年版。

⑮ 参见杜传坤著：《中国现代儿童文学史论》，中国社会科学出版社2009年版，吴其南著：《20世纪中国儿童文学的文化阐释》，中国社会科学出版社2012年版。

⑯ 参见朱自强：《论"儿童本位"论的合理性和实践效用》，《中国海洋大学学报》2014年第3期。

1921年

儿童文学之管见

郭沫若

国内对于儿童文学，最近有周作人先生讲演录一篇出现。这要算是个绝好的消息了！人类社会底根本改造总当从人底改造做起，而人底根本改造更当从儿童底感情教育、美的教育做起。要有优美醇洁的个人然后才有优美醇洁的社会。所以改造事业底基础，总当建设于文艺艺术之上。这决不是故意夸张，借以欺人弄世之语。艺术之范围甚广，兹不能一一具论。便单就文学而言，其对于人性所及的薰陶之力，伊古以来，已有定论。文学上近来虽有功利主义与唯美主义——即"社会的艺术"与"艺术的艺术"——之论争。然此要不过立脚点之差异而已。文学自身本具有功利的性质，即彼非社会的（Antisocial）或厌人的（Misanthropic）作品，其于社会改革上，人性提高上，有非常深宏的效果；就此效果而言，不能谓为不是"社会的艺术。"他方面，创作家于其创作时，苟兢兢焉为功利之见所拘，其所成之作品必浅薄肤陋而不能深刻动人。艺术之不成，不能更进论其为是否"社会的"与"非社会的"了。要之就创作方面主张时，当持唯美主义，就鉴赏方面言时，当持功利主义：此为最持平而合理的主张。

文学于人性之薰陶，本有非常宏伟的效力，而儿童文学尤能于不识不知之间，导引儿童入于醇美的地域；更能启发其良知良能——此借罗素语表示时，即所谓"创造的冲动"——达于自由创造、自由表现之境。是故儿童文学底提倡对于我国澈底腐败的社会，无创造能力的国民，最是起死回春的特效药，不独职司儿童教育者所当注意，举凡一切文化运动家均当别具只眼以相看待。今天之儿童便为他日之国民。苟徒筑砂上楼台只不过云烟一瞬，一切运动底运动量之总和，其结果不过等于零而已。

儿童文学既如此重要，则儿童文学之建设良不可以一日缓。然吾人于谈论建设之先，总不得不先究儿童文学底本质。研究一物之本质，最好是由化学的分析方法，把那物质上所附加的种种混杂不纯的异物驱除洗刷干净，然后定性定量之结果方不至差之毫厘而谬以千里。吾人且先从驱除异物（Verreinigung）方面着手：

（一）儿童文学不是些干燥辛刻的教训文学——儿童文学中本寓有教训的分子存在，但是只不过如像藏在白雪里面的一些刺手的草芽，决不是如像一些张牙舞爪的狮子：如像我国底"恨不得头顶尔上青云梯"一样的一些理智的、焦躁的、峻烈的训子歌、诫子书、家训等等（陶渊明好像有几首训子歌还好，原词不能记忆了，不在此例。）不能误认为儿童文学。

（二）儿童文学不是些平板浅薄的通俗文字——近来国内"滥吹诗竽"的人，做些通俗的白话韵文，加上几个断粘半脱的新式标点，分写成几条行列，便有叫他是"诗"的。将来怕也难免不生出些滥竽派的儿童文学出来了。这虽是他人底自由，本可以听其自生自灭，但是郑声终可以乱雅，我们不能不鸣鼓而攻之；批评家之必要，一方面也正在此。儿童文学当具有秋空霁月一样的澄明，然而决不如白纸一样平板。儿童文学当具有晶球宝玉一样的莹澈，然而决不如玻片一样肤浅。

（三）儿童文学不是些鬼话桃符的妖怪文字——英国诗人瓦池渥斯（Wordsworth，1770–1843）杰作有《童年回忆中不朽性之暗示》（*Intimations of Immortality from Recollections of Early Childhood*）一诗。全诗共十一节，大抵是在悲梦影之消亡，哀人生之穷促，在五月之晨，特藉儿时回忆得以忘忧，而别生努力进行之感。其最初一节：

There was a time when meadow, grove, and Stream，

The earth, and everg common sight,

To me did seem

apparelled in celestial light,

The glory and the freshness of a dream.

往^①日也郊原、林莽、川涧，

大地与同一切的寻常所见，

于我都好像

含孕在上界的天光，

光荣与同梦中的新鲜。

这种天光，这种梦境是儿童世界底衣裳也，正是儿童文学底衣裳。——写到儿童世界，我偶然想起太戈儿《新月集》中的一首诗来，题名《婴儿之世界》（*Baby's World*）：

I wish I could take a quiet corner in the heart of my baby's very own World .

I know it has stars that talk to him, and a sky that stoops down to his face to amuse him with its silly clouds and rain bows.

Those who make believe to be dumb, and look as if they never could move, come creeping to his window with their stories and with trays crowded with bright toys.

我愿意我能在我婴儿自身所有的世界底中心得占一隅清静的位置。

我知道那儿有和他说话的群星，有俯就他的面庞把些柔云和虹霓来安慰他的天宇。

---

① 原文为"住日"，可能是"往日"之误。1990版《郭沫若全集》中写的是"往日"。

那些使人相信是不能言说，好像是不能动颤的东西，都匍匐着走来窗前说话，并且捧着满盘的明媚的玩具。

I wish I could travel by the road that crosses baby's mind, and out beyond all bounds; where messengers run errands for no cause between the kingdoms of kings of no history; Where Reason makes kites of his laws and flies them, and Truth sets Fact free from its fetters.

我愿意我能走那横过婴儿心中的道路，而能脱去一切束缚；

那儿有多数使者漫无目的以将命于无稽的诸王之王国间；

那儿"理智"以其律令为风筝而飞放之，而"真理"使"事实"得从其桎梏解放。

此诗中所含的愿望正是儿童文学家所当含的愿望，所刻画的婴儿心中的世界正是儿童文学家所当表现的世界，便是儿童文学中的世界。此世界中有种不可思议的天光，窈窕轻淡的梦影；一切自然现象于此都成为有生命、有人格的个体；不能以"理智"底律令相绳，而其中自具有赤条条的真理如像才生下地来的婴儿一样。所以儿童文学底世界总带神秘的色彩。因之浅识者流，遂容易发生误会：见儿童文学遂诋为荒诞不经之谈，反之见荒诞不经之谈，即误认为儿童文学。这个我有两个经验足以证明。前六年在日本高等学校的时候，有位国文教授以《聊斋志异》为我国童话集。其次我有个专门研究英文文学的朋友，我借过一本梅特林克底《青鸟》英译本劝他看，他不久便把来还了我。我问他读后的印象怎么样？他说：谁肯读你那样荒诞的书！还狠带个鄙弃的样子。

诸如上述，凡附丽于儿童文学的夹杂观念，此外如更加探索时或尚有种种亦不可知；但必把这些观察一概扫除个尽净，然后儿童文学底本质始能了然。然则儿童文学究竟具有何等本质？

儿童文学无论其采用何种形式（童话、童谣、剧曲），是用儿童本位的文字，由儿童底感官可以直愬于其精神底堂奥者，以表示准依儿童心理所生之创造的想象与感情之艺术。儿童文学其重感情与想象二者，大抵与诗底性质相同；其所不同者特以儿童心理为主体，以儿童智力为准绳而已。纯真的儿童文学家必同时为纯真的诗人，而诗人则不必人人能为儿童的文学。故就创作方面言，必熟悉儿童心理或赤子之心未失的人，如化身而为婴儿自由地表现其情感与想象；就鉴赏方面而言，必使儿童感识之之时，完全如出自自家心坎，于不识不知之间而与之起浑然化一的作用者，然后方为理想的作品。能依据儿童心理而不用儿童本位的文字以表现之，不能起此浑化作用。仅用儿童本位的文字以表示成人的心理，亦不能起此浑化作用。儿童与成人生理上与心理上的状态相差甚远。儿童身体决不是成人之缩形，成人心理亦决不是儿童之放大。研究儿童文学者，必先研究儿童心理，犹之绘画雕塑家必先研究美术的解剖学。欧洲古代画家未解解剖学之重要，宗教画中之耶稣肖像大抵皆为成人之缩形。吾希望我国将来的儿童文学家，勿更蹈此覆辙。

以上对于儿童文学底本质既粗加解释，以下对于建设方面更稍稍略述管见。建设底方法不外三种。

（一）收集 童话童谣我国古所素有，其中必不乏真有艺术价值的作品。仿德国《格吕谟童话》（*Märchen Gesammelt durch Grimm*）之例，由有志者征求审判而裒集成书，想当能得一良好之结果。但审判必务求严审，凡无艺术的价值，不合儿童文学的本质者不宜使之滥竽。近来国内采集民谣者，觉得太无批评，太滥了。民谣与童谣有别，自不待言。今且就余记忆所及，缮写童谣两首以备采择。

儿时印象最深刻而幽玄者无过星月之夜。天空一片清莹，深不可测。群星散布其间，如人戾眼。一轮皓月高悬，无论走到甚么地方，月儿都跟着同走。在此种轻淡的银光幻境之中，儿童心理最易感受着清醒的陶醉。

　　月儿走，我也走，

月儿教我提烧酒。

烧酒到好吃，

月儿不拿给我吃。

初学德文时"新月"一语作"mondsichel"——直译时为"月镰"，颇生新异之趣。得此暗示，曾作五绝诗一首云：

新月如镰刀，斫上山头树。

倒地却无声，游枝亦横路。

前年九十月间在《时事新报·学灯》上亦曾发表过同意义的新诗一首。近日顿于素所记忆而不明其妙的童谣中，发现同义的奇语：

月儿光光，

下河洗衣裳，

洗得白白净净，

拿给哥哥穿起上学堂。

学堂满，插笔管。

笔管尖，尖上天。

天又高，一把刀。

刀又快，好截菜。

菜又甜，好买田。

买块田儿没底底，

漏了二十四粒黄瓜米。

新月光中，晶晶流着的河畔，一个年轻的女儿提着汗衣的篮走着，一面走，一面唱歌。这是何等幽妙的剧景呀！这首童谣中的世界便是这个，并且还开展一幅女儿心理的活动电影来。谣词后半利用心理联想，转辗蝉联而下，有意无意，无意有意，最是童谣底神妙处。诸君！"天又高，一把刀！"一语不又是见着天上的新月所发出的来一种联想吗？儿童心理最富于暗示性，此谣所以妙处，不正在这儿吗！

我所能记忆的谣曲，有价值的只上两首。此外虽还记得些，但都鄙陋而无可言。儿时和姐妹兄弟们在峨媚山下望月，大家必吟诵起这两首谣曲起来，那时候底幸福，真是天国的了！如今呢！回忆起来，不容不与瓦池渥斯起同样的哀感！

（二）创造　儿童文学中采剧曲形式底表示者，在欧洲亦为最近的创举。我国固素所无有也。梅特林底《青鸟》、浩普特曼之《沉钟》（*Hauptmann's Der Versunkene Glock*）②称杰作。此种形式的作品，在前年九月间《时事新报·学灯》曾发表过一篇《黎明》，是我最初的一个小小的尝试，怕久已沉没在忘却底大海里去了。此种作品有待于今后新文学家之创造自无待言；即童话、童谣等体裁，我国旧有的究竟有多少艺术上的价值，尚是疑问。采集的人更要具有犀利的批评眼才行，将来的成果如何究竟不能预料；那么，还是有待于新人底创造了！不过创造的人总不要轻于尝试，总要出诸郑重，至少儿童心理学是所当研究的。

（三）翻译　此在青黄不接的时代，最是建设上之一便法。并且一方面更能指示具体的体例以启作家底观摩。但是不可太偏重了。太偏重翻译，启迪少年崇拜偶象底劣根性，而减杀作家自由创造底真精神。翻译时亦不可太滥，欧人底儿童文学不能说篇篇都好，部部都好，总宜加以慎重的选择。并且举凡儿童文学中地方色彩大抵浓厚，译品之于儿童，能否生出良好的结果，未经实验，总难断言。所以我的主张还是趋重于前的两种。

---

② 郭沫若原文中此标题写作der versunkene glock。经查，霍普特曼的《沉钟》德文名为Die versunkene glocke。郭所记忆为德文，但第一个词用错词性，最后一个词漏掉了一个字母。

◆ 解说

此文原载于《民铎》月刊第 2 卷第 4 号。

关于这一期《民铎》的出版日期，即《儿童文学之管见》的发表日期，一些重要的学术选本的说法不一。王泉根评选的《中国现代儿童文学文论选》①标为"本文写于 1922 年 1 月 11 日，现选自人民文学出版社出版的《沫若文集》第十卷。"这意味着《儿童文学之管见》肯定发表于"1922 年 1 月 11 日"之后；盛巽昌、朱守芬编《郭沫若和儿童文学》②，原论文中有"（1921 年 1 月 11 日）"字样，编者标注"原载《民铎》月刊第 2 卷第 4 期"；蒋风主编、方卫平和章轲编选的《中国儿童文学大系·理论（1）》③标注"原载《创造周刊》1922 年，选自《沫若文集》第 10 卷"。

《儿童文学之管见》最初到底发表于何时？我查阅了《民铎》月刊第 2 卷第 4 号，其出版日期标示为"民国十年正月十五日出版"。"民国十年"是 1921 年。因此，王泉根的"本文写于 1922 年 1 月 11 日"这一说法显然是错误的。蒋风选本的"原载《创造周刊》1922 年"也不是初次发表日期。不过，细心的读者当可发现，盛巽昌、朱守芬所编论文中的"（1921 年 1 月 11 日）"这一写作时间（事实上，郭沫若发表于《民铎》上的文章标注的写作时间是"一月十一日草"），实在是据"民国十年正月十五日"这一发表时间太近了。1921 年 1 月 11 日，郭沫若尚在日本，而据说自 1918 年迁至上海出版的《民铎》若来得及发表郭沫若的这篇文章，就只有两个可能，一是"正月"是指农历一月，二是实际出版日期在标示出版日期之后。类似情况在当时时有发生，比如创造社的《创造》季刊第 1 卷第 1 期标示出版时间为 1922 年"3 月 15 日"，但实际出版发行时间为 1922 年 5 月 1 日。

---

① 广西人民出版社 1989 年版。
② 少年儿童出版社 1990 年版。
③ 希望出版社 2009 年第 2 版。

这里还有需要说明的一个重要情况，就是在上述三个选本中，《儿童文学之管见》（盛巽昌、朱守芬所编本为《儿童文学的管见》）一文与《民铎》上最初发表的《儿童文学之管见》存在着相当大的不同。比如，它们共同缺失了《民铎》上的《儿童文学之管见》中开头的一句话："国内对于儿童文学，最近有周作人先生讲演录一篇出现，这要算是个绝好的消息了！"（这是郭沫若于1925年将其收入由光华书局出版的《文艺论集》一书时，自己删去的。此后选本便都是依据《文艺论集》的删改稿。）除此之外，还有大量的改动，而且有些改动，与最初发表的文章的含义相去甚远。比如，初发表文章的"……是故儿童文学底提倡对于我国彻底腐败的社会，无创造能力的国民，最是起死回春的特效药……"一语，在上述三个选本中，都变成了"……是故儿童文学的提倡对于我国社会和国民，最是起死回春的特效药……"，删去"彻底腐败的""无创造能力的"这两个分别对中国社会和国民定性的定语，郭沫若所主张的儿童文学"起死回春"的作用，便没有了依据，更重要的是，这篇文章的具有重要价值的现实批判性就被消除了。

"国内对于儿童文学，最近有周作人先生讲演录一篇出现，这要算是个绝好的消息了！"这句话也非常重要。依此可以推测，郭沫若很快就读到了发表于1920年12月1日《新青年》第八卷第四号上的《儿童的文学》一文，并受这一"绝好的消息"鼓舞，马上挥笔写下了《儿童文学之管见》一文，对周作人给予回应。于此，中国现代文学史上的两位重量级作家，在儿童文学这里会合了，这给中国现代儿童文学增添了耀眼的光彩。

从"儿童与成人，在生理上与心理上的状态，相差甚远。儿童身体决不是成人的缩影，成人心理也决不是儿童之放大"这种论述，从郭沫若和周作人一样，为儿童文学的建设开出了"收集"和"翻译"这两种方法，可以看出，郭沫若具体接受了《儿童的文学》一文的影响。我们完全可以想象，郭沫若写作《儿童文学之管见》时，案头就放着载有《儿童的文学》的《新青年》杂志。

王泉根认为，"在现代儿童文学史上"，郑振铎的《儿童文学的教授法》"第一次给儿童文学下了明确界说"④这是不确的。最早的儿童文学的明确界说出自郭沫若的这篇文章——"儿童文学，无论采用何种形式（童话、童谣、剧曲），是用儿童本位的文字，由儿童的感官以直塑于其精神堂奥，准依儿童心理的创造性的想象与感情之艺术。"这一定义不仅发表时间比郑振铎的《儿童文学的教授法》早，而且内涵上也比郑振铎的定义（"儿童文学是儿童的——便是以儿童为本位，儿童所喜看所能看的文学"）要复杂和深邃。

郭沫若虽然是在儿童文学理论文字中最先提出"儿童本位"字样的人，但是，由于"儿童本位"的儿童观的精髓周作人已经阐述在先，而且在五四时期，郭沫若的理论观点也远没有周作人的儿童文学理论影响巨大和深远，因此，在儿童文学史上，周作人的"儿童本位"的儿童文学观更具有代表性。

但是，郭沫若的《儿童文学之管见》仍然具有重要的开创性。就目前的中国儿童文学史研究来看，这是一篇被低估了的历史文献，对它的解读存在着既粗疏又隔膜的问题。

这是一篇论述儿童文学的艺术本质的文章，与周作人的《儿童的文学》相得益彰。但是，细细品味和比较郭沫若和周作人的这两篇文章，可以感受到两种不同的儿童文学观：周作人为写实主义，郭沫若为浪漫主义。虽然我们不能直接将郭沫若撰写《儿童文学之管见》看作他要与周作人的《儿童的文学》摆擂台，但是，郭沫若在文中的确对周作人提出了一个大大的质疑。

这个质疑就是"翻译"和"创造"（创作）哪个更重要这一问题。周作人在《儿童的文学》中，整篇都是在谈收集和翻译，更在文末总结说：

---

④ 王泉根评选：《中国现代儿童文学文论选》第219页，广西人民出版社1989年版。

"我希望有热心的人，结合一个小团体，起手研究，逐渐收集各地歌谣故事，修订古书里的材料，翻译外国的著作，编成几部书，供家庭学校的用，一面又编成儿童用的小册，用了优美的装帧，刊印出去，于儿童教育当有许多的功效。"⑤对于周作人重视翻译，却绝口不谈"创造"（创作），郭沫若在《儿童文学之管见》中深表不满：对翻译"不可太偏重了，太偏重翻译启迪少年崇拜偶像底劣根性，而减杀作家自由创造底真精神。"郭沫若在文中明确提出了未来的儿童文学"建设方面"的方案：第一是"收集"，第二是"创造"（创作），第三才是"翻译"。他更在文章的最后强调指出："我的主张还是趋重于前两种"。不能不承认，在规划儿童文学发展方向这一问题上，富于"创造"精神，具有"创造"（创作）才华的郭沫若显示出了比周作人更为高远的目光。

郭沫若显然发现了周作人在儿童文学的"建设"上存在的局限和问题。要知道在当时，儿童文学并不是独立的门类，而是整个新文学的有机组成部分。而且，郭沫若不会不知道此前的新文学文坛重视"翻译"，轻视"创造"（创作）这一倾向。现在，在手边的《儿童的文学》一文中，连周作人这样的新文学理念的领袖人物都表明重视"翻译"，轻视"创造"（创作）这一立场，同样有"领袖性"（陶晶孙语）的郭沫若，正在酝酿文学社团（即后来的创造社），欲肩负"更大的目的和使命"的郭沫若就不能不站出来予以明确批评了。

与《儿童的文学》一文相比较，《儿童文学之管见》观点的新意在于强调儿童文学的"创造"。郭沫若阐述了儿童文学创作的特殊艺术规律，以及儿童心理的创造性想象与感情的艺术价值，这成为他对五四儿童文学理论的独特贡献。

阅读此文，我特别在意以郭沫若为领袖的创造社这一背景。在文中，郭沫若引用华兹华斯的《童年回忆中不朽性之暗示》一诗中的诗句，然

---

⑤ 周作人：《儿童的文学》，《新青年》1920年12月1日《新青年》第八卷第四号。

后说："这种天光，这种梦境是儿童世界的衣裳，也正是儿童文学的衣裳。"这是很有见地的。郭沫若所持有的浪漫主义的儿童文学观（"重感情和想象"），与叶圣陶等文学研究会作家所实践的现实主义儿童文学观念殊为不同，对于中国儿童文学是极其重要的。而《儿童文学之管见》正是郭沫若继他在与田寿昌（田汉）、宗白华合著的《三叶集》中讨论浪漫主义诗论之后，以儿童文学来论述浪漫主义创作观的重要历史文献。

由于长期以来形成的现代（成人）文学与儿童文学之间的学科壁垒，以往的关于创造社论争的研究，从未有人关注到郭沫若于1921年1月11日写完的《儿童文学之管见》一文。但是，正如我在《论中国儿童文学与现代文学的"一体性"——兼论新形态的"现代文学"的建构问题》⑥一文中指出的，在中国现代文学发生后的大约二十年间，儿童文学与现代（成人）文学具有发生的"同时性"、现代性这一"同质性"以及共同建构现代文学的"同构性"。《儿童文学之管见》虽然论述的是儿童文学，但是，也在建构着现代文学的理念。

在通篇讨论儿童文学的《儿童文学之管见》里，藏着郭沫若批判白话新诗的十分重要的一段话——"近来国内'滥吹诗竽'的人，做些通俗的白话韵文，加上几个断粘半脱的新式标点，分写成几条行列，便有叫他是'诗'的。……郑声终可以乱雅，我们不能不鸣鼓而攻之。"

郭沫若所说的"不能不鸣鼓而攻之"的人究竟指的是什么人呢？经过我对历史资料的耙梳和推演，我认为，郭沫若要"鸣鼓而攻之"的人很可能主要指的就是提倡白话新诗的胡适。

郭沫若的《儿童文学之管见》中所说的"郑声可以乱雅"的"雅"指的是"周雅"。重视传统的郭沫若对五四新文学革命所采取的激进的反传统姿态是作过批评的。郭沫若在作为《创造》季刊发刊词之一发表的《创造者》一诗中就有"我唤起周代的雅伯"这一诗句。后来，郭沫若在

---

⑥ 载于《南京师范大学学报》2023年第2期。

"回顾""文学革命"时，这样评价胡适："譬如他说'有甚么话说甚么话'，这根本是不懂文学的人的一种外行话，……'有甚么话说甚么话'的那样笨伯的文学，古往今来都不曾有，也不会有。"⑦自己的新诗是"雅伯"，胡适的新诗是"笨伯"，在郭沫若这里，"郑声"（与"雅伯"对立）和"笨伯"（也与"雅伯"对立）之间，是不是可以划等号呢。反正我是在郭沫若要"鸣鼓而攻之"的"郑声"（"平板浅薄"的"通俗的白话韵文"）与"笨伯"（郭沫若"不甚佩服胡适之的新诗"）之间产生了直接的联想。

　　说郭沫若在写下"鸣鼓而攻之"时，心目中针对的很可能就有胡适，还有一个重要依据，就是郭沫若在1920年8月24日给陈建雷信中的这段话："我看《学灯》中很登载了些陈腔腐调的假新诗，所以我对于新诗近来很起了一种反抗的意趣。我想中国现在最多的人物，怕就是蛮督军底手兵和假新诗底名士了。"⑧对《学灯》，郭沫若在1920年1月18日曾对宗白华说：《学灯栏》是我最爱读的。我近来几乎要与他相依为命了。"⑨而就在1920年1月1日，胡适在《学灯》上发表了白话新诗《一颗遭劫的星》，很可能郭沫若读到了胡适的这首诗，很可能郭沫若将这首诗看作了"陈腔腐调的假新诗"。最起码的，郭沫若知道《学灯》栏上发表的那些"陈腔腐调的假新诗"，都是在胡适所倡导的白话新文学运动中产生的。

　　对郭沫若写给陈建雷的这段话，尤其需要注意的是郭沫若在这里用了"手兵"和"假新诗名士"这两个特殊词语。"手兵"是日语语汇，通常指的是在战场上或紧急情况下提供医疗援助的非正式医疗人员，具有非专业这一意思，而郭沫若恰恰在《文学革命之回顾》这篇重要文章中，指出胡适的"有甚么话说甚么话"这一新诗创作主张，"根本是不懂文学的人的一种外行话"。另外，郭沫若在《论郁达夫》一文中也说过胡适是

---

⑦ 郭沫若：《文学革命之回顾》，见郭沫若著：《文艺论集续集》第152页，光华书局1932年4月出版。

⑧ 载于1920年10月1日《新的小说》第二卷第二期，题论诗。

⑨ 田寿昌、宗白华、郭沫若著：《三叶集》第20页，亚东图书馆1934年第9版。

新诗创作的门外汉——"要说到文学的创作上来，认真说，他始终还是在门外"。⑩虽然这都是后来明确说出来的话，但难说郭沫若在当初就没有这样的感觉。"假新诗名士"所指恐怕更是胡适吧。要知道，在郭沫若这里，用"名士"来称呼人，往往是统称一类人，但似乎只有对胡适，"名士"不仅指称他一个人，而且使用的次数最多。在《创造十年》里，郭沫若更是将胡适称之为"我们贵国的最大名士"。⑪"名士"几乎就是郭沫若在以贬义来称呼个人时，独独封给胡适的专属名称。在这一意义上，"假新诗名士"太有可能包括胡适了。

郭沫若与胡适的对立，并不仅仅是郭沫若自己说的属于"行帮意识"，而是也有着重要的新诗观念的对立。郭沫若的《儿童文学之管见》主张的是与胡适的"自然主义"（写实主义）相对立的浪漫主义。儿童文学是浪漫主义的绝好表达。所以，郭沫若在写作《儿童文学之管见》之前，就在写给宗白华的信中强调抒情，说："情绪的吕律，情绪的色彩便是诗。诗的文字便是情绪自身的表现（不是用人力去表示情绪的）。我看要到这体相一如的境地时，才有真诗好诗出现。"⑫有意味的是，在信中，郭沫若说，儿子看见"新月"和"晴海"，发出激动的呼喊，受此启示，他作了《新月与晴海》一诗，但是，郭沫若自愧不如——"我看我这两节诗，硬还不及我儿子的诗真切些咧！"⑬

直到1940年代，郭沫若依然不改"儿童本位"的儿童文学创作论之初衷，而且论述上还有所深化。他在《本质的文学》一文中说："人人都有过儿童时代的，一到成了人，差不多每一个人都把儿童心理丧失得非常彻底。人人差不多都是爱好儿童的，但爱好的心差不多都是自我本位，

---

⑩ 郭沫若：《论郁达夫》，见《中国新文学大系（1937-1949）·文学理论卷一》第556页，上海文艺出版社1990年版。

⑪ 郭沫若著、郭平英编：《创造十年》第96页，云南人民出版社2011年版。

⑫ 田寿昌、宗白华、郭沫若著：《三叶集》第47页，亚东图书馆1934年版。

⑬ 田寿昌、宗白华、郭沫若著：《三叶集》第49页，亚东图书馆1934年版。

而不是儿童本位。大概就是因为这些原故，所以世界上很少有好的儿童文学，而在我们中国尤其是这样。中国在目前自然是应该尽力提倡儿童文学的，但由儿童来写则仅有'儿童'，由普通的文学家来写也恐怕只有'文学'，总要具有儿童的心和文学的本领的人然后才能胜任。"⑭为获得"好的儿童文学"，郭沫若提出的"儿童本位"这一方案，蕴含的依然不是单一的"儿童"或单一的"文学"（成人？），而是融合了"儿童的心"和"文学的本领"这两个世界。

---

⑭ 郭沫若：《本质的文学》，见盛巽昌、朱守芬编：《郭沫若和儿童文学》，少年儿童出版社1990年版。

文艺谈（七）

叶圣陶

我是个小学教师，我的学生都是十一二岁的少年。我选国文给他们读，各种性质和形式的文字都要选，而他们最欢喜富于感情的。

一篇《项羽本纪》，他们于羽兵败人散、慷慨悲歌之处，读得最有兴味，最为纯熟。他们在运动场上玩耍，有时也抑扬歌唱，声音里含有无限悲壮的热情。莫泊桑的《两个朋友》，都德的《最后一课》和《柏林之围》，曾将译本给他们读，他们也感动得不得了。那篇《两个朋友》，他们还改编为剧本，开同乐会时在学校里的剧台上开演。两个学生饰两个钓徒，一种颓丧的神气、愤懑的语调和苦中求乐的自然心情，居然给他们都描摹出来了。后来两人被德兵捕获，教他们将法兵的暗号换性命，他们不肯，便将他们做枪靶。当一排德兵举起枪来的时候，他们俩齐发出颤动而心碎的声音，互相诀别道，"再会了！"这三个字竟使我堕下泪来，许多学生和别位先生也有掩面的。他们能够表现书中人的性格，可知他们的心真已深入书中。而这一篇原是小说，富有浓厚的感情的文字。

他们更欢喜诗。杜甫的《兵车行》，白居易的《折臂翁》，都是他们百读不厌的。他们往往作期望的语气问我道："下星期选诗吧，好几星期没教诗了。"

以上所述虽不过是我个人经历中的一滴，而可以看出儿童心里无不有一种浓厚的感情燃烧似的倾露。他们对于文艺、文艺的灵魂——感情——极热望地要求，情愿相与融和混合为一体。从这一点，教育者可以得一个扼要的宗旨以为后来者造福，就是"应当顺他们自然的要求，多多给他们以文艺品，做他们精神上的食料"。这食料如果确是富于营养质的，而饲之又面面俱妥，无有分量过与不及、人物不相宜等弊病，则受之者必能富有高尚纯美的感情和好为创作的冲动。

但是我于这个经历中，又引起了无限的不如意和忧虑。以上所举诸篇都是关于战争的文艺，而且都含有非战的意思。非战固然很好，合于人心。但是以文艺饷人，尤其是以文艺饷儿童，眼光总当放远一程，不应该只取回顾的态度。战争不好，差不多大家可以明白，而且我们决不愿此后再有战争，则战争可以不提，可以永远遗忘。有可贵的工夫，当然是读别种文艺品来得经济而有益。并且在儿童心里，本没知战争是怎么一回事，当然没有深切的感情。教师要引起他们的感情，讲解中不得不描绘战争的情况，更竭力表现作者的感情。儿童经这等暗示，自然对于文艺品里所表现的表无限的同情，而视为无上的嗜好。但这里有个应当注意之点，就是儿童感情的倾注是被动的，不是自内发生的。

既然如此，以上所举诸篇就不宜选。然而这几篇又确是学生所欣赏的。我欲选没有缺憾而也可以使他们欣赏的文艺品，竟不可得。这或者由于我不会抉择，但是宝石总有光彩，我纵不明，决不至一块宝石也拣选不出。我所见的，充满于我眼前的，只是些古典主义的，传道统的，或是山林隐逸、叹老嗟贫的文艺品。我才无可奈何，强抑我的不满意的心思，做那屠门大嚼、聊以快意的行径，选了以上所举的几篇。

为最可宝爱的后来者着想，为将来的世界着想，赶紧创作适于儿童的文艺品，总该列为重要事件之一。我以为创作这等文艺品，一、应当将眼光放远一程；二、对准儿童内发的感情而为之响应，使益丰富而纯美。请略为申请：感情的熏染，其活力雄于智慧的辩解。所以谆谆诏告不如使其自化。儿童所酷嗜的文艺品中苟含有更进步的思想，更妙美的情绪，他们于不知不觉之间受其熏染，已植立了超过他们父母的根基。这不是文艺家所乐闻而又当引以为己任的么？儿童既富感情，必有其特质。文艺家感受其特质，加以艺术的制练，所成作品必且深入儿童之心。他们如得伴侣，如对心灵，不特固有的情绪不致阻遏，且将因而更益发展。此何以故？就因为文艺品里所表现的就是他们自己的。文艺家于此可以知道不是儿童的心情不足以为适于儿童的文艺品的材料了。

儿童对于文艺的创作非常喜欢。我曾教他们到野里去席地坐着，作描写景物的文字，又曾教他们随意为小说。他们大半以乞丐为材料，此外则记传闻的神怪之说，也有表现得精细的。一天我说，你们可高兴作诗？他们都呈好奇的笑容，表示愿意。我就教他们各随己意，无论心之所感，耳目之所闻见，只须自以为是诗的材料，就可以写出来。句子的字数和押韵的问题，且不管它。

下抄一诗，是一个姓陈的学生做的。这一首字句改得不多，又很有天趣，所以请读者观览。

夜景

吾家小庭里，夜景最美丽，到了有月时，清光无边际。

偶然仰头看，明星满天际，好像无数萤，靠着天上飞。

我家大门前，树高三四丈。吾庭亦能见，枝随风飘荡。影子亦随动，搅碎明月光。

立在小庭中，四围寂无哗。俄闻狗吠声，呜呜渐高起，行人加呵斥，连路吠过去。

我想，儿童若是有适宜的营养品——文艺品，一定可以有更高的创作力，成就很好的儿童作品。因此，文艺家对于儿童文艺更不可不努力。

◆ 解说

自1921年3月5日起，叶圣陶在《晨报》副刊上连载《文艺谈》，至同年6月25日止，共发表了40则，其中的第7、8、10、14、36、39则里都谈到了儿童文学方面的问题。

《文艺谈（七）》发表于1921年3月21、22日《晨报副镌》。此文庶几可以看作是中国最早的儿童文学创作论之一。

在这篇文章中，身为教"十一二岁的少年"的小学老师，叶圣陶深感"充满于我眼前的，只是些古典主义的，传道统的，或是山林隐逸、叹老嗟贫的文艺品"，而"确是学生所欣赏的"《项羽本纪》《两个朋友》《最后一课》《柏林之围》等作品又有"不宜选"之处。在这种"欲选没有缺憾而也可以使他们欣赏的文艺品，竟不可得"的状况之下，叶圣陶急切地呼吁："为最可宝爱的后来者着想，为将来的世界着想，赶紧创作适合于儿童的文艺品，总该列为重要事件之一。"

写出这样的文章后，叶圣陶身体力行，在八个月之后，就在郑振铎主编的《儿童世界》上发表了他的第一篇童话《小白船》。

叶圣陶说："我以为创作这等文艺品，一、应当将眼光放远一程；二、对准儿童内发的感情而为之响应，使益丰富而纯美。"这是很有儿童文学的见识的观点。对于这两点，叶圣陶在文中都作了"略为申说"。

"将眼光放远一程"，即是要看到——"感情的熏染，其活力雄于智慧的辩解""谆谆诏告不如使其自化"。如果可以将这一论述理解为已经含有摒弃眼前实利的意涵，那么它对于儿童文学创作来说是很有针对性的，因为急功近利的确是早期儿童文学容易犯的错误。

"儿童既富感情，必有其特质。文艺家感受其特质，加以艺术的制练，所成作品必且深入儿童之心。他们如得伴侣，如对心灵，不特固有的情绪不致阻遏，且将因而更益发展。此何以故？就因为文艺品里所表现的就是他们自己的。文艺家于此可以知道不是儿童的心情不足以为适于儿童的文艺品的材料了。"

叶圣陶为之"申说"的这第二点则更是揭示出了儿童文学创作的特殊性，而且颇有些"儿童本位"。如果孤立来看，这一论述存在着两点局限：第一，它对成人作家的"自我表现"有所忽略（《稻草人》集子的后半，倒是表现了"成人的悲哀"，但又似乎走入了另一种偏颇）；第二，它强调了"感受"儿童的感情"特质"，而忽略了儿童文学创作也应包含作家自己的"童心"流露。但是，叶圣陶在《文艺谈》之十中说过："曾听有人说过，文艺家有个未开拓的世界而又是最灵妙的世界，就是童心。儿童不能自为抒写，文艺家观察其内在的生命而表现之，或者文艺家自己永葆其赤子之心，都可以开拓这个最灵妙的世界。"[1]。在此作一补充，以说明叶圣陶并没有忽略成人作家的心性及其自我表现这一问题。

---

[1] 叶圣陶：《文艺谈（十）》，韦商编：《叶圣陶和儿童文学》，少年儿童出版社1999年版。

文艺谈（八）

叶圣陶

晚饭过后，一家人团坐室中，和平的灯光照到各人脸上，都显出沉静温和的神气。老太太或是老佣妇发轻婉的声音，为小孩子讲故事。小孩子抿着嘴，斜睨着眼睛，听到出神时竟伏在母亲的膝上不动，渐渐地沉睡乡。这是各人家普遍的景象，我们忆起，就像己身返于儿时，觉得那种清醇的滋味乐意而醉心。

老太太和老佣妇讲的，若是写录出来，不就是儿童文艺么？以我现在的见解来观察，觉得那些故事殊不足以当儿童文艺之目，因为那些故事都含有神怪和教训的质素。原来他们讲故事的目的在驯服孩子，所以常有"一个魔王，如何如何可怕，他的面貌是怎样，他的爪牙是怎样"的演讲。小孩子因其怪异，不肯不听，同时因其怪异，就生了恐惧怯懦的心。讲的人不肯就此而止，还继续下去道，"他喜欢吃小孩子。小孩若哭，他听见了就会来。所以你们不要哭，不要给他吃了去！"这是借神怪为教训了。教训在教育上是一个愚笨寡效的法子，在文艺上也是一种不高明的手段。

小孩有勇往无畏的气概，于一切无所惧怯。这该善为保育，善为发展，才可以使他们成为超过父母的人。若屡屡与以恐怖的暗示，岂不是导他们怯弱么？至于欲养成他们的良好习惯，应当顺着他们的心情，于起居饮食嬉游之事设为良善的环境，使潜移默化。即有过恶的萌芽发见，也应以替代的方法使变为良善的萌芽，最不当作消极的阻遏。若但说"汝不可如此，否则将如何"，则良善的萌芽无从发生，而他们的活动力已受一打击。这决不是有益的法子。

文艺家的创作虽说是无所为而为，正是大有所为。创作儿童文艺的文艺家当然着眼于儿童，要给他们精美的营养料。从上面一些简单的意思看来，已可知真的儿童文艺决不该含有神怪和教训的质素。

儿童文艺须有一种质素，浅见的人或且以为奇异神怪就是想象。我想我们不能深入儿童的心，又不能记忆自己童时的心，真是莫大憾事。儿童初入世界，一切于他们都是新鲜而奇异，他们必定有种种想象，和成人绝对不同的想象。我的儿子三岁时，他见火焰腾跃，伸缩不息，他喊道："这许多手呀！"他又观赏学生体操，归来在灯下效之。他见墙上人影也在那里举手伸足，当影子是和自己一般的，便很起劲地教他。这些真是成人想不到的想象。文艺家于此等处若能深深体会，写入篇章，这是何等地美妙。

星儿凝眸，可以为母亲的颈饰；月儿微笑，可以为玩耍的圆球；清风歌唱，娱人心魂；好花轻舞，招人作伴……这等都是想象，儿童所乐闻的。本来世界之大，人之渺小，赖有想象得以勇往而无惧怯。儿童于幼小时候就陶醉于想象的世界，一事一物都认为有内在的生命，和自己有紧密的关联的。这就是一种宇宙观，于他们的将来大有益处。

儿童文艺里更须有一种质素，其作用和教训不同，就是感情。这本是一切文艺所必具的。教训于儿童，冷酷而疏远。感情于儿童，则有共鸣似的作用。至于应以儿童内发的感情为材料，前一则丛谈里已说过了。

总之，儿童文艺里须含有儿童想象和感情。而有神怪和教训的质素的，决不是真的儿童文艺。

◆ 解说

该文发表于 1921 年 3 月 23 日《晨报副镌》。

这是一篇大有深意蕴含的文章。

叶圣陶从"老太太或是老佣妇发轻婉的声音，为小孩子讲故事"，说到对这些故事的评价："那些故事殊不足以当儿童文艺之目，因为那些故事都含有神怪和教训的质素。"

叶圣陶针对"教训"说道："教训在教育上是一个愚笨寡效的法子，在文艺上也是一种不高明的手段。""屡屡与以恐怖的暗示，岂不是导他们怯弱么？"

叶圣陶主张向善的教育："欲养成他们的良好习惯，应当顺着他们的心情，于起居饮食嬉游之事设为良善的环境，使潜移默化。"

面对儿童的心性及其发展，叶圣陶显露出思考深邃的一面："即有过恶的萌芽发见，也应以替代的方法使变为良善的萌芽，最不当作消极的阻遏。若但说'汝不可如此，否则将如何'，则良善的萌芽无从发生，而他们的活动力已受一打击。"

但是，叶圣陶一方面表现出对中国儿童教育的"教训"传统的反叛，另一方面，却也让我们看到他对中国压抑幻想的传统文化的归顺——那就是对儿童故事里的"神怪"质素的否定。如果说，"教训"传统是中国儿童文学发展的拦路虎，那么，"子不语怪、力、乱、神""敬鬼神而远之"，这种压抑幻想的儒家文化，则是阻碍中国儿童文学的一个大障碍。

否定"神怪"这一儿童文学观念，使叶圣陶在阐释对儿童文学创作至关重要的"想象"时，视野较为偏狭，以致贬抑"奇异神怪"这种属于"幻想"的"想象"。叶圣陶说："儿童文艺须有一种质素，浅见的人或且以为奇异神怪就是想象。"叶圣陶推崇的是儿子把伸缩不息的火焰比作"这许多手"，教墙上自己的影子做操这类想象，说"文艺家于此等处若能深深体会，写入篇章，这是何等地美妙。"又说："星儿凝眸，可以为母亲的颈饰；月儿微笑，可以为玩耍的圆球；清风歌唱，娱人心魂；好花轻舞，招人作伴……这等都是想象，儿童所乐闻的。"可见叶圣陶对超自然的想象力的价值是缺乏认同的。

叶圣陶的这种轻视幻想的儿童文学观，在紧随这些论述之后的展开的童话创作中现出了负面效应。

王泉根称赞叶圣陶的童话是现实主义童话，它们"直面人生，扩大题材，把现实世界引进童话创作的领域。"①的确，叶圣陶的童话集《稻草人》里的作品不讲"神怪"故事，而是将读者身边的现实生活展现于读者的眼前。我曾指出："《稻草人》里的童话大多是拟人体童话，本身幻想力就比较贫弱，当那些拟人体形象进入现实世界时，幻想的色彩在相当大的程度被冲洗褪色了。关于这一特点，我们读一读《画眉》《玫瑰和金鱼》特别是《稻草人》这样的童话就能得到验证。"②

正是在这个意义上，我对叶圣陶的"现实主义童话"的评价是二分的：一方面我充分肯定"稻草人"童话在儿童文学史上意义和价值，另一方面，站在儿童文学艺术范型这一维度，则认为"稻草人"童话的"现实主义"传统是需要中国的幻想儿童文学创作所克服的。

所以我说，这是一篇大有深意蕴含的文章。

---

① 王泉根著：《现代中国儿童文学主潮》第253页，重庆出版社2000年版。
② 朱自强、何卫青著：《中国幻想小说论》第98页，少年儿童出版社2006年版。

儿童文学在儿童教育上之价值

严既澄

儿童文学，就是专为儿童用的文学。他所包涵的，是童谣，童话，故事，戏剧等类，能唤起儿童的兴趣和想象的东西。这种种东西，都不是新生的；试看我们各地方所固有的儿歌和故事，就知道了。据西洋的儿童文学专家说，"神仙故事"（fairy tales）那一种东西，差不多是自有人类以来，就已经存在的了；不过记之于文字，却是很晚出的事情，直到十八九世纪时候，才有法国的培罗脱（Perrault）和德国的格林（Grimm）兄弟，起初做记录的功夫。至于中国的故事，除了有些人收到笔记丛谈里去的之外，便没有什么记载于文字的了。我今天所要讲的是：为什么我们要提倡这一类的儿童文学？这所谓儿童文学的，在儿童的教育上，到底有什么价值？

自从教育研究上有了儿童研究这一门以来，我们对于儿童本身的生活，渐渐地得到些正当的理解了。从前不承认儿童的生活是独立的，而以为他只是成人的预备；现在知道儿童的生活，也是独立的了。本来在一个人的全期生活里，我们实在不应当指定那一段是那一段的附庸；我们所要求的是：全段生活，都是要丰满富足的，不感缺憾的。因此，儿童还他一个儿童，壮年还他一个壮年，老年还他一个老年，才是正当的办法。那末，一个人方在儿童时期，而先教他做壮年的预备，勉强拿成人的见解来逼他受教，这岂不是破坏了儿童时代的生活了么？所以近代的教育家，都大声疾呼地要把教育改革了。在十七、十八两个世纪里，法国的卢梭，瑞士的裴司泰洛齐（Pestalozzi），德国的海尔巴（Herbart）和福罗培儿（Froebel），都是把西洋中古教育，改造到现代教育的健将。他们所主张的，都是要顾全儿童的时期，用适当的教材，来谋他内部的发展。福罗培儿更说得透彻，他说：教育的责任，全在唤起儿童的"自愿的活动"；又说：人生的每时期，另有每时期的完全，长成后的完全，必从早年的完全生出；因此，当儿童的时候，是一个完全的儿童，到了成人，便是一个完全的成人了。现在西洋的教育方针，无非是从这几位大思想家的结论演展出来的；简单说一句话：现代的西洋教育，再没有不顾全儿童的生活，不拿儿童做本位的了。

我们已经把现代的教育思想说明，现在可以评判儿童文学的价值了。现代的新教育，既然要拿儿童做本位，那末，凡是叫儿童学的，必得是那些切于儿童的生活，适应儿童的要求，能唤起儿童的兴趣的东西。儿童的内部生活——儿童精神生命——所要求的是什么呢？第一，据我们所知道的，个人心理发达的程序，和人类心理发达的程序一样，因此，儿童的心理，就是原始人类的心理；因此，儿童都欢喜听些神怪荒诞的事情。第二，儿童的精神，也和他的躯体一样，是很爱活动的。我们都知道年纪小一点的儿童，爱听故事，大一点的，爱看小说：这是什么缘故呢？因为故事和小说，都是情节离奇，很能激刺儿童的情绪，唤起儿童的想象，所以很能受他们的欢迎。近时的心理学家，都说文明人的精神，有爱受激刺的毛病；其实这种毛病，不是文明人所专有的，和原始人一样的儿童，也就有了；不过儿童所爱激刺，决不是不自然的罢了。我们所讲的儿童文学，就是要适应儿童这两件要求的东西——神怪荒诞的，情节离奇的诗歌和故事之类。知道儿童确实有这种偏于想象和情绪的要求，而不去好好地供给他，就是破坏了他的生活。使他的生活有了缺憾了。讲儿童教育的，一方面讲究怎么样来顾全儿童的生活，怎么样来拿儿童做本位，一方面却不肯拿适当的材料供给他，不肯满足他的要求，叫他的生括感到了缺憾：这又是怎么一回事呢？这可见儿童文学这样东西，在儿童的教育上，是很关重要的了。

但是我们讲儿童教育，固然是不能单独注重儿童的将来；却也不能单独注重儿童的现在。如果照刚才所说的做去，专把些离奇怪诞的东西来投儿童之所好，岂不是太不注重他的将来了么？叫儿童用功于这种文学，不但对于他的将来，没有什么好处，恐怕还要养成他迷信的观念呢。这些怀疑的话，我也听得多了。教育的目的，是要造成社会上良好的分子；如果儿童文学，真会生出不好的效果来，破坏了教育的目的，那末，我们当然不能因为他能够满足儿童的要求，便去提倡他。可是，儿童的脑筋，感染得易，也磨灭得易；而且儿童的生命，是逐渐转变的，除了些激刺太深的印象以外，早年所受的影象，总不会永远保存于脑筋里。因此，只要编儿童文学书的人，采用适宜的材料，把那些激刺力太大的地方洗刷过，我们便可以没有这种疑虑了。不适宜的运动，也是于儿童的躯体有妨害的；可是我们用适当的方法，指导儿童好好的去运动，便能够利用儿童爱动的本能来收到助长躯体上的发展的效果。我们对于儿童的身体上的爱好，既然有法子来利用他来做儿童教育的利器，难道对于儿童精神上的爱好，便没有法来利用他吗？所以对于儿童文学不免怀疑的人，只要拿运动来做个先例就好了。

现在讲儿童教育的，大都知道供给儿童的材料，应当是拿儿童做本位的了；可是大家总还没有看重儿童的文学。小学堂里的课本，还是偏于庄严，偏于现实，而不用想象一方面的材料。其实儿童时代的想象力，是很关重要，很应当尽力去发展他的。如果儿童教育上不注重儿童的想象力，不但儿童的生活，不能丰富，而且要弄到儿童的将来变成一个想象局促，感情呆笨的人；到了这个时候，便叫他念一辈子的书，也不见得真能收得念书的好效果了。据我想来：人生在小学的时期内，他的内部生命，对于现世，都没有什么重要的要求，只有儿童的文学，是这时期内最不可缺的精神上的食料。因此，我以为真正的儿童教育，应当首先著重这儿童文学。

◆ 解说

此文原载于《中华教育界》1921年第十三卷第十一号。

张心科编著的《民国儿童文学教育文论辑笺》对严既澄的《儿童文学在儿童教育上之价值》从小学校的文学教育角度，作了很好的分析。所以对这篇文章，我其实并没有更多要说的话。

可是，我还是将其选了进来。为什么呢？

在我看来这篇文章还可以作互文式解读。与什么来"互文"？与周作人的《儿童的文学》来"互文"。

明眼的读者一定可以看出这篇文章的"儿童本位"观点对周作人的《儿童的文学》里的"儿童本位"的思想的袭用。下面就这两篇文章作文字表述上的比较——

周作人："以前的人对于儿童多不能正当理解，不是将他当作缩小的成人，拿'圣经贤传'尽量的灌下去，便将他看作不完全的小人，说小孩懂得甚么，一笔抹杀，不去理他。近来才知道儿童在生理心理上，虽然和大人有点不同，但他仍是完全的个人，有他自己的内外两面的生活。儿童期的二十岁年的生活，一面固然是成人生活的预备，但一面也自有独立的意义与价值，因为全生活只是一个生长，我们不能指定那一截的时期，是真正的生活。我以为顺应自然生活各期，——生长，成熟，老死，都是真正的生活。"——严既澄："从前不承认儿童的生活是独立的，而以为他只是成人的预备；现在知道儿童的生活，也是独立的了。本来在一个人的全期生活里，我们实在不应当指定那一段是那一段的附庸，我们所要求的是：全段生活，都是要丰满富足的不感缺憾的。因此，儿童还他一个儿童，壮年还他一个壮年，老年还他一个老年，才是正当的办法。"

周作人："……在诗歌里鼓吹合群，在故事里提倡爱国，专为将来设想，不顾现在儿童生活的需要的办法，也不免浪费了儿童的时间，缺损了儿童的生活。"——严既澄："一个人方在儿童时期而先教他做壮年的预备，勉强拿成人的见解逼他受教，这岂不是破坏了儿童时代的生活么？"

周作人："照进化论说来，人类的个体发生原来和系统发生的程序相同"，因此，"儿童的精神生活本与原人相似"。——严既澄："据我们所知道的，个人心理发达的程序，和人类心理发达的程序一样，因此，儿童的心理，就是原始人类的心理……"

周作人："我们又知道儿童的生活，是转变的生长的。"——严既澄："儿童的生命是逐渐转变的。"

在我眼里，这篇文章的最大意义就在于它对周作人的"儿童本位"论的鼓吹！

《儿童的文学》是中国儿童文学理论的纲领性文献，周作人提出的"儿童本位"的思想，引领着五四时代的儿童文学、儿童教育发展的方向。严既澄的文章，为这样的中国儿童文学史观增加了一个证据。

《儿童世界》宣言

郑振铎

以前的儿童教育是注入式的教育；只要把种种的死知识，死教训装入他头脑里，就以为满足了。现在我们虽知道以前的不对，虽也想尽力去启发儿童的兴趣，然而小学校里的教育，仍旧不能十分吸引儿童的兴趣；而且这种教育，仍旧是被动的，不是自动的；板刻庄严的教科书，就是儿童的惟一的读物。教师教一课，他们就读一课。儿童自动的读物，实在极少。

我们出版这个《儿童世界》，宗旨就在于弥补这个缺憾。

我们的内容约分十类：

（1）把自然界的动植物的照片，加以说明，使儿童得一点博物学上的知识。

（2）歌谱　现在小学校里的唱歌，都是陈陈相因的；有大部分是儿童们二三年前已跟着他们兄妹唱熟了的。新的材料简直没有产生出来。这也不能怪他们教师们，因为中国会作谱的人实在太少了。我们以后要常常贡献些新的材料给儿童们。对于教师们也许也不无益处。

（3）诗歌童谣　采集各地的歌谣，并翻译或自作诗歌。

（4）故事　包括科学故事，冒险故事，及神仙故事。

（5）童话　长篇的和短篇的都有。

（6）戏剧　儿童用的剧本，中国还没有发见过。近来各小学校里常有游艺会的举行。他们所用的剧本，都是临时自编的。我们想隔二三期登一篇戏剧。大概都是简单的单幕剧；不惟学校里可用，就是家庭里也可以用。

（7）寓言　以翻译的为主。

（8）小说　大概采用《天方夜谭》（*Don Quixote*）及《西游记》等作品。

（9）格言　各国的格言，都要采用；并附以解释。

（10）滑稽书　大约每星期占两面。其余杂载，通信征文等栏随时加入。

麦克林东以为教儿童文学及其他学问都要：（一）使他适宜于儿童的地方的及本能的兴趣与爱好。（二）养成并且指导这种兴趣及爱好。（三）唤起儿童新的与已失的兴趣与爱好。（*MacClintock's Literature in the Elementary School P.17*）我们编辑这个杂志，也要极力抱着这三个宗旨不失。

近来有许多人对于儿童文学很是怀疑，以为故事，童话中多荒唐怪异之言，于儿童无益而有害。有几个人并且写信来同我说，童话中多言及皇帝，公主之事，恐与现在生活在共和国里的儿童不相宜。这都是过虑。人类儿童期的心理正是这样；他们所喜欢的正是这种怪诞之言。这不过是儿童期的爱好所在，与将来的心理是没有什么影响的。所以我们用这种材料，一点也不疑虑。

又因为儿童心理与初民心理相类，所以我们在这个杂志里，更特别多用各民族的神话与传说。

我们虽然是与儿童接近，但却不会详细地研究过小学教育，也没有详细地考察过儿童生活。贸贸然来编辑这个杂志，自然是极多缺点。且因印刷方面的关系，就是我们极坚信的理想，有时也不能实行出来。这是我们非常抱歉的。

有经验的教师们如有什么见教或投稿，我们都非常欢迎。我们所常采用的书有：

A. Mackenzie–*Indian Myth and Legend*，*Tentonio Myth and Legend*，*etc.*

Williston–*Japanese Fairy Tales.*

Merriam–*The Dawn of the World.*

O. Baker–*Stories From Northern Myths.*

W.B. Yeats–*Irish Fairy Tales and Folk Tales.*

Tales from the Fjeld.

Grimms–*Fairy Tales.*

Andersen–*Fairy Tales.*

Wilde–*Fairy Tales.*

等，等，等，等。*My Magazin*、*The Youth's Companion* 及日本的《赤鸟》《童话》《ユドモ》等等杂志也多有采用。

但我们的采用是重述，不是翻译，所以有时不免与原文稍有出入。这是因为求合于乡土的兴趣的原故，读者当不会有所误会。又因为这是儿童杂志的原故，原著的书名及原著里的姓名也都不大注出。

本注的程度和初小二三年及高小一二年级的程度相当。但幼稚园及家庭也可以用来当作教师的参考书。

一九二一，九，二十二

◆ **解说**

此文原载于1921年12月30日《晨报副镌》，后又载于《妇女杂志》1922年第八卷第一号。

《儿童世界》由商务印书馆出版发行，它在《童话》丛书之一种《三问答》上作广告云："这是中国最初的儿童杂志"。其实，确切地说，应该是中国第一本儿童文学杂志，因此在儿童文学史上具有重要的地位。

此文作者郑振铎是五四时期的一位集理论研究、创作、编辑于一身的儿童文学家，因此，他的理论选择颇能反映五四儿童文学的走势。郑振铎说:"儿童文学是儿童的——便是以儿童为本位,儿童所喜看所能看的文学。"[1]身为编辑出版人士,郑振铎努力将"儿童本位"的理念贯彻、落实到自己主编的儿童文学刊物《儿童世界》的出版的各项环节。

《〈儿童世界〉宣言》表达的思想核心是用于儿童教育的儿童文学应以儿童的"兴趣"为本位。从文中可以看出,这一思想借鉴自美国学者麦克·林东(即周作人的《儿童的文学》中所说的麦克林托克)。郑振铎说:"麦克·林东以为儿童文学及其他学问都要:(一)使他适宜于儿童的地方的及其本能的兴趣及爱好。(二)养成并且指导这种兴趣及爱好。(三)唤起儿童已失的兴趣及爱好。"郑振铎非常重视麦克林托克这一理念,明确说:"我们编辑这个杂志,也要极力抱着这三个宗旨不失。"

郑振铎的上述引用,翻译自麦克林托克的 Literature in elementary schools 一书中的这段话:"In literature then, as in the other subjects, we must try to do three things: (1) allow and meet appropriately the child's native and instinctive interests and tastes; (2) cultivate and direct these; (3) awaken in him new and missing interests and tastes."[2]对麦克林托克的这一主张,周作人在《人的文学》里也给予遵循,将其翻译成"(1)顺应满足儿童之本能的兴趣与趣味;(2)培养并指导那些趣味;(3)唤起以前没有的新的兴趣与趣味。"周作人之文发表在先,但是,郑振铎并非对周作人的译文的袭用,而是亲自阅读了麦克林托克的 Literature in elementary schools 一书,因为他还标出了这段话所在的页码。

《〈儿童世界〉宣言》站在儿童的立场上,尊重儿童本能的爱好和趣味,尤其重视诉诸儿童的视听觉(这一点在当时是颇具现代性的),将

---

[1] 郑振铎:《儿童文学的教授法》,见王泉根评选:《中国现代儿童文学文论选》第213页,广西人民出版社1989年版。

[2] Maccintock, Porter Lander. *Literature in the Elementary School,* 第18页,CHICAGO: THE UNIVERSITY OF CHICAGO PRESS, 1907年。

"插图""滑稽画"和"歌谱"放在《儿童世界》的十类内容之中，具有鲜明的"儿童本位"倾向。

在《儿童世界》的实际编辑过程中，"图画"的儿童文学功能越来越受到了重视。张梅指出："《儿童世界》上有一个最受儿童欢迎的栏目'图画故事'。最初，郑振铎仅仅沿用了《儿童教育画》上'滑稽画'这种名称。到第1卷第9期，郑振铎便放弃了使用'滑稽画'，创制了'图画故事'的新名称。这说明郑振铎已经敏锐地意识到这种新文体的产生对儿童文学的意义，并开始从最初的沿袭到了自觉建设这种新文体的阶段。"[3]

王黎君在第十二届亚洲儿童文学大会（2014年8月，韩国昌原）上发表论文《〈儿童世界〉：中国图画书的原点》，也关注到郑振铎对图画的文体意识："《儿童世界》杂志从第1卷第1期起就开始刊载'滑稽画'，到第1卷第9期的《鸡之冒险记》，郑振铎开始启用'图画故事'这一新的栏目名称，表达了编者对《两个小猴子的冒险记》之类文体的新认识。"

在认识中国的图画书的源流时，《儿童世界》杂志是一个重要的存在。

需要重视的另一点是，《〈儿童世界〉宣言》表现了与孙毓修的《〈童话〉序》（"神话幽怪之谈，易启人疑，今皆不录。"）、叶圣陶的《文艺谈》之八（"含有神怪""质素"的"那些故事殊不足以当儿童文艺之目……"）截然不同的儿童文学价值观。郑振铎说："近来有许多人对于儿童文学很有怀疑，以为故事、童话中多荒唐怪异之言，于儿童无益而有害。……这都是过虑。人类儿童期的心理正是这样，他们所喜欢的正是这种怪诞之言。这不过是儿的爱好所在，与将来的心理是没有什么影响的。所以我们用这种材料，一点也不疑虑。"这样的主张所具有的现代性，是对孙毓修、叶圣陶的观点的超越。

最后，有必要对《〈儿童世界〉宣言》作一勘误。在文中出现了掺夹日语的表记："日本的赤鸟童话コドモ"。这指的是日本大正时期的三种重要

---

③ 张梅：《从晚清到五四：儿童期刊上的图像叙事》，《中国现代文学研究丛刊》2012年8期。

的儿童杂志：《赤鸟》《童话》和《孩子》。不论是《晨报副刊》《妇女杂志》，还是后来赵家璧主编的《中国新文学大系》、蒋风主编的《中国儿童文学大系·理论（1）》，对《孩子》这一图画杂志的日语表记都是"コトヂ"，而这一表记实为"コドモ"（"孩子"）之误。王泉根评选的《中国现代儿童文学文论选》，将"コトヂ"排成了"〕トf"，错上加错，更是不知所云了。

儿童的世界

周作人

儿童是未长成的大人么？还是同大人有别，独自住于别个世界里的么？——这个问题从学问上讲来，可以说是已有定论了。即如那刑法学者列斯忒非议加于儿童的刑罚，以为儿童占有着独自的世界，因此将加于大人的刑罚等，照样的加于儿童，不是合理的议论，这一件事也可以当作（上边所说的）定论的一个表现。

儿童决不是未成熟未长成的大人，正如女人不是未成熟未长成的男人一样。儿童与大人，恰似女人与男人的关系，立于相对的地位。他们各自占有着别个的独自的世界。这个世界里自然有或一程度的相互理解之可能性，但或一程度的理解之不可能确也存在。仿佛男女之间有不绝的谜一般，在儿童与大人之间，也存着不绝的谜。

我曾在高岛米峰或是这一类的人的书里，看见一节话。在东京的一个小学校里通学的儿童，有一天从学校回家，急忙地很正经地告诉父母道，"今天登了富士山来了。"从这个实例想起来，倘若依了大人的世界的判断，这个儿童确是说了可耻的诳话了；但是——原书的著者也这样说——儿童决不将这句话当做诳话。儿童在他的确信里，确是登了富士山了。在儿童的世界里，东京小学校通学的途中攀登富士山的事，决不成为可能或不可能的问题。这两个世界的差异，——或是谜，——实在是这样的根本的〔不同的〕。

今年二月中旬，在姬路左近加古川镇当小学教师的糟谷信司君，特地来访我，又将他的学生们所作的许多诗歌拿给我看。我一面听着他的说明，将诗一篇一篇地读下去。在素朴，或真情流露，或天真烂漫等的意味以外，我的心里觉得有一种大人所没有的世界的情景，很明显地现出来了。这许多的诗与歌，真是儿童的世界里所独具的色彩、音响与光线。我从这里边且抽出几首来。

雨

今天早上天阴了，雨下了。
才下了，雨又停住在松树上边，
闪闪的落了下去，
一刹间，〔钻到〕沙里边去了。
掘起来看时，——
什么都没有。

梦

晚上做了一个梦，海燕呀，
深红的脚的海燕。
或者来了罢，沙山外
出去看时，只是风呀，
只是拂林的风，
纯青的，纯青的
只是冬天的天空。

金边眼镜

金呵金呵，

发光的金边眼镜，

什么人戴了，

都会发光。

金呵金呵，

发光的金边眼镜。

婴儿

从肚皮里噗的（落地）

呱，呱，呱。

乳汁什么，

想喝一口呀！

萝卜

被挂在屋檐下，

孤零零的，

萝卜，寂寞的晒干萝卜。

明天以后

要变成小菜了。

冰

冰呵冰呵，冷呀，

我的身体是温的，

我的身体是白的，

你的身体里有垃圾。

雨天

雨接连的下，

不断的接连的下，

只是雨下着，

晴天总不来。

这些诗都是初等小学三四年级的儿童所作。我们倾听着这些纯真之声的时候，不由的感到一种近于虔敬之念的深的感动，觉得在大人的世界里所不能有的美与力，正从那里放射出来。

许多的人现在将不复踌躇，承认女人与男人的世界的差异，又承认将长久隶属于男人治下的女人解放出来，使返于伊们本然的地位，是最重要的文化运动之一。但是这件事，对于儿童岂不也是一样应该做的么？近代的文明实在只是从女人除外的男人的世界所成立，而这男人的世界又只是从儿童除外的大人的世界所成立的。

现在这古文明正放在试炼之上了。女人的解放与儿童的解放，——这二重的解放，岂不是非从试炼之中产生出来不可？

大人的世界与儿童的世界的对立。从这事实说来，大人在本质上不能再还原为儿童，是当然的了。所以如北原白秋说明他作童谣时的用心，说完全变成了儿童的心而作歌这样的话，也只可看作一种绮语罢了。大人所见的儿童的世界必不会是儿童所见的儿童的世界。这样的纯粹的儿童的世界的事情，只一切交与儿童的睿智与灵性便好了；大人没有阑入其间的必要，也没有这个资格。大人对于儿童应做的事，并不是去完全变成儿童，却在于生出在儿童的世界与大人的世界的那边的"第三之世界"。

童谣，与一切的别的诗一样，有生出那边的世界的责务。如不能感到这个责务，童谣这样的东西，不能说是以艺术家自任的人们的所可染指的工作。

这一篇是从论文集《现代的诗与诗人》（一九二〇）中译出的，题下原注论"童谣"一行小字，但他实在只说诗人的谣，未及童谣的全体。大抵在儿童文学上有两种方向不同的错误：一是太教育的，即偏于教训；一是太艺术的，即偏于玄美。教育家的主张多属前者，诗人多属后者；其实两者都是不对，因为他们都不承认儿童的世界。这篇小文里很有许多精当的话，可以供欲做儿歌者参考。柳泽生于一八八八年，原是法学士，但又是一个诗人。

（一九二一年十一月二十五日附记）

◆ 解说

此文为译文，原载于1922年1月1日《诗》第1卷第1号，日文作者为日本的柳泽健原。

此文虽然是译文，但是，不仅对于理解周作人的儿童本位论的内涵非常重要，而且还可以从中看出周作人的"儿童本位"论的建构过程中，来自日本的一个思想资源（另一个思想资源是美国的儿童学）。

周作人有诗云："平生有所爱，妇人与小儿。"这是周作人作为新文化运动、新文学运动领袖所特有的强烈情感。他的《人的文学》要解放的，不是"神圣的父与夫"而是"妇人与小儿"。周作人倡导新文学，最大的动力是源自对于妇女和儿童被压迫的深切同情，源自解放妇女和儿童的强烈愿望，至于"人"（如果排除了妇女和儿童，这个"人"就是男人了），也许倒在其次。

就在翻译《儿童的世界》的两个月之前，周作人写下了《小孩的委屈》。他在文中说："人类只有一个，里面却分作男女和小孩三种；他们各是人种之一，但男人是男人，女人是女人，小孩是小孩，他们身心上仍各有差别，不能强为统一。以前人们只承认男人是人，（连女人们都是这样想！）用他的标准来统治人类，于是女人与小孩的委屈，当然是不能免了。女人还有多少力量，有时略可反抗，使敌人受点损害，至于小孩受那野蛮的大人的处治，正如小鸟在顽童的手里，除了哀鸣还有什么法子？"①

　　周作人的这一思考与日本诗人柳泽健原的思想几乎是相同的。《儿童的世界》一文有这样的话："许多的人现在将不复踌躇，承认女人与男人的世界的差异，又承认将长久隶属于男人治下的女人解放出来，使返于伊们本然的地位，是最重要的文化运动之一。但是这件事，对于儿童岂不也是一样应该做的么？近代的文明实在只是从女人除外的男人的世界所成立，而这男人的世界又只是从儿童除外的世界所成立的。现在这古文明正放在试炼之上了。女人的解放与儿童的解放，——这二重的解放，岂不是非从试炼之中产生出来不可么？"

　　可见，周作人翻译《儿童的世界》是"六经注我"之选择。

　　《儿童的世界》还有这样的话："……大人在本质上不能再还原为儿童，是当然的了。……大人所见的儿童的世界必不会是儿童所见的儿童的世界。这样的纯粹的儿童的世界的事情，只一切交与儿童的睿智与灵性便好了；大人没有阑入其间的必要，也没有这个资格。大人对于儿童应做的事，并不是去完全变成儿童，却在于生出在儿童的世界与大人的世界的那边的'第三之世界'。"

　　周作人在译后附识中说，"这篇小文里有许多精当的话"。我想这"许多精当的话"，就应该包括这一段。就在翻译《儿童的世界》的同一年，周作人在与赵景深就童话作书信讨论时，使用了"第三之世界"这一用语："安徒生与王尔德的童话的差别，据我的意见，是在于纯朴（Naive）与否。王尔德的作品无论哪一篇，总觉得很是漂亮，轻松，而且机警，读去极为愉快，但是有苦的回味，因为在他童话里创造出来的不是'第三的世界'，却只在现实上覆了一层极薄的幕，几乎是透明的，所以还是成人的世界了。安徒生因了他异常的天性，能够复造出儿童的世界，但

---

① 周作人：《小孩的委屈》，钟叔河编订：《周作人散文全集》（第2卷）第388页，第593页，广西师范大学出版社2009年版。

也只是很少数，他的多数作品大抵是属于第三的世界的，这可以说是超过成人与儿童的世界，也可以说是融合成人与儿童的世界。……我相信文学的童话到了安徒生而达到理想的境地，此外的人所作的都是童话式的一种讽刺或教训罢了。"②

借鉴柳泽健原的观点而提出的"融合成人与儿童"的"第三的世界"，是周作人"儿童本位"论的重要内涵之一。可见周作人的"儿童本位"论所主张的并不是放弃"成人"这个世界，只要"儿童"这一个世界。但是，在当代的儿童文学研究者那里，对此却颇多误解。比如，"方卫平于1988年发表了《儿童文学本体观的倾斜及其重建》一文。正如题目所示，他在文中将以周作人为代表的现代'儿童本位'论视为'倾斜'的儿童文学本体观，认为'在这里，儿童心理不仅成了儿童文学活动的唯一出发点和归结点，而且被看成是儿童文学观念性本体的唯一构成物，或者说，它成了唯一制约、统摄儿童文学活动的力量。'方卫平对'儿童本位'论的这种判定，完全不符合周作人的'儿童本位'论的实际内涵。"③

译文后的"附记"寥寥数语，却句句掷地有声，可谓数语泄露了"天机"，颇值得品味——"大抵在儿童文学上有两种方向不同的错误：一是太教育的，即偏于教训；一是太艺术的，即偏于玄美。教育家的主张多属前者，诗人多属后者；其实两者都是不对，因为他们都不承认儿童的世界。"周作人的这段指摘，让我想起20世纪五六十年代的"教育儿童的文学"（鲁兵语）和八十年代的一部分追求"文学性"的探索儿童文学。前者即"太教育的，即偏于教训"，后者即"太艺术的，即偏于玄美"，"其实两者都是不对，因为他们都不承认儿童的世界。"

所以我想说，在儿童文化、儿童文学方面，周作人的思想和学术依然是需要我们时时挖掘的宝贵矿藏。

---

② 周作人：《童话的讨论》，钟叔河编订：《周作人散文全集》（第2卷）第593页，广西师范大学出版社2009年版。

③ 朱自强：《论"儿童本位"论的合理性和实践效用》，《中国海洋大学学报》2014年第3期。

关于童话的讨论

赵景深 周作人

作人先生：

……现在的一般人，多不知童话是什么。我以为要知道童话是什么，必定先要分析一下，究竟什么是童话，什么不是童话。就童话二字说来，许多人以为就是神仙故事，不过译的不甚恰当。既然有许多人承认，所以我下面所说童话的分析，就是神仙故事（fairy tale）的分析：——

（一）童话不是神怪小说 我常听见人说，童话不过是说鬼话罢了，有什么可研究的？其实他把童话没有辨别清楚，以为《聊斋》呀，《阅微草堂笔记》呀，都和童话是一类的。据我看，神怪小说里所说的事是成人的人生，里面所表现的是恐怖，决不能和童话相提并论。再就童话的一方面说，自然他所表现的是儿童的人生，里面装了快乐呀！

（二）童话不是儿童小说 儿童小说所述的事，近于事实，少有神秘的幻想。一个故事，太实在了，决不能十分动听的，必须调和些神秘的色彩在里面，才能把儿童引到极乐园里。所以童话和儿童小说的分别极明显，前者是含有神秘色彩的，后者不含有神秘色彩的。

总起来说，童话这件东西，既不太与现实相近，又不太与神秘相触，他实是一种快乐儿童的人生叙述，含有神秘而不恐怖的分子的文学。这一种快乐儿童的人生，犹之初民的人生；因为人事愈繁，苦恼就愈多。

这种神秘而不恐怖的分子，也就是初民心理中共有的分子，他们——初民和儿童——不觉得神是可怕的，只觉得神是可爱的。因之简单说来，童话就是初民心理的表现。

我知识浅陋，以上所说的不知对不对，还要请你拨些儿工夫，答复我，我这里殷殷的等着呢！

一月九日，赵景深。

景深先生：

来信敬悉。我的对于童话的解释，大约如下。

童话这个名称，据我知道，是从日本来的。中国唐朝的《诺皋记》里虽然记录着很好的童话，却没有什么特别的名称。十八世纪中日本小说家山东京传在《骨董集》里才用童话这两个字，曲亭马琴在《燕石杂志》及《玄同放言》中又发表许多童话的考证，于是这名称可以说完全确定了。童话的训读是 Warabe no monogatari，意云儿童的故事；但这只是语源上的原义，现在我们用在学术上却是变了广义，近于"民间故事"——原始的小说的意思。童话的学术名，现在通用德文里的 Märchen 这一个字；原意虽然近于英文的 Wonder-tale（奇怪故事），但广义的童话并不限于奇怪。至于 Fairy-tale（神仙故事）这名称，虽然英美因其熟习，至今沿用，其实也不很妥当，因为讲神仙的不过是童话的一部分；而且fairy 这种神仙，严格的讲起来，只在英国才有，大陆的西南便有不同。东北竟是大异了。所以照着童话与"神仙故事"的本义来定界说，总觉得有点缺陷，须得据现代民俗学上的广义加以订正才行。

原始社会——上古，野蛮民族，文明国的乡民与儿童社会——的故事，普通分作神话（Mythos）、传说（Saga）及童话（Märchen）三种，这三个希腊、伊思兰和德国来源的字义，都只是指故事，现在却拿来代表三种性质不同的东西。神话是创世以及神的故事，可以说是宗教的；传说是英雄的战争与冒险的故事，可以说是历史的：这两类故事在实质上没有什么差异，只是依所记的人物为区分。童话的实质也有许多与神话传说共通，但是有一个不同点：便是童话没有时与地的明确的指示，又其重心不在人物而在事件，因此可以说是文学的。往往有同是一件事情，在甲地是神话或传说，在乙地却成了童话，正如从宗教与历史里发生传奇的小说一样。经过这个转变，在形式上也生了若干变化，因为没有了当初的敬畏与尊崇的拘束，对于事件的叙述可以自由处置，得到美妙动听的结果。英国麦扣洛克（Macculloch）著了一本童话研究，称作《小说的童年》，可以说是确当的名称。所以我的意见是，童话的最简明的界说是"原始社会的文学"。文学以自己表现为本质，童话便是原人自己表现的东西，所不同的只是原人的个性还未独立，都没入于群性之中而已。古代"无主"（Adespoton）的文艺作品如史诗及传奇等，都是表现个性合体的群性，可以作为一个适切的例。

近代将童话应用于儿童教育，应当别立一个教育童话的名字，与德文的 Kindermärchen 相当，——因为说"儿童童话"似乎有点"不词"。儿童心理既然与原人相似，供给他们普通的童话，本来没有什么不可，只是他们的环境不同了，须得在二十年里经过一番人文进化的路程，不能像原人的从小到老优游于一个世界里，因此在普通童话上边不得不加以斟酌。但是这斟酌也是最小限度的消极的选择，只要淘汰不合于儿童身心的发达及有害于人类的道德的分子便好了。教育这两个字不过表示应用的范围，并不含有教训的意义，因为我相信童话在儿童教育上的作用是文学的而不是道德的。

来信所说童话与别种故事的异同，有几处很足以纠正一般的误解，现在更就广义加上一点解释。因私事迟复，请你原谅。

一月二十一日，周作人。

作人先生：

在上月二十五日的《晨报副刊》上，读了你答复我的长信，获了许多益处。你对于童话的解释，我认为是很明确的。末段论到怎样把童话介绍儿童，采消极的选择，尤合我心。

今天偶读到夏芝的《爱尔兰童话选》，见有一段考据fairy一字的，说是

　　fairy是什么？fairy一字，据农民说来，道是下凡的天使，说他好，却是贬谪人间；说他不好，却不能把他脱出仙籍。有的书说他是地神，爱尔兰的好古学者，又说他是爱尔兰的神，被谴后缩小身体，弄成很矮的。

　　说他是下凡的天使的，有许多事实来证明。由他的天性，善者报以善，恶者报以恶，看出他实是下凡的天使。他所用的魔术，全是良心的主张。人们不能得罪他，只能喊他好百姓，你如在窗框放一些牛乳给他。他就很欢喜，就可把你的否运除掉。总之普通一般人的信仰，告诉我们有许多事论到他，说他不曾怀有恶意。

　　他是地神么？或者是的——许多诗人以及各神秘的作家，无论何国何时，都说可见的世界以外，还有不住天上的地神。没有定形，随心变化。我们在梦中，常和他谈笑玩乐。

　　说他是爱尔兰的神，也有人证明。fairy有首领，是老Danan的英雄，他们聚会便在Danan埋骨处。

　　究竟fairy是什么，他也没有定。若据后一说看来，自然只有爱尔兰才有fairy，别处是没有的。

又查颜惠庆的《英华大辞典》解释fairy道：

　　一种不可思议的灵，人见他都是缩小的人形，常在牧场跳舞。做了许多谑而不虐的奇事。

　　他也没有说到究竟哪一国才有。不过我很信这种fairy，英国童话中

说他的很多。虽在英译的德法童话中，见有fairy的行事，但是却不多见，或者竟是误译。

总之，我现在已明白出 fairy-tales 不能算是代童话的名词：fairy的范围实在是很小的，不过是神怪的一部分。其他如山灵水怪，花妖木石，等等，不知凡几。就是不是神话，如有趣的故事，痴子的笑史等，也是极有价值的童话。所以还是"童话"二字，甚为确当。但是有些人把童话分为两类：神秘的称为童话，不神秘的称为故事。还有的把寓言也和童话分开了。好在他是狭义也罢，广义也罢，只要都是儿童文学就都是从原始社会的文学转变或是摹仿出来的。

我把fairy一字，写了三页信纸，费了你好几分钟，写完一想，反觉这事不重要；我们研究童话的，最要紧的还是研究用什么童话供给儿童。考据神话，未免近于癖好，于社会上没有多大的关系。你以为如何？

二月一日，赵景深。

景深先生：

Fairy这一种超自然的人物的分布，据民俗学说，是以开耳式与条顿两族为限，所以英爱诸处都有，德国及斯干底那维亚也有大同小异的传说。英国通称童话为"神仙故事"，在通俗的学术书上也还沿用，大约因童话中多有超自然的分子的缘故；但如来信所说，童话中还包括笑话等类，所以不如童话的名称较为含浑，而且与"原始社会的文学"的意义也还相近。

童话与故事的区别，我想不应以有无超自然的分子为定；最好便将故事去代表偏重人物的历史的传说，便是所谓Saga这一类的作品。安徒生早年作的童话称作Eventyr（意同Märchen），后来自己改称Historier（意同Stories），但这只是他个人的意见，其实他的著作都是文学的童话，虽然有许多比较的接近现实，却也是童话中所有的分子，未必便可以归到传说范围里去。至于寓言与童话，因为形式上不同，似乎应当分离。动物故事原是儿童文学的一支，但是文章简短，只写动物界的殊性，没有社会的背景，因此民俗学家大抵把他分出，不称他作童话了。

童话的分析考据的研究，与供给儿童文学的事情，好像是没有什么关系，但这却能帮助研究教育童话的人了解童话的本义，也是颇有益的。中国讲童话大约有十年了，成绩却不很好，这是只在教育的小范围里着眼的缘故。故日本岩谷小波是有名的"童话家"，编有《日本故事》、《日本童话》各二十四册，《世界童话》百册，其余还很多，但人总觉得他是一个"编童话者"而不是童话研究家，也正是这个缘故了。

二月五日，周作人。

作人先生：

你译的《儿童的世界》已在《诗》上拜读过了。我在这篇上面，得了很多益处，尤其服膺你那几句附注。那就是："大抵在儿童文学上，有两种方向不同的错误，一是太教育的，即偏于教训，一是太艺术的，即偏于玄美，教育家的主张多属前者，诗人多属后者；其实两者都是不对，因为他们都不承认儿童的世界。"因为儿童对于儿童文学，只觉他的情节有趣，若加以教训，或是玄美的盛装，反易引起儿童的厌恶。我幼时看孙毓修的《童话》，第一二页总是不看的，他那些圣经贤传的大道理，不但看不懂，就是懂也不愿去看。幼时读到无活动的事实的诗，也是不能领略。其实，教训和玄美陶冶儿童的性情，何尝不好，不过他们太心切了些，便不顾儿童能否受用，尽量的把饭塞了进去，弄到结果，只是多使儿童厌恶些罢了。我以为一篇好的儿童文学产物，虽不另加任何的教训和玄美，那些都已在其中。只要把那事实写得极真切，儿童就可以渐渐的受感化了；只要除去太不美的事实，儿童就可以觉出那美妙来了。总之，我们把儿童文学供给儿童是渐进的诱导，因为儿童也是逐渐的变换成长。我以为儿童文学会有教训和美妙，都是自然生出，不是造作出的；那自然具有极大的权力，造作只是白费功夫罢了。

你说，"童话在儿童教育上的作用是文学的而不是道德的。"我则以为文学的涵养，便仍归到道德上去了。

二月十六日，赵景深。

作人先生：

在二月十二日的《晨报副刊》上，拜读了你的复信，又长了许多见识。我近来看了《神话学和民间故事》一书，知道童话的渊源是原始社会的神话和传说，所以你用民俗学去解释童话，我现在更为相信，这是最确当的。自然从童话里去研究原始社会的风俗习惯，才是极正当的方法，可以说是从童话的本身，把价值研究出来了。但是，有许多人却要想利用童话的材料去研究其他。如：借各地的童话去研究方言，童话便可供语言学者的参考；选童话去做寓言和讽刺，又可供辩士的采取；由童话中找出原始的思想去和现今的非美两洲以及各处的野蛮民族比较，以便行政，又成了政治家的补助品；从童话中的原始思想去和儿童的思想比较，去掉太背谬现代心理的，选童话以供儿童的阅读，又成了教育家的辅导品。这些都不过是采取童话材料中的一部分来利用到现社会去，可以说是不完全从童话的本身去研究。我以为各人的志趣不同，自然对于童话利用的方法，也各不同；童话虽不能不用民俗学去解释，但是却不必只从民俗学上去研究。各人研究了民俗学以后，就可以分途实施到别处的。好在无论把童话怎样利用，那童话的本义，总要先了解的。也可以说是，各人必须先了解童话的本义，以后要分途实施到现社会。他们对于民俗学者的进行，似乎也无甚阻碍。我对于童话的志趣，便是将童话供给儿童看；我愿用民俗学去和儿童学比较，我不愿用民俗学去研究民俗学。因为我觉得世界上的领地，差不多成了成人的，没有一种设备不是成人的设备，几曾见成人为儿童谋一些幸福？儿童所爱的自然之多，现在大半都已成了大城镇；儿童所爱的花园，大半尽是照成人的规模布置成的，就连儿童的日常生活，也无处不受成人过分的干涉。所以现在有许多人都大声疾呼的要求儿童解放。我虽没有多大的恩施对于儿童，我总觉童话既近于儿童的阅读，便该供给他，不忍去毕生从事科学的归纳去从童话里研究原始社会，来夺去儿童的良好伴侣，因为民俗学者所用的童话，未必尽能供给儿童；教育童话也未必尽能供给民俗学者；民俗学者对于神话尤为注重，因为他尤能表现原始社会的真象，童话也可以作探讨的线索，这神话和那些不合用的童话便不能供给儿童；教育童话只是取童话中可用的一部分，并可兼收文学的童话。这文学的童话，对于民俗学者的用处，便又很少了。所以两者的范围是不同的，若是只从民俗学去研究汇集的童话集恐怕儿童可看的很少，岂非把儿童的幸福掠去了么？总起来说，我的志趣，便是先研究童话中的原人社会，和儿童社会比较，再设法把童话供给儿童。我以为儿童的天真，给我极大的吸力，我替他们谋一些快乐的生命，也未始不是神圣尊严的事业。

日本岩谷小波的《世界童话》百册，……中华书局的徐傅霖君已将他译出了三十余册，间接着可以使我阅览一些。看原文的集中采取了我国三篇童话:《孙悟空出世》，《五彩石》，和《指南车》，前一篇尚近于童话。后两篇似乎是神话或传说，因为他是很重人物和地方的，并且性质又不近于娱乐的故事。英国佳尔恩（Giles）把我国的《聊斋》当作童话集，不知究竟当否？《聊斋》里的文，是否有些篇是后来文人的游戏文章？我前回和你谈到童话释义，曾把他一笔抹杀，如今一想，未免近于武断。《聊斋》中的《王六郎》颇似述的童话，《促织》颇可当做作的童话。这是就我所记得的说，若是细细研究起来，可采来重述的，一定还有不少，你看是如何？

你说教育童话，他那意思可用消极的选择，但是文学方面，若介绍童话给儿童看，究应怎样译法（直译，意译或其他）才算合适呢？

二月十九日，赵景深。

景深先生：

对于来信里的议论，我很是同意，没有什么别的可说，现在只就末尾的两节，略略奉答。

岩谷小波的《世界童话》里所采的《五采石》是神话，《指南车》是神话而且收入历史的了。《孙悟空出世》却是童话无疑，虽然我们还找不出他的出典，但总推想他是本于传述的故事而非著者（《西游记》的）自己的纯粹的创造。中国向来不曾有人搜集童话编纂成书，或加以考证，外国人想要采用，只能独自在暗中摸索，容易发生错误。《聊斋志异》不能算是童话集，虽然里边不少民俗学的资料，可以采取重述；只是我看《聊斋》还是二十年前的事，现在手边又没有这部书，不能确说了。《促织》可以当作"文学的童话"，不过讲给小孩子听，兴味的中心却在那个病孩的变为蟋蟀，他父亲的怎样被杖倒，反落在不重要的位置了。文学的童话的本意多是寄托、教训或讽刺，但在儿童方面看来，他的价值却不在此，往往被买椟而还珠：这可以说是文学的童话的共通的运命。我想中国许多的所谓札记小说很值得一番整理研究，其中可以采用的童话材料就可以提出应用。这个办法比较采集现代流行的童话，虽然似乎容易一点，但是文章都须从新做过，也很有为难的地方，这就是来信末节所说的问题了。

倘若那童话的原本是外国文，这事情还比较的容易，因为文章的组织大抵已经经过斟酌，所要注意的只是翻译的问题罢了。改做中国古文的"志异"等为童话，几乎近于创作，因为那些文人和读者所喜欢的文体都是那种扭扭捏捏的，不很宜于儿童，重述者须得加以取舍，是很不容易的事。关于这个的改作的方术，我还想不出具体的办法，现在只能就翻译的问题简单的一说罢。我本来是赞成直译的，因为觉得以前林畏庐先生派的意译实在太"随意言之，随意书之"了。但是直译也有条件，便是必须达意，尽中国语的能力所及的范围以内，保存原文的风格，表现原语的意义，换一句话就是信与达。现在似乎不免有人误会了直译的意思，以为只要一字一字地把原文换为汉字，就是直译，譬如英文的 Lying on his back 一句，不译作"仰卧着"而译作"卧着在他的背上"，那便是欲求信而反不词了。据我的意见，"仰卧着"是直译，将他删去不译或译作"坦腹高卧"以至"卧北窗下自以为羲皇上人"是意译，"卧着在他的背上"这一派乃是字译了。古时翻译佛经的时候，也曾有过这样的事，如《金刚经》中"与大比丘众干二百五十人俱"这一句话，达摩笈多译作"大比丘众共半十三比丘百"，正是相同的例；在梵文里可以如此说法，但译成汉文却不得不稍加变化，因为这是在汉文表现力的范围之外了。所以我所主张的翻译法是信而兼达的直译，这其实也可以叫作意译，至于随意增删改窜的译法，只能称作随意译而已。童话的翻译或者比直译还可以自由一点，因为儿童虽然一面很好新奇，一面却也有点守旧的。……

来信已经收到了一个多月，搁着未曾奉复，今天才一并发表出来，要请你原谅。

三月二十五日，周作人。

作人先生：

日前看见你在《自己的园地》里论到文学的童话，获益不浅！我对于安徒生与王尔德，二人童话作品的异同，略有一些感想，现在拉杂写来，请你指教。

我觉得一个人童话作品的特点，只是指他大部分说，或是指他最后的变迁说；因为一个人的思想或艺术，决不能说是一生没有变迁的。所以我说到安徒生童话的特点，总觉得不能概括安徒生的一切童话作品。我说他的特点是在于和儿童的心相近，这话不但是我这样说，你和戈斯也是这样说，就连安徒生自己，也说他是照小孩一样的话写来的。但是看他的童话里，所叙述的总不及格林那样朴实，《雪女王》和《白鸽》两篇，美妙的艺术表现的尤多，小孩似乎说不出那样美的话；即使儿童偶尔有极美妙的诗句，但最多不过四五句，大约没有那样多的。所以我以为安徒生的童话只是大部分的"小儿说话一样的文体"。王尔德的童话虽是内中很多深奥的语句，不是小儿说话一样的文体，似乎是文学家的话，但是他的《幸福王子》《利己的巨人》和《星孩儿》三篇中，我却觉得很有许多话是天真可爱的。不过他的童话大部分是"非小儿一样的文体"罢了，本来"文学童话的本意，多是寄托教训或是讽刺"，童话差不多当了作者自己发表哲学的东西。因为作者注重在思想上，于是艺术上便顾不得是否近于儿童了。安徒生童话虽也很注重思想，只不过有些处太玄美，儿童多不能领略其妙，至于他表现思想的方法，却还是顾及儿童方面，用事实去推阐的多。他只将事实写得极真切，并不用任何深奥的话。王尔德表现他的思想方法却不同，已是事实和深奥的话并用了。若要童话最合儿童的心理，莫如民间的童话。文学的童话总及不上。安徒生还要比王尔德比较的近于儿童，这实是因为二人表现思想方法不同的原故。儿童听或看童话多爱事实，事实以外的理，多不大注意的，所以童话中说理愈多，愈不能近儿童，真是"文学的童话共通的运命"！由上面的话看来，可见大半安徒生的文体是和小儿说话一样，王尔德的却有些是深奥的，有时还把不可捉摸的"智慧""爱情"等等抽象的名词插在童话里，这是他们的不同处。但是我觉得他们也有相似的地方，其一就是都是文学的童话，有所寓意；并且不是平铺直叙，都有文学的结构。其二就是都是美的童话，他们里面的主人翁，大半都是花鸟虫鱼，用到猛兽劣树的时候很少；并且所叙的事实，亦都趋向于美的方面。虽是有时都免不了对于社会发生哀怜，但从哀怜中却生出乐观来；他们那种高尚的情绪，同等的使我发生愉快。

　　文学的童话现在变迁得愈加厉害，安徒生以后有王尔德，王尔德以后又有爱罗先珂，就文学的眼光看来，艺术是渐渐的进步，思想也渐渐进步了！但就儿童的眼光去看，总要觉得一个不如一个。或者以这样的步趋——安、王、爱——供给渐长的儿童——自童年至少年壮年——倒还容易引起他们爱好一些。不过文学的童话不单是供给儿童看，不失赤子之心的成人，也未始不可看的，所以童话作品，虽有些在儿童难得确当的鉴赏，在小儿般的成人方面，或者可以引起同情咧！但对于儿童又觉得远了！

四月三日，赵景深。

景深先生：

　　安徒生与王尔德的童话的差别，据我的意见，是在于纯朴（Naive）与否。王尔德的作品无论是哪一篇，总觉得很是漂亮，轻松，而且机警，读去极为愉快，但是有苦的回味，因为在他童话里创造出来的不是"第三的世界"，却只在现实上覆了一层极薄的幕，几乎是透明的，所以还是成人的世界了。安徒生因了他异常的天性，能够复造出儿童的世界，但也只是很少数，他的多数作品大抵是属于第三的世界的，这可以说是超过成人与儿童的世界，也可以说是融和成人与儿童的世界。阑氏在《文学的童话论》里说，"安徒生是北方的贝洛尔，比他更庄重，更柔和，倘若比他更少机智。"王尔德比安徒生更多机智，但因此也就更少纯朴了。我相信文学的童话到了安徒生而达到理想的境地，此外的人所作的都是童话式的一种讽刺或教训罢了。

四月六日，周作人。

◆ 解说

　　这是赵景深和周作人讨论童话的书信，最初发表于1922年《晨报副镌》，后收入赵景深编《童话评论》（新文化书社1924年版）。

　　我以为，周作人与赵景深讨论童话的书信往来，可以视为中国儿童文学学术史上的一段佳话。赵景深当时似乎还是天津棉业专门学校的学生，他抱着学术求教的姿态给北京大学的教授周作人写信，两人关系如同师生，但是通信所进行的却不是单方面的赐教，而是平等的学术讨论。细细品味观点的交集处，可以看出周作人对赵景深观点的回应甚至指正，也可以感受到被指正的赵景深的某种程度的坚持。两人的通信，在一定程度上显出了思想、学识的高下，另外，青年人赵景深的急切，年近中年的周作人的沉稳，均可在对书信的细读中隐约浮现。

这组书信可以说是继周作人《童话研究》《童话略论》《古童话释义》之后，童话理论研究的又一重要收获。与周作人的上述文章的研究相比，这组书信的童话讨论，显然更具有"儿童的文学"这一意识，因此，对于儿童文学理论建设更具意义和价值。

这组书信主要讨论了以下几个方面的问题。

1. 对"童话"这一文体概念和童话研究方法的探讨

讨论从赵景深对"童话是什么"这一问题的追问开始。他认为，童话就是"神仙故事（fairy tale）"，所以，"童话不是神怪小说"，"童话不是儿童小说"。

对赵景深的童话就是"神仙故事（fairy tale）"这一观点，周作人进行了纠正。他指出："至于fairy tale（神仙故事）这名称，虽然英美因其熟习，至今沿用，其实也不很妥当，因为讲神仙的不过是童话的一部分；而且fairy这种神仙，严格的讲起来，只在英国才有，大陆的西南便有不同，东北竟是大异了。所以照着童话与'神仙故事'的本义来定界说，总觉得有点缺陷，须得据现代民俗学上的广义加以订正才行。"

对周作人的这个解答，赵景深可谓心悦诚服，他回信说："总之，我现在已明白出fairy‐tales不能算是代童话的名词；fairy的范围实在是很小的，不过是神怪的一部分。"

赵景深思考童话之初，就有鲜明的儿童读者意识。他说："总起来说，童话这件东西，既不太与现实相近，又不太与神秘相触，他实是一种快乐儿童的人生叙述"。周作人对此的回应是："童话的训读是warabe no monogatari，意云儿童的故事；但这只是语源上的原义，现在我们用在学术上却是变了广义，近于'民间故事'——原始的小说的意思。"可见周作人的童话研究，并不止于"儿童"这一个着眼点，而是广及民俗学的考证，这就有了思想和学术的深度。

对于周作人的对童话"照着童话与'神仙故事'的本义来定界说，总觉得有点缺陷，须得据现代民俗学上的广义加以订正才行"这一观点，以及周作人对fairy一语的考证这种研究方法的价值，赵景深是怀着疑虑的。他在回复周作人第一封信时说："我把fairy一字，写了三页信纸，费了你好几分钟，写完一想，反觉这事不重要；我们研究童话的，最要紧的还是研究用什么童话供给儿童。考据神话，未免近于癖好，于社会上没有多大关系。你以为如何？"对此，周作人的回答是："童话的分析考据的研究，与供给儿童文学的事情，好像是没有什么关系，但这却能帮助研究教育童话的人了解童话的本义，也是颇有益的。中国讲童话大约有十年了，成绩却不很好，这是只在教育的小范围里着眼的缘故。"周作人以学问为根底讨论问题的姿态，也在这里体现了出来。（联想中国儿童文学学术在当代曾出现的退化，"只在教育的小范围里着眼"，只在"儿童"的"小范围里着眼"，也是重要的原因之一。）

最后，赵景深接受了周作人主张的民俗学研究（"童话的分析考据的研究"）这一方法，回信称："……你用民俗学去解释童话，我现在更为相信，这是最确当的方法。"在这一基础上，赵景深说："……童话虽不能不用民俗学去解释，但是却不必只从民俗学上去研究。""我对于童话的志趣，便是将童话供给儿童看；我愿用民俗学去和儿童学比较，我不愿用民俗学去研究民俗学。"这是赵景深的进一步思考，显示了他的学术悟性和社会责任。关于"用民俗学去和儿童学比较"这一童话研究方法，其实周作人早就有过明晰的思考。他在1913年发表的《童话略论》中说："童话研究当以民俗学为据，探讨其本原，更益以儿童学，以定其应用之范围，乃为得之。"①

在辨析童话文体时，学识广博的周作人将童话与相近文体进行了比

---

① 周作人：《童话略论》，钟叔河编订：《周作人散文全集》（第1卷）第276页，广西师范大学出版社2009年版。

较研究。

周作人曾指出："原始社会——上古，野蛮民族，文明国的乡民与儿童社会——的故事，普通分作神（Mythoe）传说（Saga）及童话（Märchen）三种。这三个希腊、伊思兰和德国来源的字义，就只是指故事，现在却拿来代表三种性质不同的东西。神话是创世以及神的故事，可以说是宗教的；传说是英雄的战争与冒险的故事，可以说是历史的：这两类故事在实质上没有什么差异，只是依所记的人物为区分。童话的实质也有许多与神话传说共通。但是有一个不同点：便是童话没有时与地的明确的指示，又其重心不在人物而在事件，因此可以说是文学的。……我的意见是，童话的最简明的界说是'原始社会的文学'。文学以自己表现为本质，童话便是原人自己表现的东西，所不同的只是原人的个性还未独立，都没于群性之中而已。"周作人解释童话与神话、传说的异同，多么简约、透彻，颇显思路的清晰和学问的扎实。

在童话和寓言的关系上，赵景深对于"把寓言也和童话分开了"这一做法有些微词（用了"但是"），而周作人的回应则是："至于寓言与童话，因为形式上不同，似乎应当分离。"因为反对"教训"，周作人有将寓言排除在儿童文学之外的倾向。比如，他在1954年所作《关于伊索寓言》一文中就说："《伊索寓言》向来被认为启蒙用书，以为这里边故事简单有趣，教训切实有用。其实这是不对的。于儿童相宜的自是一般动物故事，并不一定要是寓言，而寓言中的教训反是累赘，所说的都是奴隶的道德，更是不足为训。"[②]在西方儿童文学中，寓言是已经衰萎的文体，但在中国儿童文学中，1990年代以前，寓言却一直比较发达，这种反差是具有暗示意味的。周作人对寓言的怀疑，显示了他的敏锐的现代意识，也是他高出常人的地方。

---

② 周作人：《关于〈伊索寓言〉》，钟叔河编订：《周作人散文全集》（第12卷）第529页，广西师范大学出版社2009年版。

周作人在辨析"童话"这一概念时，视野是开阔的，思考是严谨的。他认为"童话的最简明的界说是'原始社会的文学'"，同时主张在"将童话应用于儿童教育"时，"别立一个教育童话的名字"，并解释说："教育这两个字不过表示应用的范围，并不含有教训的意义，因为我相信童话在儿童教育上的作用是文学的而不是道德的。"

当然，周作人的"童话的最简明的界说是'原始社会的文学'"这一说法是存在着逻辑上的缠夹的。即是说，按照建构主义的本质论的历史观，"童话"并不是"原始社会"的知识，而是现代社会的知识，正如周作人对其日语原义的考证，是"儿童的故事"的意思。我觉得，既然周作人也说，"童话""用在学术上却是变了广义，近于'民间故事'——原始的小说的意思"，不如索性导入"民间故事"这一概念，在"民间故事"和"童话"这两个概念的比较、辨析中，呈现儿童文学的演化过程。当然，这是时代的局限性，也许我们不必苛求。

2. 对于儿童审美特点的讨论

这方面的讨论缘起于赵景深对周作人的译文《儿童的世界》里的"附记"的阅读。赵景深在信中表示："我在这篇上面，得了很多益处，尤其服膺你那几句附注。"在引用了周作人的关于"两种方向不同的错误"的观点之后，赵景深阐述了自己赞同的理由："因为儿童对于儿童文学，只觉得它的情节有趣，若加以教训，或是玄美的盛装，反易引起儿童的厌恶。我幼时看孙毓修的《童话》，第一二页总是不看的，他那些圣经贤传的大道理，不但看不懂，就是懂也不愿去看。幼时读到无活动的事实的诗，也是不能领略。"

周作人则意识到成人作家的创作意图与儿童审美需求之间的错位："文学的童话的本意多是寄托，教训或讽刺，但在儿童方面看来，他的价值却不在此，往往被买椟而还珠：这可以说是文学的童话的共通的命运。"对此，赵景深进一步论述说："儿童听或看童话多爱事实，事实以外的理，多不大注意的，所以童话中说理愈多，愈不能近儿童，真是'文学的童话共通的命运'！"

　　周作人还认为儿童不喜欢"文人"喜欢的"扭扭捏捏"的文体："改做中国古文的《志异》等为童话，几乎近于创作，因为那些文人和读者喜欢的文体都是那种扭扭捏捏的，不很宜于儿童，重述者须得加以取舍，是很不容易的事。"

　　在回答赵景深"若介绍童话给儿童看，究应怎样译法（直译，意译或其他）才算合式"这一问题时，周作人说："……尽中国语的能力所及的范围以内，保存原文的风格，表现原语的意义，换一句话就是信与达。""我所主张的翻译法是信而兼达的直译"。说来也巧，就在五天前（2014年9月6日），刘绪源兄在中国海洋大学所上名家课程《近百年中国文章变迁史》上，讲到了周作人的翻译观，介绍了周氏"正当的翻译的分数似应该这样打法，即是信五分，达三分，雅二分。假如真是为书而翻译，则信达最为重要"这句话。马上去查《周作人散文全集》，知其出自《谈翻译》一文。很显然，周作人在《关于童话的讨论》中的话，是对他所熟悉的严复的"信达雅"翻译法的有意识的纠正。然而在《谈翻译》中，却并不完全排斥"雅"。是否可以推测，周作人对待儿童文学的翻译和对待一般文学的翻译，价值立场是有不同的。回答赵景深的问题时，周作人避"雅"而不谈，也许是认为"雅"这一审美风格与儿童的审美存在着隔膜。

　　王泉根的《中国现代儿童文学文论选》收入了《关于童话的讨论》，并在"砚边小记"中说：这场讨论"……对于童话的文学性、与儿童的联系这一方面则显得单薄了一些。"[3] 我以为这不是没有作文本细读，就是在苛求。

　　3. 通过王尔德、安徒生的比较性研究，提出儿童文学的美学标准和艺术境界。

---

[3] 王泉根评选：《中国现代儿童文学文论选》第241页，广西人民出版社1989年版。

在中国儿童文学的发生期，王尔德和安徒生是产生了重要影响的两位作家。周作人在1909年的《域外小说集》中就译介了王尔德的《安乐王子》，又在群益书社于1921年出版《域外小说集》增订本时，加进了安徒生的《皇帝之新衣》，还于1919年，在《新青年》第六卷第一号上译介了安徒生的《卖火柴的女儿》。另外，在《〈域外小说集〉著者事略》一文中也对两位作家的生平和创作作过简要介绍，而且还在1913年发表《丹麦诗人安兑尔然传》，更在1918年发表了《安得森的十之九》。可以说，对这两位作家在中国的介绍、传播，周作人发挥了极为重要的作用。

赵景深认为，王尔德"童话大部分是'非小儿一样的文体'"，"因为作者注重在思想上，于是艺术上便顾不得是否近于儿童了。"与此相比，虽然安徒生的思想"有些处太玄美，儿童多不能领略其妙，至于他表现思想的方法，却还是顾及儿童方面，用事实去推阐的多。他只将事实写得极真切，并不用任何深奥的话。"不过，赵景深看到了事情的多面性："所以我以为安徒生的童话只是大部分的'小儿说话一样的文体'。"（这里赵景深所谓"小儿说话一样的文体"，乃引自周作人《王尔德童话》一文）"王尔德的童话虽是内中很多深奥的语句，不是小儿说话一样的文体，似乎是文学家的话，但是他的《幸福王子》《利己的巨人》和《星孩儿》三篇中，我却觉得很有许多话是天真可爱的。"

在比较王尔德和安徒生的童话时，周作人的眼光更为犀利和透澈："安徒生与王尔德的童话的区别，据我的意见，是在于纯朴（naive）与否。"在周作人这里，"纯朴"是儿童文学的一个美学标准。

正是在将安徒生与王尔德进行比较时，具有理论建构和创造天分的周作人提出了"融和成人与儿童的""第三的世界"这一儿童文学所独有的艺术境界。

"纯朴"性和"融和成人与儿童的""第三的世界"，这是周作人所建构的儿童文学的本质中的两个根本质素。在今天，它们依然是值得认同的真理，具有可实践性和现实力量。

说到这里，我不禁想起谭旭东对周作人的不以为然的一段话："儿童文学理论有没有真正的大家，这是值得怀疑的！我读到不少所谓的儿童文学理论批评著作，这些著作没有让我建构儿童文学的信心，反而让我怀疑中国儿童文学理论是否有自己真正的话语，是否有自己真正的理论基石，是否有自己真正的学科。我的感觉是，目前我所接触到的儿童文学理论批评都是源自周作人的一本《儿童文学小论》，大家谈来谈去，都是'儿童本位论'和'童真童趣'。周作人无疑是现代文学史上不可否认的大家，但他的一点儿童文学小论，能否承担得起中国儿童文学的理论大厦呢？我想阅读过周作人著作的人都是了解这一点的，周作人那些关于儿童文学和儿童教育的随感性的文字，和今天我们许多作家关于儿童和文学的感想性的文字并无多少不同之处。"④我自认是"阅读过周作人著作的人"，坦率地说，谭旭东对周作人的这种评价真是看得我心惊肉跳，久久无语。谭旭东的这一言论，暴露出的已经不是学术判断的水准问题，而是学风问题，因为我不相信任何一个仔细、认真地"阅读过周作人著作的人"，会说出如此轻狂的话来。

　　最后，想做一点勘误工作。王泉根评选的《中国现代儿童文学文论选》、蒋风主编、方卫平和章轲编选的《中国儿童文学大系·理论（1）》、钟叔河编订：《周作人散文全集》，所表记的"麦加洛克（Macculloch）"，实为"麦扣洛克（Macculloch），在周作人的《神话学与安特路朗》一文以及《知堂回想录》一书中，都是"麦扣洛克"，而且英文表记"Macculloch"与"麦加洛克"的英文表记完全相同。

　　另外，在周作人的著作中，以及一些选本中，常常出现Marchen这一表记，此为德语Märchen（即"童话"）之误。

---

④ 谭旭东著：《寻找批评的空间》第28至29页，黑龙江教育出版社2007年版。

《阿丽思漫游奇境记》

周作人

近来看到一本很好的书，便是赵元任先生所译的《阿丽思漫游奇境记》。这是"一部给小孩子看的书"，但正如金圣叹所说又是一部"绝世妙文"，就是大人——曾经做过小孩子的大人，也不可不看，看了必定使他得到一种快乐的。世上太多的大人虽然都亲自做过小孩子，却早失了"赤子之心"，好像"毛毛虫"的变了蝴蝶，前后完全是两种情状：这是很不幸的。他们忘却了自己的儿童时代的心情，对于正在儿童时代的儿童的心情于是不独不能理解，与以相当的保育调护，而且反要加以妨害；儿童倘若不幸有这种的人做他的父母师长，他的一部分的生活便被损坏，后来的影响更不必说了。我们不要误会这只有顽固的熟师及道学家才如此，其实那些不懂感情教育的价值而专讲实用的新教育家，所种的恶因也并不小，即使没有比他们更大。我对于少数的还保有一点儿童的心情的大人们，郑重地介绍这本名著请他们一读，并且给他们的小孩子读。

这部书的特色，正如译者序里所说，是在于他的有意味的"没有意思"。英国政治家屁（Pitt）曾说，"你不要告诉我说一个人能够讲得有意思；各人都能够讲得有意思。但是他能够讲得没有意思么？"文学家特坤西（De Quincey）也说，只是有异常的才能的人，才能写没有意思的作品。儿童大抵是天才的诗人，所以他们独能赏鉴这些东西。最初是那些近于"无意味不通的好例"的决择歌，如《古今风谣》里的"脚驴斑斑"，以及"夹雨夹雪冻死老鳖"一类的趁韵歌，再进一步便是那些滑稽的叙事歌了。英国儿歌中《赫巴特老母和她的奇怪的狗》与《黎的威更斯太太和她的七只奇怪的猫》，都是这派的代表著作，专以天真而奇妙的"没有意思"娱乐儿童的。这《威更斯太太》是夏普夫人原作，经了拉斯庚的增订，所以可以说是文学的滑稽儿歌的代表，后来利亚（Lear）做有"没有意思的诗"的专集，于是更其完成了。散文的一面，始于高尔斯密的《二鞋老婆子的历史》，到了加乐尔而完成，于是文学的滑稽童话也侵入英国文学史里了。欧洲大陆的作家，如丹麦的安徒生在《伊达的花》与《阿来锁眼》里，荷兰的蔼覃在他的《小约翰》里，也有这类的写法，不过他们较为有点意思，所以在"没有意思"这一点上，似乎很少有人能够赶得上加乐尔的了。然而这没有意思决不是无意义，他这著作是实在有哲学的意义的。麦格那恩在《十九世纪英国文学论》上说：

利亚的没有意思的诗与加乐尔的阿丽思的冒险，都非常分明的表示超越主义观点的滑稽。他们似乎是说，"你们到这世界里来住罢，在这里物质是一个消融的梦，现实是在幕后。"阿丽思走到镜子的后面，于是进奇境去。在他们的图案上，正经的（分子）都删去，矛盾的事情很使儿童喜悦；但是觉着他自己的限量的大人中之永久的儿童的喜悦，却比（普通的）儿童的喜悦为更高了。

我的本意在推举他在儿童文学上的价值，这些评论本是题外的话，但我想表明他在（成人的）文学上也有价值，所以抄来作个引证。译者在序里说："我相信这书的文学的价值，比莎士比亚最正经的书亦比得上，不过又是一派罢了。"这大胆而公平的批评，实在很使我佩服。普通的人常常相信文学只有一派是正宗，而在西洋文学上又只有莎士比亚是正宗，给小孩子看的书既然不是这一派，当然不是文学了。或者又相信给小孩子的书必须本于实在或是可能的经验，才能算是文学，如《国语月刊》上勃朗的译文所主张，因此排斥空想的作品，以为不切实用，欧洲大战时候科学能够发明战具，神话与民间故事毫无益处，即是证据。两者之中，第一种拟古主义的意见虽然偏执，只要给他说明文学中本来可以有多派的，如译者那样的声明，这问题也可以解决了；第二种军国主义的实用教育的意见却更为有害。我们姑且不论任何不可能的奇妙的空想，原只是集合实在的事物的经验的分子综错而成，但就儿童本身上说，在他想象力发展的时代确有这种空想作品的需要，我们大人无论凭了什么神呀皇帝呀国家呀的神圣之名，都没有剥夺他们的这需要的权力，正如我们没有剥夺他们衣食的权力一样。人间所同具的智与情应该平匀发达才是，否则便是精神的畸形。刘伯明先生在《学衡》第二期上攻击毫无人性人情的"化学化"的学者，我很是同意。我相信对于精神的中毒，空想——体会与同情之母——的文学正是一服对症的解药。所以我推举这部《漫游奇境记》给心情没有完全化学化的大人们，特别请已为或将为人们的父母师长的大人们看，——若是看了觉得有趣，我便庆贺他有了给人家做这些人的资格了。

对于赵先生的译法，正如对于他的选译这部书的眼力一般，我表示非常的佩服：他的纯白话的翻译，注音字母的实用，原本图画的选入，都足以表见忠实于他的工作的态度。我深望那一部姊妹书《镜里世界》能够早日出版。——译者序文里的意见，上面已经提及，很有可以佩服的地方，但就文章的全体看来，却不免是失败了。因为加乐尔式的滑稽实在是不易模拟的，赵先生给加乐尔的书做序，当然不妨模拟他，但是写的太巧了，因此也就未免稍抽了。……妄言多罪。

◆ **解说**

此文原载于1922年3月12日《晨报副镌》。《阿丽思漫游奇境记》是英国作家刘易斯·卡洛尔创作的一部世界儿童文学名著。1922年1月，商务印书馆出版了赵元任翻译的《阿丽思漫游奇境记》。此文为周作人为赵元任译本所写的书评。

以今天的眼光看来，名家名著、名家翻译（赵元任后来有"汉语言学之父"这一美誉）、名家评论，阵容相当奢华。连《阿丽思漫游奇境记》这一书名都是胡适帮赵元任命名。这些都可以见出当年是哪些大人物在从事儿童文学的工作，当时儿童文学的水准，受重视的程度。

这篇文章涉及了一个非常重要的儿童文学的文类——"有意味的'没有意思'"的文学。

对这篇文章所说的"有意味的'没有意思'"，王泉根是这样解释的："所谓'无意思'，即作品内容并无多大思想意义，但其流贯其中的幻想、夸张、幽默等特质却能丰富小读者尤其是低幼儿童的想象世界与感情性格；而这，本身就是有价值的。"①

其实，周作人所说的"没有意思"，对应的就是英文的"nonsense"，它不是"并无多大思想意义"，而是压根就没有意义，所以，周作人才引用了英国政治家Pitt的话："你不要告诉我说一个人能够讲得有意思；各人都能够讲得有意思。但是他能够讲得没有意思吗？"也就是说，nonsense文学是极难创作的一种文学类型，精品少之又少。

要理解周作人对"nonsense"儿童文学的看法，可以将《儿童的书》一文的这一段话对照着来读——"其实艺术里未尝不可寓意，不过须得如做果汁冰酪一样，要把果子味混透在酪里，决不可只把一块果子皮放在上面就算了事。但是这种作品在儿童文学里，据我想来本来还不能算是最上乘，因为我觉得最有趣的是有那无意思之意思的作品。安徒生的《丑小鸭》，大家承认它是一篇佳作，但《小意达的花》似乎更佳；这并不因为他讲花的跳舞会，灌输泛神的思想，实在只因他那非教训的无意思，空灵的幻想与快活的嬉笑，比那些老成的文字更与儿童的世界接近

---

① 王泉根评选：《中国现代儿童文学文论选》第894页，广西人民出版社1989年版。

了。"②

　　对于 nonsense 文学的价值，周作人的评价极高。他说："我相信这书的文学的价值，比莎士比亚最正经的书亦比得上，不过又是一派罢了。"这一评价"实在很使我佩服"。

　　直到今天，在中国儿童文学中，极难找到 nonsense 文学。在这样意义上，周作人的《阿丽思漫游奇境记》一文仍然具有重要的意义和价值。

　　另外，"我们姑且不论任何不可能的奇妙的空想，原只是集合实在的事物的经验的分子综合而成，但就儿童本身上说，在他想象力发展的时代确有这种空想作品的需要，我们大人无论凭了什么神呀皇帝呀国家呀的神圣之名，都没有剥夺他们的这需要的权利，正如我们没有剥夺他们衣食的权利一样。""我相信对于精神的中毒，空想——体会与同情之母——的文学正是一服对症的解药。"这些话语至今读起来依然意味深长。

---

② 周作人：《儿童的书》，钟叔河编订：《周作人散文全集》（第3卷）第276页，广西师范大学出版社2009年版。

童话与空想

冯 飞

发　端

空想在我们实生活上，有密切不可离的关系。人类生活，其始皆由空想而起，渐次演为事实。若将空想除去，可说实生活即无由实现的。不仅如此，凡空想在心的生活，智的生活上，都有极大关系：例如我们欲令社会向上进步，令社会成黄金世界；或欲使吾人道德向上，成为福德圆满的人类——此等理想，固然以我们经验为根柢，而描出此等观念；但此等理想，实非直接由经验而生，其经过程序中，每有不少空想参互存在其间。心的生活如此，而智的生活亦未尝不然：科学上发明，本以科学者的经验为基础；而其经过程序上，仍不能无空想存在。换一句话，还可说科学必先有一种空想，以此空想，诉之于无数经验，然后有发明的事实。想短缩世界，是一种空想，想征服空中仍是一种空想。此等空想，经科学者之手，通过无数实验，于是始开出文明的花来。

至于文学、诗歌、音乐、美术等，更不能将空想除外了。优美高尚的空想之存在，实是艺术的生命。还可说作者空想的大小，与其所创造艺术之大小成正比例的。

空想在童话上，其占重要位置，尤不待言。可说除空想无童话，空想确是童话的真生命。神话和传说，本可说是童话之母，而神话、传说之发生，全出于未开民族之丰富的空想。这种空想故事，在原始时最适于儿童好尚，固不用说，即当时的大人，亦未尝不喜欢他；然而神话、传说等，因文明进步次第归于小儿所领有，由此始生出纯粹童话来。

童话上的这种空想，从科学上看来，非常紧要；并且从文学上道德上乃至其他一切上看来，都有甚深的意义，伟大的价值。即如小神仙（Fairy）的空想，一见觉无甚趣味，但深深考察它时，乃知是一种自然神秘主义（Nature-Musticism）；说明神秘思想或研究神秘思想时，实甚重要。又如巨人的空想，骤视似无甚道理，其实是伟大民族性的表象，例如要研究条顿民族国民性所以强大发展的原因，则其巨人传说，万不能付之等闲。所以童话上的空想，与其民国性有极密切关系。

乃至科学上的假定，每不如童话中空想之早生。科学家空中飞行的试验，不过至近代始有之，而其成功，更属最近之事，法兰西飞艇之发明，距今仅二十年上下；而童话中飞行的空想，在三四千年以前即已有之。希腊神话及北欧神话中，亦早有空中飞行的空想；印度、波斯、中国等处传说中，其空中飞行的空想，亦诞生甚早。不但飞行一事而已，潜水艇思想早存在于海底世界的空想中；乃至如电报，无线电报，镭（Radium）有强大放射能力等事，皆能在古昔童话中看出来。一见虽若荒唐无稽，而实能收意外的成果。此后尚不曾实现于现代科学的童话空想，真可断言后日必有实现机会的。

童话上的空想有种种，而大别之可得五种：一、小神仙的空想；二、巨人的空想；三、异常动物的空想；四、自然人格化的空想；五、其他各种之空想。今将此五种分为五节，依次说明之。

第一节　小神仙的空想

小神仙英语称为"Fairy"。此空想在童话中最为特异。东方传说上，此种空想，几乎没有；而在西洋，其传播范围，却非常之广；瑞典，脑威，丹麦，德意志，英伦三岛，法兰西，俄罗斯，奥大利，以至伊斯兰都有。乃至亚非利加土人之间，也有与此类似的空想。欧洲之中，尤以条顿及恺尔底人之间，此空想最为普及，到处都是。英语称童话为"Fairy-tales"（小神仙谈），正因英国是条顿人和恺尔底人相接触的国家，而其童话十之八九，是关于小神仙的空想，所以有此名称。此小神仙传说的起源极古，德意志的尼伯龙更传说（Nibelungen Saga），脑威的瓦尔桑加传说（Volsunga Saga），伊斯兰的爱达传说（Eddaic Saga）等甚古的半神话故事中，已有许多地方记有小神仙的传说。此空想，所自既古，加以其所据之范围又广。因之其称呼，其性质，其所为的事，都甚歧杂，不易规定，而后世又混了许多地狱传说，死人迷信等东方思想在内，更为庞杂。其对于小神仙的称呼，有 Fairy，Dwarf，Nibelung，Troll，Skrattel，Pnck，Brownie，Grome，Goblin，Elf，Cobold，Mime 等等，以外还有许多，足知其复杂。但大概发源自英国菲丽（Fairy）传说和北欧尼伯龙（Nibelung）传说。此等小神仙，有属于尼伯龙派的，有属于菲丽派的。今略将尼伯龙派和菲丽派分别说明一下。

尼伯龙传说，是北欧各国（德国，丹麦，瑞典，脑威，伊斯兰等）国民间半神话的传说。在北欧半神话的时代，说天地间有三种势力：第一势力是神祇，第二势力是尼伯龙，第三势力始是人类。最上古时，此三势力，相互对峙，而主宰天地者，则为主神阿丁（Odin 德国呼为 Wotan）。此时尼伯龙介神人之间，有甚大势力。三势力之中，神祇势力先倒，小人势力次倒，人类最后握其势力。瓦格纳（Richard Wagner）歌剧《尼伯龙更之指环》（*Der Ring des Nibelungen*），即是歌此神祇灭亡的歌剧。而《尼伯龙更利》（*Nibelungenlied*）一书，即所以歌唱第二之小神仙势力灭亡之最后的。而神祇的灭亡和各英雄种种的悲剧，都以小神仙为中心为原因，小神仙实占北欧传说中最重要的部分。这尼伯龙（即小神仙）既有如此大势力，但究属于哪一类呢？他既不是人，亦不是神，据说是一种地仙（Demi-god），身材很低，容貌不美，平常住居于地下洞窟中。其中有锻冶工场，铸造金银等物，他们所以在神人间有最大势力之原因，即因他有无量数财宝。据说凡地下所有一切金银及其他宝物都是他的。

菲丽传说，在英伦三岛，自来存在。这传说不如尼伯龙传说之见诸载籍，而起源却甚古。到了后世，全由人口相传，散布各地。菲丽和尼伯龙相较时，其性质及所为，非常相异。在最古的菲丽传说中，据说菲丽不似尼伯龙之住居地下，其体躯虽如尼伯龙之矮小，但容貌并不丑陋，却甚美丽。其两肩有薄翅，具有超自然的灵能，在人眼前，能自由隐现。最能周知人间万事，并支配之；植物的成长开花，乃至人类各种运命，有时也藉他的力量。他们遍布世间，成一大王国。菲丽的王名阿伯伦（Oberon），其妃名齐特尼亚（Titania），一切菲丽，受这两人支配。

即在英国，对于菲丽的称呼，亦甚不同：普通称为 Puck；其外还有 Robin good-fellow, Nick o'lincoln, Lob-lie-by the Fire, Hob-goblin, will-o' the Wisp 等称呼；最普通的，称为"小丘的住民"（The People of the Hills）。一般的人，以为菲丽是从神界坠落下来的天使，易喜易怒，常助人为善，并常与人以利益；偶然亦为恶事，但亦非真不可恕的恶行。又有人信他们是地的神。菲丽形体虽小，但似乎不是绝对不能长大，因为他们能自由变化其形，他们所以形体甚小，或因他们很喜欢小身体的缘故。他们一年中有三大祝：一在五月之晚，一在中夏之晚，一在十一月之晚。他们发怒之时，能使人类或走兽立起麻痹；快乐之时，便唱歌，歌唱最为微妙。少女等听着他们的歌，可以魅而至死。据英国现代文学家叶支（Yeats）说："爱尔兰诗人卡罗兰（Carolan），在野外睡着时，听着菲丽的歌，因之制成非常杰出的歌。"菲丽更有一极奇的东西，便是菲丽的棒，这棒有极奇怪能力用来触儿童时，儿童便非常愉快的睡去了，睡去后还会梦见极可乐的梦。菲丽每天晚上分别到人家去，以棒令儿童安眠。西洋 Thomas Hood 的歌，即是歌咏这菲丽的；此外 William Allingham 和 Samuel Ferguson 两歌，在歌咏菲丽歌中，均甚有名。但到了后世，这有趣的棒，在童话中，又变成可厌的棒了。据后世童话中所传，菲丽以此棒触儿童时，儿童便木然俯首听命于菲丽，供其驱使。然一般人对于菲丽，仍大体视为他为小孩子极好的朋友。

以上大体是述小神仙两派的情形，以外还有许多关于小神仙所行的事件，今略述其大概如下。

（一）小神仙的诞生　这传说似是近代才发生的。据说小神仙产子时，收生一事，常雇用人世上的产婆。瑞典的童话中，曾说拉普马克附近有一收生婆很有名，为小神仙请去，走到一座最华丽的宫殿，殿深处睡一美人，要临盆了，收生婆替她收了生，回到家来，后来还得着小神仙许多酬报。这种童话，拉普兰（Lapland）和德意志也存在有许多。

（二）神仙国的食物　据说人食了神仙国的食物时，便不能再归人界。此说的起源，似亦起于近代北欧各国中，流行很盛。梭尔普（Thorpe）的《北欧传说学》曾说：有一男子，为小神仙招去，被引到一宫殿，碰见一女人，再三劝他不要食食物，若食了便不能回去，他记着这话，所有食物，毫不沾牙，因之仍得回去。这即是其例子。丹麦童话中及瓦德伦（Geoge Waldron）《茫岛志》中均有此说。

（三）小神仙的视觉　小神仙空想中，以为世界有全相异的两种：一种是白昼世界，即人类世界；一种是黑夜世界，即小神仙世界。而人类与小神仙的区分，不单由于昼夜的区别，并因于视觉而生区别。即人类视力有制限，所见者惟限于自然；小神仙却具有超自然的视觉，能见人类所不能见之处，且住于人类所不能知的世界中。此种思想，在菲丽一派的童话中最甚。但为什么小神仙又能具此视觉呢？据说他所以能有超自然视力的原因，即因他初生时曾点一种药在眼中的缘故。即谓超自然视觉的原因，在于此药。此空想不待言起于近代，且甚抽劣；但此空想，到了后世，大得其力。同时应用此药之思想，说人类得此药时，亦能具有超自然的视觉。而小神仙极吝惜这药，若发觉人类曾盗了药时，必施以残酷的报复。或抉其眼，甚或施以种种灾厄。

（四）神仙国的时间　　神仙国时间和人世时间不同之思想，不但欧洲各国，即亚洲各国，亦共具有此种思想。其共通之处，尽说神仙国时间，较之人世时间非常之速，人世一日，一月，一年，不过神仙国的一瞬间。但一般人并不曾将神仙国时间和人世时间共通精确比较过，因之各国的对比，每每不同。例如神仙国的半日，或当某国的一日，在他国又当于一月，或又当于一年。

总之，欧洲人对于小神仙观念大体上不认为有害之物，而尤喜菲丽，以为菲丽对人类很富于友爱的行为。又以为小神仙能罚恶助善，使贪欲者陷凶运，使正直者得富贵，尤以为菲丽最能如此。至于近代，不单回味古来的口碑，尤能利用此菲丽之特质，以创造新文学的童话。其特质为何？即菲丽所见之灵界，是宇宙之"实在"，此宇宙实在，菲丽以其超自然的视觉去看他出来，而我们要看出此实在时，亦不能不使用一种超自然的视觉。所谓超自然的视觉，即不外我们生命之直观力。而菲丽之神仙国，即可视为宇宙实在之象征。欧洲文学家，利用此特质以构成新童话的很多：即如基布林（Rudgard Kipling）的 *Rewards and Fairies* 及 *Puck of Puck's Hill* 等书便是；而尤以梅特林克（Maurice Maeter linck）童话剧之《青鸟》为最有名。

第二节　巨人的空想

巨人的空想，比小神仙空想之传播范围更广，不问东洋西洋均有此等童话。因为儿童一面有喜欢非常小的东西的性质，同时又有梦想非常大的东西的性质。渴望伟大一事，本是人类本性上的要求，不问何人，未有不向往伟大的，而尤以儿童为最甚。所以巨人的空想很适于儿童的要求。但虽同为巨人，其中亦有甚多种类，性质亦各各不同，大别之可分为巨神、巨人、巨鬼三种。在这三种以外，还有一种巨大动物的空想，不过比较的不及上述三种之有势力，在童话中，很少有为主人翁的，仅附属于或童话中作为补助的材料罢了。巨人空想的起源，大约比小人空想还古，各国太古神话中，已有无数巨人故事存在。又叶支的《爱尔兰童话及口碑集》一书内有道："爱尔兰既将不崇祀异教神祇——即 Tuath-de-Danan 之时，该神祇渐次缩小，结果成了菲丽；同时异教英雄渐次增大，遂成巨人。"这语或亦是巨人空想发生理由之一。

无数巨人传说之中，以北欧神话中斯克利米尔（Skrymir）神和希腊神话中阿特拉斯（atlas）神为最有名。此二神并不是普通所谓巨人，其巨大直超一切巨人之上。而其中尤以斯克利米尔神的空想，最含有暗示的象征的要素。

北欧神话中关于巨人空想之传说最多，乃至可说北欧神话大半是巨人所组成的。其主神阿丁（Odin）是波尔（Bör）和白斯拉（Besla）的儿子——波尔是世界最初的人伊米尔（Ymir）的儿子，白斯拉是巨人波尔桑（Börthorn）的女儿。即巨人在天地创造之时亦既存在了。据说斯克利米尔神居于乌特加德园（Utgard），此园在魔神国（Jötunheim）中央。当时有神名托尔（Thor），是阿丁大神之子，是雷神。托尔拟征服魔神国，既到魔神国，惟见四野廖廓，大树参天。日暮求宿，得一大屋，窥入其中，少时，闻大声发于屋外，急潜入室隅的一穴避之。次早起视时，始知昨日所入之大屋，并非大屋，乃是一大手袋（手笼）之一端，其外还有四端，从托尔看来，都是俨然大屋之形。惊看四面，见有隆然如山脉之起伏之物，细视乃是一人，其人即斯克利米尔神，而昨日雷霆之声乃是其鼾声。托尔欲杀之，举其所持之神斧斫之时，不但不能伤，乃至如落叶之惊人，尚不能惊其好梦；以上为斯克利米尔神话的一节，其思想之雄大壮伟，大可推知。斯克利米尔实是将北方之自然人格化了的。北欧神话之雄大特征，于此神话之中很能显然表现出来。北欧神话中还有不少的巨人谈，其有名的为巨人费阿夫尼尔（Fafnir）神话，此神话包含在瓦尔桑加传说及爱达传说中。

希腊神话中，亦极早便有巨人传说。其天地初辟始有混沌之神克阿斯（Chaos），其次则生地神格阿（Gaea）和天神乌拉诺斯（Uranos），二神相配而生太汤（Titan）和沙汤（Saturn）二人。其后二人因事相争，各相战斗。其战斗之剧烈，几令天地动摇，海水沸腾。此为希腊神话中关于巨人的最初神话。以外还有许多巨人谈，其中最卓越的空想，即是阿特拉斯（Atlas）之神话：据说赫拉克勒斯（Heracles）或安特乌斯（Antaeus）等，也是一种巨人；而比之阿特拉斯，俨若泰山之于丘垤。利用此神话而又富于童话空想的文字，莫如霍桑（Nathanid Hauthorne）的《奇书》（Wonder Book）。该书中《黄金之三苹果》（The three Golden Apples）即叙述阿特拉斯伟大的事实。谓英雄赫拉克勒斯（拉丁Herculese）要去采黄金苹果，途遇阿特拉斯一肩支天云云。其思想之伟大，可以想见。此外伊利阿德（Iliad）书中，亦有所谓巨人谈。大意是说：托罗意（Troy）之战终了后，将军阿德苏斯（Odysseus）率其部下乘船归国，在路上遇暴风，飘至一处。是处为巨人岛，遇一巨人名坡里费谟斯（Polphemus），身体硕大无比，仅有一眼，而光熠熠射人，掠阿德苏斯部下无数食之。幸得逃出，夺船归国云云。

东方传说之中，殆无有讨伐巨人的传说。东方人的思想，以为巨人之为物，非常可恶，只要我们能躲避他就得了。东方传说中，很难有对巨人争战的意思，或偶然因正当防卫上伤害了巨人，亦每以出于无奈的态度行之。但欧洲的巨人传说中，全和这不同，若传说中出有巨人，必联带着生出讨伐他的思想。东方的巨人传说，全起于一般人之恐怖心，而欧洲的巨人，则多为养成少年勇武心而生。所以欧洲巨人传说，大都说有某勇武且富于机智的少年，用种种方法，平定巨人，以安国家或人民。如此传说，随处都是。

英国非常有名的巨人童话，可以举《巨人征服者加克》（*Jack the Giant Killer*）一篇代表之。此童话约生于17世纪前，17世纪时所出有名的 Chap book 一书中，已载有此段童话。据说加克是一农夫之子，大愤慨巨人之横暴，持锹入山，俟巨人出而杀之，因得"巨人征服者加克"之名。后加克又施种种巧计，杀很多巨人。其他英格兰及爱尔兰关于巨人的传说亦尚有许多：如巴恩女士（Miss C. S. Burne）之《修罗普霞口碑集》（*Shropshire Folklores*）也说威尔士地方有年老的巨人，要想决色汪河（Severn）水以淹西鲁斯白利市（Shrewsbury）的人民，肩大土向西鲁斯白利市而去，路上遇一鞋匠，鞋匠骗他告以西鲁斯白利市尚远，始舍其土于半途而去，其土遂成一山。又亨德生（Henderson）亦曾记有英国北部各县的传说，言有一巨人每日捉人磨为细粉，作面包而食，后竟为名加克之少年瞽其目。由以上看来，英国巨人空想，大体偏在人类胜利，巨人失败的一方面，且常表出其雄武不屈的国民性，此等空想，比较东方人民畏惧巨人的空想，实伟大多了。

德意志的巨人传说，亦不亚于英国。据德国的一传说，说某地有一成衣匠，行至一山上，遇一巨人，成衣匠自称其多力，巨人很不相信，举一石用两手榨出水来，成衣匠取出干酪，诳巨人谓是石头，亦榨出水来，巨人始惊。巨人又以石投空，夸其抛掷甚高，成衣匠取鸠掷空，鸠竟飞而不返。如是用种种巧计以骗巨人，巨人甚异之，约其至己家，并留其歇宿。巨人的床甚大，成衣匠仅寝其一角，夜半巨人举铁棒以扑床，以为已杀了成衣匠，成衣匠幸未当其铁棒，次晨仍泰然自若的起来，巨人大惊，因而遁去。其后成衣匠还用种种巧妙手段，征灭其他巨人。此传说在上述各巨人谈中，最能含有童话的空想；又其空想的价值，不在巨人，而在该成衣匠的行为。

东方的巨人传说，如《天方夜谈》中所载，对巨人亦甚无人类自动的讨灭行为；而西洋传说，如英德等国，皆多出于人类自动的讨灭行为：

这实是东西两洋国民性相异之处。

第三节　异常动物的空想

关于异常动物的空想，亦屡可在童话中看出来。有些地方，其价值实不劣于巨人或小神仙的空想。而此等异常动物的空想，均有极古的起源，大体都发源于太古神话。此等空想，实产自上古蒙昧时代野蛮人之空想中，当时野蛮人，对一切自然，不免有不少惊异之情，对动物各种形态的认识，亦极漠然，所以容易生出此等异常动物空想。此空想有几种：从形体上类别时，可分为（1）纯粹动物形体的，（2）半动物半人的两种。例如龙、凤凰，大蛇等即属于前者；而人鱼、司芬克司（Sphinx）等即属于后者。又从性质上类别时，可分为（1）半神的，（2）具人类性质的，（3）具纯粹动物性质的三种。例如龙、凤凰等，自来信其不老不死，能飞腾变化，具有灵性，这即是半神的；又如人鱼等，一般都以为他有人类那种智情意，其与人不同之处，则力量有时不如人，又每较人类寿命略长，这即是具人类性质的，又如大蛇等，身体虽是硕大，但灵性殆不能见，仅算是一种凶恶动物，这即是具纯粹动物性质的。三种性质不相同，其传说发达之程度自不能无异。例如人鱼，在欧洲比较其他两种，最为发达，此事或受基督教的感化，亦未可知。因为基督教在欧洲得势力以后，于传说上的影响也非常之大。基督教最欢迎近于人类的传说，以其合于该教本身思想之故；而甚不欢迎超世的龙凤等空想乃至非人的大蛇等空想，虽存于欧洲而不十分发达，所以者何？即因欧洲原有所谓小神仙空想和巨人空想，既有此二空想盘踞欧洲，遂不易见异常动物空想之得势力，只能于巨人空想小神仙空想力量略薄之处，填补其空隙罢了。

异常动物空想，从形体上分类研究是一法，从性质上分类研究是一法，今从其性质上分类研究一下。

一、半神的异常动物。此条又可分为两项：（一）龙，（二）凤凰。

龙的空想，东西洋同样存在。究起源于哪一国，虽不能确切断定，大概可说于中国。中国最古之《尚书》里头，已早有龙的传说。此种传说，印度神话中，出现亦甚早，有所谓那迦（Naga）龙神者；又佛教传说中，亦每有关于龙王或龙神的神话。至于西洋，在希腊神话中，亦早有此语，现在还留有腓尼基王子卡德摩斯（Cadmus）降龙的神话。龙的形状，大体上东西共通，其体干偶有传其如牛的，但大多数传其为蛇状。口大张，有锋利牙齿；舌如火红，尖端歧为二；两角，四足，锐爪；有时还有翅膀。有住居山中的，有住居海中，或住居河中的，池隍湫壑之处亦有龙居之时：是等皆有不死的生命。但欧洲得龙，现渐被人看轻，不甚认为上等之物，仅认作凶猛动物而已。却凡努教授（Chavanne）和希尔斯博士（Hirth），均说龙不起源于中国，其实中国三代以前古书，关于龙的传说，实是不少。所以东洋民族，最崇拜龙，视如神圣，因之降龙屠龙之传说，极是稀少；而欧洲降龙屠龙的传说，比较的多。前引得希腊神话中卡德龙之事，大意是：卡德摩斯是腓尼基王阿格诺尔（Agenor）的儿子，因其妹欧洛帕（Europa）之失踪，奉父命及其两兄去寻妹，久不能得，两兄各随意在一地建一市街。卡德摩斯受神命至一旷野，忽遇一龙，龙食了他的从人，卡德摩斯与龙战，杀之，抉龙齿埋地中，地中忽涌出许多武士，又和卡德摩斯混战，结果武士打败，尚存五人，便从卡德摩斯筑城，建立市街，即今之德巴市（Thebes）。西洋此等屠龙的传说，此外很多。又近代拉梯斯罗（A.H. Wratislaw）从塞尔维亚语译出的《斯拉夫起源口碑集》（*Sixty FolkaIes, from Exclusively Slavonic Source*）之中，亦载有龙化小兔食许多人的童话。此传说将龙的空想非常童话化，早已失掉神话时代的龙的纯粹形状了。

中国人所谓凤凰，酷似西洋的腓尼克斯（Phoenix）；佛典所谓迦陵频伽鸟，或亦即是此物。有一部分人说，凤凰思想出于腓尼基，而传于印度、西亚细亚、希腊等地者，此鸟在西洋名腓尼克斯，正是显证其起源于腓尼基。此说的当否，今姑不论，总之这空想存在于中国以迄希腊之间，却是事实的。（《山海经》上亦有此凤凰传说，他日当别论之。）据西洋传说，腓尼克斯巢于阿拉伯沙漠，此鸟之龄百年，百年以后，自投火中而死；死体之灰中，再出新卵，卵破则生雏凤，如是生死循环不已，丹麦童话家安徒生曾将此事编为诗歌，题曰《腓尼克斯》。

二、具人类性质的异常动物。此条可分四项：（一）人鱼，（二）司芬克司（Sphinx），（三）哥尔公（Gorgon），（四）生托（Centaur）。

古代人最易起的想象，即必有一种动物，具人的智情意而栖息海中。因为水所具的神秘性质，最能促人起此空想；所以人鱼空想，无论东西洋，关于他的传说，总是很多。中国鲛人的空想，亦是其中之一种。西洋人鱼空想，起源亦早。《尼伯龙更利》中，亦早有此传说了。安徒生童话里头，亦有人鱼和某国王子恋爱的童话；又说人鱼在海中可活三百年，和人类一般没有永远寿命。

司芬克司空想，只是西洋有，东洋却没有。司芬克司是一种动物，人面兽身；此外还有许多变形的司芬克司。普通所传的司芬克司，是希腊传说中所言的司芬克司。其面貌很美丽，犬身而有鸟翅、狮爪、人语。这传说来自梭福克勒斯（Sophokles）悲剧，因为其悲剧传有悲惨的威底坡斯（Oydipus）的传说。而埃及所言之司芬克司，则与此稍异，乃是男头狮身而称为 Androsphinx。此外变形的，尚有羊头狮身的 Criosphinx，鹫头狮身的 Griffn，鹫头马身的 Hippogriff 等，皆可入于司芬克司一类。

希腊神话中尚有哥尔公的怪物，此是异常动物中最异常的。其异常之处，不但在形状；据说凡人一见着他的脸面时便会立刻化为石头。

又有所谓生托者，乃是半人半兽的动物，上半截全是人形，自腹部以下，则是马体，四足皆是马足，据说住居特沙里（Thessaly）。其性质很凶暴，颇害人畜。生托之中，有名齐隆（Chiron）的，则是例外，具有优秀性质。

三、具纯粹动物性质的异常动物。此条也可分三项：（一）大蛇，（二）

大鹫，（三）大鱼。

大蛇传说，在古来传说中最多，北欧神话中，此等传说亦甚不少。据北欧神话时，则谓此蛇以身体卷全地球，能以口衔其尾，若将口忽然放松时，全地球便立刻坏灭：此蛇的传说，极可表北欧神话的伟大特质。又斯干狄那维亚传说，其所说之大蛇中，最大者之蛇头，比巨船船体还大。

大鹫的传说，不如大蛇之发达，但偶亦于童话中见之。据说大鹫亦有攫人子而哺育之等事实。印度传说中，关于大鹫的神话亦甚不少。《天方夜谈》中亦有之。

大鱼传说，东洋比较西洋尤为发达。此等空想，全生自海的神秘性质。中国所谓"巨鳞插云，鳍鬣刺天"；所谓吞舟之鱼皆是，此等习俗传说，在中国甚多，用不着详细说了。

第四节　自然人格化的空想

将"自然"人格化一事，在未开化人中，极是当然，因之是等空想，最为多见。由他们单纯的思想推去时，自己既有人格，同时自然亦必不能不有人格。例如火即是有强烈意志强烈力量之物，雷电即是有威权之物，太阳即是有伟大恩光之物：此等物皆可畏惧，皆可尊敬，于是将他人格化而崇拜之物件。这事实系宗教及哲学的第一步。罗则（Rudolf Lotze）说："宗教及神话，其构成之起源，每忙着去将自然物变为灵的实在。"伊林渥斯（Illingworth）博士也说："哲学及神学，均起源于人格化；而此人格化，则因于心理的必要而生。为什么呢？因为我们思索之时，系由知者以向未知者而动作之故。而太古人类所谓知者，即是他自身。"此自然人格化一事，既是宗教及哲学的第一步，同时又是文学的第一步。为什么是文学第一步呢？因为太古的神话传说，多发源于此中。神话之最原始的自然神话，煌煌的希腊神话，壮丽的北欧神话，均由此自然之人格化发达而来。所以古来传说中，自然人格化的空想之繁多，最是当然的现象。

未开化人之心理，将自然人格化了；而幼儿心理，亦复如此。从人类发达经过看来，幼儿思想发达的状况，和人类历史中原人思想发达状况颇是相同。他们将对于自己的最初意识，施之于自然，令其人格化。例如月之可爱，雷之可怕，最容易印在他们心中，因之最易构成他们的空想。如此，自然人格化的空想，遂在童话空想中占了很重要位置。此空想可大别之为二类：一、自然力人格化的空想，二、自然物人格化之空想。而第二类又可分为三类：一、关于动物的，二、关于植物的，三、关于无生物的。今略述之如下。

一、自然力之人格化者。此条可分二项：（一）雷，（二）风。

雷是最奇怪的自然现象之一。雷的空想，每和火的空想相伴而起。未开化人种，动辄将火视如神圣，因为他们驱使火的方法，尚未熟知，是时火便成了最有威力最可惊骇之物。他们由此观念出发，以为火的威力可震慑一切奇怪动物，并可从冰窖或寒气中救出他们。这种思想的究极，以致成立了波斯的拜火教。他们还相信火不但能发光，并有巨声以显其威力，命名此发声之物为雷。雷支配宇宙，戕灭恶人，拯济善人。雷的形状，酷似鬼魅，其身体周围，有无数小鼓，他不断地打鼓而行于空中。身躯并不高大，略等于七八岁小儿。中国所言雷的形状，则谓其如鸡，鸡头人形，有翼，遍身生有细毛，两睛赤露，手持击人的小斧。北欧神话中称此雷神为冬纳（Donner）（即前述之托尔之异名）。冬纳是夏天暑热的神，雷声是神的怒声；蔽天黑云是神的怒状；凄惨的大霹雳，是神车行于各山顶音响；破云而闪出的电光，是神的斧光。此等思想，印度神话及希腊神话中亦多有之。

风亦屡屡人格化而现于童话之中。希腊神话中风神名伊阿鲁斯（Eaolus），据说住居于伊阿尼亚群岛（Ionian Islands）中之一岛，有任意驱使风云的能力。阿斯表翁生（Asbjörnson）的《北欧传说集》中亦有一种童话，大意是说：有一寡妇很穷，生了一个儿子。寡妇年老，不能作事。有一天这儿子到市上买肉，刚欲登楼，被北风将肉刮去，不得已又去买来，又被北风刮去，如是者三。少年大怒，走向北风处去开谈判，结果北风给少年以许多宝物。安徒生童话中，亦有此等童话。其《天国之园》中有一篇道：有一王子，在林木之间游玩，忽遇天雨，急避至一处，那地方是风神的家，风神的母亲正烧柴火以待其四子归来——四子即是东风、南风、西风、北风。不久四子回来，会见王子，各述其所经历之处种种事情，次日东风还携带王子上天去游玩。又北欧神话中还有一神明爱基尔（Aegir），是海上暴风之神——这神大约是海上渔人苦于暴风而生出的空想。中国亦有风神，名曰飞廉，是男子，后世又转称为风伯；还有女体的，则称为风姨，并转为封姨。

二、自然物之人格化者。此条中可包含日、月、星、霜、雪五项述之。

太阳、月亮，昼夜流行空中，儿童初见，即呼为"太阳菩萨""月亮婆婆"的。所以将太阳月亮人格化一事，在童话的空想中，极是眼前的事实。希腊神话中称太阳为福哀巴斯（Phoebus），罗马称为亚坡罗（Apollo），希腊称月亮为阿特米斯（Artemis），罗马称为底亚那（Diana）：两人是双生儿。福哀巴斯又是音乐及诗之神，阿特米斯又是猎神。北欧神话中太阳是阿丁之子巴尔德（Balder）。巴比伦及亚西利亚称月神为馨（Sin）；日神为桑（San）或夏马斯（Shamas）。关于月中兔的思想，是东方诸国共通的思想：佛教传说中谓兔是善业者，为修善业始入月中；兔是女体的月神穹德拉（Chandras）的侍臣，所以梵语呼月为沙馨或沙桑卡（Sasin or Sasanka，兔形之意。）蒙古人亦信月中有兔。要之，是东洋共通思想。西洋则墨西哥有此思想。以太阳月亮为兄妹一事，南欧北欧均有此思想，东洋更不待言。此思想可说是东西洋共通思想，乃至爱斯基摩人（Eskimo）中亦有此传说，此等例证，殆不遑枚举。

星的传说中，北斗七星传说极多。希腊传说中，亦曾说北斗七星是巨人阿特拉斯之七个女子的化身，其中六人皆能与他神相爱，独有一人不为他神所爱，引以为耻，故其光不扬。澳洲亦有此等传说，行于皮尔特、柯旁、努特族（Pirt Kopan Noot）之间。又卡斯托尔（Castor）和坡拉克斯（Pollux）两星，因为位置非常接近，卡他斯特里斯摩（Catasterismoi）书中则称为最富于友爱的两青年。澳洲土人间亦称卡斯托尔为土尔利（Turree），坡克拉斯为王杰儿（Wanjel），说是两青年。南非洲布须芒族（Bushman）则称此二星为大羚羊神之二女化身。外此欧洲关于大熊星鹭星及其他之星传说亦甚多。

雪亦屡屡有人格化的传说，北欧亦有所谓雪女，又称为雪女王，穿雪白衣服，乘雪橇以行。安徒生童话中，亦有雪女王的童话，其所称的雪女王，殆是一种理智的象征。

霜之人格化的，北欧的神话中已经有了。北欧神话中称为痴灵（Thrym），据说他每夜乘马抚马鬣而归家，其马即霜风。痴灵还有同类名海米尔（Hymir）。英国称霜精为加克佛罗斯特（Jack Frost），关于他的童话童谣却很多，其形全系霜块所构成，窗上所现的冰花，说是霜神所戏画的。霜神是一年老之人，背甚伛偻。俄罗斯关于霜的传说，道其形亦如此。

动植物之人格化的，如马精、牛精、芭蕉精、蔷薇花精等，几乎全动植都曾人格化了，所以此等事在童话中极其寻常，不必再举例说下去了。

第五节 其他各种之空想

童话中还有一种空想，极常见的：即有一种另外的人类或生物，在我们所住的世界之外，组织另一种和我们世界形似的世界相似的世界，他们则于该世界中生息。此种空想，在童话中实是不少，若细细的分出来，可分作许多种类。例如关于天堂地狱的思想，即是一例。此种空想大抵由宗教的迷信而来，如前述安徒生《天国之园》即可属于此类；但此等空想，因含有许多宗教上无意义的迷信分子，用作童话的空想，颇不适当。又如关于月中及星中世界的空想，亦其一例。东洋传说之月中宫殿等思想皆是。又如关于动植物界的空想，亦其一例。此种空想。大半以描写动植物的社会情状为主，如卡罗尔（Lewis Corrol）的《奇国之亚力士》（*Alice in Wonderland*），殆全以动物为其主要住民；又基布尔之《姜格儿编》（*JungIe Book*），亦取材于动物界：皆可属之此类。一日二十四时间中，以属于夜中时间最为神秘，所以他世界之空想，每每从夜间去描写出来，前述之小神仙空想，皆是夜中世界，而梅特林克的《青鸟》一书，自始至尾，全幕活动之时间皆在夜间，其中并有《夜殿》的一幕。又如关于奇异世界的空想，亦其一例。此类本含有许多种类，统名之为奇世界空想。前述之卡罗尔的《奇国之亚力士》亦可入此类；又斯威夫脱（Jonathan Swift）的《加利渥旅行记》（*Galliver's Travel*）亦宜入此类。又如关于地底世界的空想，亦其一例。前述之小神仙空想，大抵谓其住居地下世界，即是此类。又如关于海底世界的空想，亦其一例。希腊神话中海神阿撒奴斯（Oceanus）之海中统治权为天神鸠皮特（Zeus or Jupiter）而付之海神坡赛敦（Poseidon）等空想；又《天方夜谈》中波斯王与海王之妹间所生种种故事，皆是此等空想之表现。

　　童话中还有一种关于权利、财富、食物等的空想。人类本是欲权利的东西，人类历史，殆全是权力争夺的历史，所以发挥权利的空想，最能适于人类本来的要求。幼小儿童，尤具有利己的特质，对权力的欲念非常之盛，所以关于权力的空想，在童话中甚多，古来童话的收头，大部分逃不出此范围。而权力与财富，又常有必不可离的关系，因之财富的空想，屡屡和权力空想混在一处。富亦是人类生存中不可缺的条件，人类的满足或不满足，大部分由贫富而起，以故富的空想，最能动儿童之心，而尤以贫弱农民中的传说，此种空想分子极为丰富。以权力空想为主的童话，每以一种用物代表或象征权力，例如背囊、角笛、指环等类。扩背囊的力量，可装入许多兵队或黄金或城池；扩角笛的力量可号令众人，可令人败北或起舞；扩指环的力量，可变化出许多食物或人物，或消灭无数有形之物。此等例子，在童话中处处皆是，不胜枚举。如《青鸟》中之《指环》，又如《北欧传说集》中石臼（Sampo）等，皆是象征权力的。阿斯表翁生《北欧传说集》中有北风给少年以许多宝物的一段故事，前已述及，该故事中又言北风最后与少年一布，其布可生出种种食物，少年得知大喜。归途为旅店主妇所窃，急诉之于北风处，北风又与一槌，槌可出许多金钱。归途又为旅店主妇所窃，又诉于北风处，北风又与一杖，少年携归中途，结果以杖扑主妇而命其归还所窃之二宝。此种童话，即系含有财富及食物空想的童话。印度亦有一篇童话，说有一种奇怪树叶，人食此叶时，可以数日不饥不渴。东洋关于食物的空想，或与长生不死的空想相混，或又利用食物的空想以戒饕餮的人，各类甚是不少。

还有一种关于异常体力及技术的空想。体力本是一切活动的根源，惟有具伟大体力者始能得伟大幸福。由种种奇怪用物以获得权力或财富或食物，固然有趣；但用物每有遗失之虞或为人盗去之虞，倒不如在自己身体内具有超人能力之为愈，所以异常体力及技术的空想因而发达。此种空想，在意志斯干狄纳维安等条顿人童话中最多。所谓异常体力的空想，即假令一人有自由延长其身体能力，可高摘星辰，或有自由扩大其身体能力可扩向远岸；或有直视千里能力，可洞察远近一切物事。例如拉齐斯罗的《斯拉夫起源口碑集》中谓有一王子，为寻其未婚妻，得此具超人体力数人，其结果得娶未婚妻而归，即是其例。所谓异常技术的空想，如格林童话之中，言有一音乐家，路上逢狼、狐、兔等乞彼教以音乐，即是其例。

还有一种关于空中飞行的空想。空中飞行的空想，即在童话空想中，亦算是最古的空想。因为原始人类，对一切事物，皆认其有与己同样的人格，而其所目击的如飞鸟等，皆能飞行空中，因之心中生出一种不平，便幻出一种人类也能飞行空中的空想。此等空想，因人类文明的进步，次第衰微，仅将适于儿童兴味的资料，保存于童话之中。然即在近世，不论东洋西洋，均尚存在，其形式亦有种种若大别之，则可得四种：一、借动物力飞行空中的空想，此空想传说，多以马为主体。马本是最捷速的动物，在汽船汽车未发明以前，马走最快，因之生出此等空想。希腊神话中拍加撒斯（Pegasus）神马的传说，北欧神话中威尔口利（Walküre）天马的传说，均是其例。龙凤等东洋传说，亦属于此类。二、借特殊器具力以飞行空中的空想。如希腊神话中赫尔麦斯（Hermes or Mereury）的飞行帽子和飞行鞋子；《天方夜谈》中王子胡桑（Houssain）之得有飞行布垫，皆是其例。三、借仙术而飞行的空想。如《水浒》中罗真人的仙帕，波斯阿拉伯传说中仙人（Dervice）之仙术飞行等都是。四，以自己异常体力而飞行的空想。如基督教中有翼的天使；东洋传说中"飞毛腿"等空想皆是。

还有一种隐身法及化身法的空想。人类若能隐身使人不见，其愉快当可想见。用此法以与敌战，决无败衄之虞；用此法以通过碍难关隘，决无发见之惧：这就是隐身法空想起于童话中的动机。例如《尼伯龙更利》中所谓檀加伯（Tarncappe）外套，此外套有奇特能力，穿上身时枪炮不能近身，且腕力忽增数十倍，谁亦不见其行。又希腊神话中亦有所谓暗黑帽子，暗黑帽子是冥府的帽子，戴在头上时，立时便能隐身；东洋传说亦有用仙术以隐身的故事，皆是其例。化身空想则有两种：一、是自动的；二、是他动的。前者是以自己身体化为他物的空想，后者是变化他人身体的空想。即如瓦格纳（Richard Wagner）《尼伯龙更利》之《指环》歌剧中，有所谓变身兜，即属于此类的。哈夫（Hauff）童话之中，亦有国王变鹤的童话，其所以能变化身体，则由于术士的法术，其变身方法，则因有一种粉末，一闻此粉末，即能化为其它动物；又该书中尚有王女变枭的童话；而《青鸟》之中，亦有用指环而使面包沙糖等变为人形的记述，皆是其例。

结　论

　　幼儿时代一般儿童的想象，大部分是受动的，并带有奔逸性。幼儿对于现实的观念，很是漠然，而对于现实的追求，却又非常强烈。因之常将空想和现实，视作一事，不分出明了的界别。其想象最自由最大胆，其想象能力，亦最伟大；所以其空想动辄不循矩律，动辄异常奇拔，常有许多思想，为大人所不能及的。可知此时期的儿童，全生活于空想生活中。儿童的空想，有些地方，从大人看去，觉得非常无趣，而儿童却津津有味，去听他想听。所以自儿童看时宇宙间无所谓空想存在，空想即是现实；乃至空想还不仅是普通的现实，并是意义甚深的现实。所以给儿童听的童话中，空想极是不可缺的东西，可说除空想无童话的。

　　有人说：空想的童话中所含不合理分子太多，如动物之行空中，飞禽之能说话或自由变化形状，太阳月亮是人体而又能婚姻等事，极是不合理，教儿童以种种不合理故事，大不可的。这理由是不能成立的。因教育一事，其功能只应在启发，只应在因势利导；换句话说，教育应置重于客观的而不应置重于主观的。儿童当十岁以前，其思想全是拜物教的思想，他们相信一切生物乃至无生物都有精灵，鸦雀能升天，牛马能言语，蔷薇茉莉花等皆是美丽的女子，他们自己思想已如此确定，并深信此等事皆甚合理，则教育他们的人，最好以此思想为本而因势利导之。若将儿童此等思想一切抹杀，而另以教育者自身的主观思想用强注方法去代替，其结果必无甚良好收获，倒反摧折了儿童思索上的活泼机能。此种主观教育，万不能施行的。须知儿童在一定时期，必不能不经过此等空想阶段，以空想的童话去告诉他，万不致有令忘却现实的弊病。因为儿童在一定时期虽然必经过此空想阶段，而到了一定时期，其空想必自然而然的减退乃至消灭，在他们空想澎湃时代，便告诉他以空想的故事；在他们渐近现实时代，便告诉他们以近于现实的故事；在他们思想完全入于现实的时代，即告诉以一切现实的事物。如此始是客观的教育，如此始能收教育的功效。

据一般的实验，取材动植物及无生物的空想，最适于七八岁的儿童；然儿童到了九岁以后，其思想又渐次变化了，此时最好以种种寓言分子多的童话教之；十二三岁至十四五岁之间，可告以近于人事的种种故事；十四五岁起至十六七岁之间，便可渐次告以小说上的故事了。但女孩知能的发达，每较男孩为早，对于现实的兴味，常比较男孩早能了解，此事不可不知。

什么是童话文学的问题，本非此篇文字范围中所讨论的事；但临了仍拟附带着简单说几句：凡童话文学的形式，最是自由，以此自由形式，而将人生观，或自己理想或讽刺或暗示或哲学等都包含进去，始能有童话文学的真价值。所以童话文学，其思想必甚新鲜活泼，其生命必甚健全充实，其组织必甚自由生动；话虽甚浅，而其中有甚深刻思想甚新冽人生存在；题虽甚小，而其中有伟大意义内涵。如此始能说是观照上有价值，意义最深的童话文学。童话文学之意义如此，则可知空想在童话上之非常切要了。因为空想是艺术的生命，从另方面说，可说艺术依此空想的生命而成，那么，要使童话文学有艺术价值，即不能离去艺术的生命，同时即万不能离去此艺术生命的空想。

（附注）本篇原拟题为《童话及神话传说与空想之关系》，继嫌其芜杂，始改今题，因之引例有涉及神话传说之处，阅者谅之。

◆ 解说

此文原载于1922年《妇女杂志》第八卷第7、8号。

首先，有必要对题目中的"空想"这一词语的来源作一简单考辨。

汉语的"空想"，据商务印书馆1978年版《现代汉语词典》，有两个含义：（1）"凭空设想"；（2）"不切实际的想法"。两个含义都是负面的。

日语的"空想"，据学习研究社1978年版《学研国语大辞典》，也有两个含义：（1）"脱离实际的任意的想象"；（2）"幻想，梦想，妄想"。

可见，冯飞的《童话与空想》一文中的"空想"，取的是《学研国语大辞典》所解释的"幻想"一意，其来源是日语语汇。

与《童话》丛书的"童话"不同，《童话与空想》中的"童话"是狭义的文体概念，大体是幻想故事之意。幻想故事是儿童文学的半壁江山，可以说，冯飞选择的是一个非常重要、非常广大的一个领域。

这篇文章所论述的"童话"的范围是"古来童话"，包含了神话、传说、童话，有民间传承文学，也有文人创作文学。这是一篇颇具系统性的论文，其论述涉及神话学、民俗学、心理学、文学，颇有学术水准。对空想的精到贴切的论述，对"童话"的细致分类和具体考证，均显示出作者冯飞是一个学问家。

对这篇文章，我最看重的是它依然具有的现实意义和价值。

关于幻想之于人类文明的价值，冯飞论述说："空想在我们实生活上，有密切不可离的关系。人类生活，其始皆由空想而起，渐次演为事实。若将空想除去，可说实生活即无由实现的。""换一句话，还可说科学必先有一种空想，以此空想，诉之于无数经验，然后有发明的事实。"

在20世纪与21世纪之交，在一个公开的、正式的场合，我曾经听到一位知名儿童文学研究者主张"知识"先于"想象力"，认为一个人知识越多，想象力越丰富。当时，我曾予以反驳，指出"想象力"先于"知识"，高于"知识"。今天，重读冯飞的《童话与空想》一文的上述话语，想起旧事，不禁慨叹重实利、轻幻想的中国文化传统对人们的长期压迫。

关于幻想之于文学艺术的价值，冯飞也显露出透澈的眼光："至于文学，诗歌，音乐，美术等，更不能将空想除外了。优美高尚的空想之存在，实是艺术的生命。还可说作者空想的大小，与其所创造艺术之大小成正比例的。"

冯飞层层剥茧，论述到了童话的幻想的地位和价值："空想在童话上，其占重要位置，尤不待言。可说除空想无童话，空想确是童话的真生命。""童话上的这种空想，从科学上看来，非常紧要；并且从文学上道德上，乃至其他一切上看来，都有甚深的意义，伟大的价值。"

在冯飞论述的五种幻想中，饶有意味的是第五种"其他各种之空想"，因为在此他关注着现代"童话"（幻想故事）的创作，列举了卡罗尔的《奇国之亚力士》（《阿丽思漫游奇境记》）、基布林（吉卜林）的《姜格儿编》（《森林之书》）、梅特林克的《青鸟》、斯威夫脱（斯威夫特）的《加利渥旅行记》（《格列佛游记》）这些重要作品。

在冯飞眼里，"童话"（幻想故事）并非铁板一块，而是有着层次结构的。"据一般的实验，取材于动植物及无生物的空想，最适于七八岁的儿童，然儿童到了九岁以后，其思想又渐次变化了，此时最好以种种寓言分子多的童话教之；十二三岁至十四五岁之间，可告以近于人事的种种故事；十四五岁起至十六七岁之间，便可渐次告以小说上的故事了。"

这样的故事类型和读者年龄的对应划分，的确蕴含着作者的分级阅读的意识。冯飞所说的这几个层次，大致上似可让我联想起民间童话、文人童话、幻想小说这样一个幻想文学的结构。

在论文的"结语"部分，冯飞对"童话文学"的理解别具慧眼："凡童话文学的形式，最是自由，以此自由形式，而将人生观，或自己理想或讽刺或暗示或哲学等都包含进去，始能有童话文学的真价值。所以童话文学，其思想必甚新鲜活泼，其生命必甚健全充实，其组织必甚自由生动；话虽甚浅，而其中有甚深刻思想甚新列人生存在；题虽甚小，而其中有伟大意义内含；如此始能说是观照上有价值，意义最深的童话文学。"

这样的见地，即在今日，仍然颇有启发意义。

总而言之，在中国现代儿童文学文论中，《童话与空想》是一篇学术基点很高的论文。

1923年

儿童文学的哲学观

戴渭清

文学是什么？是人类的真情之流，很纯洁，没有一毫外染的。儿童是什么？在现代教育哲学上说：彷佛是植物的种子，将来发什么芽，长什么叶，……结什么果，还不可以知道。但是他的真情，生而即具，不过伏在里面，没有流露。所以文学这东西，可以名他为人类的隐能（Potentiality）。这隐能假使把他栽培出来，可以充塞天地，满布宇宙，扫荡人间的邪秽。不去栽培，那么潜伏在里面，竟至老死不会充分发泄；即使因为一时的悲欢离合，触动流露，也不过俚歌一曲，长吁短叹罢了。

俚歌一曲，长吁短叹，确然是最低等的文学，然而受了人群的陶镕，这里也有好文学产生出来。不过这好文学，不是个人的真情之流，是人群真情的结晶。像《诗经》周南、召南、豳风各篇，不都是民间的歌谣么？这等文学，何等出色。就像现在民间的歌谣，好的何尝没有，我们不去留意搜集罢了。但是这等文学虽好，然而究非个人作品，是人群里面陶镕成功的；所以只能说他人群真情的结晶，不可以算个人真情之流。从此看来，要儿童真情之流，必定要加一番栽培工夫，然后他的文学隐能，才能尽量发挥出来。

人类在儿童时期，真情伏在里面，富感受性；每喜欢感受外界的文学，涵养他的真情。像在母怀时期，母即唱了没有什么意味的歌，已能使他感受到睡去；这是儿童注意专一，内伏的真情与外界真情交感，成功共鸣，所以不知不觉入梦乡了。我们成人也有这等境遇逢到的，像搭船夜渡，听见舟子的歌声，因余音袅袅，即朦胧睡去。过去苏东坡有"舞幽壑之潜蛟，泣孤舟之嫠妇"的话，这也是形容真情的共鸣。

儿童感受文学，涵养他真情，差不多是一种天赋的本性。他感受了文学，身心上发生的影响，可以分为三方面说：

A. 真情共鸣

儿童文学，要差不多是儿童真情之流，不许有一毫旁的意味。这样的文学，儿童欣赏了，内伏的真情，便因以发动与外感的文学真情，镕为一炉，成功共鸣作用。真情共鸣的时候，兴趣横生，不厌不倦；一方可以使儿童容受人类的普遍性，锻炼内伏的真情；一方可以促儿童真情流露，发为作品。总而言之：儿童精神生活可因以向上；精神生活向上，是文学的正目的。有人说："儿童文学可以拿来做儿童精神上的补品。"这话确有真理。

B. 陶冶理性

人类是理性动物。惟这理性，因遗传环境的关系，不能没有污点。假使不把他陶冶一下，这污点永永留存，不会有消去的一日。

陶冶理性，莫善于外感的文学，使理性受他一个洗礼。儿童理性很脆弱，有时往往给动物性战胜；所以文学陶冶，尤其要紧。儿童受文学陶冶以后，理性方面有显明的变更。如多忧多愁，性行迟滞的，多欣赏了名家的喜剧（Comedy），可以变为活泼泼的。畏首畏尾作事懒怠的，多欣赏了悲壮的诗歌，可以变为勇气百倍。诸如此类，举不胜举。并且文学陶冶理性，收效很快；即以成人来说，在忧闷悲苦时，把莎士比亚（Shakespeare）的乐府，杜甫、白居易的诗来欣赏一回，所有的苦痛，马上可以解除。儿童感情丰富，收效当然更快了。

C. 精神享乐

使儿童欣赏文学，是要使他得到人生精神上高尚的享乐，免除各种对于物质上劣下的性念。儿童感情丰富，往往容易给物质界诱惑而走入性念一途，至精神上受莫大的打击，精神生活愈趋愈下，弄到不堪收拾。文学这件东西，是精神的补品，他感动力的伟大，里面包容的快乐，没有什么比得到它。所以儿童感了文学的熏染，得了文学的享乐，无论什么不足以动他的性念。但是儿童感受力有强弱。强的，性念果然不再会萌芽；弱的，还是可虑。这在教师的教学方法了。

儿童感受了文学，身心上有以上所说三方面的影响；实际上这三种影响是连带的，不分离的。如真情共鸣了，理性自然得到陶冶，精神自然感到享乐。现在因为叙述便利起见，所以把他分列开来说。

儿童文学，要使儿童感受后，身心上发生影响，必定要适应现代文学思潮和儿童心理。适应现代文学思潮的儿童文学，是儿童普遍心理的文学；适应儿童心理的儿童文学，是彷佛儿童真情之流的文学。谈到适应现代文学思潮一层，就和现代世界文学生出关系来；谈到适应儿童心理一层。就不得不把儿童文学的内容讨论讨论。现在先来讲与现代世界文学的关系：

儿童文学，是世界文学的雏形单位；雏形单位的文学怎样，将来成熟的文学也是怎样；这是不可逃的公例。现代世界文学，从传奇主义与古典主义蜕变出来，协合成功一种新传奇主义；这文学趋向，是世界人类真情共同的趋向。这共同趋向，儿童文学应该与他一致，是无可疑的。即应该一致，那末儿童文学写实与理想当并重，不可有偏向。这个大方针立定，可以进而讨论儿童文学的内容了。儿童文学的内容要有"三化"，怎样三化呢？请分别说来：

I 儿童化

文学虽是人类的隐能，然而流露感受，因知识的关系，程度却有不同。所以成人有成人的文学，儿童有儿童的文学。成人文学，是成人真情之流；儿童文学，是儿童真情之流。成人喜欢欣赏成人的文学，不喜欢欣赏儿童的文学；儿童喜欢欣赏儿童的文学，不喜欢欣赏成人的文学；像十二三岁的儿童，不喜欢读唐宋人的古体诗，偏喜欢唱民间相传的儿歌，这是一个证据。儿童文学是怎样的呢？就是第一要有"儿童化"。什么是儿童化的文学？总括一句："是儿童所有思想的文学。"儿童所有思想，考察下来，约有八种：

1.好奇思想
神怪离奇，世间少有的事情。
2.游戏思想
对于举动上的游戏。
3.滑稽思想
玩笑打趣，及一切颜面上的滑稽等。
4.争胜思想
在团体中，作事竞争，游戏好胜。
5.勇敢思想
遇事勇往直前，没有什么畏惧。
6.争斗思想
喜欢与他人争斗，并杀害他动物。
7.爱群思想
喜欢群居而游玩繁盛都市。
8.仁慈思想

怜悯他人的痛苦而表示同情。

含有上面一种或多种思想的文学，就是儿童化的文学。这种文学，因为适应儿童需要，所以儿童未有不喜欢欣赏的。既然喜欢欣赏，那么一定可以起一种精神上的感应。从前坊间出版的国文教科书，思想是几个编辑人的思想，并且是百科全书，无论什么历史、地理、理科，都包括在里面；所以儿童对他一些不生情感，而反厌恶。

II 自然化

文学最容易动人情感的，莫如自然界的种种现象。儿童对于自然界有无穷的爱好；一草一木，都是他的良朋。所以儿童文学应该要有自然化，多收容关于自然界的材料，使儿童享乐自然，培养他对于自然爱好的真情；并且藉此灌输一种自然界的常识，做将来研究科学的基础。这自然界材料的收容，因儿童环境而有不同，不是甲地这样，乙地仍是这样的。例如儿童环境多山水的，当该多收容山水的材料；多桑麻禾麦的，当该多收容桑麻禾麦的材料。这是儿童文学应从环境出发的一个要件。

III 人群化

19世纪以前的教育，大都偏重个人方面，从此以后，就转变方向，偏重到社会了。因为个人是社会一员，不能离社会独立的。文学的影响儿童颇大，前面已经说过；既然这样，教育要偏重到社会，儿童文学里面，就不得不有人群化的材料。什么叫人群化材料，就是社会的怎样形成，怎样组织，和种种现象，都是人群化材料，统统应该用文学的叙述法，收容在里面，使儿童不知不觉。感知自身与人群社会的关系，养成献身社会、改造社会的习性，完成儿童的社会人格。

儿童文学的内容，当含有前面所说的"三化"；现在把通常所区分的儿童文学种类来归纳入这"三化"里面。不过这归纳是以多含某种化为标准，不是归入某种化，即是纯粹某种化材料，这是要特别声明的。

儿童化的

1.神话　仙人鬼怪的故事。

2.儿歌　民间的童谣等。

3.笑话　滑稽谈之类。

4.寓言　一切儿童方面的寓言。

自然化的

1.游记　描写山水胜景的。

2.物话　假托自然界动植物的话。

3.新诗　描写景物的。

人群化的

1.史话　根据历史的一种故事

2.演戏　根据历史事实，加以演绎的。

3.传说　民间相传下来的故事。

4.剧本　各种描摹人群社会所有现象的剧本。

◆ 解说

此文原载于《初等教育》季刊1923年第一卷第一期。在作者名字之前，有"江苏无锡女师附小"字样，可知作者的小学教师身份。

这篇文章名为"儿童文学的哲学观"，探讨的却不是儿童文学的哲学蕴含，而是采用哲学的系统化方法，研究普遍而基本的问题，换言之，是一种理论研究。

然而，作者在开篇处，介绍了现代教育哲学中的一种儿童观：儿童"仿佛是植物的种子，将来发什么芽，放什么叶……结什么果，还不可以知道。但是他的真情，生而即具，不过伏在里面，没有流露。"

这样一种现代儿童观，在清末民初乃至五四时期，似乎在中国流布很广。周作人发表于1913年的《儿童研究导言》（亦选入本书）就有更为具体的描述："欧洲中世之教育，以传习学业为主，以强记多识为胜。及卢梭起，始大非之，创任天之说。至莆勒贝尔，主张自力活动，以为教育儿童若种树然，树始于一粒之种子，以雨露之润，膏沃之养，渐自长大，成百尺之材。然其百尺之材，初实寄于一粒之种，雨露膏沃但助长之而已。"我在《儿童文学概论》一书中总结、归纳"儿童观的几种主要历史模式"时，就在列出约翰·洛克的"'白纸'之喻"的儿童观之后，将以卢梭和福禄培尔为代表的这种儿童观命名为"'植物'之喻"，将其视为对洛克的"白纸说"的超越。①

然而，五四落潮以后，中国社会出现的复辟和倒退，也表现在儿童观的认识方面，而且一直延伸到今天，思之令人喟叹。

1988年，我发表《论中国当代儿童文学的儿童观》一文，②指出"新时期的儿童文学理论，在某些方面也遗留着旧儿童观的基因"："儿童文学界目前还普遍地持着一种理论，即'白纸'说。一些著名的儿童文学作家、理论家也说过类似儿童的心灵是一张白纸的话。'白纸'说实际上是对儿童心灵的片面认识，是一种错误的儿童观。""如果比喻的话，我想把儿童心灵比喻成一颗种子。儿童文学作家面对一颗种子不能象面对一张白纸那样，以为可以单方面随心所欲地书写，他也受到制约，必须考虑到要激活这颗种子的潜在生命力所必需的合适的土壤、阳光和养料。"

直到21世纪，我们还能在儿童文学研究者那里看到儿童观上的倒退。吴其南就说："儿童年龄小，无论是在实际生活中还是在精神上，都没有

---

① 参见朱自强著：《儿童文学概论》第5页至第8页，高等教育出版社2009年版。
② 载于《东北师大学报》1988年第4期。
③ 吴其南著：《二十世纪中国儿童文学的文化阐释》第159页，中国社会科学出版社2012年版。

形成自己的世界。"③我对这一"成人本位"的儿童观持明确的反对态度。我在多种论著中强调过"儿童是独特文化的拥有者"这一观点，并在《儿童文学概论》一书中对儿童生命的文化特质进行了具体建构，将其主要归纳为艺术性、游戏性、生态性这三个方面。在我的心目中，儿童所拥有的文化不仅独特而且珍贵，所以我在书中指出："我们的社会是一个以成人为中心的社会，因此，我们仅仅认定儿童的成长依赖于成人，却看不到事情的另一面真实，即成人必须与儿童携起手来，也从儿童那里获得创造新的、健全的生活的智慧和力量。"④

《儿童文学的哲学观》是一篇进行理论建构的文章。

什么是理论？乔纳森·卡勒在《文学理论入门》中说："一般说来，要称得上是一种理论，它必须不是一个显而易见的解释。这还不够，它还应该包含一定的错综性……一个理论必须不仅仅是一种推测；它不能一望即知；在诸多因素中，它涉及一种系统的错综关系；而且要证实或推翻它都不是一件容易事。"⑤卡勒针对福柯关于"性"的论述著作《性史》一书说："正因为它给从事其他领域的人以启迪，并且已经被大家借鉴，它才能成为理论。"⑥

在一定程度上，《儿童文学的哲学观》就有这样的理论性。

比如，作者将儿童文学的功能分为三个方面："A.真情共鸣"，"B.陶冶理性"，"C.精神享乐"。虽然具体内涵的论述上，尚显得粗糙甚至牵强，但是，可以看出，作者是努力想超越"一望即知"的常识，在作建构性思考。

又比如，在讨论"儿童文学的内容"时，作者具有创见地提出了"三化"，即"儿童化"、"自然化"、"人群化"（指社会化）。作者将"儿童

---

④ 朱自强著：《儿童文学概论》第18页，高等教育出版社2009年版。

⑤⑥ 乔纳森·卡勒著：《文学理论入门》第3页，第7页，北京科文图书业信息技术有限公司2008年版。

化"排在"第一"，阐述说："什么是儿童化的文学？总括一句：'是儿童所有思想的文学。'"并且将儿童所有思想，归纳为"好奇思想""游戏思想""滑稽思想"等八种。在20世纪80、90年代，曾有"儿童化""成人化"的讨论，其中"儿童化"的内涵与此文的"儿童化"是有相通之处的。由《儿童文学的哲学观》的"三化"，我联想到刘绪源的提出原创理论的《儿童文学的三大母题》。戴渭清的这"三化"似也可以看作是戴氏的儿童文学的"三大母题"，尽管与刘氏的"三大母题"内容不同，尺寸上更是小了很多号。

再比如，作者在提出了"三化"之后，又向深处推进一步，将"把通常所区分的儿童文学种类来归纳入这'三化'里面"，在一定程度上，"涉及一种系统的错综关系"。当然，具体的归纳是否合理则另当别论。

最后，我想提醒的一点是，努力进行理论建构的《儿童文学的哲学观》是出自小学教师之手。三年前，周作人作题为"儿童的文学"的讲演，就是在小学至中学一贯的孔德学校，而且还开题便说"今天所讲儿童的文学，换一句话便是'小学校里的文学'。"可见，儿童文学的发生，实与小学教育密切相关。

《稻草人》序

郑振铎

圣陶集他最近二年来所作的童话编成一集，把末后一篇的篇名《稻草人》作为全集的名称。他要我作一首序文。我是很喜欢读圣陶的童话的，而且对于他的童话久已想说几句话，现在就乘这机会在此写几个字，不能算是《稻草人》的介绍，不过略述自己的感想而已。

丹麦的童话作家安徒生（Hans Andersen）曾说，"人生是最美丽的童话。"（Life is the most beautiful fairy tales.）这句话，在将来"地国"的乐园实现时，也许是确实的。但在现代的人间，这句话至少有两个重要错误：第一，现代的人生是最足使人伤感的悲剧，而不是最美丽的童话；第二，最美丽的人生即在童话里也不容易找到。

现代的人受到种种的压迫与苦闷，强者呼号着反抗，弱者只能绝望的微喟。有许多不自觉的人，像绿草一样，春而遍野，秋而枯死，没有思想，也不去思想；还有许多人住在白石的宫里，夏天到海滨去看荡漾的碧波，冬天坐在窗前看飞舞的白雪，或则在夕阳最后的淡光中，徘徊于丛树浓密流泉激溅的幽境里，或则当暮春与清秋的佳时，弄棹于远山四围塔影映水的绿湖上；他们都可算是幸福的人。他们正如一幅最美丽的画图，谁会见了这幅画图而不留恋呢？然而这不过是一幅画图而已。在真实的人生里，虽也时时现出这些景象，但只是一瞬间的幻觉；而它的背景，不是一片荒凉的沙漠，便是灰暗的波涛汹涌的海洋。所以一切不自觉者与快乐者实际上与一切悲哀者一样，都不过是沙漠中只身旅行海洋中随波逐流的小动物而已。如果拿了一具大显微镜，把人生仔细观察一下，便立刻现出克里卜莱克拉卜莱（Cribbly Crabbly）老人在一滴沟水里所见的可怕现象：

所有几千个在这水里的小鬼都跳来跳去，互相吞食，或则彼此互相撕裂，成为片片。……这景象如一个城市，人民狂暴地跑着，打着，竞争着，撕裂着，吞食着。在底下的想往上面爬，乘着机会爬在上面的却又被压下了。有一个鬼生一个小瘤在耳边。他们便想把他取下来，四面拉着他，就此把他吃掉了。只有一个小女儿沉静地坐着，好所求的不过是和平和安宁，但别的鬼不愿意，推着她向前，打她，撕她，也把她吃掉了。

正如那向这显微镜看着的无名的魔术家所说的，"这实是一个大都市的情况。"或者更可以加一句，"这便是人生。"

如果更深邃地向人生的各方面去看，则几乎无处不现出悲惨的现象。如圣陶在《克宜的经历》里所说的：在商店里，在医院里，在戏馆里，所有的人都是皮包着骨，脸上没有血色，他们的又细又小的腿脚正像鸡的腿脚；或如他在《画眉鸟》里所说的：有腿的人却要别人拉着，拉的人额上渗出汗来，像蒸笼的盖，几个周身蒙了油腻的人终日在沸油的锅子旁为了客人的吩咐而做工，唱歌的女孩子面孔涨得红了，在迸出高声的时候，眉头皱了好几回，颧骨上面的筋也涨粗了，她也是为了他人唱的。虽然圣陶曾赞颂田野的美丽与多趣，然而他的田野是"将来的田野"。现在的田野却如《稻草人》里所写的一样，也是无时无处不现出可悲的事实。

所谓"美丽的童话的人生"在哪里可以找到呢？现代的人世间，哪里可以实现"美丽的童话的人生"呢？

恐怕那种美丽的幸福的生活只在最少数的童话里才能有罢。而那种最少数的美丽的生活，在童话里所表现的，也并不存在于人世间，却存在于虫的世界，花的世界里。至于一切童话里所表现的"人"的生活，仍多冷酷而悲惨的。

我们试读金斯莱（Charles Kingsley）的《水孩》（Water Babies），扫烟囱的孩子汤姆（Tom）在人的社会里所受的是何等冷酷的待遇。再试读王尔特（O. Wilde）的《安乐王子》，燕子飞在空中所见的是何等悲惨的景象。少年皇帝在梦中所见的又是何等的景象。没有，没有，童话中的人生也是没有快乐的。正如安徒生在他的《一个母亲的故事》里所述的，母亲的孩子给死神抱去了，她竭尽力量想把他抱回，但当她在井口看见孩子的将来命运时，她便叫道，"还是带他去好！"现代的人生就是这样。

圣陶最初动手写作童话在我编辑《儿童世界》的时候。那时，他还梦想一个美丽的童话人生，一个儿童的天真的国土。我们读他的《小白船》《傻子》《燕子》《芳儿的梦》《新的表》及《梧桐子》诸篇，显然可以看出他努力想把自己沉浸在孩提的梦境里，又想把这美丽的梦境表现在纸面。然而，渐渐地，他的著作情调不自觉地改变了方向。他在去年一月十四日写给我的信上曾说，"今又呈一童话，不识嫌其太不近于'童'否？"在成人的灰色云雾里，想重现儿童的天真，写儿童的超越一切的心理，几乎是个不可能的企图。圣陶发生的疑惑，也是自然的结果。我们试看他后来的作品，虽然他依旧想用同样的笔调写近于儿童的文字，而同时却不自禁地融化了许多"成人的悲哀"在里面。固然，在文字方面，儿童是不会看不懂的，而那透过纸背的深情，儿童未必便能体会。大概他隐藏在他的童话里的"悲哀"分子，也与柴霍甫（A.Tchekhov）在他短篇小说和戏曲里所隐藏的一样，渐渐地，一天一天地浓厚而且增加重要。他的《一粒种子》《地球》《大喉咙》《旅行家》《鲤鱼的遇险》《眼泪》等篇，所述还不很深切，他还想把"童心"来完成人世间永不能完成的美满的结局。然而不久，他便无意地自己抛弃了这种幼稚的幻想的美满的"大团圆"。如《画眉鸟》，如《玫瑰和金鱼》，如《花园之外》，如《瞎子和聋子》，如《克宜的经历》等篇，色彩已显出十分灰暗。及至他写到快乐的人的薄幕的破裂，他的悲哀已造极顶，即他所信的田野的乐园此时也已摧毁。最后，他对于人世间的希望便随了稻草人而俱倒。"哀者不能使之欢乐"，我们看圣陶童话里的人生的历程，即可知现代的人生怎样地凄凉悲惨；梦想者即欲使它在理想的国里美化这么一瞬，仅仅一瞬，而事实上竟不能办到。

人生的美丽的生活在哪里可以找到呢？如果"地国"的乐园不曾实现，人类的这个寻求恐怕永没有终止的时候。

写到这里，我想，我们最好暂且放下这个无答案的冷酷的人生问题，转一个方向，谈谈圣陶的艺术上的成就。

圣陶自己很喜欢这童话集；他曾对我说："我之喜欢《稻草人》，较《隔膜》为甚，所以我希望《稻草人》的出版也较《隔膜》为切。"在《稻草人》里，我喜欢阅读的文字，似乎也较《隔膜》为多。虽然《稻草人》里有几篇文字，如《地球》《旅行家》等，结构上似稍幼稚，而在描写一方面，全集中几乎没有一篇不是成功之作。我们一翻开这集子，就读到：

一条小溪是各种可爱东西的家。小红花站在那里，只是微笑，有时做很好看的舞蹈。绿草上滴了露珠，好像仙人的衣服，耀人眼睛。溪面铺着萍叶，蠡起些桂黄的萍花，仿佛热带地方的睡莲——可以说是小人国里的睡莲。小鱼儿成群来往，针一般地微细，独有两颗眼珠大而发光。（《小白船》）

这是何等迷人的美妙的叙述呀！当人们阅读时，我们的心似乎立刻被带到一条小溪之旁，站在那里赏玩这种美景。然而还不止此，如果人们继续读下面的几段：

许多梧桐子，他们真快活呢。他们穿了碧绿的新衣，一齐站在窗沿上游戏。四面张着绿绸的幕；风来时，绿绸的幕飘飘地吹动，像个仙人的住宅。从幕的缝里，他们可以看见深蓝的天，天空的飞鸟，仙人的衣服似的白云；晚上可以看见永久笑嘻嘻的月亮，美眼流转的星，玉桥一般的银河，提灯流行的萤虫。他们看得高兴，就提起小喉咙唱歌。那时候隔壁的柿子也唱了，下面的秋海棠也唱了，阶下的蟋蟀也唱了。(《梧桐子》)

温柔而清静的河是鲤鱼们的家乡。日里头太阳光像金子一般，在河面上；又细又软的波纹仿佛印度的细纱。到晚上，银色的月亮、宝石似的星光，盖着河面的一切；一切都稳稳地睡去了，连梦也十分甜蜜。大的小的鲤鱼们自然也被盖在细纱和月光、星光底下，生活十分安逸，梦十分甜蜜。(《鲤鱼的遇险》)

春风来了，细细的柳丝上不知从什么地方送来些嫩黄色，定睛看去，又说不定是嫩黄色，却有些绿的意思。他们的腰好软呀！轻风将他们的下梢一顺地托起，姿势整齐而好看。瞬息之间，又一齐垂下，仿佛小女郎梳齐的头发。

两行柳树中间，横着一道溪水。不知由谁斟满了的，碧清的水面几与岸道相平。细的匀的皱纹好美丽呀。仿佛固定了的，看不出波波推移的痕迹，柳树的倒影清清楚楚可以看见。岸滩纷纷披着绿草，正是小鱼们小虾们绝好的住宅。水和泥土的气息发散开来，使人一嗅到便想起这是春天特有的气息。温和的阳光笼罩溪上，要使每一块石子每一粒泥砂都有生活的快乐。(《花园之外》)

我们便不知不觉地惊奇起来，而且要带着敬意赞颂他的完美而细腻的描写。实在的，像这种描写，不仅非一般粗浅而夸大的作家所能向往的，即在《隔膜》里也难寻到同样的文字。

在描写儿童的口吻与人物的个性方面，《稻草人》也是很成功的。

在艺术上，我们实可以公认圣陶是现在中国二三个最成功者当中的一个。

同时《稻草人》的文字又很浅明，没有什么不易明了的地方。如果把这集子给读过四五年书的儿童看，我想他们一定很欢迎的。

有许多人或许要疑惑，像《瞎子和聋子》及《稻草人》《画眉鸟》等篇，带着极深挚的成人的悲哀与极惨切的失望的呼声，给儿童看是否会引起什么障碍；幼稚的和平纯洁的心里应否即投入人世间的扰乱与丑恶的石子。这个问题，以前也曾有许多人讨论过。我想，这个疑惑似未免过于重视儿童了。把成人的悲哀显示给儿童，可以说是应该的。他们需要知道人间社会的现状，正如需要知道地理和博物的知识一样，我们不必也不能有意地加以防阻。这童话集里附有不少美丽的插图。这些图都是许敦谷先生画的。我们应该在此向他致谢。有这种好图画印在书本里，在中国，可以说此书是第一本。

一九二三，九，五

◆ 解说

此文原载于1923年10月15日《文学周报》第92期，又收入1923年11月商务印书馆出版的《稻草人》。

这是一篇不能作简单解读的重要文章。它具有儿童文学理论和儿童文学史论上的双重价值。

要谈论、评价郑振铎的《〈稻草人〉序》，不能不与评价叶圣陶的童话集《稻草人》结合起来进行。

叶圣陶是具有主体性的中国儿童文学创作的开山者，他的《稻草人》（1923年）是中国第一部短篇童话集，是打上了深刻的时代烙印和鲜明的作家个性的儿童文学，它们标示出了中国儿童文学创作的现代性起点。剖析《稻草人》，可以帮助我们看清中国儿童文学创作的现代性起点的矛盾性纠结。

王泉根认为，叶圣陶的童话是现实主义童话，它们"直面人生，扩大题材，把现实世界引进童话创作的领域。"[1]的确，叶圣陶的《稻草人》不像讲述国王、王后、王子、公主、神仙、妖魔的传统童话那样，把读者的视线引向一个渺远、虚幻的世界，而是将身边的现实生活展现于读者的眼前。

下面我们看叶圣陶在《稻草人》集中所传达的成人的观念（思想性）所存在的问题。

叶圣陶曾经这样回顾童话集《稻草人》的创作："《稻草人》这本集子中的二十三篇童话，前后不大一致，当时自己并不觉得，只在有点儿什么感触，认为可以写成童话的时候，就把它写了出来。我只管这样一篇接一篇地写，有的朋友却来提醒我了，说我一连有好些篇，写的都是实际的社会生活，越来越不像童话了，那么凄凄惨惨的，离开美丽的童话境界太远了。经朋友一说，我自己也觉察到了。但是有什么办法呢？生活在那个时代，我感受到的就是这些嘛。所以编成集子的时候，我还是把《稻草人》这个篇名作为集子的名称。"[2]可见，对《稻草人》童话集中的一些作品的转变，在发表的当初就有质疑声，而叶圣陶显然是自觉地坚持了自己的创作方法。

对于叶圣陶童话创作的转变，郑振铎在《〈稻草人〉序》中给予了有力的支持。他说："圣陶最初动手写作童话在我编辑《儿童世界》的时候。那时，他还梦想一个美丽的童话的人生，一个儿童的天真的国土。……然而，渐渐地，他的著作情调不自觉地改变了方向。他在去年一月十四日写给我的信上曾说，'今又呈一童话，不识嫌其太不近于'童'否？'在成人的灰色云雾里，想重现儿童的天真，写儿童的超越一切的心理，几乎是个不可能的企图。圣陶发生的疑惑，也是自然的结果。我们试看

---

① 王泉根著：《现代中国儿童文学主潮》第253页，重庆出版社2000年版。
② 叶圣陶：《我和儿童文学》，见叶圣陶等著：《我和儿童文学》，少年儿童出版社1980年版。

他后来的作品，虽然他依旧想用同样的笔调写近于儿童的文字，而同时却不自禁地融化了许多'成人的悲哀'在里面。"

郑振铎很清楚，叶圣陶"融化了许多'成人的悲哀'在里面"的这种创作会遭到质疑，他以攻为守，说："有许多人或许要疑惑，像《瞎子和聋子》及《稻草人》《画眉鸟》等篇，带着极深挚的成人的悲哀与极惨切的失望的呼声，给儿童看是否会引起什么障碍；幼稚的和平纯洁的心里应否即投入人世间的扰乱与丑恶的石子。这个问题，以前也曾有许多人讨论过。"针对自己所设想的上述质疑，郑振铎毫不犹疑地回答说："我想，这个疑惑似未免过于重视儿童了。把成人的悲哀显示给儿童，可以说是应该的。他们需要知道人间社会的现状，正如需要知道地理和博物的知识一样，我们不必也不能有意地加以防阻。"

对郑振铎的"未免过于重视儿童了"这一观点，如果与此前他在《〈儿童世界〉宣言》《儿童文学的教授法》中所表达的用于儿童教育的儿童文学应以儿童的"兴趣"为本位这一观点相比较，会清楚地觉察到郑振铎的儿童观、儿童文学观在发生着转变。同样，叶圣陶的《稻草人》《瞎子和聋子》《克宜的经历》等童话创作与他在《文艺谈（七）》所倡导的"对准儿童内发的感情而为之响应，使益丰富而纯美"这种创作思想也是发生了转变的。

我认为，叶圣陶和郑振铎的这种转变，都与文学研究会的成立有关。他们两人均为文学研究会的发起人，而且又是主张"为人生"的写实主义（现实主义）的茅盾的好友。苏雪林就指出，叶圣陶的转变"……则一半是受新文坛潮流的鼓荡，一半是由于他朋友茅盾的感染，而有左倾色彩。"③在郑振铎这里，在编了一年的《儿童世界》之后，从1923年开始，接替茅盾去编《小说月报》这一成人文学刊物，也许是转变的一个

---

③ 苏雪林：《叶绍钧的作品及其为人》（节录），见《叶圣陶研究资料》（上），知识产权出版社2010年版。

原因。1921年新改革的《小说月报》第12卷第1期上发表的《改革宣言》，就明言"……然就国内文学界情形言之，则写实主义之真精神与写实主义之真杰作实未尝有其一二，故同人以为写实主义在今日尚有切实介绍之必要……"茅盾后来也在《小说月报》上不断倡导现实主义："……新派以为文学是表现人生的……现在热心于新文学的，自然多半是青年，新思想要求他们注意社会问题，同情于第四阶级，爱'被损害者与被侮辱者'……"④茅盾曾说："当时文学研究会被称为文艺上的'人生派'。文学研究会这集团并未有过这样的主张。但文学研究会名下的许多作家——在当时文坛上颇有力的作家，大都有这倾向，却也是事实。"⑤

儿童文学（包括童话）"为人生"这绝没有错，儿童文学（包括童话）表现成人的情感也没有错。童话集《稻草人》和《〈稻草人〉序》的问题在于，其主张表现的人生和"成人的悲哀"的绝望性。儿童文学不是任何的成人观念和情感都可以投注进去的容器。

《稻草人》《瞎子和聋子》《克宜的经历》，这些童话没有鼓励儿童走进人生（哪怕是苦难的人生）的欲望。这是问题的关键所在。正因为是面对苦难的人生，儿童文学作家才更应该给予儿童以走进人生的力量，即如顾城的诗句所说的，"黑夜给了我黑色的眼睛，我却用它寻找光明"，（《一代人》）至少也要像说出"安得广厦千万间，大避天下寒士俱欢颜"的杜甫，不失意志和希望。可是，叶圣陶笔下的苦难形象，特别是那个稻草人，是一个面对苦难不能有任何作为的形象，而叶圣陶本人就是这个稻草人——郑振铎就说，"最后，他对于人世间的希望便随了稻草人而俱倒。"

在儿童文学历史上，还没有一位在自己的作品中灌注虚无绝望的人生信念反而获得了成功的作家。德国优秀的儿童文学作家、国际安徒生

---

④ 茅盾：《自然主义与中国现代小说》，1922年7月《小说月报》第十三卷第七号。
⑤ 茅盾：《中国新文学大系·小说一集》导言（影印本），上海文艺出版社2003年版。

大奖得主凯斯特纳说得好："在我们当前这个世界里只有对人类持有信心的人才能对少年儿童有所帮助。他们还应当对诸如良知、榜样、家庭、友谊、自由、怀念、想象、幸福与幽默……的价值有所了解。所有这些就像恒星一样在我们上空闪耀，并一直存在于我们当中。谁能把它们展现给儿童并讲给儿童听，谁也就引导儿童从沉寂中走出来，跨入充满友爱的世界。"⑥

我想举一个成人文学作家面对人生苦难的一个例子。周作人在《俺的春天》⑦一文中介绍过的小林一茶的俳句："露水的世呀，虽然是露水的世，虽然是这样。"这是小林一茶为伤悼一岁即死去的女儿聪女而写的诗。一茶虽然是表达"无论怎样达观，终于难以断念"这一心境，但是，我从诗句中感受到的却是，一岁的生命虽然如朝露般短暂，但是依然有其应该存在的生命价值。我想说的是，在苦难的社会里，悲哀也不是只有一种情状的，怎样面对苦难，怎样将这苦难"显示给儿童"，这是一个需要儿童文学探究的大问题。

关于《〈稻草人〉序》，我还想指出，郑振铎所说的"在描写儿童的口吻与人物的个性方面，《稻草人》也是很成功的"这个判断也存在一定的问题。以我的评价，童话集《稻草人》的前后作品，都存在着以成人的观念代替儿童心理的表现，并没有很好地"重现儿童的天真"。最典型的例子就是所谓表现"儿童的天真"的《小白船》。"芳香就是善，花是善的符号。""因为我们纯洁，惟有小白船合配装载。"这都不是孩子的心思，而是成人的观念。（倒是在《一课》《小铜匠》这样的儿童小说中，叶圣陶对儿童形象作了鲜活的描写，似乎完全化作了孩子。）

还有，我读《〈稻草人〉序》，感觉到这篇评论的价值观似乎是分裂的，即把思想和艺术割裂开来。虽然郑振铎说得很肯定："把成人的悲哀

---

⑥ 转引自韦苇著《外国童话史》第412页。江苏少年儿童出版社1991年版。

⑦ 见钟叔河编订：《周作人散文全集》（第3卷），广西师范大学出版社2009年版。

显示给儿童，可以说是应该的。"明确主张把大人的悲哀写给孩子。可是，在"谈谈圣陶的艺术上的成就"时，郑振铎喜欢并列举的《稻草人》中的"完美而细腻的描写"文字都与"成人的悲哀"相反对，与对于人生的绝望相反对。因为对自然景物的描写，是叙述者的心境的投射。这种内在的矛盾，说明郑振铎并没有整理好自己对于人生的感受和价值观。

周作人一直没有评价过《稻草人》，为什么？原因当然是只能猜测了。据我的一位研究生考证，《稻草人》童话集前后的变化，可能与那一时期叶圣陶阅读王尔德童话有关，她还考证了叶圣陶的《稻草人》主要接受的不是安徒生童话而是王尔德童话的影响。[8]在周作人看来，王尔德的"童话是诗人的，而非儿童的文学。"[9]"只是在现实上覆了一层极薄的幕，几乎是透明的，所以还是成人的世界了。"[10]也许，对叶圣陶的《稻草人》，周作人也是同样的看法。周作人曾问过自己的孩子，对《儿童世界》和《小朋友》这两个杂志，"喜欢哪一样"，"他说更喜欢《小朋友》"，周作人分析原因说："因为去年内《儿童世界》的倾向稍近于文学的，《小朋友》却稍近于儿童的。"[11]这是一个非常重要的信息——要知道，所谓"去年内"，就是叶圣陶的《稻草人》集中的童话连篇累牍地发表于《儿童世界》的1922年。周作人是否也认为叶圣陶的童话也是"稍近于文学"而不是"稍近于儿童"的呢？

周作人说过，"……即使我们已尽了对于一切的义务，然而其中最大的——对于儿童的义务还未曾尽，我们不能不担受了人世一切的苦辛，

---

⑧ 王晓：《论叶圣陶童话创作对王尔德童话影响的接受》，中国海洋大学2011级硕士学位论文。

⑨ 周作人：《王尔德童话》，钟叔河编订：《周作人散文全集》（第2卷），广西师范大学出版社2009年版。

⑩ 周作人：《关于童话的讨论》，钟叔河编订：《周作人散文全集》（第2卷），广西师范大学出版社2009年版。

⑪ 周作人：《关于儿童的书》，钟叔河编订：《周作人散文全集》（第3卷），广西师范大学出版社2009年版。

来给小孩们讲笑话。"⑫这样的周作人，恐怕不会赞同叶圣陶将"成人的悲哀"交给小孩们来"担受"这种童话创作吧。还有一点，似乎也支持我这一猜测，那就是与周作人的儿童文学理念有很多神似之处的台湾儿童文学作家林良，他的散文集《小太阳》完全是成人视角的叙述，表现一个成人作家面对生活的感悟，其中也写到人生的艰辛："不久，妈妈也回来了，尽管一天的劳碌很可能已经在她脸上刻上了一道皱纹，但是现在她用那道皱纹来笑。"（《金色的团聚》）林良的这种对人生的表现与叶圣陶的《稻草人》等童话，完全是异质的。为儿童的成长计，我们究竟应该选择哪一个呢？

1932年，贺玉波在《叶绍钧的童话》一文中，对叶绍钧的童话作了较为全面的研究。他发表了一个很有意思的观点："固然，他的大部作品所含的灰色的悲哀太重，不适合于幼小的儿童阅读，但是给一般将近成年的儿童去看，也未尝不可。因为他们对于人世间的真象已经渐渐明白了；黑暗，丑恶，痛苦与悲哀，他们已经开始领略了。""……叶绍钧的童话，并不是普通一般的童话，它们像这篇小说一样，对于社会现象有个精细的分析；虽然还保存着童话的形式，却具有小说的内容，它们是介于童话和小说之间的一种文学作品，而且带有浓烈的灰色的成人的悲哀。所以，我们与其把它们当作童话读，倒不如把它们当作小说读为好。"⑬应该说，叶绍钧的那些表现"灰色的成人的悲哀"的童话可以"给一般将近成年的儿童去看"这一观点具有合理之处，叶绍钧的童话是"介于童话和小说之间的一种文学作品"，应该"把它们当作小说读"这一艺术分析也很有创见。不过，循着贺玉波这一艺术分析的观点看去，我看到的恰恰是叶绍钧这些童话在艺术上出现的缺陷。我曾在《中国幻想小

---

⑫ 周作人：《〈乡间的老鼠和京都的老鼠〉附记》，钟叔河编订：《周作人散文全集》（第3卷），广西师范大学出版社2009年版。

⑬ 贺玉波：《叶绍钧的童话》，王泉根评选：《中国现代儿童文学文论选》，广西人民出版社1989年版。

说论》一书中，指出过这种缺陷："《稻草人》里的童话大多是拟人体童话，本身幻想力就比较贫弱，当那些拟人体形象进入现实世界时，幻想的色彩在相当大的程度被冲洗褪色了。关于这一特点，我们读一读《画眉》《玫瑰和金鱼》，特别是《稻草人》这样的童话就能得到验证。其次，叶圣陶的童话在建立现实维度时，并没有采用小说的方法。《稻草人》中的很多童话呈现的不是小说结构而是故事结构。熟悉民间故事的人都知道，'三'是民间故事最喜欢用的一个数字，它大都采用三段式的展开：有一家有三个儿子（或者三个女儿），国王有三个王子（或者三个公主），主人公要回答三个难题，或者要经受三次考验等等。叶圣陶的很多童话就基本上属于'三段式'故事。一粒种子要经国王、富翁、商人这三个人之手并且遭遇了相同命运以后，才会被农夫种进地里（《一粒种子》）；一个人要听到了孩子、青年、女郎三个人的愿望诉说，才会选择邮递员的工作，然后，他要为姑娘、孩子、野兔送三次信，才会失去自己的工作（《跛乞丐》）；稻草人要目睹老妇人、渔妇、赌徒妻子这三个人的凄惨遭遇之后，才会昏过去，'倒在田地中间'（《稻草人》）。这种三段式故事结构的使用，强化了作品类型化功能，弱化了作品典型化功能，这就使作品失去了小说所具有的现实的真实感。"[14]

叶绍钧童话的幻想力贫弱和非小说的类型化方式，就使得《稻草人》集在处理现实问题时，文学表现显得非常简单化、概念化。比如，《克宜的经历》就太简单化了，城市一切都不好，乡村一切都很美好。在艺术表现上，这一观点并没有升华为文学的形象，而只是一个干巴巴的概念。问题不在于观点的正确与否，而是这种简单化、概念化、绝对化地表现"现实生活"的方式需要审视。

因为持有上述观点，所以，我对《〈稻草人〉序》中，郑振铎所提出的"在艺术上，我们实可以公认圣陶是现在中国二三个最成功者当中的

---

[14] 朱自强、何卫青著：《中国幻想小说论》第98至99页，少年儿童出版社2006年版。

一个"这一观点怀着保留态度，虽然我也认为，作为创作童话的开山作品，《稻草人》集也有可圈可点之处。

我认为，至今为止的中国儿童文学史研究、中国儿童文学批评史研究，对于童话集《稻草人》和作家、作品批评的《〈稻草人〉序》，都存在着浅尝辄止、盲目赞美的倾向。

比如，对《稻草人》这篇童话，杜传坤认为，"其艺术上的成熟也是毋庸置疑的""此篇中的描写都是'儿童化'的""既有趣味又容易被理解""对于稍微了知人事的儿童来讲，是非常具有情感震撼力的"。[15]与杜传坤的高度好评相反，刘绪源认为，"我感到整本集子里，真正失败的，恰恰是这一篇。"[16]"《稻草人》这样有明显'意图伦理'（即有预设的观念，并有很强的说明性）"的创作，"可说是那一时代中国儿童文学发展的主潮和缩影"。[17]刘绪源对《稻草人》这篇童话所代表的传统，进行了大胆的否定："叶先生写不下去了，这样的写法却留存下来，并发扬开去。我想，这本身，也和《稻草人》结局相似，这也是一个文学上的悲剧。"[18]

对《〈稻草人〉序》这篇评论，王泉根认为："本文不仅是认识、理解叶圣陶早期童话创作的重要批评文字，而且是中国现代儿童文学史上坚持儿童文学社会批评与教育作用的'社会学派'的重要理论纲领，对于促进'五四'以来的儿童文学高张直面人生、反映社会生活的现实主义方向具有重要的意义。"[19]方卫平也认为："此文（指《中国儿童读物的分析》——朱自强注）与同一作者的另一篇作家作品专论《〈稻草人〉序》一起，堪称现代儿童文学理论批评之'双璧'，其理论分析及所阐述的观

---

[15] 杜传坤著：《中国现代儿童史论》第142-143页，中国社会科学出版社2009版。

[16][17][18] 刘绪源著：《中国儿童文学史略（1916—1977）》第23页，第25页，第23页，少年儿童出版社2013年版。

[19] 王泉根评选：《中国现代儿童文学文论选》第726页，广西人民出版社1989年版。

点，就是今天也难以为人们所超越。"⑳ 方卫平将《〈稻草人〉序》比喻为"双璧"之一，可见赞誉是非常高的了。

我在《中国儿童文学与现代化进程》一书中指出："历来的中国儿童文学史研究，都忽视了中国儿童文学发生期和确立期存在着两个'现代'这一重大的历史事实。"㉑ 我所说的两个"现代"，是指先行的以周作人为代表的"儿童本位"的儿童文学理论，与随后出现的以叶圣陶、冰心为代表的儿童文学创作。我在书中论述了这两个"现代"之间存在着相当大的错位。

现在，我想指出的是，郑振铎的《〈稻草人〉序》，与他本人此前的儿童文学观，特别是与以周作人为代表的"儿童本位"的儿童文学观之间，也存在着一定程度的错位。这种错位，同样显示着中国儿童文学理论在现代性的展开中所具有的矛盾性和复杂性。

说到这里，我看重《〈稻草人〉序》并选入本书的原因已经不言自明。

---

⑳ 方卫平著：《中国儿童文学理论批评史》第228页，江苏少年儿童出版社1993年版。
㉑ 朱自强著：《中国儿童文学与现代化进程》第182页，浙江少年儿童出版社2000年版。

《土之盘筵》小引

周作人

> 垒柴为屋木，和土作盘筵。——路德延《孩儿诗》

有一个时代，儿童的游戏被看作犯罪，它的报酬至少是头上凿两下。现在，在开化的家庭学校里，游戏总算是被容忍了；但我想这样的时候将要到来，那刻大人将庄严地为儿童筑"沙堆"，如筑圣堂一样。

我随时抄录一点诗文，献给小朋友们，当作建筑坛基的一片石屑，聊尽对于他们的义务之百分一。这些东西在高雅的大人先生们看来，当然是"土饭尘羹"，万不及圣经贤传之高深，四六八股之美妙，但在儿童我相信他们能够从这里得到一点趣味。我这几篇小文，专为儿童及爱儿童的父师们而写的，那些"蓄道德能文章"的人们本来和我没有什么情分。

可惜我自己已经忘记了儿时的心情，于专门的儿童心理学又是门外汉，所以选择和表现上不免有许多缺点，或者令儿童感到生疏，这是我所最为抱歉的。

（一九二三年七月十日）

【附记】这一篇儿童剧，取材于《伊索寓言》，是日本坪内逍遥所作，从他的《家庭用儿童剧》第一集中译出。关于儿童剧的内容本来有应当说明的地方，现在不及说了。

《土之盘筵》我本想接续写下去，预定约二十篇，但是这篇才译三分之一，不意地生了病，没有精神再写了，现在勉强译成，《土之盘筵》亦就此暂且停止。——不过这是我所喜欢的工作，无论思想变化到怎样，这个工作将来总会有再来着手的日子。因为即使我们已尽了对于一切的义务，然而其中最大的——对于儿童的义务还未曾尽，我们不能不担受了人世一切的苦辛，来给小孩们讲笑话。

（一九二三年七月二十日记）

◆ 解说

此文原载于1923年7月24日《晨报副镌》。

这篇文章虽然很短，却是非常重要的文字。"儿童的文学只是儿童本位的，此外更没有什么标准。"（《儿童的书》）此文是对这一"儿童本位"的一种精到阐释。

周作人说，儿童文学"这些东西在高雅的大人先生们看来，当然是'土饭尘羹'，万不及圣经贤传之高深，四六八股之美妙，但在儿童我相信他们能够从这里得到一点趣味。我这几篇小文，专为儿童及爱儿童的父师们而写的，那些'蓄道德能文章'的人们本来和我没有什么情分。"这是对儿童文学的真见识。后来的儿童文学创作既颇有"蓄道德"的作品，亦不乏"能文章"的作品。后来的儿童文学理论，也有以成人文学为本位的价值立场和观点，比如吴其南的褒奖"整本的唐诗"（成人文学），贬损"狼外婆"（儿童文学）。[1]可见，周作人的思想，现今也没有过时。

---

[1] 参见朱自强：《新时期儿童文学理论的误区——吴其南的儿童文学观质疑》，《儿童文学研究》1993年第1期。

在文章中，周作人把儿童游戏的沙堆看作与成人的"圣堂"一样，这是"儿童本位"论者的典型的价值观。周作人在《〈陀螺〉序》中，还把三岁的侄儿的游戏，看作"不但是得了游戏的三昧，并且也到了艺术的化境。这种忘我地造作或享受之悦乐，几乎具有宗教的高上意义，与时时处处拘囚于小主观的风雅大相悬殊：我们走过了童年，赶不着艺术的人，不容易得到这个心境，但是虽不能至，心向往之……"②但是，当代的儿童文学研究者方卫平却认为，由于"顺应儿童"，"于是，儿童文学的创作视野狭小了，意蕴肤浅了；胸中块垒，无以抒发，深沉博大，何敢追求！"③两相比较，看取儿童生活和心性的目光是多么的不同。

令人动容的还有《土之盘筵》的第二篇"附记"里的这句话——"……即使我们已尽了对于一切的义务，然而其中最大的——对于儿童的义务还未曾尽，我们不能不担受了人世一切的苦辛，来给小孩们讲笑话。"④曹聚仁曾将周作人与"淡然物外，而所向往的是田子泰、荆轲一流人物"的陶渊明相比，说："周先生自新文学运动前线退而在苦雨斋谈狐说鬼，其果厌世冷观了吗？想必炎炎之火仍在冷灰底下燃烧着。"⑤我想，周作人念念不忘的"对于儿童的义务"，就是"冷灰底下"的"炎炎之火"吧。

② 周作人：《陀螺序》，钟叔河编订：《周作人散文全集》（第2卷），广西师范大学出版社2009年版。
③ 方卫平：《儿童文学：在创作者与接受者之间》，1987年5月16日《文艺报》。
④ 周作人译：《乡间的老鼠和京都的老鼠》"附记"，钟叔河编订：《周作人散文全集》（第3卷），广西师范大学出版社2009年版。
⑤ 曹聚仁：《从孔融到陶渊明的路》，张菊香、张铁荣编：《周作人研究资料》（上），天津人民出版社1986年版。

1927年

《寄小读者》四版自序

冰　心

　　假如文学的创作，是由于不可遏抑的灵感，则我的作品之中，只有这一本是最自由，最不思索的了。

　　这书中的对象，是我挚爱恩慈的母亲。她是最初也是最后我所恋慕的一个人。我提笔的时候，总有她的颦眉或笑脸涌现在我的眼前。她的爱，使我由生中求死——要担负别人的痛苦；使我由死中求生——要忘记自己的痛苦。生命中的经验，渐渐加增，我也渐渐的撷到了生命花丛中的尖刺。在一切躯壳和灵魂的美丽芬芳的诱惑之中，我受尽了情感的颠簸；而"到底为谁活着"的观念，也日益明了……

　　感谢上帝，在我最初一灵不昧的入世之日，已予我以心灵永久的皈依和寄托——

　　我无有话说，人生就是人生！母亲付予了我以灵魂和肉体，我就以我的灵肉来探索人生。以往的试验探索的结果，使我写了寄小朋友这些书信。这书中有幼稚的欢乐，也有天真的眼泪！

　　年来笔下消沉多了，然而我觉得那抒写的情绪，总是不绝如缕，乙乙欲抽——记得一九二四年的初春，在沙穰青山的病榻上，背倚着楼阑凝望：正是山雨欲来的时候，湿风四起，风片中夹带着新草的浓香。黑云飞聚，压盖得楼前的层山叠嶂，浮起了艳艳的绿光。天容如墨，而如墨的云隙中，万缕霞光，灿穿四射，影满大地！我那时神悚目夺，瞿然惊悦，我在预觉着这场风雨后芳馨浓郁的春光！

小朋友，朗润园池中春冰已泮，而我怀仍结！在这如结久蕴的情怀之后，我似乎也觉着笔下来归的隐隐的春光。我在墙头小山上徐步，土湿如膏，西望玉泉山上的塔，和万寿山上的佛香阁，排云殿等等，都隐在浓雾之中，而浓雾却遮不住那丛树枝头嫩黄的生意，春天来了！

小朋友，冰心应许你在这一春中，再报告你们些幼稚的欢乐，天真的眼泪，虽然她也怕在生命花刺渐渐握满之后，欢笑不成，眼泪不落……

小朋友，记取，春天来了！

冰心

一九二七年三月二十日，朗润园志。

◆ **解说**

此文写于1927年3月20日，收入北新书局1927年8月出版的《寄小读者》（第四版）。

这篇创作谈非常有意味，它折射出冰心的儿童文学创作姿态，也可以说，它反映着冰心的儿童文学观。

此文的主要篇幅、占一半多的篇幅，作者是在写自己的母亲。冰心明确说："这书中的对象，是我挚爱恩慈的母亲。……我提笔的时候，总有她的颦眉或笑脸涌现在我的眼前。"可见，《寄小读者》的真正的隐含读者，并非广泛的儿童，而是一个成人——作者自己心目中的母亲。

文中面向儿童读者的诉说，则只有寥寥数语。"小朋友，朗润园池中春冰已泮，而我怀仍结。""小朋友，冰心应许你在这一春中再报告你们些幼稚的欢乐，天真的眼泪，虽然她也怕在生命花刺渐渐握满之后，欢笑不成，眼泪不落……"当做过这样的诉说之后，"小朋友，记取，春天来了！"这一句就显得非常突兀、非常不协调。

发人深思的还不只是写母亲和写儿童的文字在篇幅上的比例失调，更有冰心在对儿童读者作出许诺（"再报告你们些幼稚的欢乐，天真的眼泪"）时，依然有着像写作《寄小读者》一样的"我怀仍结""怕在生命花刺渐渐握满之后，欢笑不成，眼泪不落"这样的心态。在创作立场上，冰心的这种成人的"悱恻的思想"（《通讯二十七》："小朋友，我觉得对不起！我又以悱恻的思想，贡献给你们。"）与叶圣陶在《稻草人》等童话中所表现的"成人的悲哀"是一脉相通的。

冰心在自序中说："假如文学的创作，是由于不可遏抑的灵感，则我的作品之中，只有这一本是最自由，最不思索的了。"这句话也可以解读为，作为形式上是写给儿童读者的文学，《寄小读者》是一种很特殊的创作状态——全凭"不可遏抑的灵感"，而不考虑儿童读者。如果《寄小读者》是全凭心性和灵感创作的文学，那么，我们只能说，冰心作为儿童文学作家的天分是不够高的。

那么，问题主要出在了哪里？

茅盾在1934年发表的《冰心论》中，把冰心说成是"属于'花房'中的人"，并对《寄小读者》有所批评："我们说句老实话，指名是给小读者的《寄小读者》和《山中杂记》，实在是要'少年老成'的小孩子或者'犹有童心'的'大孩子'方才读去有味儿。在这里，我们又觉得冰心女士又以她的小范围的标准去衡量一般的小孩子。"[1]"我们还记得十年前冰心女士写下过这样几句话：'我以为领略人生，要如滚针毡，用血肉之躯去遍挨遍尝，要他针针见血！'（《通讯十九》散文集页241）多么有意思的话，然而可惜她那时实未尝滚针毡，她滚着的只是针刺还软的'新生的松子'，是她的女伴们跟她开的小小的玩笑（见散文集页233）。"[2]茅盾是不是在说，冰心在《寄小读者》中所流露的"悱恻的思想"是"少年不识愁滋味""为赋新词强说愁"呢。

---

①② 茅盾：《冰心论》，范伯群编：《冰心研究资料》，知识产权出版社2009年4月第1版。

郁达夫在编《中国新文学大系·散文二集》时，所收冰心散文的篇幅仅次于周作人和鲁迅，其中《寄小读者》中的散文有七篇之多。郁达夫评论说："我以为读了冰心女士的作品，就能够了解中国一切历史上的才女的心情……"③夏志清说得更为具体："冰心代表的是中国文学里的感伤传统。即使文学革命没有发生，她仍然会成为一个颇为重要的诗人和散文作家。但在旧的传统下，她可能会更有成就，更为多产。"④这些评论都引人思考——冰心的才情其实与最具现代新质的儿童文学，有着内在的异质性。

就是冰心本人，在后来也曾多次就《寄小读者》作出反省。她在1932年时说："一九二三年秋天，我到美国去。这时我的注意力，不在小说，而在通讯。因为我觉得用通讯体裁来写文字，有个对象，情感比较容易着实。同时通讯也最自由，可以在一段文字中，说许多零碎的有趣的事。结果，在美三年中，写成了二十九封寄小读者的信。我原来是想用小孩子口气，说天真话的，不想越写越不像！这是个不能避免的失败。"⑤关于《寄小读者》失败的原因，冰心在1978年时自己分析说："我也写过几篇给儿童看的作品，如当年的《寄小读者》，开始还有点对儿童谈话的口气。后来和儿童疏远了——那时我在国外，连自己的小弟弟们都没有接触到——就越写越'文'，越写越不像。"⑥"我真想写给儿童看的东西，是从一九二三年起写的《寄小读者》，那本是《北京晨报》的《儿童世界栏》因为我要出国，特约我为儿童写游记的。但是那些通讯也没有写得好。因为刚开始写还想到对象，后来就只顾自己抒情，越写越'文'，不

---

③ 郁达夫编选：《中国新文学大系·散文二集》导言（影印本），上海文艺出版社2003年版。

④ 夏志清著：《中国现代小说史》第53页，复旦大学出版社2005年版。

⑤ 冰心：《〈冰心全集〉自序》，范伯群编：《冰心研究资料》，知识产权出版社2009年4月第1版。

⑥ 冰心：《笔谈儿童文学》，载《少年文艺》1978年6月号。

合于儿童的了解程度，思想方面，也更不用说了。"⑦

我认为，这些自我否定，不是自谦之语，而是肺腑之言，也是符合《寄小读者》的实际情形的。冰心的儿童文学创作，不论是在艺术表现上，还是在思想观念上并没有因游美一遭而从儿童文学正生气勃勃发展的美国汲取任何现代新质。在冰心的《寄小读者》这里，我们看到了冰心文学与西方文化和西方儿童文学之间的断裂。这也是冰心作为新文学作家的严重缺憾。

但是，长期以来，一些中国儿童文学史研究者在美学范式维度高估《寄小读者》，将其视为儿童文学的艺术典范。

比如，1990年，方卫平在《憧憬博大——对一种儿童文学现象的描述和思考》一文中树立的"深沉博大"的样本，就是冰心的《寄小读者》。这篇论文对《鱼幻》《长河一少年》等80年代的探索作品寄予厚望，认为它们"与《寄小读者》的博大情怀有着某种血缘上的联系"，"这一切，是否意味着《寄小读者》所暗示的艺术可能已经成为一种艺术现实，而那个迟迟未能兑现的谶语也终于应验了呢？"⑧我在博士论文《中国儿童文学与现代化进程》中曾经对冰心的《寄小读者》的思想性和艺术表现都做过批判（出版时这些内容删去了），1990年，我在《新时期少年小说的误区》一文中，对《鱼幻》《长河一少年》等探索作品也作了否定。今天，我依然认为，冰心的《寄小读者》的表现成人"悱恻思想"的传统以及《鱼幻》《长河一少年》等探索作品是没有发展出路的，原因盖在于其偏离了"儿童本位"这条大路。

再比如，杜传坤在《中国现代儿童文学史论》一书中，运用后现代理论，批判中国儿童文学起源的"现代性"，说"它'为了他者'而写作

---

⑦ 冰心：《〈小桔灯〉初版后记》，见卓如编：《冰心和儿童文学》，少年儿童出版社1990年版。

⑧ 方卫平：《憧憬博大——对一种儿童文学现象的描述和思考》，《文艺评论》，1991年第3期。

的良苦用心只是对于儿童的一种别出心裁的意志强加。与其说是'为了他者'不如说是为了自身……"可是转过身来就忘了这话，说《寄小读者》"尽管偏离了那个时代主流的甚至作者本人所认同的'儿童本位'，但当我们将目光放远放宽一些,《寄小读者》作为中国第一部现代儿童散文集，它的美学价值与文学史价值都是不容低估的。"⑨ "作为中国第一部现代儿童散文集"，《寄小读者》的文学史价值当然应该给予承认，但是说到其"美学价值"，到底是不容低估，还是不容高估？一部儿童文学作品的"美学价值"与"文学史价值"不同，审视"美学价值"我们必须"将目光放远放宽一些"，看它在长时期里能否经得起广大的儿童读者阅读的检验。在今天，会有多少孩子在自发的状态下捧起《寄小读者》，并且被其"审美价值"所吸引而爱不释手呢？

⑨ 杜传坤著：《中国现代儿童文学史论》第162页，中国社会科学出版社2009年版。

儿童的大人化

丰子恺

卢梭的《爱米尔》的序文中说："他们常在孩子中求大人，他们不想一想，未成大人时的孩子是甚样的一种人。"这话的意思：是说大人因不理解孩子而强迫孩子照大人自己一样地做人。这是一般的儿童教育上的病根。

大人和孩子，分居两个不同的世界。所以不同者，是为了我们这世界里有不可超越的大自然的定理，有不可破犯的人为的规律，而在孩子的世界里没有这些羁纲。譬如我的孩子，常要呼月亮出来，要天下雪；又在电车中望见卖枇杷的担子，就哭看要电车停一停；看见家里来了陌生的访客，就哭着要他出去。这便是因为他们不曾懂得这世间的月有朔望，天有冬夏，也不曾懂得坐公用电车要守规则，对宾客要尽礼仪。而这些朔望、冬夏、规则、礼仪，是不能教他们，使他们懂得的。我在这等时候，为他解说，想法移转他的注意，使他忘却刚才的要求，或者禁止他的要求。然而这是忘却，是被禁止，不是他们已经懂得朔望、冬夏、规则、礼仪。在这等时候，我往往感到一种悲哀：我实在不愿意阻遏他的真挚热烈的欢喜和要求，然而现实如此，我又实在无法答允他的真挚热烈的要求。我对他只有抱歉我们的世界的狭窄、挛痉，又不自由，无以应付他的需要。这真是千古的憾事，千古的悲哀！

如果强迫或希望孩子懂得大人的世界里的事，便是卢骚所说的"在孩子中求大人"，那更是可悲哀的事了。例如据我所见的实例：有的父母教孩子储蓄金钱。有的父母称赞孩子会拾得金钱、节省金钱。有的父母见孩子推让邻人给他的糖果，说他懂得礼仪而称赞他。有的父母因被孩子用手打了一下，视为乖伦，大怒而惩罚孩子。有的父母教孩子像大人一样地应酬，装大人一样的礼貌。有的父母称赞孩子的不噪而耐坐。——这等都是不自然的、不应该的，都是误解孩子、虐待孩子。因为金钱的效用、孝的伦理、谦让的礼貌，以及自己抑制的工夫，都是大人的世界里所有的事，在孩子的世界里是没有的。孩子的看法，与大人完全不同，在他们看来，金钱是一种浮雕的玩具，钞票是同香烟牌子一样的一种花纸。明明欢喜糖果，邻人给他，为什么假装不要？他们不听父母话的时候，父母打他们；父母不听他们话的时候，他们也不妨打父母，（打的一动作的意义，他们还没有明白。据我的所见，孩子的动作都是模仿大人的。如果大人不曾打骂过孩子，孩子决不会打骂别人。）又揖让进退，实在是一种虚饰的、装鬼脸之类的动作，他们看来如同一种演剧。游戏、运动，在他们是出于自动的、最幸福的生活；而不喧噪，或耐坐，在他们看来，是同被拘禁一样的。往往一般大人称赞孩子的会储钱，懂礼貌，不好动，说"这真是好孩子！"我只觉得这同弄猴子一样。把自己的孩子当作猴子，不是人世间最悲惨的现象么？

猴子与人类的差别，大家都可以想到，是猴子不像人地有理性，猴子群不像人类社会地有组织，有道德，有法律。变戏法的人把猴子捉住，强迫他学人的态度。听说起初教练的时候，对猴子杀一只猫。即假作教猫，猫不会学，就把它一刀杀死，给猴子看，以警戒猴子。以后教练猴子，猴子就慑服而勉学人的举动了。这种现状，谁也知其为悲惨的；独不知人们的教练自己的孩子，正与做戏法的人教练猴子一样！无理的威吓、体罚，在孩子看来，同猴子看杀猫一样。例如我所见闻，父母们教认孩子时，常用种种威吓语，如"叫老虎来拖去""送给洋鬼子""叫拐子拐去",最近有"叫兵来抱去"等语。这等话在大人听来,都晓是说说而已,然而全未阅世的孩子听了,是确信为真的!试设身处地为他们着想,这种威吓何等有伤害他们的小心!这全与杀猫给猴子看一样。凡此种种残酷的待遇,都由大人不理解孩子,而欲强迫孩子照大人一样做人而来。这种教练的结果,是养成许多残废——精种的残废——的儿童。大人像大人,小孩像小孩,是正当的、自然的状态。像小孩的大人,世间称之为"疯子",即残。废者然则,像大人的小孩,何独不是"疯子"、"残废者"呢?世间有许多父母们在把自己的孩子养成"疯子""残废者"!疯子的儿童,残废者的儿童,长起来,一定不会变健全的大人,一定不能为人类造福。

常常听人说述古今名人或伟人的传略,有许多人幼时是不轨的狡童,有的怎样会玩弄私塾先生,有的怎样会闹祸,有的怎样不肯用功……我想来这确有可信之处。玩弄私塾先生,闹祸,不肯用功,正是健全的儿童的表征。服从、忍耐、不闹祸,终日埋头用功,在大人或者可以做到,像"书十上而说不行"苏秦的刺股读书便是,但这决不是儿童的常态。儿童而能尽规蹈矩,终日埋头读书,真是为父母者的家门之不幸了。我每逢回故乡,访问亲戚之家,常常看见这种残废的儿童,感到浓烈的悲哀。例如:有的亲戚家里的孩子会代父母打丫头。有的七岁已经缠足,挂下一双小脚,端坐在高大的太史椅子里。有的八岁还要人抱。有的九岁已经戴瓜皮帽穿长衫马挂。最可怜的,有一个母亲得意地指着一个四岁的男孩对我说:"这孩子生了弟弟之后,还要同我一床困;我叫他独自睡在后房,每夜给他五个铜板,他肯了。现在他已积受了不少铜板呢!"我所见的被虐待的儿童不止这几个,世间被虐待的儿童不止我所见的几个。啊,悲惨的世界!

就我所见的"儿童的大人化"的实例,可分四种,即:第一,儿童态度的大人化;第二,儿童服装的大人化;第三,玩具的现实化;第四,家具的大人本位。现在就逐项随便谈谈。

第一 儿童态度的大人化

前年我曾经在一个国民小学里教图画。我跑去上课的时候，许多七八岁的孩子在室外游戏，对我笑、叫、跳。忽然一个主任先生在后面喊骂着说"先生来上课了，还不晓得进来对先生行礼？"于是孩子们像一群老鼠地占进了教室去。最后我跨进教室的时候，看见孩子都已坐得很整齐。忽然一个尖小的声音叫"一——"，许多孩子像机器地一律站了起来。又听见这尖小的声音叫"二——"的时候，孩子们一齐向左右跨出一步，（因为两人合坐一长桌，在长桌前不便鞠躬，各向左右跨出一步，则前方已空，鞠躬时可无阻碍。）像兵操一样。再来一个"三——"，大家深深地向黑板鞠一躬。这时候我正从教室后面走来，还没有走到讲桌近旁。我对于这种机械式的行礼，大为不快。我那时觉得孩子们个个变成木人头，或机械的一部分。刚才对我笑、叫、跳的时候的真挚可爱的态度，现在已完全消灭，而变成了这个机械的、冷酷的、无情的、虚文的"一——二——三"！这叫做"礼"？我实在不愿受你们这个"礼"，因为你们对我的敬礼，反而使我悲哀！

后来我又到一家亲戚家去，家里的大人拉过一个三四岁的孩子来，用指推他的小头，说"叫声伯伯，鞠个躬！"那孩子像鹦鹉地喊出"伯伯"，对着我身旁的桌子脚像猴子地打了一躬，茫然地跑了开去。这回又使我回想起那小学校里的"一——二——三——"，又增加了我的不快。

这是我所见的孩子态度的大人化的一例。

我见怪了小学校的教师你们每小时教孩子们做这个"一——二——三——"的鬼戏，不觉得难过么？你们都晓得什么"三三制""二四制""道尔顿制"，什么"成绩""年级"，却不晓得"儿童"。你们配去当衙役、帐员、狱吏，却不配当最神圣伟大的"小学教师"。

第二　儿童服装的大人化

我看报的时候，常常瞥见一个头极大而身极短小的时装女子的广告画，记得似乎是"韦廉氏"什么药或是清导丸上的广告画。这种目的在惹人注意的滑稽的广告，我觉得实在太恶劣，太不雅观，不应该每天堂堂地登在报纸上。不过药商专为引人注意，报馆专为收得广告费，雅观不雅观向来不计，别人自然也不必顾问了。可是我常常看见，总觉得讨厌。

不料这头极大而身体极短小的时装女子，近来我竟看到了实物。上海滩上所见的装束，前襟之短仅及脐部，下端浑圆如戏装的铁甲，两袖像两块三角板，裙子像斗篷，是极时髦的女装，穿的是极时髦的明星之类的女郎。不料现在这种装束竟不仅用于女郎，连七八岁的女孩也服用了。我常常看见，马路上有这样装束的母亲携着这样装束的女孩，望去宛如大型小型的两个母亲，而小型的更奇形可怕。

现在要先就服装的美恶谈一谈：这种服装，本来是适于大人而不适小孩的身体的。为什么原故呢？因为大人身体长，头长与身长的比例大概是一比七或六；小孩的头很大，身躯很短，其长度比例七八岁的是一比五，五六岁的是一比四，二三岁的是一比三。这是绘画上的figure drawing（人体描法）所实验得来的定规。根据这定规，可知大人头小而身体长，孩子头大而身体短。依照美学上或图案上的方法，身体长的，衣服不妨全身分作两段，（例如马挂、长袍）可使全身各部的长短比例相差不致大远，即头部（头）、胸部（马挂）、腿部（长袍）各部大小长短互相近似，又互相不同。凡长袍马挂、旧式女装、西式女装、西式男装，都根据这个法则，把全身分为三部，使各部形状各异（多样），而又相差不远（统一），就合于美学上的所谓"多样的统一"的法则。这是束西不约而同的一般大人服装的原则。

至于小孩子呢，前面已经说过，头部比身部大约是一比五、一比四之数。这比例已均调和，即已经互相变化而差异又不太远，即已经适合"多样的统一"的法则了。所以小孩服装，宜乎用直统的长衣，下方露出一段脚胫，如一般的洋装。如果也照大人把全身分为三段，因为分得太琐碎，各部的比例过于近似，即"统一"太多而"变化"太少，就不好看了。所以我国寻常小孩的装束（即短衣裤），实在不及长袍下露脚胫的西洋装好看。以上是我对于服装的美恶批判的根据。

现在把七八岁的小孩子装成同母亲一样，实在是很不合理的，硬做的"孩子的大人化"。试看孩子的很大的头，与缩短的上衣，大小几乎同样，下面的裙子也不过略长一点，最下方又有琐碎的雨点小脚，这是何等比例不恰好、何等乱杂、何等散漫无章的一幅考案！

不但不美观，我封之实在生起一种非常的恶感：这望去明明是一个女郎，但这是残废的、奇形的、清导丸广告画中的女郎！她的母亲携着她走，我不肯相信这一对是母亲与女孩，只觉得是一个大型妇人和一个小型妇人。他走近我身旁的时候，我觉得非常可怕，不期地起了一阵战栗，我似乎看见了做戏法里的矮人，不敢逼近她去。我打量这女孩的面貌，想象她包在这服装里的裸体的身材，其实是很美的女童的肉体，一定也有与画中的安琪儿一样美的曲线，一样美的肉色。这本是很可使我亲爱，很可使我接近的一个女孩子；但是现在包在这奇怪的服装内，不但我觉得可怕而不敢接近，恐怕有目的人，谁都要对她起恶感的，——除了把她装成这般模样的人以外。

把她装成这般模样的人，大约是她的父母，居心用意何在呢？这又不外乎出自"孩子的大人化"的心理。

与这奇形女孩配对的，有前述的戴瓜皮帽、穿小马挂、小大衫的七八岁的男孩，这种小型男子在中国到处常有，大都由大型男子——他的父亲——携着走路。这两人真是"佳偶"，是我的很好漫画题材。

我在青天白日旗之下，找到了不少的关于服装的漫画题材，只是没有心情去画出来。剪平顶发、穿小福的长衫（非旗袍）的女学生，戴军帽、穿中山装的女军官，都是可惊人的现象。这种人除了臀部的膨大、肉色的细艳及声音的尖柔几个特点以外，不能辨别其男女。这原是革命后的新现象，然而少见多怪的我，实在不胜惊骇！这是女子的男子化。那么，小孩的大人化在现在不但应该，也可说是时髦的了。

第三　玩具的现实化

我家住在江湾火车站的旁边，这淞沪车每天要来往十几次，一小时以内牖外总有一次火车经过。又车站上常有汽车来去。因此家里的小孩子，对于火车汽车，印象特别深刻，每天的游戏，总离不了火车汽车的模仿。如两只藤椅子连接起来，当作汽车，前面的开龙头，后面的坐汽车。又如麻雀牌、六面画，接长起来，一端高起一张，就当作火车，口中叫着"汪——汪——"在桌子边上开驶了。四岁的那个孩子，对于车的想象力更强。凡看见一长列而一端高起的形象，都想象作火车，口中叫起"汪"来。凡看见"乙"字形的形象，都想象作汽车，口中叫出"咕，咕，咕"来。甚至有一次四个人携手成横列，我在一端，三个小孩在他端，他们就想象我是火车龙头，他们是三辆客车。

我因为他们对火车汽车这样憧憬，有一天到上海去，晚上就在永安公司买了铁叶制的一辆汽车，一个火车龙头和一部客车，回来给他们。我在途上预料，他们一定非常满足，而且可玩不少的时日了。那晓得回家已竟黄昏，给他们一弄，到就睡的时光，他们已经厌倦了。明晨我起来的时候，看见铁叶制的实形的小汽车火车被委弃在桌子的一角，而孩子仍在桌子边上开驶他的麻雀牌的火车。

因了这事实，我恍然悟到现实化的玩具的失败。想象的世界是最广大的，尤其是在小孩子，阅世未深，想象的翅膀任意翱翔，毫无拘束，其世界尤为广大。故他对于麻雀牌堆成火车，可以在小小的每一张上想象出车窗，车梯，牖内的乘客，乘客中的母亲，母亲怀里的孩子，孩子身上的新衣服，新衣服上的蝴蝶花……无穷尽的兴味。如今买到了一辆照实形缩小而会走的铁叶制的小火车，现实毕露在眼前，况且设备远不及实物的完备，行走远不及实物的自由、贫乏、枯燥，毫无耐人寻味的地方，难怪他们不到一黄昏就要厌弃了。因为前者是"无限"，后者是"有限"；前者是"希望"，后者是"实行"。这虽然是我的孩子的实例，然而这个是人类共通的道理，所以我敢决定一般的孩子都有这种心理，即一般的孩子都不欢喜现实化的玩具。

玩具据我想来可以分作下列三类：

玩具（1）运动玩具——小脚踏车、毽子、皮球……

（2）玩赏玩具——摇鼓琴、轻气球、棋……

（3）模拟玩具——人形、小火车……

其中第一种，目的在于运动练习。如小脚踏车、小汽车等，自然也含有模拟的分子，但注重运动，故不妨称之为运动玩具。第二种与第三种，分类法似觉欠妥，因为一切模拟实物的玩具，是供玩赏的，都可做玩赏玩具。然我的意思，凡模拟实物的玩赏玩具，特别提出来，称之为模拟玩具。其不模拟实物的之部分，称之为玩赏玩具。例如人形（这是日本名称，在中国有的叫做泥菩萨，有的叫作洋团团，然均不妥。因为并不一定泥制，又并不一定是洋人。不得已，暂时袭用日本名称）。是模拟人的形状的，小火车是模拟火车的形状的，虽然统是供玩赏之用的，但可特别称为模拟玩具。至于轻气球、摇鼓琴、吹叫子、六面画、菊衣摺，（一厚纸制的摺子，放开时每两板之间开一菊花）等，并非完全模仿实物，或世间没有同样的大形的实物，统名之曰玩赏玩具。玩具之中，模拟玩具居大多数，玩赏玩具与模拟玩具次之。

模拟玩具最多，然良好者最少。有的质料不佳，有的形式不佳。而其重要的缺陷，在于形式的不佳，即形状过逼近于实物。因为过于逼近实物，就像前述地如数表出，不复留下任儿童想象的余地，而玩具的兴味就容易穷尽了。

我觉得所见的模拟玩具中，无论东西洋货或中国货，都有模拟太甚的缺陷。大人有火车，小孩有照样的小火车的玩具；大人有椅子，小孩有照样的小椅子的玩具；大人有大菜台，小孩有照样的小大菜台的玩具；甚至有银制的小船，黄杨木雕刻的小车，做得各部分都与实物一样，各件都不缺少。近来上海有技工极巧的冥器店，纸糊的面盆、热水壶、箱子、水烟筒，远望去光泽色彩全与真物一样。模拟太逼真的玩具，我看来同这等冥具一样。

做玩具或购玩具的人，第一要明白，这是玩具，是孩子们玩的玩具，不是实用的，也不是冥器。如果他明白了是儿童的玩具，他就应该再想儿童是甚样的人？玩具对儿童有何效用？儿童是甚样的人，在前面我也略略说过；玩具对于儿童有何效用，我所见如下：

玩具无非是给儿童练习身心的发达的，所以一切玩具，在效用上说来，可分类如下：

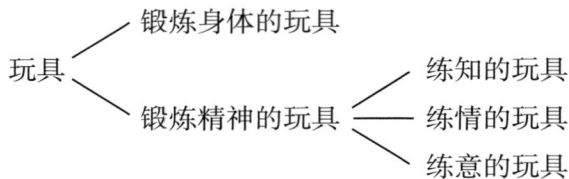

```
          ┌─ 锻炼身体的玩具
                              ┌─ 练知的玩具
玩具 ─┤
          └─ 锻炼精神的玩具 ──┼─ 练情的玩具
                              └─ 练意的玩具
```

锻炼身体的玩具，是运动玩具。练知的玩具与练情的玩具，是模拟玩具与玩赏玩具。练意的玩具，有属于运动的，如毽子、球等，有属于玩赏的，如棋等。

以上四种练习中，以练情为最复杂、最暧昧。因为练身体，目的专在给孩子以适宜的运动；练知，给以种种世间的知识；练意，养成其坚确向上的意志；至于练情，混统地说，养成其健全的感情，然而这"健全"二字，所包含太广，所指太泛，不易认定目标，不易指定目的。形色能给儿童的眼以很深的印象，声音能给儿童的耳以很大的影响，这等印象与影响，都能左右他的感情。所以广泛地说，一切玩具的形色声音，都与儿童的感情有影响。

"想象"，是儿童的一切感情之母。凡审美、同情、信仰、爱慕等，都因想象的发达而进步起来。所以制造玩具，须一面求形式的美好，一面给以引起想象的机会。即模拟玩具宜取大体的轮廓，大体的姿势，即不可如数如实地表出，而须任其一部分于儿童的想象。换言之，即宜用暗示的形式。

常见江北穷民之旅食于南方者，以卖简单的玩具为业。他们的材料很粗陋，不外乎泥、纸、竹、铁丝。形色也很简单，价也很廉，不过二三个铜板。然而我看见这种叫卖玩具的江北人，总留心选买。他们这种粗陋简单的玩具中，尽有许多价值极高的玩具，真是值得赞美，应该奖励的。例如旋动的鼓手、会叫的泥鸡、不倒翁、大阿福，比较起黄杨木制、银制、明角制的蠢笨的写实的玩具来，玩具的价值、美术的价值都要高到数百倍呢！

蠢笨的、写实的玩具的造出与购买，也是因于"孩子的大人化"的心理。他们以为小人是"小形的大人"，所以该用小形的车、小形的船……

第四　家庭生活的大人本位

家庭生活的大人本位，是大人蔑视孩子的最明显的证据。例如家庭间的日常谈话，起居饮食，家具设备，都以大人自己为本位，孩子为附属或竟不顾孩子。

第一，家庭间的日常谈话，是孩子所最苦的。大人们虽然有时理睬小孩，例如喊他"来洗脸"，禁止他"花采不得"！然在他都是冷酷的、命令的、干涉的。即使有似稍温暖的话，也都是断片的、非诚意的。例如偶然问他"你的糖好吃否"？"今年几岁"？在大人是当作游戏，同他开了玩笑，讲不到一二句话，大人就舍弃不顾，管自己谈儿童所不懂的别的话了。一般的家庭间，难得有一个大人肯费一刻钟工夫，同小孩子讨论一件小孩子的事，或为他们讲一节在他们有兴味的童话、故事。

尤其是客人来的时，那种客气的态度，客气的说话，更是小孩子所莫名其妙的了。当那时候，小孩子如要询问大人或恳托大人一点小孩子的事，就要遭大人的暗斥或置之不理了。而且有的客人，与小孩子素不相识，却唐突地要来抱弄他，发出犬吠狠嗥似的怪声，对小孩子调笑。更有一种女客，硬要给他几个铜板或角子——在小孩子是无用的铜板或角子。

我空闲的时候，常为家里的孩子们讲故事。孩子挺起了一双小眼睛，把全副精神移入在我所讲故事里。我看他们的听讲态度的诚恳、郑重和兴味的浓酣，在大人间是决计不会有的。因此讲的人也很高兴，讲也值得。得两块钱为那种所谓"大学生"讲一小时书，我情愿不得一个铜板为小孩子讲几百次故事。

第二，家庭间的起居饮食，自然统是大人本位的。大人睡眠八小时，每天吃三餐，但小孩子是不足的。因此小孩要早睡或午睡，要吃小食。但是大人以为这是非正式的，往往不给他们规定时间、分量。小孩多疳积病，全是为了大人只顾规定自己的餐数，而不为小孩规定食的时间与分量，因而致病的。

第三，一般家庭间的家具设备，如房屋、门、梯、桌、椅、床、栏杆、杯、碗、筷、瓢，都照大人的身体的尺寸而造，自然不适合于孩子。孩子不能自由开门，不能自由上梯，不能自由在桌子上做事，椅子很不容易爬上，爬时又容易跌交。孩子不能自由在栏杆上眺望，杯、碗、筷、瓢，在孩子都太重、太大。也有专为小孩子置备几件用具的，然普通也不过摇篮、小凳而已。

且一家中陈室最好的房室，小孩子总是无分的。例如客堂、书斋，甚至禁止小孩子进去。摇篮、小凳所放的地方，只在廊下等处而已。据我所见，有多数的家庭只顾面子，而不讲究卧室内房等客人所不到的地方。例如厅堂，大都陈室得非常清洁、华丽；而入其卧室，就像猪栏一样，只要可睡，可坐，可放置物件，就好，全不讲究其形式。小孩子的住室，当然就在这猪栏里。这种虚饰的家庭，最不应该！这实在是牺牲小孩子的幸福来装大人的面子！大人在装面子，小孩子在为大人偿价！

上述四端，即态度、服装、玩具、家具，是我所见到的儿童的大人化的实例。这种不自然的现象的来源，在于大人的世界与孩子的世界不相交通。大人不能理解儿童，视儿童为小形的大人，种种奇怪的现象，就从此而生。

我常想谋大人的世界与儿童的世界的交通。有一天，我第一次窥见了他们的世界。这是我同情于儿童苦的开始。

有一天，我正在编明日要用的讲义，我的四岁的孩子闯进房间里来，要我抱他到车站上去看火车。我因为这讲义很要紧，不答允他，他哭了。我对他说："现在我要写字，明天再抱你去。"他哭着回答我说："写字不好，看火车好呀！"我就放下笔，勉强抱他出去了。一到铁路旁边，他就眉花眼笑，手舞足蹈地欢喜，两点很大的泪珠还挂在两颊上。我笑不出，我心中挂念着明日的讲义，焦灼得很。但看了他那种彻底的欢喜，我又惊讶小孩子的心的奇怪。怕人的汽车，嘈杂的火车，漫漫的田野，不相干的路人，在我看来与我毫无关系，毫不发生兴味；在他眼中究竟如何美丽，而能破涕为笑呢？我由惊讶而生疑问，由疑问而想探索，我想同他交换一双眼睛，来看看他所见的世界看，然而用什么方法可以行呢？

终于我悟到了：我的看事物，刻刻不忘却事物对我的关系，不能清楚地看见真的事物。他的看事物，常常解除事物的一切关系，能清晰地看见事物的真态。所以在他是灿烂的世界，在我只觉得枯寂。犹之一块洋钱，在我看了立刻想起这是有效用的一块钱，是谁所有的与我有何关系……等事；而在他看了，只见一块浑圆闪白浮雕，何等美丽！因为如此，对于现在这车站旁的风景，我与他所见各不相同了。我就学他一学看，我屏去因果理智的一切思虑，张开我的纯粹的眼睛来一看，果然飞驰的汽车，蜿蜒的火车，青青的田野，幢幢的行人，一个灿烂的世界！我得到了孩子们的世界的钥了。

我得了这钥，以后就常常进他们的世界。才晓得他们的世界原来与"艺术的世界"相交通，与"宗教的世界"相毗连，所以这样地美丽而且幸福。

世间的大人们，你们是由儿童变成的，你们的"童心"不曾完全泯灭。你们应该时时召回自己的童心，亲身去看看儿童的世界，不要误解他们，虐待他们，摧残他们的美丽与幸福，而硬拉他们到这枯燥苦闷的大人的世界里来！

一九二七年七夕

◆ 解说

此文分两次，分别发表于1927年《教育杂志》第19卷7月号、8月号。"儿童研究是儿童文学研究的前提，是建立儿童文学理论大厦的基石。"[①]在现代儿童文学文论中，这是一篇难得的阐述儿童观的重要文章。为孩子们谋求一种健全的孩子生活，是丰子恺在文章中表达的强烈愿望。

在进行儿童研究时，丰子恺在方法论上是划清儿童与成人之间的界限，弄清儿童与成人之间的区别。他说："大人和孩子，分居两个不同的世界。所以不同者，是为了我们这世界里有不可超越的大自然的定理，有不可破犯的人为的规律，而在孩子的世界里没有这些羁网。"此话听起来有点绝对，不过细看丰子恺所举事例，当知道这一观点不仅主要是针对年幼儿童而说的，而且是针对具体的事例而说的。就具体问题而言，则不能不承认丰子恺的道理。丰子恺所反对的"儿童的大人化"，不是不要儿童成长并成为社会的人，而是反对超越成长的特定阶段的那种拔苗

---

① 朱自强著：《儿童文学概论》第3页，高等教育出版社2009年版。

助长的"大人化"。

"如果强迫或希望孩子懂得大人的世界里的事，便是卢骚所说的'在孩子中求大人'，那更是可悲哀的事了。"从丰子恺的这句话里可以体会出，其实他反对的不是儿童长成大人，而是"在孩子中求大人"，即反对的是强迫儿童在童年期做成人以后才该做的事情，反对的是大人"强迫孩子照大人自己一样地做人"。

丰子恺的这篇文章指出、批判了四种形态的大人化。除了上述"儿童态度的大人化"，丰子恺还从服装、玩具、家庭生活这些具体的生活，剖析在其中作怪的"大人本位"的思想，很有洞察力。

对于儿童用麻将牌等造出的想象的火车、汽车玩具与成人制造的"现实化"的火车、汽车玩具，丰子恺敏锐地指出了两者的本质区别："……前者是'无限'，后者是'有限'；前者是'希望'，后者是'实行'。"这一观点内里牵涉的是给予孩子什么样的精神世界的问题。丰子恺最看重的是"想象"："'想象'是儿童的一切感情之母。凡审美、同情、信仰、爱慕等，都因想象的发达而进步起来。"可谓是抓住了儿童成长的关键。

丰子恺的理性目光是很透彻、深邃的，他于"现实化"的玩具背后，看到了"成人本位"的儿童观："蠢笨的、写实的玩具的造出与购买，也是因于'孩子的大人化'的心理。他们以为小人是'小形的大人'，所以该用小形的车、小形的船……"这是以独特的眼光和表现，对周作人等人的"现代性"启蒙的一种接续。

在文章的结尾，丰子恺发出了童心主义式的呼唤："世间的大人们，你们是由儿童变成的，你们的'童心'不曾完全泯灭。你们应该时时召回自己的童心，亲身去看看儿童的世界，不要误解他们、虐待他们、摧残他们的美丽与幸福，而硬拉他们到这枯燥苦闷的大人的世界里来！"

童心的培养[①]

丰子恺

家里的孩子们常常突发一种使我惊异感动的说话或行为。我每每抛弃了书卷或停止了工作，费良久的时光来仔细吟味他们的说话或行为的意味，终于得到深的憧憬的启示。

有一天，一个孩子从我衣袋里拿了一块洋钱去玩，不久，他又找得了一条红线，拿了跑来，对我说："给我在洋钱上凿一个洞，把线穿进去，挂在头颈里。"我记得了：他曾经艳羡一个客人胸前的金的鸡心，又艳羡他弟弟胸前的银锁片。现在这块袁世凯浮雕像的又新又亮的洋钱，的确很像他们的胸章。如果凿一个洞，把红线穿起来，挂在头颈里，的确是很好看的装饰品。这时候我正在编什么讲义，起初讨嫌他的累赘。然而听完了他的话一想，我不得不搁笔了。我惊佩他的发见，我惭愧我自己的被习惯所支配了的头脑，天天习见洋钱，而从来不曾认识洋钱的真面目，今天才被这孩子提醒了。（袁世凯浮雕极有美术的价值。新银币的孙中山像，雕工极恶劣。）我们平日讲起或看到洋钱，总是立刻想起这洋钱的来路、去处、效用及其他的旁的关系，有谁注意"洋钱"的本体呢？

---

① 本篇原载1927年12月《教育杂志》第19卷第12号。删改后收《艺术教育》，丰子恺译著，上海：大东书局，1932年9月初版。

孩子独能见到事物的本体。这是我所惊奇感动的一点。

他们在吃东西的时候，更多美丽的诗料流露出来。把一颗花生米劈分为两瓣，其附连着胚粒的一瓣，他们想像作一个"老头子"。如果把下端稍咬去一点，老头子就能立在凳子上了。有一次，他们叫我去看花生米老头子吃酒。我看见凳子上一只纸折的小方桌，四周围着四个花生米老头子，神气真个个活现，我又惊佩他们的见识不置。一向我吃花生米，总是两颗三颗地塞进嘴里去，有谁高兴细看花生米的形状？更有谁高兴把一颗花生米劈开来，看它的内部呢？他们发现了，告诉我，我才晓得仔细玩赏。我觉得这想像真微妙！缩头缩颈的姿势，伛偻的腰，长而硬的胡须，倘能加一支杖，宛如中国画里的点景人物了。

他们吃藕，用红线在藕片上的有规则的孔中穿出一朵花来，把藕片当作天然的教育玩具的穿线板。吃玉蜀黍，得了满握的金黄色的珠子。吃石榴，得了满握的通红的宝石。

他们的可惊的识力，何止这几点？在平凡的日常生活中，他们能在处处发见丰富的趣味，时时作惊人的描写。"开盖的披雅娜（piano）像露出一排白牙齿的大嘴巴""电风扇像四个鞋拔子""T字像晒衣服""C字像箱子环""P字像旗"……有一次我把天上的几个星座教示了孩子们，后来有一天一包铜板散落在地板上，他们就把地板当作天空而找求星座，发见了牵牛座、织女座、白鸟座，欢喜得如获至宝，使得我半日不忍拾起铜板，毁坏他们的星的宇宙。有一天晚上出外，远望参差的电灯，他们又发见了更类似的各星座，又欢喜得不堪。凡此种种，都是我所万万不能自动地发见的。我哪得不惊奇感动呢？

我于惊奇感动之余，仔细一想他们这种言语行为的内容意味，似乎觉得这不仅是家庭寻常的琐事，不仅是可以任其随时忘却的细故，而的确含着有一种很深大的人生的意味。再仔细想想，愈觉得儿童的这一点心，是与艺术教育有关系的，是与儿童教育有关系的。这是人生最有价值的最高贵的心，极应该保护，培养，不应该听其泯灭。想到这里，我不由地提起笔来写这篇文字。

这点心，怎样与艺术教育有关？怎样与儿童教育有关？何以应该培养？我的所感如下：

儿童对于人生自然，另取一种特殊的态度。他们所见，所感，所思，都与我们不同，是人生自然的另一方面。这态度是什么性质的呢？就是对于人生自然的"绝缘"（isolation）的看法。所谓绝缘，就是对一种事物的时候，解除事物在世间的一切关系、因果，而孤零地观看。使其事物之对于外物，像不良导体的玻璃的对于电流，断绝关系，所以名为绝缘。绝缘的时候，所看见的是孤独的、纯粹的事物的本体的"相"。我们大人在世间辛苦地生活，打算利害，巧运智谋，已久惯于世间的因果的网，久已疏忽了、忘却了事物的这"相"。孩子们涉世不深，眼睛明净，故容易看出，容易道破。一旦被他们提醒，我们自然要惊异感动而憧憬了。

绝缘的眼，可以看出事物的本身的美，可以发见奇妙的比拟。上面所述诸例，要把洋钱作胸章，就是因绝缘而看出事物的本身的美；比花生米于老头子，就是因绝缘而发见奇妙的比拟。

上例所述的洋钱，是我们这世间的实生活上最重要的东西。因为人生都为生活，洋钱是可以维持生活的最重要的物质的一面的，因此人就视洋钱为间接的生命。孜孜为利的商人，世间的大多数的人，每天的奔走，奋斗，都是只为洋钱。要洋钱是为要生命。但要生命是为要什么，他们就不想了。他们这样没头于洋钱，萦心于洋钱，所以讲起或见了洋钱，就强烈地感动他们的心，立刻在他们心头唤起洋钱的一切关系物——生命、生活、衣、食、住、幸福……这样一来，洋钱的本身就被压抑在这等重大关系物之下，使人没有余暇顾及了。无论洋钱的铸造何等美，雕刻何等上品，但在他们的心目中只是奋斗竞逐的对象，拼命的冤家，或作福作威的手段。有注意洋钱钞票的花纹式样的，只为防铜洋钱，假钞票，是戒备的、审查的态度，不是欣赏的态度。只有小孩子，是欣赏的态度。他们不懂洋钱对于人生的作用，视洋钱为与山水草木花卉虫鸟一样的自然界的现象，与绘画雕刻一样的艺术品。实在，只有在这种心理之下，能看见"洋钱"的本身。大人即使有偶然的欣赏，但比起小孩子来，是不自然的、做作的了。小孩子所见的洋钱，是洋钱自己的独立的存在，不是作为事物的代价、贫富的标准的洋钱；是无用的洋钱，不是可以换物的洋钱。独立的存在的洋钱，无用的洋钱，便是"绝缘"的洋钱。对于食物、用品，小孩子的看法也都是用这"绝缘"的眼的。

这种态度，与艺术的态度是一致的。画家描写一盆苹果的时候，决不生起苹果可吃或想吃的念头，只是观照苹果的绝缘的"相"。画中的路，是田野的静脉管，不是通世间的路。画中的人，是与自然物一样的一种存在，不是有意识的人。鉴赏者的态度也是如此。这才是真的创作与鉴赏。故美术学校的用裸体女子的模特儿，决不是像旧礼教维持者所非难地伤风败俗的。在画家的眼中，——至少在描写的瞬间，——模特儿是一个美的自然现象，不是一个有性的女子。这便是"绝缘"的作用。把事物绝缘之后，其对世间，对我的关系切断了。事物所表示的是其独立的状态，我所见的是这事物的自己的"相"。无论诗人、画家，都须有这个心，这副眼睛。这简直就是小孩子的心、小孩子的眼睛！

这点心在人生何以可贵呢？这问题就是"艺术在人生何以可贵"，不是现在所能草草解答的了。但也不妨简单地说：

涉世艰辛的我们，在现实的世界、理智的世界、密布因果网的世界里，几乎要气闷得窒息了。我们在那里一定要找求一种慰安的东西，就是艺术。在艺术中，我们可以暂时放下我们的一切压迫与担负，解除我们平日处世的苦心，而作真的自己的生活，认识自己的奔放的生命。而进入于这艺术的世界，即美的世界里去的门，就是"绝缘"。就是不要在原因结果的关系之下观看世界，而当作一所大陈列室或大花园观看世界。这时候我们才看见美丽的艺术的世界了。

哲学地考察起来，"绝缘"的正是世界的"真相"，即艺术的世界正是真的世界。譬如前述的一块洋钱，绝缘地看来，是浑圆的一块浮雕，这正是洋钱的真相。为什么呢？因为它可以换几升米，换十二角钱，它可以致富，它是银制的，它是我所有的，……等关系，都是它本身以外的东西，不是它自己。几升米、十二角钱、富、银、我，……这等都是洋钱的关系物，哪里可说就是洋钱呢？真的"洋钱"，只有我们瞬间所见的浑圆的一块浮雕。

理智，可以用科学来代表。科学者所见的世界，是与艺术完全相反的因果的世界。譬如水的真相是什么？科学者的解答是把水分析起来，变成氢与氧，说这就是水。艺术者的解答，倘是画家，就把波状的水的瞬间的现象描出在画布上。然而照前面道理讲来，这氢与氧分明是两种别物，不过与水有关系而已，怎么可说就是水呢？而波状的水的瞬间的现象，确是"水"自己的"真相"了。然而这是说科学的态度与艺术的态度，不是以艺术来诋毁科学。科学与艺术，同是要阐明宇宙的真相的，其途各异，其终点同归于哲学。但两者的态度，科学是理智的，钻研的，奋斗的，艺术是直观的，慰安的，享乐的，是明显的事实。我的意旨，就是说现实的世间既逃不出理智、因果的网，我们的主观的态度应该能造出一个享乐的世界来，在那里可得到 refreshment（精神爽快，神清气爽），以恢复我们的元气，认识我们的生命。而这态度，就是小孩子的态度。

艺术教育就是教人这种做人的态度的，就是教人用像作画，看画的态度来对世界；换言之，就是教人绝缘的方法，就是教人学做小孩子。学做小孩子，就是培养小孩子的这点"童心"，使长大以后永不灭。申说起来：我们在世间，倘只用理智的因果的头脑，所见的只是万人在争斗倾轧的修罗场，何等悲惨的世界！日落，月上，春去，秋来，只是催人老死的消息；山高，水长，都是阻人交通的障碍物；鸟只是可供食料的动物，花只是结果的原因或植物的生殖器。而且更有大者，在这样的态度的人世间，人与人相对都成生存竞争的敌手，都以利害相交接，人与人之间将永无交通，人世间将永无和平的幸福，"爱"的足迹了。故艺术教育就是和平的教育、爱的教育。

人类之初，天生成是和平的、爱的。故小孩子天生成有艺术的态度的基础。小孩子长大起来，涉世渐深，现实渐渐暴露，儿时所见的美丽的世界渐渐破产，这是可悲哀的事。等到成人以后，或者为各种"欲"所迷，或者为"物质"的困难所压迫，久而久之，以前所见的幸福的世界就一变而为苦恼的世界，全无半点"爱"的面影了，此后的生活，便是挣扎到死。这是世间最大多数的人的一致的步骤，且是眼前实际的状况，何等可悲哀呢！避死是不可能的，但谋生前的和平与爱的欢喜，是可能的。世间教育儿童的人，父母、先生，切不可斥儿童的痴呆，切不可盼望儿童的像大人，切不可把儿童大人化（参看本卷第七第八两期《教育杂志》的我的文字②，宁可保留，培养他们的一点痴呆，直到成人以后。

这痴呆就是童心。童心，在大人就是一种"趣味"。培养童心，就是涵养趣味。小孩子的生活，全是趣味本位的生活。他们为趣味而游戏，为趣味而忘寝食。在游戏中睡觉，在半夜里要起来游戏，是我家的小孩的常事；推想起来，世间的小孩一定大致相同。为趣味而出神的时候，常要做自己所做不到的事，或不可能的事，因而跌交，或受伤，也是我家的小孩子的常事。然这种全然以趣味为本位的生活，在我们大人自然不必，并且不可能。如果有全同小孩一样的大人，那是疯子了。然而小孩似的一点趣味，我们是可以有的。我所谓培养，就是做父母、做小学先生的人，应该乘机助长，修正他们的对于事物的看法。助长其适宜者，修正其过分者。最是十岁左右，渐知人事的时光，是紧要的一个关头。母亲父亲的平日的态度，在这时期中被他们完全学得。故十三四岁小孩子，大都形式与内容完全是父母的化身。这是我所屡次遇见的实在情形。过了十三四岁以后，自己渐成为大人，眼界渐广，混入外来的印象，故

---

② 即《儿童的大人化》

内容即使不变，形式大都略有更动，不完全是父母的模仿了。然而要根本改造，已是不可能了。所以自七八岁至十三四岁的时期，是教育上最紧要的关头。

一般的父母、先生，总之，是以教孩子做大人为唯一的教育方针的，这便是大错。我尝见有一个先生对七八岁的小孩子讲礼貌，起立，鞠躬，脱帽，缓步，低声，恭敬，谦虚……又有母亲存款于银行里，银行送一具精小的铜制的扑满，她就给五岁的孩子储藏角子。并且对我说这孩子已怎样懂得储钱，以为得意。又有一种客人，大都是女客，是助成这件事的。他们提了手帕子（里面包几样糕饼等礼物，我们的土语叫"手帕子"）来做客人，看见孩子，又从身边摸出两只角子来赏给他，当他的父母亲面前，塞进他的小袋袋或小手手里，以为客气又阔气。我们乡间，凡稍上等的人家的客人来往，总有此习惯。因此小孩子无论两岁三岁，就知储蓄，有私产了。这种都是从小摧残他的童心。礼貌，储蓄，原非恶事，然而在人的广泛伟大的生命上看来，是最末梢的小事而已。孩提的时候教他，专心于这种末梢的小事，便是从小压倒他，叫他望下，叫他走小路。这是何种的教育？

然则所谓培养童心，应该用甚样的方法呢？总之，要处处离去因袭，不守传统，不顺环境，不照习惯，而培养其全新的、纯洁的"人"的心。对于世间事物，处处要教他用这个全新的纯洁的心来领受，或用这个全新的纯洁的心来批判选择而实行。

认识千古的大谜的宇宙与人生的，便是这个心。得到人生的最高的法悦的，便是这个心。这是儿童本来具有的心，不必父母与先生教他。只要父母与先生不去摧残它而培养它，就够了。

《西青散记》的作者史震林，在这书的自序中，有这样的话：

余初生时，怖夫天之乍明乍暗，家人曰，昼夜也。怪夫人之乍有乍无，曰，生死也。教余别星，曰，孰箕斗；别禽，曰，孰乌鹊；识所始也。生以长，乍明乍暗，乍有乍无者，渐不为异；间于纷纷混混时，自提其神于太虚而俯之，觉明暗有无之乍乍者，微可悲也。襁褓膳雌，家人曰，其子犹在。匍匐往视，双雏睍余，守其母羽。辍膳以悲，悲所始也。……

我对于这文章非常感动：原来人之初生，其心都是全新而纯洁，毫无恶习与陈见的迷障的。故对于昼夜生死，可怖可怪。这一点怖与怪，就是人类的宗教、艺术、哲学、科学的所由起。"生以长，乍明乍暗乍有乍无者，渐不为异"，便是蒙了世间的迷障，已有恶习与陈见了。"间于纷纷混混时，自提其神于太虚而俯之"，是"童心"的失而复得。"辍膳以悲"，于是发生关于宇宙的、生灵的、人生的大疑问了。人间的文化、宗教，艺术、哲学，科学，都是对于这个大疑问的解答。

啊，宝贵的童心！儿童教育的主眼，艺术教育的主眼，人生的灵感，天地的灵气！

一九二七年九月作此文为三十自寿纪念

◆ 解说

此文原载于1927年《教育杂志》第19卷第12月号，从五四时期开始，现代文学中曾经出现过不小的"发现"童年的思想、创作脉流。周作人、郭沫若、冰心、郑振铎、王统照、丰子恺、沈从文都曾经虔敬地赞美"童心"。"童心在人类生命中消失时，一切意义即全部失去其意义。"[1]沈从文的这句话可以作为那些思想和文学的注脚。

在现代文学史上，对童心的思想和艺术价值进行最为集中、最为深入地阐述的就是丰子恺。他的大量的散文和漫画，对童心世界作出了独到的表现。他是最懂孩子心思的艺术家。他的描写、表现儿童的漫画，开创了一代艺术风范，是艺术的珍品。

这篇文章是继周作人的《阿丽思漫游奇境记》《〈土之盘筵〉小引》

---

[1] 沈从文：《青色魇》，1946年11月24日《益世报·文学周刊》。

《〈陀螺〉序》等文章后的儿童审美研究，对于中国儿童文学的审美理论，具有开山之功。另外，丰子恺对作为中国传统文化中的非主流的儿童观——"童心"说的倡言，同样具有开启山林的意义。

文章开篇即介绍自己孩子的"使我惊异感动的说话或行为"，然后说："我于惊奇感动之余，仔细一想他们这种言语行为的内容意味，似乎觉得这不仅是家庭寻常的琐事，不仅是可以任其随时忘却的细故，而的确含着有一种很深大的人生的意味。觉得儿童的这一点心，是与艺术教育有关系的，是与儿童教育有关系的。这是人生最有价值的最高贵的心，极应该保护、培养，不应该听其泯灭。"

尽管丰子恺说"这是儿童本来具有的心"，但是，其实却是一种意识形态的建构，是丰子恺对儿童的言语行为这一现象，作出的人生哲学的阐释。

丰子恺说："儿童对于人生自然，另取一种特殊的态度。他们所见、所感、所思，都与我们不同，是人生自然的另一方面。这态度是什么性质的呢？就是对于人生自然的'绝缘'（Isolation）的看法。"丰子恺不仅富于创意地提出了"绝缘"一说，而且论说颇为详细、深刻。"所谓绝缘，就是对一种事物的时候，解除事物在世间的一切关系、因果，而孤零地观看。使其事物之对于外物，像不良导体的玻璃的对于电流，断绝关系，所以名为绝缘。绝缘的时候，所看见的是孤独的、纯粹的事物的本体的'相'。我们大人在世间辛苦地生活，打算利害，巧运智谋，已久惯于世间的因果的网，久已疏忽了、忘却了事物的这'相'。孩子们涉世不深，眼睛明净，故容易看出，容易道破。"

丰子恺依然像《儿童的大人化》一文那样，在阐述儿童与大人的区别。上段话的重要之处，在于指出了"我们大人"在看取"事物的本体的'相'"方面出现的退化。但是，丰子恺这里所说的"我们大人"并不是所有的大人。因为丰子恺接着以画家描写苹果的时候，决不生起苹果可吃或想吃的念头这种状态为例，说"这简直就是小孩子的心、小孩子的眼睛！"这样，丰子恺又接通了儿童世界与成人世界的联系，而这一通道，就是"艺术"。

"科学与艺术，同是要阐明宇宙的真相的，其途各异，其终点同归于哲学。但两者的态度，科学是理智的、钻研的、奋斗的，艺术是直观的、慰安的、享乐的，是明显的事实。我的意旨，就是说现实的世间既逃不出理智、因果的网，我们的主观的态度应该能造出一个享乐的世界来，在那里可得到 refreshment，以恢复我们的元气，认识我们的生命。而这态度，就是小孩子的态度。"（重点号为引者所加）丰子恺明确地说："艺术教育就是教人这种做人的态度的，就是教人用像作画、看画的态度来对世界；换言之，就是叫人绝缘的方法，就是教人学做小孩子。学做小孩子，就是培养小孩子的这点'童心'，使长大以后永不泯灭。"

这是否就是丰子恺为人的健全发展，人的健全生活的获得，而规划的一条出路呢。

怎样"培养小孩子的这点'童心'"？丰子恺说："我所谓培养，就是做父母、做小学先生的人，应该乘机助长，修正他们的对于事物的看法。助长其适宜者，修正其过分者。"丰子恺的童心论并不主张将童年封闭在茧壳里，而是赞同"助长"。不过，对于在儿童的成长中，如何"修正其过分者"，丰子恺却是语焉不详的。

同样，丰子恺在讲到培养童心的方法时，论述也有些模糊、空泛。他说："然则所谓培养童心，应该用甚样的方法呢？总之，要处处离去因袭，不守传统，不顺环境，不照习惯，而培养其全新的、纯洁的'人'的心。对于世间事物，处处要教他用这个全新的纯洁的心来领受，或用这个全新的纯洁的心来批判选择而实行。"

这真是理想主义的方案，但是未必是现实可行的。我就想到弗洛伊德的理论学说。十几年前，我在《儿童文学的本质》一书中说道："根据弗洛伊德的学说，儿童是快乐原则的信徒。儿童的快乐世界是靠愿望和想象建立起来的，这些未受到现实原则禁止的愿望只能通过非现实的、幻觉式的实现来获得满足，它无法抵达客观世界。弗洛伊德认为，儿童对自由的体验和对快乐的专注有一个致命的缺陷，即它不可能与现实原则达成妥协，而不能与之达成妥协的现实乃是死亡。同时，弗洛伊德的学说又显示出：人的心灵对快乐原则的趋向是无法摧毁的，而本能放弃的道路，则是走向疾病和自我毁灭的道路。弗洛伊德始终动摇于彼此相反的答案之间。有时，他开出本能放弃的处方：成熟并放弃童年时代的梦想，承认现实原则；有时，他开出本能解放的处方：改变严酷的现实以便重新恢复丧失了的快乐本源。当然，弗洛伊德有时也改变两者择一的态度，而试图在上述两种处方之间寻求妥协之道。……弗洛伊德的快乐原则与现实原则冲突的理论对我们理解儿童在成长中或迟或早出现的'分裂期'有着直接帮助。"[2]与弗洛伊德的学说相比，丰子恺的"童心"论的确存在着理想化、简单化的问题。

但是，瑕不掩瑜，因为有了丰子恺的"童心"论的存在，中国儿童文学理论版图出现了一个深邃、辽远的景观。

我感到，对于丰子恺的"童心"论的历史意义和价值，当代儿童文学理论界的认识和评价是存在不足的。比如，方卫平的《中国儿童文学理论批评史》一书，没有出现丰子恺的名字和身影，就是一个很有意味的事例。完全忽略掉丰子恺，这对于中国现代儿童文学理论史建构而言，是一种结构性的缺失。我想，这也许与方卫平对"童心"（还有"儿童本位"）的体悟和评价有关。《中国儿童文学理论批评史》介绍到1960年对陈伯吹的所谓"童心论"有过一场很有声势的批判。其实，如果我们在人生哲学的层面把丰子恺的论述称为"童心"论，那么陈伯吹的就不能称之为"童心"论，因为陈伯吹不过是在讲儿童文学创作、编辑上的"儿童化"即"儿童观点""儿童情趣"等问题。虽然当时批判陈伯吹的人如徐景贤将其称为"童心论"，但是，如果对此不在与丰子恺式的童心论的

---

② 朱自强著：《儿童文学的本质》第216至217页，少年儿童出版社1997年版。

比较之中进行说明、辨析、甄别，就是将"童心"论矮小化了。如此一来，以周作人、鲁迅，特别是以丰子恺为代表的"童心"论在中国儿童文学理论史上的存在价值，在很大程度上就被遮蔽掉了。

由丰子恺的儿童"对于人生自然的'绝缘'的看法""与艺术的态度是一致的"这一观点，我不禁又要联想到当代的另一位儿童文学理论家吴其南。1993年，我曾经批判吴其南的"儿童的审美处于低水平"这一观点。[③]时间过去已近二十年，吴其南依然坚持"儿童的审美处于低水平"这一观点：儿童的"审美能力偏低。审美能力是由人的先天素质、后天生活经验、文化水平、艺术经验等决定形成的。儿童年龄小，生命历程刚刚展开，生活经验有限，文化水平偏低，艺术经验较少，整体审美能力偏低便是一种很自然的现象。"[④]

吴其南的"生活经验有限，文化水平偏低，艺术经验较少"这一判定，显然是在与成人的生活经验、文化水平、艺术经验相比较而得出的。吴其南没有意识到，在实际生活中，存在着因为成人的"生活经验"的增加、"文化水平"的提高，反而造成了其审美能力的退化这一现象。我认为，吴其南的立论，是以成人的审美能力作为最高标准，不管这在他是否为明确的意识，但表现出的是一种"成人本位"的立场。

我在《儿童文学概论》一书中指出——

"以成人的精神形态（包括审美能力）为'成熟'状态，将儿童的成长（包括审美能力的发展）看作是舍弃'幼稚'，走向'成熟'，是我们现在这个成人社会的集体无意识。这样一种集体无意识在社会生活中造成了对'童年'生命价值的剥夺。马修斯在《童年哲学》一书中介绍史拉特的《价值与德性》中的观点，指出史拉特认为童年和老年时期追求

③ 见朱自强：《新时期儿童文学理论的误区——吴其南的儿童文学观质疑》，《儿童文学研究》1993年第1期。

④ 吴其南主编：《儿童文学》第13页，华东师范大学出版社2011年版。

的价值远远逊于人生壮年期所追求的价值，童年的价值只在童年、或只对童年有价值，可是从整体人生的角度来看，却没有价值。马修斯批判说：'我认为史拉特对童年价值的贬抑，其实就蕴含在我们的社会制度里。在这个制度中，决定报偿结构的是成人，……特别是那些正值黄金时期的成人、跻身名人榜的成人。'"

"周作人一出手研究儿童文学，就反对以成人生命阶段为本位来对待儿童。他说：'儿童在生理心理上，虽然和大人有点不同，但他仍是完全的个人，有他自己的内外两面的生活。儿童期的二十岁年的生活，一面固然是成人生活的预备，但一面也自有独立的意义与价值，因为全生活只是一个生长，我们不能指定那一截的时期，是真正的生活。'法国作家艾姿碧塔也有相同的观点：'我从来不把儿童看作'尚未长成'的大人。相反的，我认为，儿童在他自己的每一个发展阶段，在他生命的每一个片段里，都是完整的。'"

"我们可以套用周作人的话语，人的整个审美生活只是一个成长，我们不能指定哪一截的审美是真正的审美。"⑤

---

⑤ 朱自强著：《儿童文学概论》第97页，高等教育出版社2009年版。

关于"鸟言兽语"的讨论

选择儿童读物的标准

尚仲衣

儿童读物，就内容而论，约可分为两种：（一）属于事实，传达知识给儿童的；（二）属于文艺，传达印象给儿童的。今天因时间的限制，且只就第二种中之一部——故事——和诸位讨论。所以将题目缩小起来，则为"选择儿童故事的标准"。

消 极 标 准

（一）违反自然现象。何谓违反自然现象？世界上本无神仙，如读物中含有神仙，即是违背自然的实际现象，鸟兽本不能作人言，如读物中使鸟兽作人言，即是越乎自然。教育者的责任在使儿童对于自然势力及社会现象，有真实的了解和深刻的认识。儿童在第一步与自然接触时，教育者除非另外有充分的理由，不应给儿童以违背自然的材料。素来人们都以兴趣为理由，以为神仙物语以及其他违反自然现象的材料足以唤起儿童的兴味。但据邓恩氏（Dunn）研究的结果则不然。他用分析相关法探得此种读物的并不能引起兴趣。此外，Jordan、Huber等曾经作过儿童读物兴趣的探讨的诸学者，都不以此种读物为引起兴味之最好的材料。

所以仲衣以为人在选择或创作儿童读物时，尽可于合乎事实不违反自然现象范围以内取材。尽可先用实在性的资料；不足，则用盖然性的资料；又不足，则用可能性的资料；若此而再不足，始及不可能性之违反自然的材料。遍观历来的办法，凡专为儿童所作的读物，多先从不可能处着想（如鸟言兽语神仙鬼怪等故事）。这种情形，未始不是教育中的倒行逆施。

（二）违反社会价值与曲解人生关系。仲衣对于违反自然读物的态度，尚系消极的怀疑，但对于违反社会价值的文字，却是绝对的反对。儿童在读物中看到猫会讲人话，在生活里，即能修正，若是读物给了儿童错误的社会观念，或为儿童曲解了人生价值，儿童连修正的机会都没有，那就成为不治之症了。凡用变态不近人情的材料去描写社会，把社会观念曲解了，把人生真价值"弄糟"了的故事，在儿童教育中，不应占有位置。譬如，做后母是很为难的，且时常是极痛苦的（例如胡适之先生之九年家乡教育中所述者）。但"后母"在向来的儿童读物中，却是"万恶的箭垛"，没有一个是好的。在幼年儿童的心目中养成此类的人生误解，是否健全？

（三）曲解人生理想。许多儿童故事以大富、大贵、升官、发财、王子、公主，为人生的理想，奋斗的归宿。在幼年构成这种的悬望而欲其成年的行为不为所支配，可乎？

（四）信任幸运。"万事由天""委之气数""信任幸运"，是堕落民族用以自己骗自己的谎语。振作有为的民族自不应沉溺于其中，尤不应在读物中使稚龄的儿童养成崇拜幸运的习性。

（五）妨害儿童心理卫生。于儿童心理的卫生有伤害之可能的，约有左列二种。这种故事似不应在儿童教育中占地位：

（1）沮丧、优郁、向内省察的（introversion）。

（2）恐怖、可怕、引起心理惊征的。

（六）玩弄残废者人们对于他的不幸的同类们，应有同情心，——

且应由同情心进一步而去设法补救他们的缺陷，为他们谋求一点安慰，一点幸福。这不是虚伪的慈善。而是同类者应有的责任。不惜牺牲这种责任而以打趣天然缺陷的人们去博儿童的一笑，这一笑的代价实在太大了。

（七）引起迷信应取缔。

（八）颓废、无病呻吟应减少。

积 极 标 准

儿童故事之选择的积极标准，可分为三种：（一）内容价值，（二）文学价值，（三）兴趣价值。关于内容价值之评定及标准，将来将有专文讨论，目今且将文学价值及兴趣价值之标准，各举数则以为选择时之参考。

文学价值集合十四位文艺批评及儿童读物专家（Parker，Vernon Lee，Puffer，Winchester，Painter，Richards，Mac Clintock，Leonard，Gardner and Ramsey，Starbuck and Shuttleworth，Terman and Lima）之意见，得下列数条。此即可作为儿童读物之文学标准。（一）有一贯之情节的；（二）能引起永久之兴趣的；（三）有生动之描写的；（四）语气诚恳的；（五）词意调和的。

兴趣价值集合十位专家（Dunn，Uhl，Jordan，Huber，Grant and White，Brunner and Curry，Terman and Lima）研究儿童读物兴趣之结果，得下列数条。此即可作为儿童对于读物之兴趣的标准。换言之，下列数种品质就是儿童所最爱好的。（一）含有戏剧情节之动作的；（二）含有关于人物，儿童生活及家庭生活之描写的；（三）含有奇突性的；（四）含有关于动物之叙述的；（五）含有紧凑之局势的。

今日因时间甚短，所举各端，不免近乎武断，希望能于不久的将来，再有较详尽较丰富的讨论发表出来，以供诸同仁的参考和批评。

致儿童教育社社员讨论儿童读物的一封信
——应否用鸟言兽语的故事

吴研因

此次儿童教育社在沪举行年会各情，已迭志各报。教部吴研因君，致该社社员讨论儿童读物的一封信，吴君对于尚仲衣君在年会所讲反对"用鸟言兽语的故事"一点，力持异议，原函如下：

诸位同志：

年会以事忙，未能出席为憾。顷读上海各报（二十日）载尚仲衣先生在年会中所讲的"选择儿童读物的标准"，很为钦佩。但有一小部分，很觉疑虑，所以在百忙中写这信给诸位，请诸位注意。尚先生所说"选择教材可用合于自然势力的事实，或合于人类社会价值的故事""不必用不合情理的神怪故事"，这是我们夙昔所主张，经尚先生一说，而我们更确信的。

但他断言"低年级读物……不用鸟言兽语"，以为鸟言兽语就是神怪，并同情于所谓湖南省政府主席打破以鸟言兽语为读物的主张，则未免令人疑惑万分。不合情理的神怪故事，足引起儿童恐怖、疑惑或迷信，固然不可用，但鸟言兽语，是否就是神怪，所谓神怪的界说究竟如何？内容究竟如何？

我以为某教科书所录的所谓《瓦盆冤》，活鬼出现，这诚然是"怪"；《二郎神捉孙行者》一类的故事，也近乎所谓"神"；但猫狗谈话鸦雀问答，这一类的故事，或本含教训，或自述生活，何神之有、何怪之有呢？

倘以为鸟言兽语，本无其事，而读物以无为有，这便是神怪，那么所谓神怪的范围未免太大了。以此类推，不但《中山狼》等一类寓言，都在打倒之列；《大匠运石》《公输刻鸢》《愚公移山》……等故事，也该销毁；就是湖南省政府主席所最崇奉的圣经贤传，也应大删特改，因为《介葛卢识牛鸣》《公冶长知鸟语》见于《左传》《家语》，"齐人有一妻一妾""象入舜宫"等，也不见得不是"以无为有"呀！

凡是论断，应该列举证明，可惜尚先生所言，未将实际的教材举出，不知所谓"不用鸟言兽语"的范围，究竟何如？

现在我提出如下的问题：一、何谓神怪故事；二、神怪故事是否应该以不合情理为取舍；三、鸟言兽语，是否神怪而至于不合情理？四、此类故事教学之结果，究竟有何种流弊，或竟毫无关系？五、尚先生所说鸟言兽语不言而专述动物生活的故事，又是什么？

我想请诸同志在以后一年内，把这问题试验研究，求出一个结果来；下年度的年会，就拿这些问题做讨论的中心。

最后我要郑重声明的，我并不赞成"纯粹神话"，请看教育部小学国语课程暂行标准关于教材选择的一句话："不取可怕而无寓意的纯粹神话"。我并望尚先生对我的疑虑，加以解释，更望尚先生列举他所谓合宜的具体教材见示，俾所观摩，专此敬颂进步！

吴研因四月二十一日

再论儿童读物
——附答吴研因先生
尚仲衣

此次中华儿童教育社在沪举行年会时，仲衣提出儿童读物的讨论，时短意长严未能尽所欲言。兹特专就"童话"一项（包括神仙物语以及其他幻想的故事），倾怀一述，以就正于诸同志。

当儿童正在发育，正要认识实在的环境，体察自然的现象的时候，负责引导他的成人们，除非另有充分的理由，不应给他一种与自然现象有所冲突的观念。世上本无神怪，鸟兽本不能作人言，所以除另有充分的理由之外，儿童读物中，也就不应含有这种与自然事理相违背的材料。

"另外有无充分的理由"即是全局的关键，也就是童话取舍的标准。今且就童话的价值，试给以审慎的估定，试看有无理由以维持它在儿童读物的位置。若有理由，再试看其是否充足。

童话价值之估定

（一）启发想象。因为童话流传已久，多数人因循陈轨，从不谈起它的价值问题；即使偶而谈到，又被"启发想象"四字堵住了。所以直至今日，童话还能维持它在儿童读物中的重要地位，占儿童阅览时间之大部。"启发想象"我们固难证明其必不能，然恐亦难确定其果能，在或能或不能之间。我们尚有三点疑问：

（1）科学艺术中有组织的、创造式的想象creative imagination，是与离奇的想入非非的幻想reverie相同吗？

（2）若不相同，神仙幻想故事所能引起的是近乎那一种？

（3）若果相同，若幻想就是生产创造的想象，两千年前传说的长桑绝技，何以不实现于道地的中国？而实现于德国的X光线？

在这种境况之下，虽不能说童话绝不能启发想象，但我们确信科学故事及自然读物的激发想象的能力决不在童话之下。科学故事中的戬天缩地奇法，纵使哪咤现世，安徒生的傀儡们诞生，也必得自叹不如。自然读物中之生物界的种种惊人的适应环境方法，对仅仅能七十二变的孙悟空，也恐要莞尔一笑。

（二）引起兴趣。拥护童话者多称儿童喜悦此类的故事，而我们确又常常听见儿童恳切地要求"真的"故事，究竟儿童是否真喜悦幻想性的读物，只有长时期有系统客观的观察与精密的实验方可解决，决非空谈强辩所能为力。此类的观察尚属阙如，然实地试验确已给我们不少的知识。据近年邓恩Dunn精细地探讨"幻想性"，不惟不能引起兴趣，对于男孩反致略生反感。此外曾作过关于读物兴趣之严密的研究的如推孟（Terman）、赵登（Jordan）、余尔（Uhl）等人，都告诉我们"幻想性"决不是引起兴趣的最好的材料，更不是激发爱好的唯一方法。在不违反自然现象的范围以内，能引起兴味的，正多着呢。

退一步讲，姑假定邓恩、赵登等的探讨，都含有错误或都不适合于中国儿童。再假定"幻想性"确可引起中国儿童的兴趣。那末，这种兴趣所趋，我们就可以无条件的跟随吗？教育者是否有移转好尚的责任？儿童喜糖果，应否给以节制？幼儿见物辄欲引为己有，应否加以抑止？

所以，即使"幻想性"果能引起兴趣，尚须于儿童有益无损，方可采纳；何况我们根本就怀疑它引起兴味的能力呢？更何况我们还觉得它的价值可疑而它的危机层层呢？

（三）包含教训。或有人以为童话的价值在它字里行间的寓意。为讨论便利计，是否包含教训即是好读物？姑且不论。即就包含教育本身讲，我们觉得根据事实和可能材料的教训，其效力恐必较大于根据不可能幻想的教训。幻想的寓意，有时成人尚且难于领受，何况儿童？根据于不可能材料的教训，儿童明知其为虚悬伪设，何能引起他的信心？

总括以上三节，我们觉得童话的价值实属可疑，维持它在儿童读物上的地位之种种理由，实极不充分。所谓"启发想象"，"引起兴趣"，"包含教训"云云，皆在或有或无之间，而不违背自然现象的读物皆"可有"童话"或有或无"之价值。

童话之危机

从心理分析的观点看来，童话最类似梦中的幻境和心理病态人的幻想，成人而过于浸沉于幻想，尚且有害于心理健康，何况儿童！

儿童早年的自我意识本强，教育者在此时正宜辅助他，使之日渐适应客观的实在。在此种正当适应进行之时，若给他一种与所要适应的客观之实在相违背的材料，消极方面，可以阻碍他的正当适应之进行；积极方面，或可构成变态的适应。在这适应进程的第一步，教育者务须注意，不使儿童早年就养成乐于离开实在而浸沉于幻想中的心景，不致使他养成向幻想中求满足的趋向。

成人以他的阅历经验，遇着世路的崎岖。事实之难于应付，尚且往往因畏难而生变态的心景，而构成"遁入幻想""万事由天""酸葡萄"，"甜柠檬"等聊以解嘲的心理。儿童既少阅历经验，还要适应这纷乱复杂的成人社会，辅之导之，尚恐其不能应付实在的环境，尚恐其流于变态的心景，何得更眩之以幻想，惑之以非非？

童话中的主人翁，多半皆由偶然的神奇侥幸的赞助而达到目的，绝少由直接的努力和忠实的奋进而造成幸福。只就此一点论，多半的童话都在淘汰之列。因为我们对儿童对社会的责任，是在教儿童去用忠实的努力以谋社会及个人的福利，决不当鼓励如童话中的许多不劳而获的幸福或劳之非理而获的满足。

要而言之，童话的危机约可归纳为下列数点：

（一）易阻碍儿童适应客观的实在之进行。

（二）易习于离开现实生活而向幻想中逃遁的心理。

（三）易流于在幻想中求满足或祈求不劳而获的趋向。

（四）易养成儿童对现实生活的畏惧心及厌恶心。

（五）易流于离奇错乱思想的程序。

我 的 立 场

在一般人的心目中，一谈到儿童读物，立即联想到童话（包括关于神仙物语以及其他幻想的故事），且时常把儿童读物和童话混而为一，这是极不幸的。仲衣对于童话的作战中，有请求于教育同志者是：

（一）务须把"儿童读物"和"童话"两名词辟开，且认定童话只不过是儿童读物中的极小部分；纵使把童话全部流放了，儿童读物仍有极广极富的园地。

再者，关于童话价值及流弊的分析，我们可归纳为两点：（甲）童话的价值实在可疑，（乙）童话在下意识的危机实在很多。

以价值可疑而危机甚多的材料去侵占儿童宝贵的光阴，可否？与其用这种读物，何不用那有童话的价值而无其危机的根据于事实和可能材料的读物？所以：

（二）务须将童话所占之儿童的时间削缩至最低限度——将大部分的时间让与不违反自然现象的读物。

（三）对于童话本身的要求，就是把童话的数量大加删削，格外审慎地选择，（关于此类的选择，将另草一文以讨论。）只可保留其真有艺术价值和游戏兴趣之第一流的童话，例如吉伯林的《象儿》和洛夫廷的《杜里德大夫》（只用其第一本）。

保留和选择的格言是"宁缺勿滥"！

附答吴研因先生

吴先生对于仲衣在儿童教育社的讲演，曾在上月二十九日《申报》、三十日《新闻报》中发表其意见，并提出五项疑问，除一、三、四等条在上文中已有当然的解答外，今且顺便将其余的两条解答如次：

吴（疑问）神怪故事是否应该以合情理不合舍？

尚（解答）不惟神怪故事，一切教材及读物（除少数滑稽材料之外），都应以合乎情理不合乎情理为取舍标准之一。成人们有何权利拿"不合乎情理"的材料给儿童？

吴（疑问）尚先生所说鸟兽不言而专述动物生活的故事又是什么？

尚（解答）从这个问题看来，仿佛是吴先生以为离了物语就没有关于动物的读物了。仲衣就很诚挚地向吴先生介绍 Jea Henri Fabre 的著作。读了以后，或不致再有这样问题？也或可给吴先生心目中的儿童读物开辟一个新的园地。

读尚仲衣君《再论儿童读物》
乃知"鸟言兽语"确实不必打破
吴研因

尚先生《再论儿童读物》，似针对"拥护幻想性童话"者而发。可是对鄙人的问题，所答未能十分圆满。虽未圆满，但我也觉得很满意了。

骤读了尚先生的大作，空气非常紧张，好像现在中国小学教科书，充满了尚先生所说的"幻想性童话"。而且有许多"幻想性童话"的信徒，方在大声疾呼地拥护它。而提出问题的我，正是拥护"幻想性童话"的渠魁。其实呢，我可以用笑话安慰尚先生，我们敝国的小学教科书，根本就未尝和美国的教科书一样。关于"幻想性童话"的材料，实在不多，所谓自然社会或者常识等教科书，关于"幻想性童话"教材，固然一点都没有，就是国语教科书有一些儿，也是微乎其微的。至于拥护"幻想性童话"的人呢，尚先生的论文好像指定是我。其实尚先生误会了，我虽茅塞未开，决不至于做"幻想童话"的忠臣。我的态度，正和尚先生一样，以为应该"审慎地选择、保留其有艺术价值和游戏兴趣的第一流童话"。要是尚先生肯看一看教育部所定的小学国语暂行课程标准关于国语选材的种种限制，那就可以不致有此误会了。可是鄙人也并不以为尚先生的言论是"无的放矢"，中国的小学教科书，将来，或者误会变成美国的教科书一样充满了"幻想性童话"。而鄙人也需要尚先生的指导。尚先生这样一说，使我们以后"格外审慎选择"，这也实在是很好的。

以上是对于尚先生《再论儿童读物》篇中出于误会之处的答复。

至于尚先生应该答我的是一个"鸟言兽语是否就是神怪故事"的最紧要的问题。尚先生对这问题，并未明白答复。这是我所认为不十分圆满的。

我以为鸟言兽语有些是一种作文法中的"拟人法"，有些是说明生活的自然故事，和《封神榜》《聊斋志异》的记载截然不同。不但不能和神怪故事混为一谈，而且也不能和"幻想性的童话"混为一谈。固然也有许多神怪故事和"幻想性童话"是不离鸟言兽语的，但是确有许多鸟言兽语而毫无神怪成分，且不尽含有幻想。例如禽言诗的《快快布谷》借以晁勉农夫，《猫和蜗牛》（见新制国语第五册）的问答，借以说明蜗牛的生活，这何尝有一些神怪幻想的成分呢？尚先生前次把鸟言兽语和神怪故事混为一谈，并且有"低年级……不用鸟言兽语"的绝对主张，此次又把鸟言兽语和"幻想性童活"混为一谈，真是一误再误了。但是尚先生对鸟言兽语，却在这次的论文中流露赞成我的"不必打破"之说了。他说："把童话数量大加删削，格外审慎选择，……像吉伯林的《象儿》则不妨保留。"鄙人就把《象儿》来研究。象儿既和鸵鸟说话，又和长颈鹿说话，并和蟒蛇及鳄鱼说话，不但有鸟言兽语，并且有蛇言鳄语。他叙述象鼻本短，给鳄鱼拉了而后长的一节，更含有神怪而带着幻想性（译文见开明书店出版之《如此如此》书中）。在中国小学教科书，现尚未有人敢采用这类教材。而尚先生却主张保留，则尚先生赞成鸟言兽语的程度，实在还比我们更进一步呢。这是尚先生承认不必打破鸟言兽语的一个有力的证明。

尚先生虽未明白答复我那"鸟言兽语是否就是神怪故事"的问题，但他已实在赞成鸟言兽语了，所以我说尚先生的答案虽不圆满，而我却认为满意。

尚先生既赞成鸟言兽语，何以鄙人还要多说呢？鄙人只怕我国小学教育界和关心小学教育的一般人，还未明白尚先生的意旨，把我们的议论弄糊涂了，而反同情于某省政府主席所谓"打破鸟言兽语"的论调。

可悲的很，我国小学教科书方才有"儿童化"的趋势，而旧社会即痛骂为"猫狗教科书"。倘不认清尚先生的高论，以为尚先生也反对"猫狗教科书"，则"天地日月""人手足刀"的教科书或者会复活起来。果然复活了，儿童的损失何可限量呢？

最后，我还要请大家注意，童话固然包括一部分的神话和物话（不是全部，因为神话物话中，有许多不能算为童话），但物话也有两种：一种是含幻想性的，一种就是自然故事。尚先生的言论，虽不很赞成物话，但他对"自然故事"并未反对。我们要是以后编辑小学教科书，别误会了尚先生的意思，"自然故事"也不敢用。我并希望尚先生以身作则，自出心裁的编一两篇模范的中国儿童读物出来，以使鄙人心目中认识一认识"新园地"的真面目。要是能编出一两部给全国儿童读的教科书，则更馨香祷祝，为全国儿童欣幸！

附带声明：我方在急于要完成一种低年级充满自然故事（不避鸟言兽语）的国语教科书，无暇多所讨论，尚祈尚先生除"鸟言兽语是否就是神怪故事而应该打破"的一问题外，别再发不很关于本题的言论，否则不但离题太远，鄙人也不敢再和尚先生讨论了。

童话与儿童读物

儿童文艺研究社

吴研因与尚仲衣二先生在童话与儿童读物之论战中，发挥了许多发人深省的议论，各有各的见地，我们观战的人也得了不少益处。我们现在想提出一个新的观点来，希望诸位先生指正，不敢说是挑战，只是一种诚恳的请教。

我们想从一个小孩子的生活之观点来估计童话与儿童读物的价值与地位。一个身体好的孩子必是沉醉在活动中。天才亮，妈妈还在做梦，他是已经醒了。他便要掀起妈妈的眼皮，捏妈妈的鼻子，把妈妈闹醒才肯罢休。他不肯穿衣服，因为衣服穿在身上不自由。妈妈讲个故事给他听，他便忘了穿衣之苦，不知不觉的被妈妈穿好了。妈妈为他穿袜子，他便硬要妈妈吃他的脚。鞋子上了脚，他便开门向外跑。他要捉鸡儿出窠。他要抱着猫儿亲热。如果狗来欺猫，他便要打抱不平，拿根棍子打强者。小肚子饿了，要到厨房里去找妈妈要吃。妈妈正在烧火。烧火倒比吃饭好玩。他自然也要烧烧看。他要问为什么木柴烧得着，铁钳烧不着？吃着第一口饭，他要问肚子为什么会饿的？肚里有条好吃虫。肚里有虫，我怕，好吃虫是什么样子的？他要问到妈妈回答不出来才算事。妈妈派他上街买东西，他是顶喜欢了。爸爸这只表好奇怪：没有嘴，会说话，他忍不住要拆开来看。厨房有糖吃，可惜上了锁；有什么法子可以开呀？妈妈下园种菜，他也要种几棵。他要和妈妈比一比看看哪个种的长得好。妈妈要他念书。可是在他念书的时候只要听见"阿三捉了一条蛇来了"，无论是哪个孩儿都要把书本抛开，跑去看蛇。蛇好奇怪！为什么没有脚会走路？蛇看够了，大家捉迷羊，赛竹马。也会搬石头造房子。到末了，有时因为一点小问题打起架来，胜的奏凯旋，败的哭回家。他恨那一个孩子，如果他会写几个字，便要在这孩子的门口写一个五车。晚上，他哪里肯睡？他会问妈妈说，我是那儿来的？爸爸嘴上有胡子？您为什么没有呢？妈妈被这些问题所困，只好说个故事唱个催眠歌，引他进入睡乡。

这是一个小孩子的生活之小影。他一天从醒到睡都是在动，几乎是没有一刻儿停。他的眼，他的耳，他的嘴，他的手，他的脚，联合或轮流的在执行他那小头脑的差遣。有人说，他是好玩——一天玩到晚。我们说他是在做工——广义的做工。他所做的工是一些小生产，小实验，小建设，小创造，小奋斗。他是个小工人，小农民，小科学家，小革命党，他的规模虽小，但是千真万真的工作，不像我们平常所想的那样虚假。小孩子的虚假的玩艺儿都是成人造成的。

所以小孩子所需要的文字是小生产的指导，小实验的指导，小建设的指导，小创造的指导，小奋斗的指导。他有小怀疑，便须有小解决。他有小烦恼，便须有小安慰。这些可以概括的取一个名字叫做儿童用书。书是小工人做工的工具，它是拿来用的，不是拿来读的。

退一步说，儿童用书中有一部分是读的，那顶多也只有儿童文艺一种。可是儿童文艺中之诗歌，大部分应该是小工人做工时之工乐，一小部分才是安慰小烦恼之作品。小孩子无论做什么事，嘴里总是唱的不歇，我们正好拿有意义之诗歌来代替那无意义之瞎哼。所以儿童诗歌大部分该是儿童之工乐。

尚先生答复吴先生的一段话里提及法布耳Fabre的著作。据我看来，法布耳最有精彩之著作是儿童用的书，不是儿童读的书。例如他的《化学奇象谈》（*Wonder Book of Chemistry*）若把它当作一本读的书看待，那就大错而特错了。那些水里生火，火中下雪，蓝花变绿，绿花变红的现象都要从做上得来，若当书读便平淡了。因此我们提出一条意见如下："童话只是儿童文艺中的一小部分；儿童文艺只是儿童用书的一小部分。"

童话与神话（Fairy Tales）不同，我们并不反对。照字面说，童话是儿童欢喜听欢喜讲的话，那是再好无比了。不幸读书的先生往往翻译外国的fairy tales也用童话的名称，所以发生许多误解。当初采用童话二字之本意，原是反对神话之表示。

至于鸟言兽语，我们也不反对。鸟兽饿了叫吃，冻了叫冷，寂寞了叫朋友，何尝不会说话？只是人类太笨，听不懂罢了。鸟兽既是有生之物，根本便与人类相同，乌孝，麒麟仁，蚕吐丝，蜂酿蜜，狗守夜，鸡司晨，蜘蛛结网，鸟之将死其鸣也哀，都是古人学鸟兽的例子。所以只问所说的好坏，不必以鸟兽而废言。这是随感而写的几条意思，对与不对，还请研究儿童教育同志指教。

附录　何键咨请教部改良学校课程
选中外先哲格言勤加讲授
择学行兼优人士办理教育

二月二十四日长沙通讯：省府主席何键曾迭咨教部，除陈明教育缺点，请筹改良，昨复据东安县长条陈，请改良学校课程。何氏以改良课本为现时切要之图，当经咨请教部核办矣。兹附录原咨如下：

为咨行事：据前东安县长唐正宜条陈内一则称，宜改良学校课程。民八以前，各学校国文课本，犹有文理；近日课本，每每"狗说""猪说""鸭子说"，以及"猫小姐""狗大哥""牛公公"之词，充溢行间，禽兽能作人言，尊称加诸兽类，鄙俚怪诞，莫可言状。尤有一种荒谬之说，如"爸爸，你天天帮人造屋，自己没有屋住。"又如"我的拳头大，臂膀粗"等语。倘再过数十年，人之方亡，滔滔皆可率兽食人，人将相食，黄巢李自成张献忠之残杀，不难再见，窃虑其必有无量无边之浩劫也。为今之计，凡学校课本艰深之无当，理论浅近者，不切实用，切宜焚毁；尤宜选中外先哲格言，勤加讲授，须择学行兼优者办理教育，是亦疏河以抑洪水，掌火而驱猛兽之一法也。钧座于前年曾发有慎选教材一电，如重提前议，见施实行，则功且不朽矣！栋材橑崩，所压立摧；燃犀不远，杞忧殊深。爰献刍荛之议，以备菲之采。是否有当，乞垂察焉等情。查改良课本，为现时切要之图，据陈前因，除批答外，相应咨请贵部，烦为核办理。并希见复为荷，此咨。

◆ 解说

　　1931年，在儿童文学和初等教育领域出现了一场声势不小的关于"鸟言兽语"童话的争论、讨论。争论最初起因于尚仲衣在儿童教育社年会上所作的发言。该发言后来以《选择儿童读物的标准》为题发表，引起了吴研因、陈鹤琴、儿童文艺研究社、魏冰心、张匡等人参加讨论。这里收录了这场讨论中的具有一定的组织性的六篇文章。其中，尚仲衣的《选择儿童读物的标准》和《再论儿童读物——附答吴研因先生》、陈鹤琴的《"鸟言兽语的读物"应当打破吗？》、儿童文艺研究社的《童话与儿童读物》均发表于1931年5月出版的《儿童教育》第3卷第8期，而吴研因的《致儿童教育社社员讨论儿童读物的一封信——应否用鸟言兽语的故事》和《读尚仲衣君〈再论儿童读物〉乃知"鸟言兽语"确实不必打破》则分别发表于1931年4月29日和1931年5月19日的《申报》之上。

　　与这场学术讨论相关的，还有此前湖南省政府主席何键在《申报》（1931年3月5日）上发表的《何键咨请教部改良学校课程》一文，在文中，何键说："民八以前，各学校国文课本，犹有文理；近日课本，每每'狗说''猪说''鸭子说'，以及'猫小姐''狗大哥''牛公公'之词，充溢其间，禽兽能作人言，尊称加诸兽类，鄙俚怪诞，莫可言状。"何键的这一言论是对五四时期小学语文教科书废除读经、引入儿童文学这一改革的声讨。贺玉波在对叶圣陶的一次采访中，问及教育部是否接受这种呈请，叶圣陶回答说："教育部已相当照办过，商务印书馆有好几本儿童读物被禁止了。"①

　　对何键的这种"复辟"言论，鲁迅曾予以批驳："对于童话，近来是连文武官员都有高见了；有的说是猫狗不应该会说话，称作先生，失了

---

① 贺玉波：《叶绍钧访问记》，王泉根选评：《中国现代儿童文学文论选》，广西人民出版社1989年版。

人类的体统；有的说是故事不应该讲成王作帝，违背共和的精神。但我以为这似乎是'杞天之虑'，其实倒并没有什么要紧的。孩子的心，和文武官员的不同，它会进化，决不至于永远停留在一点上，到得胡子老长了，还想骑了巨人到仙人岛去做皇帝。"②

关于"鸟言兽语"讨论对于小学国语教科书发生的影响，陈伯吹曾说："……那次论争虽然没有结果，后来教育部对于小学国语教材的编辑，就有不采用鸟言兽语的默契……"③我想，教育部的这一默契，恐怕也会有来自何键咨请这方面的原因吧。

这是一场表面看起来并不复杂，但是在争论的问题之外，却有深意存焉的讨论。我在本书中收录这场讨论中的直接相关文章，目的主要不在于介绍"鸟言兽语"之争，而是想彰显讨论者们对于"神怪故事"即幻想故事的几乎一致的回避甚至否定的立场和态度。

这是现代儿童文学文论史上非常重要的、有名的一场讨论，很多当代儿童文学研究者给予了关注。最早是1962年少年儿童出版社编《1913-1949儿童文学论文选集》收入了这场讨论（共7篇），之后，王泉根在其评选的《中国现代儿童文学文论选》中也作了收录（共10篇），蒋风主编、方卫平和章轲编选的《中国儿童文学大系·理论（1）》也编入了四篇讨论文章，方卫平在《中国儿童文学理论批评史》中则列专题进行评述。

这场讨论的主要论辩人物尚仲衣和吴研因之间，观点有异有同。所异部分其实并没有多大的孰优孰劣的悬念，应该用"鸟言兽语"童话几乎是绝大多数人的共识，倒是大家所相同的部分（回避甚至否定"神怪童话"即幻想故事），蕴含着发人深省的重大问题。恰恰是对这一问题，当代儿童文学研究者没有给予应有的发现和关注。

---

② 鲁迅：《〈勇敢的约翰〉校后记》，《鲁迅全集》第8卷，人民文学出版社1981年版。

③ 陈伯吹：《陈旧的"酒瓶盛新酒"——关于儿童读物形式问题》，王泉根评选：《中国现代儿童文学文论选》，广西人民出版社1989年版。

王泉根的《中国现代儿童文学文论选》中的"砚边小记"，眉毛胡子一把抓，没有发现、梳理出吴研因只反对尚仲衣对"鸟言兽语"式童话即拟人体童话的否定，但是，他自己却也赞同小学语文教科书不选"神怪"童话即幻想的超人体童话这一脉络。王泉根没有注意到中国文化"敬鬼神而远之""子不语怪力乱神"这一轻视幻想的传统，在吴研因等人身上的负面影响。

　　方卫平给吴研因的文章的评语是，"不露声色，而又痛快淋漓。精彩！"④他出现的是与王泉根同样的疏忽，他也没有留意到，如果以儿童文学的健全的童话幻想观看去，吴研因其实与尚仲衣之间，不过是五十步与百步的区别，即吴研因与尚仲衣一样，对于"神怪"童话，也是想拒之于小学语文教科书之门外的。

　　另外，参加这场"鸟言兽语"讨论的陈鹤琴、"儿童文艺研究社"，也都没有对尚仲衣否定"神怪"童话这一立场提出批评。

　　作为初等教育专家的尚仲衣，一直以教育的立场看取儿童文学（"儿童读物"）的价值，设计儿童文学的运用。他在《选择儿童读物的标准》一文中说："所以仲衣以为我人在选择或创作儿童读物时，尽可于合乎事实不违反自然现象范围以内取材。尽可先用实在性的资料；不足，则用盖然性的资料；又不足，则用可能性的资料；若此而再不足，始及不可能性之违反自然的材料。"他在《再论儿童读物——附答吴研因先生》一文中甚至说："纵使把童话全部流放了，儿童读物仍有极广极富的园地。"这些言论显露出的是否定幻想精神的儿童文学观。

　　吴研因只反对尚仲衣否定"鸟言兽语"故事，却不反对尚仲衣反对的"神怪"故事。他反对尚仲衣否定"鸟言兽语"故事，是因为他认为"……猫狗谈话鸦雀问答，这一类故事，或本含教训，或自述生活，何神之有，何怪之有呢？"吴研因甚至要"郑重声明"："我并不赞成'纯粹

---

④ 方卫平著：《中国儿童文学理论批评史》第242页，江苏少年儿童出版社1993年版。

神话'，请看教育部小学国语课程暂行标准关于教材选择的一句话：'不取可怕而无寓意的纯粹神话'。"他还举出事实来"安慰尚先生，我们敝国的小学教科书，根本就未尝和美国的教科书一样。关于'幻想性童话'的材料，实在不多，所谓自然社会或者常识等教科书，关于'幻想性童话'教材，固然一点都没有，就是国语教科书有一点儿，也是微乎其微的。"

你看，在如何看待"幻想性童话"这一重大的、根本的问题上，吴研因与尚仲衣成了同一个战壕里的战友。所以，在我眼里，这场讨论是盟军内部因为小矛盾而动的一点拳脚。

对于儿童文学的幻想精神，中国儿童文学自发生以来就有很多人持暧昧、怀疑甚至否定的态度。本书中收录的孙毓修的《〈童话〉序》、叶圣陶的《文艺谈（八）》就存在着对"神怪"故事的怀疑、否定心理。这种怀疑甚至否定幻想精神的态度，是一种中国文化传统中的负面思想的积习。

这种负面思想是什么？鲁迅举出日本的中国文学研究者盐谷温的观点说："中国神话之所以仅存零星者，说者谓有二故：一者华土之民，先居黄河流域，颇乏天惠，其生也勤，故重实际而黜玄想，不更能集古传以成大文。二者孔子出，以修身齐家治国平天下等实用为教，不欲言鬼神，太古荒唐之说，俱为儒者所不道，故其后不特无所光大，而又有散亡。"⑤

克服中国"重实际而黜玄想"这一文化传统，是中国儿童文学在发展中必须承担的一种宿命，它是中国儿童文学创作史、理论批评史的一条主线。

当年关于"鸟言兽语"的讨论，其实也是围绕着儿童文学在小学语文教育中的运用而展开的一场讨论。历史真的好像在作循环。今天的小学语文教科书和当年一样，也存在着回避"幻想性童话"这一倾向。我就曾经指出："我们现在不仅提倡素质教育，还倡导创新性教育，要培养孩子的想象力，可是，小学语文教材却不够重视幻想文学的价值。小学

⑤ 鲁迅著：《中国小说史略》，《鲁迅全集》第9卷第21页，人民文学出版社1981年版。

语文教材里出现的基本都是拟人童话。拟人童话除了小狗小猫讲话，并没有超越现实的幻想要素。我认为出现这一状况与现行小学语文教育理念有关，目前小学语文教育是以灌输知识为本，具有知识至上主义或者是理性至上主义的色彩。如果是以培养想象力、创造力为本，那么，就必须多选入《神笔马良》这类幻想故事。"⑥

在儿童教育、语文教育的维度，正确地认识并发掘"幻想性童话"的价值，还是一个待解决的问题。

"芝麻，开门吧！"

---

⑥ 朱自强：《小学语文教材儿童文学化问题待解》，《中国图书商报》2008年7月1日。

关于"儿童文学"

茅　盾

今年除了已定为"学生国货年"而外，又定为"儿童年"。

据报载，有几位先生从"儿童年"想到"儿童文学"，已经在那里筹办儿童文学社。

在这里，我们只想说一说关于儿童文学的感想。

记得契可夫——这位作家偶然发表点意见总是叫人扫兴的，曾经"批评"过他本国他那时候的所谓"儿童文学"；他说：没有儿童文学，只有"狗文学"。他说，这些"狗文学"都是一些吃醉了酒的作家或者"文学小贩"把西欧的文艺作品的译本零碎拆卖，改头换面"造"出了大同小异的一篇又一篇的故事。

为什么契可夫称那样的"儿童文学"为"狗文学"呢？不知道。也许他是觉得把西欧文艺作品的译本零碎折变而为什么"儿童文学"给儿童们享用正好像人们把残羹剩菜拌在一起给狗们吃似的，所以就给题了个刻薄的名字——"狗文学"罢？

然而他这对于自家的批评，值得我们辨一辨味道的。

我们有所谓"儿童文学"早在三十年以前。因为我们那时侯的宗旨老老实实是"西学为用"，所以破天荒的第一本"童话"《大拇指》（也许是《无猫国》，记不准了），就是西洋的儿童读物的翻译。以后十年内——

就是二十年前，我们翻译了不少的西洋的"童话"来。在尚有现成的西洋"童话"可供翻译时，我们是曾经老老实实翻译了来的，虽然翻译的时候不免稍稍改头换面，因为我们那时候很记得应该"中学为体"的。

但那时候，我们还没有"儿童文学"这名称。那时候，"文学"这称号，是"神圣"而又"神秘"的。

"儿童文学"这名称，始于"五四"时代。大概是"五四"运动的上一年罢，《新青年》杂志有一条启事，征求关于"妇女问题"和"儿童问题"的文章。"五四"时代的开始注意"儿童文学"是把"儿童文学"和"儿童问题"联系起来看的。这观念很对。记得是一九二二年顷，《新青年》那时的主编陈仲甫先生在私人的谈话中表示过这样的意见：他不很赞成"儿童文学运动"的人们仅仅直译格林童话或安徒生童话而忘记了"儿童文学"应该是"儿童问题"之一。

"五四"时代的"儿童文学运动"，大体说来，就是把从前孙毓修先生（他是中国编辑儿童读物的第一人）所已经"改编（Retold）过的或者他未曾用过的西洋的现成"童话"再来一次所谓"直译"。我们有真正翻译的西洋"童话"是从那时候起的。

近年来，似乎因为"现成"的材料差不多用完了，于是像契可夫所说的那种割裂西洋文艺作品"改制"成的"儿童文学"也稍稍出现。一些儿童读的定期刊差不多全靠这一批货在那里撑场面。然而我们贵国人究竟强些，即使是裁缝那样"改旧料"罢，那"旧料"倒也还是直接运自西洋，并没假手于"译本"。因为西洋文学的"译本"可以"改制"为"儿童文学"的，我们的市场上也非常之"缺"！

我们拉扯了这一大堆的旧话，就想指明而今这"儿童年"的"儿童文学运动"应得玩点新花样出来才好。

说到"新花样"的话，我们觉得最近这四五年来也已经有了一些了。最早是民国十七年的时候，商务印书馆发行了"儿童史地丛书"，有《前期穴居人》《后期穴居人》《前期海滨人》《前期游牧人》《远古的人类》《人类的住所》《人类的衣》……，都是翻译。后来是开明书店有"世界少年文学丛书"的翻译，已经出版了二十多册。现代书局有宋易先生编的"儿童天文学"，已出版者有《太阳的故事》《月亮的故事》，和《行星的故事》（上下两册）。此外，最新颖的"儿童读物"如《时针的故事》、《问题十万》（皆苏联的儿童读物作家伊林所作）也都已翻译了过来。跟十年前相比，可说"新花样"已经不少了。

然而我们不能满意。

第一，到现在为止，儿童读物虽然由单纯的"儿童文学"（小说，故事，诗歌，寓言）扩充到"史地"，到"自然科学"，可是后二者的百分数是非常之少；并且"科学的儿童读物"中间关于人体构造及其卫生的，关于衣食住的，关于近代机械的，关于现代生活的各方面的，尤其少到几乎可说没有。

第二，现在我们所有的"科学的儿童读物"大半太不注意"文艺化"，叙述的文字太干燥，甚至有"半文半白"，儿童读了会被催眠。

不过我们的题目是"关于儿童文学"，所以第三，我们对于百分比占了最大多数的文艺性儿童读物更加要"吹毛求疵"了。我们觉得这一方面实在是一个大垃圾堆。这垃圾堆里除了少数的西洋少年文学的译本而外，干净的有用的东西竟非常之少。然而那些西洋少年文学的译本也大多数犯了文学干燥的毛病，引不起儿童的兴味。往往有些在西洋是会叫儿童读了忘记肚子饿的作品翻译了过来时，我们的儿童读了却感得平淡。

我们知道翻译"儿童文学"真不容易。译文既须简洁平易，又得生动活泼；还得"美"，而这所谓"美"决不是夹用了"美丽的词句"（那是文言的成份极浓厚的）就可获得；这所谓"美"，是要从"简洁平易"中映射出来。我们的苛刻的要求是："儿童文学"的译本不但要能给儿童认识人生，（儿童是喜欢那些故事中的英雄的，他从这些英雄的事迹去认识人生，并且构成了他将来做一个怎样的人的观念，）不但要能启发儿童的想象力，并且要能给儿童学到运用文字的技术。

在这里，我们就牵连到"儿童文学"作品的内容问题了。

从前最通行的意见是："儿童文学"者，给儿童们一种心灵上的娱乐，并且启发了儿童们的想象力。但是现在有人把"儿童文学"的使命看得更严肃些了。我们可以引玛尔夏克（S. Marshak）的话来做代表。这位苏联的有名的儿童读物的作家以为"儿童文学"是教训儿童的，给儿童们"到生活之路"的，帮助儿童们选择职业的，发展儿童们的趣味和志向的。他以为"儿童文学"必须是很有价值的文艺的作品，文字简易而明快；是科学的技术的文学，但必须有趣而且活泼。一部"儿童文学"必须有明晰的故事（结构），使得儿童们能够清清楚楚知道怎样的人是好的，怎样的人是坏的；而这故事又必须是热闹的，因为儿童们喜欢热闹，必须有英雄色彩的，因为儿童们喜欢英雄，必须用简明而有力的文字，必须有"幽默"，但这"幽默"不是"油腔"，不是"说死话"，而是活泼泼地天真和朴质的动作。

从前"儿童文学"的主要部分是fairy tales（神奇故事），可是这些"神奇故事"引儿童们想入非非。现在我们要创造"新"的神奇故事，因为儿童们也喜欢"神奇"，而这些"新的神奇故事"要引儿童们的眼光和想象朝着"将来"；也可以描写人们怎样更进一步利用科学来征服自然界，——这也是"神奇的故事"。

从前"儿童文学"的主要部分又是legend（古代传说）和民间传说。我们应该给这些"古代传说"和民间传说吹进了现代的新空气，使成为我们现代合用的新东西，像美国的脱吕斯（G. Trease）把英国古时的罗宾汉（Robin Hood）的传说改作了一本新的儿童小说——"*Bows against the Barons.*"这本书很可以做我们的参考，因为那故事非常热闹紧张，那文字简洁而有力，那主题非常表现得明白清楚。

在科学的机械的（mechanic）儿童读物方面，我们应该避免枯燥的叙述和"非故事体"的形式。这也有很好的外国作品给我们做参考。柴姆却洛夫（zamchalov）和潘洛芙斯卡耶（Pcrovskaya）的《草原中的岛》是比旧时的《有眼与无眼》（一本所谓"童话"，从前孙毓修有节译本）更有趣更有意义的鸟兽生活的描写。曹洛托夫斯基（zoIoosk）的《深处的主人》是用各种职业中的"神奇有味"的工作来做题材的，甘达斯（A. Gaidas）的《远地》写一个孩子梦想着一块什么远地方的"神奇故事"。

我们这时代的特点是和时间赛跑。我们落后得太厉害了！也许我们上面的一些提议都不免是"离开实际太远"的"高调"罢？那么，在这"儿童年"的开头我们对于此后的"儿童文学"有一个最低限度的要求——

在材料方面，千万请少用些舶来品的王子，公主，仙人，魔杖，——或者什么国货的吕纯阳的点石成金的指头，和什么吃了女贞子会遍体生毛，身轻如燕，吃了黄精会终年不饿长生不老——这一类的话罢！在文字方面请避免半文半白的字句，不必要的欧化，以及死板枯燥的叙述（narrative）；请用些活的听得懂说得出的现成的白话！

◆ 解说

此文原载于1935年2月《文学》月刊第四卷第二期。

因为涉及到作为当事人的对历史的回顾，茅盾的这篇文章被后来学者引用较多。

茅盾的"'儿童文学'这名称，始于'五四'时代"这一说法，就成为一些儿童文学史研究者将中国儿童文学的发生期定为五四时期的参考和依据。而"我们有所谓'儿童文学'早在三十年以前"这一说法，又把中国儿童文学的发生提前到了清末。需要辨析的是，在茅盾的论述中，"有所谓'儿童文学'"要早，有"'儿童文学'这名称"要迟，说明作为一个概念的"儿童文学"有一个推演的过程，而这一过程就构成了中国儿童文学的发生期。

"'五四'时代的开始注意'儿童文学'是把'儿童文学'和'儿童问题'联系起来看的。这观念很对。"茅盾的这一说法也是符合历史实际的。需要稍加补充的是，中国儿童文学理论的奠基人周作人"把'儿童文学'和'儿童问题'联系起来看"却需要提前至写《童话研究》《童话略论》等文章的民国初年。

茅盾回顾历史的话语中，还暗含着透露发生期的中国儿童文学体质的重要信息（指出这一点非常重要）——

我们有所谓"儿童文学"早在三十年以前。因为我们那时候的宗旨老老实实是"西学为用"，所以破天荒的第一本"童话"《大拇指》（也许是《无猫国》，记不准了），就是西洋的儿童读物的翻译。以后十年内——就是二十年前，我们翻译了不少的西洋的"童话"来。在尚有现成的西洋"童话"可供翻译时，我们是曾经老老实实翻译了来的，虽然翻译的时候不免稍稍改头换面，因为我们那时候很记得应该"中学为体"的。（重点号为引者所加）

如果翻阅孙毓修、茅盾"编译""编撰"的那部分《童话》丛书，就能够品味出茅盾所说的"翻译的时候不免稍稍改头换面"，"我们那时候很记得应该'中学为体'"这些话的某些含义。

赵景深说："我幼时看孙毓修的《童话》，第一二页总是不看的，他那些圣经贤传的大道理，不但看不懂，就是懂也不愿去看。"①赵景深所说，确有其事，孙毓修编译的《童话》丛书的第一本《无猫国》（茅盾的确"记不准了"）即可为证。所谓"中学为体"即包含了"文以载道"之教训性。《童话》第一集第十编《女军人》的"编撰者"为"无锡孙毓修"，其中有这样一段："原来兰芝欲嫁则伤了丈夫之心，不嫁则违了哥哥之命。想来想去，除却一死，更无两全之策。未到太守家，在半路上，见个清池，投水而死，以全其节。从今可知罕才是才女，兰芝是节女，皆是出色女子。"

---

① 赵景深、周作人：《童话的讨论》，钟叔河编订：《周作人散文全集》（第2卷），广西师范大学出版社2009年版。

这里所宣扬的封建伦理观是不是也是"中学为体"之实践的一部分呢？

　　相比高下，还是周作人有一份思想家的清醒。他反对"中学为体，西学为用"这一"勉强去学"的"老主意"，认为"要想救这弊病，须得摆脱历史的因袭思想，真心的先去模仿别人。随后自能从模仿中蜕化出独创的文学来"。②周作人在与友人讨论"国民文学"时说："我不知怎地很为遗传学所迫压，觉得中国人总还是中国人，无论是好是坏，所以保存国粹正可不必，反正国民性不会消失，提倡欧化也是虚空，因为天下不会有像两粒豆那样相似的民族，叫他怎么化得过来。"③此语虽然说得有些无奈，但也确是洞察文化影响结果的周作人的放松姿态。周作人下面这句话可以说明他学习西方文化的立场："中国日下吸收世界的新文明，正是预备他自己的'再生'。"④

　　由"拉扯了""三十年以前"的"一大堆旧话"，茅盾转而"想指明而今这'儿童年'的'儿童文学运动'应得玩点新花样出来才好"。

　　茅盾是在针砭现状的方式下，指出了所希求的三个方面的"新花样"。

　　第一，增加"史地"和"自然科学"这些"科学的儿童读物的数量"。

　　第二，"科学的儿童读物"创作要注意"文艺化"，克服"叙述的文字太干燥，甚至有'半文半白'"的毛病。

　　第三，也是最为重要的一点，创作具有"现代的新空气"的"'新'的神奇故事"。

　　在论述这三个"新花样"时，茅盾甚至将"百分比占了最大多数的文艺性儿童读物"比作"一个大垃圾堆"，说"这垃圾堆里除了少数的西

---

② 周作人：《日本近30年小说之发达》，钟叔河编订：《周作人散文全集》（第2卷），广西师范大学出版社2009年版。

③ 周作人：《与友人论国民文学书》，钟叔河编订：《周作人散文全集》（第4卷），广西师范大学出版社2009年版。

④ 周作人：《清浦子爵之特殊理解》，钟叔河编订：《周作人散文全集》（第4卷），广西师范大学出版社2009年版。

洋少年文学的译本而外，干净的有用的东西竟非常之少。"

这就说到了"'儿童文学'作品的内容问题"。

茅盾针对"'儿童文学'者，给儿童们一种心灵上的娱乐，并且启发儿童们的想象力"这一"从前最通行的意见"，指出"现在有人把'儿童文学'的使命看得更严肃些了"。茅盾以苏联作家玛尔夏克（现通译为马尔夏克）的观点为代表，说"这位苏联的有名的儿童读物的作家认为'儿童文学'是教训儿童的，给儿童们'到生活之路'的，帮助儿童选择职业的，发展儿童的趣味和志向的。"

很显然，茅盾在追求儿童文学观念的转变。茅盾所说的"教训"其实是教育，主张的是儿童文学的教育功能，而且这教育功能是帮助儿童"认识人生"（"认识人生"在文章中两次出现过）的，即马尔夏克所说的"到生活之路"。茅盾的这一姿态，与他在一般文学中表达的现实主义文学观是一脉相承的。

茅盾将"玩点新花样"落实到具体的文学体裁上来思考。他所主张的从"fairy tales（神奇故事）"发展到"新的神奇故事"，其实就是在倡导写实的现实主义作品的创作。

这篇文章的一个重要信息是显露出茅盾向苏联儿童文学学习这一姿态。一年之后的1936年，茅盾又写了《儿童文学在苏联》这篇长文，较为详细地对苏联儿童文学作了介绍。这些（与1935年鲁迅对《表》的翻译，胡风对《表》的评论等一起）都反映出一个重要的时代动向——中国儿童文学对外国儿童文学的介绍和借鉴，正在从以资本主义的西方世界为主而转向了社会主义的苏联。这样一个转向对此后中国儿童文学的演化发生了长远而深刻的影响。

最后想提及的是茅盾通过对儿童文学翻译的论述所表达的儿童文学文体观："译文既须简洁平易，又得生动活泼；还得'美'，而这所谓'美'决不是夹用了'美丽的词句'（那是文言的成分极浓的）就可获得；这所谓'美'，是要从'简洁平易'中映射出来。"这就指出了儿童文学的"美"

的独特性。这是与周作人的看法很相近的。周作人曾说，"……据我说来白话文也自有其雅，不过与世俗一般所说不大同，所以平常不把他当作雅看，而反以为是俗。"周作人认为所谓的"雅"（即茅盾所谓"美丽的词句"），用"文言才能达到目的，不，极容易的可以达到目的"。⑤但是，他和茅盾一样，在儿童文学的翻译上反对这种"雅"（"美丽的词句"），所以只取"信"和"达"，把"雅"（"文言的成分极浓的""美丽的词句"）排除了出去。⑥

---

⑤ 周作人：《谈翻译》（1944年作），钟叔河编订：《周作人散文全集》（第9卷），广西师范大学出版社2009年版。

⑥ 参见赵景深、周作人：《童话的讨论》，钟叔河编订：《周作人散文全集》（第2卷），广西师范大学出版社2009年版。

《表》译者的话

鲁　迅

《表》的作者班台莱耶夫（L. Panteleev），我不知道他的事迹。所看见的记载，也不过说他原是流浪儿，后来受了教育，成为出色的作者，且是世界闻名的作者了。他的作品，德国译出的有三种：一为"Schkid"（俄语"陀斯妥也夫斯基学校"的略语），亦名《流浪儿共和国》，是和毕理克（G. Bjelych）合撰的，有五百余页之多，一为《凯普那乌黎的复仇》，我没有见过；一就是这一篇中篇童话，《表》。

现在所据的即是爱因斯坦（Maria Einstein）女士的德译本，一九三〇年在柏林出版的。卷末原有两页编辑者的后记，但因为不过是对德国孩子们说的话，在到了年纪的中国读者，是统统知道了的，而这译本的读者，恐怕倒是到了年纪的人居多，所以就不再译在后面了。

当翻译的时候，给了我极大的帮助的，是日本槇本楠郎的日译本：《金时计》。前年十二月，由东京乐浪书院印行。在那本书上，并没有说明他所据的是否原文；但看藤森成吉的话（见《文学评论》创刊号），则似乎也就是德译本的重译。这对于我是更加有利的：可以免得自己多费心机，又可以免得常翻字典。但两本也间有不同之处，这里是全照了德译本的。

《金时计》上有一篇译者的序言，虽然说的是针对着日本，但也很可以供中国读者参考的。译它在这里：

"人说，点心和儿童书之多，有如日本的国度，世界上怕未必再有了。然而，多的是吓人的坏点心和小本子，至于富有滋养，给人益处的，却实在少得很。所以一般的人，一说起好点心，就想到西洋的点心，一说起好书，就想到外国的童话了。

"然而，日本现在所读的外国的童话，几乎都是旧作品，如将褪的虹霓，如穿旧的衣服，大抵既没有新的美，也没有新的乐趣的了。为什么呢？因为大抵是长大了的阿哥阿姊的儿童时代所看过的书，甚至于还是连父母也还没有生下来，七八十年前所作的，非常之旧的作品。

"虽是旧作品，看了就没有益，没有味，那当然也不能说的。但是，实实在在的留心读起来，旧的作品中，就只有古时候的'有益'，古时候的'有味'。这只要把先前的童谣和现在的童谣比较一下看，也就明白了。总之，旧的作品中，虽有古时候的感觉、感情、情和生活，而像现代的新的孩子那样，以新的眼睛和新的耳朵，来观察动物，植物和人类的世界者，却是没有的。

"所以我想，为了新的孩子们，是一定要给他新作品，使他向着变化不停的新世界，不断的发荣滋长的。

"由这意思，这一本书想必为许多人所喜欢。因为这样的内容簇新，非常有趣，而且很有名声的作品，是还没有绍介一本到日本来的。然而，这原是外国的作品，所以纵使怎样出色，也总只显着外国的特色。我希望读者像游历异国一样，一面鉴赏着这特色，一面怀着涵养广博的智识，和高尚的情操的心情，来读这一本书。我想，你们的见闻就会更广，更深，精神也因此磨炼出来了。"

还有一篇秋田雨雀的跋，不关什么紧要，不译它了。

译成中文时，自然也想到中国。十来年前，叶绍钧先生的《稻草人》是给中国的童话开了一条自己创作的路的。不料此后不但并无蜕变，而且也没有人追踪，倒是拼命的在向后转。看现在新印出来的儿童书，依然是司马温公敲水缸，依然是岳武穆王脊梁上刺字；甚而至于"仙人下棋"，"山中方七日，世上已千年"；还有《龙文鞭影》里的故事的白话译。这些故事的出世的时候，岂但儿童们的父母还没有出世呢，连高祖父母也没有出世，那么，那"有益"和"有味"之处，也就可想而知了。

在开译以前，自己确曾抱了不小的野心。第一，是要将这样的崭新的童话，绍介一点进中国来，以供孩子们的父母，师长，以及教育家，童话作家来参考；第二，想不用什么难字，给十岁上下的孩子们也可以看。但是，一开译，可就立刻碰到了钉子了，孩子的话，我知道得太少，不够达出原文的意思来，因此仍然译得不三不四。现在只剩了半个野心了，然而也不知道究竟怎么样。

还有，虽然不过是童话，译下去却常有很难下笔的地方。例如译作"不够格的"，原文是defekt，是"不完全"，"有缺点"的意思。日译本将它略去了。现在倘若译作"不良"，语气未免太重，所以只得这么的充一下，然而仍然觉得欠切帖。又这里译作"堂表兄弟"的是Olle，译作"头儿"的是 Gannove，查了几种字典，都找不到这两个字。没法想就只好头一个据西班牙语，第二个照日译本，暂时这么的敷衍着，深望读者指教，给我还有改正的大运气。

插画二十二小幅，是从德译本复制下来的。作者孚克（Bruno Fuk），并不是怎样知名的画家，但在二三年前，却常常看见他为新的作品作画的，大约还是一个青年罢。

◆ 解说

此文载于1935年3月《译文》月刊第2卷第1期。

此文的重要性在于，鲁迅通过对苏联作家班台莱耶夫的中篇儿童小说《表》的日译本序的介绍，结合对中国儿童文学的评价，提出了表现"变化不停的新世界"这一儿童文学的现实主义创作方法。将这篇文章与茅盾的《关于"儿童文学"》一文参照着来读，可以更清晰地感受到在时代风潮中儿童文学观念的变化。

要理解鲁迅在《〈表〉译者的话》中所表达的现实主义儿童文学创作观，有必要弄清鲁迅对叶绍钧的童话集《稻草人》的创作方式的评价立场和态度。

谈到叶圣陶童话集《稻草人》在中国儿童文学史上的地位，儿童文学史研究者几乎都会条件反射似地论及鲁迅在《〈表〉译者的话》中说的这句话："十来年前，叶绍钧先生的《稻草人》是给中国的童话开了一条自己创作的路的。"依此认为，鲁迅对《稻草人》的创作方法和艺术水准给予了高度评价。

比如，王泉根认为："鲁迅充分肯定了1923年叶圣陶创作的童话集《稻草人》所追求的现实主义美学原则，认为'《稻草人》是给中国的童话开了一条自己创作的路'。在这里，鲁迅明确提出了中国儿童文学必须坚持现实主义创作的方向问题。"①我以为，这是牵强附会之论，恐怕有违鲁迅先生的本意。

也许，在"现实主义美学原则"这一维度上，鲁迅恰恰是对《稻草人》持有疑问的。对此，我在《中国儿童文学与现代化进程》中作过这样的辨析——

"的确如鲁迅所言，叶圣陶的《稻草人》在中国儿童文学的现代性起点上有不可磨灭的开山之功。不过，研究者大都在引用鲁迅的上述评价时，对紧随后面的一句话置之不顾。其实鲁迅的这后一句话也透露出对《稻草人》的态度——'不料此后不但并无蜕变，而且也没有人追踪，倒是拼命的在向后转。'（重点号为引者所加）对这紧连的两句话我们只

---

① 王泉根评选：《中国现代儿童文学文论选》第152页，广西人民出版社1989年版。

有不加割裂，才能弄清鲁迅对叶圣陶《稻草人》的全部态度和评价。以我理解，鲁迅对《稻草人》有两个态度：第一点，前面已经说过；第二点，鲁迅认为，中国'此后'的童话创作，应该从《稻草人》的品格中'蜕变'出来('不料'一词，是在不希望的事情竟然发生时使用的语汇；而'不但'一词，则表明 对'并无蜕变'的不满之意)。所谓'蜕变'，就是从毛毛虫变成美丽的白蝴蝶，随手翻一下辞典，其解释是'(人或事物）发生质变'。

"中国的童话创作应该怎样从《稻草人》中'蜕变'呢？鲁迅虽然没有明说，但他的主张我们是能够清晰感觉到的。鲁迅上述评价《稻草人》及三十年代中国儿童书状况的话，是在《〈表〉译者的话》这篇文章中说出来的。《表》是苏联作家班台莱耶夫的中篇儿童小说，是一部站在儿童心理、生活、立场之上，表现新时代的儿童转变、成长的优秀儿童文学作品。鲁迅在文章中特意引用了日译本译者槙本楠郎的译序。所引用的译序中，便有这样的话：'然而，日本现在所读的外国的童话，几乎都是旧作品，如将褪的虹霓，如穿旧的衣服，大抵既没有新的美，也没有新的乐趣的了。……所以我想，为了新的孩子们，是一定要给他新作品，使他向着变化不停的新世界，不断的发荣滋长的。'鲁迅译了这些话之后说：'译成中文时，自然也想到中国。十来年前，叶绍钧先生的《稻草人》是给中国的童话开了一条自己创作的路的。不料……"正是基于对'稻草人'式的创作'此后不但并无蜕变，而且也没有人追踪，倒是拼命的向后转'的中国儿童文学创作的现状的不满，鲁迅才'要将这样的崭新的童话，介绍一点进中国来。'可见，鲁迅是希望中国儿童文学创作从《稻草人》式的童话'蜕变'出来，创作《表》'这样的崭新的童话'的。"[②]

如果如王泉根所说，鲁迅"明确提出了中国儿童文学必须坚持现实

---

② 朱自强著：《中国儿童文学与现代化进程》第191至192页，浙江少年儿童出版社2000年版。

主义创作的方向问题", 那么, 在鲁迅这里, "现实主义创作"的艺术范型, 也并不在叶圣陶的童话集《稻草人》这里, 而在班台莱耶夫的儿童小说《表》这里。

我想, 只有纠正了人们对鲁迅评价叶圣陶的童话集《稻草人》的真实意图的误解, 我们才可能对鲁迅所提倡的现实主义创作方法的真实含义作出正确的理解。

我怎样写《小坡的生日》

老　舍

离开伦敦，我到大陆上玩了三个月，多半的时间是在巴黎。在巴黎，我很想把马威调过来，以巴黎为背景续成《二马》的后半。只是想了想，可是：凭着几十天的经验而动笔写像巴黎那样复杂的一个城，我没那个胆气。我希望在那里找点事作，找不到；马威只好老在逃亡吧，我既没法在巴黎久住，他还能在那里立住脚么！

离开欧洲，两件事决定了我的去处：第一，钱只够到新加坡的；第二，我久想看看南洋。于是我就坐了三等舱到新加坡下船。为什么我想看看南洋呢？因为想找写小说的材料，像康拉德的小说中那些材料。不管康拉德有什么民族高下的偏见没有，他的著作中的主角多是白人；东方人是些配角，有时候只在那儿作点缀，以便增多一些颜色——景物的斑斓还不够，他还要各色的脸与服装，作成个"花花世界"。我也想写这样的小说，可是以中国人为主角，康拉德有时候把南洋写成白人的毒物——征服不了自然便被自然吞噬，我要写的恰与此相反，事实在那儿摆着呢：南洋的开发设若没有中国人行么？中国人能忍受最大的苦处，中国人能抵抗一切疾痛：毒蟒猛虎所盘据的荒林被中国人铲平，不毛之地被中国人种满了菜蔬。中国人不怕死，因为他晓得怎样应付环境，怎样活着。中国人不悲观，因为他懂得忍耐而不惜力气。他坐着多么破的船也敢冲风破浪往海外去，赤着脚，空着拳，只凭那口气与那点天赋的聪明，若能再有点好运，他便能在几年之间成个财主。自然，他也有好多毛病与缺欠，可是南洋之所以为南洋，显然的大部分是中国人的成绩国内人只知道在南洋容易挣钱，而华侨都是胖胖的财主，所以凡有点势力的人就派个代表在那儿募捐。只知道要钱，不晓得华侨所受的困苦，更想不到怎样去帮忙。另有一些人以为华侨是些在国内无法生存而到国外碰运气的，一伸手也许摸着个金矿，马上便成百万之富。这样的人是因为轻视自己所以也忽略了中国人能力的伟大。还有些人以为华侨漫无组织，所以今天暴富而富得不得其道，明天忽然失败又正自理当如此；说这样现成话的人是只看见了华侨的短处，而忘了国家对这些在海外冒险的人可曾有过帮助与指导没有。华侨的失败也就是国家的失败。无论怎样吧，我想写南洋，写中国人的伟大；即使仅能写成个罗曼司，南洋的颜色也正是艳丽无匹的。

可是，这有三件必须预备的事：第一，得在城市中研究经济的情形。第二，到内地观察老华侨的生活，并探听他们的历史。第三，得学会广东话，福建话，与马来话。哎呀，这至少须花费几年的工夫呀！我恰巧花费不起这么多的工夫。我找不到相当的事作。只能在中学里去教书，而教书就把我拴在了一个地方，时间与金钱都不许我到各处去观察。我的心慢慢凉起来。我是在新加坡教书，假若我想到别的地方去看看，除非是我能在别处找到教书的机会，机会哪能那么容易得呢。即使有机会，还不是仍得教书，钱不够花而时间不属于我，我没办法。我的梦想眼看着将永成为梦想了。

打了个大大的折扣，我开始写《小坡的生日》。我爱小孩，我注意小孩子们的行动。在新加坡，我虽没工夫去看成人的活动，可是街上跑来跑去的小孩，各种各色的小孩，是有意思的，可以随时看到的。下课之后，立在门口，就可以看到一两个中国的或马来的小儿在林边或路畔玩耍。好吧，我以小人儿们作主人翁来写出我所知道的南洋吧——恐怕是最小最小的那个南洋吧！

上半天完全消费在上课与改卷子上。下半天太热，非四点以后不能作什么。我只能在晚饭后写一点。一边写一边得驱逐蚊子，而老鼠与壁虎的捣乱也使我心中不甚太平，况且在热带的晚间独抱一灯，低着头写字，更仿佛有点说不过去：屋外的虫声，林中吹来的湿而微甜的晚风，道路上印度人的歌声，妇女们木板鞋的轻响，都使人觉得应到外边草地上去，卧看星天，永远不动一动。这地方的情调是热与软，它使人从心中觉到不应当作什么。我呢，一气写出一千字已极不容易，得把外间的一切都忘了才能把笔放在纸上。这需要极大的注意与努力，结果，写一千来字已是筋疲力尽，好似打过一次交手仗。朋友们稍微点点头，我就放下笔，随他们去到林边的一间门面的茶馆去喝咖啡了。从开始写直到离开此地，至少有四个整月，我一共才写成四万字，没法儿再快。这本东西通体有六万字，那末后两万是在上海郑西谛兄家中补成的。

以小孩为主人翁，不能算作童话。可是这本书的后半又全是描写小孩的梦境，让猫狗们也会说话，仿佛又是个童话。此书的形式因此极不完整：非大加删改不可。前半虽然是描写小孩，可是把许多不必要的实景加进去；后半虽是梦境，但也时时对南洋的事情作小小的讽刺。总而言之，这是幻想与写实夹杂在一处，而成了个四不像了。这个毛病是因为我是脚踩两只船：既舍不得小孩的天真，又舍不得我心中那点不属于儿童世界的思想。我愿与小孩们一同玩耍，又忘不了我是大人。这就糟了。所谓不属于儿童世界的思想是什么呢？是联合世界上弱小民族共同奋斗。此书中有中国小孩，马来小孩，印度小孩，而没有一个白色民族的小孩。在事实上，真的，在新加坡住了半年，始终没见过一回白人的小孩与东方小孩在一块玩耍。这给我很大的刺激，所以我愿把东方小孩全拉到一处去玩，将来也许立在同一战线上去争战！同时，我也很明白广东与福建人中间的冲突与不合作，马来与印度人间的愚昧与散漫。这些实际上的缺欠，我都在小孩们一块玩耍时随手儿讽刺出。可是，写着写着我又似乎把这个忘掉，而沉醉在小孩的世界里，大概此书中最可喜的一些地方就是这当我忘了我是成人的时候。现在看来，我后悔那时候我是那么拿不定主意；可是我对这本小书仍然最满意，不是因为别的，是因为我深喜自己还未全失赤子之心——那时我已经三十多岁了。

最使我得意的地方是文字的浅明简确。有了《小坡的生日》，我才真明白了白话的力量；我敢用最简单的话，几乎是儿童的话，描写一切了。我没有算过，《小坡的生日》中一共到底用了多少字；可是它给我一点信心，就是用平民千字课的一千个字也能写出很好的文章。我相信这个，因而越来越恨"迷惘而苍凉的沙漠般的故城哟"这种句子。有人批评我，说我的文字缺乏书生气，太俗，太贫，近于车夫走卒的俗鄙；我一点也不以此为耻！

在上海写完了，就手儿便把它交给了西谛，还在《小说月报》发表。登完，单行本已打好底版，被"一·二八"的大火烧掉；所以在去年才又交给生活书店印出来。

希望还能再写一两本这样的小书，写这样的书使我觉得年轻，使我快活；我愿永远作"孩子头儿"。对过去的一切，我不十分敬重；历史中没有比我们正在创造的这一段更有价值的。我爱孩子，他们是光明，他们是历史的新页，印着我们所不知道的事儿——我们只能向那里望一望，可也就够痛快的了，那里是希望。

得补上一些。在到新加坡以前我还写过一本东西呢。在大陆上写了些，在由马赛到新加坡的船上写了些，一共写了四万多字。到了新加坡，我决定抛弃了它，书名是《大概如此》。

为什么中止了呢？慢慢的讲吧。这本书和《二马》差不多，也是写在伦敦的中国人。内容可是没有《二马》那么复杂，只有一男一女。男的穷而好学，女的富而遭了难。穷男人救了富女的，自然喽跟着就得恋爱。男的是真落于情海中，女的只拿爱作为一种应酬与报答，结果把男的毁了。文字写得并不错，可是我不满意这个题旨。设若我还住在欧洲，这本书一定能写完。可是我来到新加坡，新加坡使我看不起这本书了。在新加坡，我是在一个中学里教几点钟国文。我教的学生差不多都是十五六岁的小人儿们。他们所说的，和他们在作文时所写的，使我惊异。他们在思想上的激进，和所要知道的问题，是我在国外的学校五年中所未遇到过的。不错，他们是很浮浅；但是他们的文言语行动都使我不敢笑他们，而开始觉到新的思想是在东方，不是在西方。在英国，我听过最激烈的讲演，也知道有专门售卖所谓带危险性书籍的铺子。但是大概的说来，这些激烈的言论与文字只是宣传，而且对普通人很少影响。学校里简直听不到这个。大学特设讲座，讲授政治上经济上的最新学说与设施；可是这只限于讲授与研究，并没成为什么运动与主义；大多数的将来的硕士博士还是叼着烟袋谈"学生生活"，几乎不晓得世界上有什么毛病与缺欠。新加坡的中学生设若与伦敦大学的学生谈一谈，满可以把大学生说得瞪了眼，自然大学生可别刨根问底的细问。

有件小事很可以帮助说明我的意思：有一天，我到图书馆里去找本小说念，找到了本梅辛克来（May Sinclair）的 *Arnold Waterlow*（阿诺德沃特洛）。别的书都带着"图书馆气"，污七八黑的；只有这本是白白的，显然的没人借读过。我很纳闷，馆中为什么买这么一本书呢？我问了问，才晓得馆中原是去买大家所知道的那个辛克来（Upton Sinclair）的著作，而错把这位女写家的作品买来，所以谁也不注意它。我明白了！以文笔来讲，男辛克来的是低等的新闻文学，女辛克来的是热情与机智兼具的文艺。以内容言，男辛克来的是作有目的的宣传，而女辛克来只是空洞的反抗与破坏。女辛克来在西方很有个名声，而男辛克来在东方是圣人。东方人无暇管文艺，他们要炸弹与狂呼。西方的激烈思想似乎是些好玩的东西，东方才真以它为宝贝。新加坡的学生差不多都是家中很有几个钱的，可是他们想打倒父兄，他们捉住一些新思想就不再松手，甚至于写这样的句子："自从母亲流产我以后"——他爱"流产"，而不惜用之于己身，虽然他已活了十六七岁。

在今日而想明白什么叫作革命，只有到东方来，因为东方民族是受着人类所有的一切压迫；从哪儿想，他都应当革命。这就无怪乎英国中等阶级的儿女根本不想天下大事，而新加坡中等阶级的儿女除了天下大事什么也不想了。虽然光想天下大事，而永远不肯交作文与算术演草簿的小人儿们也未必真有什么用处，可是这种现象到底是应该注意的。我一遇见他们，就没法不中止写《大概如此》了。一到新加坡，我的思想猛的前进了好几丈，不能再写爱情小说了！这个，也就使我决定赶快回国来看看了。

◆ 解说

此文原载于 1935 年 11 月 1 日《宇宙风》第 4 期。

本书在编选现代儿童文学文论时，特别收入了四位重要作家的创作谈。老舍在此文中表现的儿童文学观与叶圣陶（非谈自己的创作）、冰心、张天翼都有不同。

老舍是一个善于自我剖析的作家。他对《小坡的生日》的创作进行了诚实的反思。

老舍表达了自己对《小坡的生日》的艺术结构形式的不满，说它"不能算作童话"，"仿佛又是个童话"，"总而言之，这是幻想与现实夹杂在一处，而成了个四不象了。"老舍甚至分析出各种原因："这个毛病是因为我脚踩两只船：既舍不得小孩的天真，又舍不得我心中那点不属于儿童世界的思想。我愿与小孩们一同玩耍，又忘不了我是大人。这就糟了。"

老舍在发生冲突的"小孩的天真"和"大人""那点不属于儿童世界的思想"之间，所选取的价值立场是很明确的。他说："可是，写着写着我又似乎把这个忘掉，而沉醉在小孩的世界里。大概此书中最可喜的一些地方就是这当我忘了我是成人的时候。现在看来，我后悔那时候我是那么拿不定主意；可是我对这本小书仍然最满意，不是因为别的，是因为我深喜自己还未全失赤子之心——那时我已经三十多岁了。"

老舍写着写着就忘掉的"这个"就是文章前面说的"不属于儿童世界的思想"——一个是"联合世界上弱小民族共同奋斗",另一个就是对"广东人与福建人中间的冲突与不合作,马来与印度人间的愚昧与散漫"的"随手儿讽刺"。

从老舍"现在看来,我后悔那时候我是那么拿不定主意"这一话语中,可以清晰看出,写作此文时,他是认为儿童文学创作是不应该表现"成人"的"不属于儿童世界的思想"的。

老舍的上述反思,涉及的是儿童文学创作的永恒难题。周作人认为,好的儿童文学是"融合成人与儿童"的"第三的世界"。在成人创作的儿童文学中,想只保留儿童的世界,是一个不可能的企图。儿童要不断地成长并最终步入成人社会,在这成长的过程中,儿童也必然与成人社会发生千丝万缕的联系。想割断儿童与成人社会的联系,就是阻碍儿童的成长。因此,问题只在于将成人的何种思想融入其中,它才会成为好的"儿童的文学"。

但是,所谓好的"儿童的文学"并没有一个客观的标准。儿童文学不是一个"实体",它不具有客观的"自在"性、"自明性",儿童文学不过是人们建构的一个观念,永远处于不断变化的阐释之中。我想说的是,对于成人的何种思想可以融入儿童文学的创作之中,也是一个见仁见智的建构问题。在老舍这里,"联合世界上弱小民族共同奋斗"是"不属于儿童世界的思想",但是,也许在张天翼那里,却就是属于儿童世界的思想。对这个问题,要想从理论上论证孰是孰非是没有太大意义的。但是我们又不能落入相对主义甚至虚无主义的泥潭。在现阶段,我本人的解决方案是借鉴实用主义的方法,所谓"实用主义的方法……不是去看最先的事物、原则、'范畴'和假定是必须的东西;而是去看最后的事物、收获、效果和事实。"[1]在实用主义哲学这里,实践中的有效性成了检验

---

[1] [美国] 威廉·詹姆士著:《实用主义》第31页,商务印书馆1979年版。

真理的标准。

还是将话题回到老舍的《我怎样写〈小坡的生日〉》一文上来。

我本人很认同老舍在文中表达的儿童观——"我爱孩子，他们是光明，他们是历史的新页，印着我们所不知道的事儿——我们只能向那里望一望，可也就够痛快的了，那里是希望。"我特别喜欢他的"他们是历史的新页，印着我们所不知道的事儿"这句话。在我眼里，这句话连系着成人社会的改善乃至变革，连系着历史进步的车轮。

老舍在《我怎样写〈小坡的生日〉》一文中表达了他对为儿童而创作的艺术的自信："最使我得意的地方是文字的简明浅确。有了《小坡的生日》，我才真正明白了白话的力量：我敢用最简单的话，几乎是儿童的话，描写一切了。我没有算过，《小坡的生日》中一共到底用了多少字；可是它给我一点信心，就是用平民千字课的一千个字也能写出很好的文章。我相信这个，因而越来越恨'迷惘而苍凉的沙漠般的故城哟'这种句子。有人批评我，说我的文字缺乏书生气，太俗，太贫，近于车夫走卒的俗鄙；我一点也不以此为耻！"我特别喜欢老舍的这个感叹号，他的儿童文学的语言观，多么清晰又多么笃定！

老舍在其他场合还表述过儿童文学这种"最简单的话"是很难写的——"既要简明易懂，又要用字不多，还要生动活泼，很不好办。孩子们识字不多，掌握的语汇也不丰富，可是他们会以较少的语汇，来回调动，说出很有趣的话来。孩子们有此本领，儿童剧作者须学会此本领——用不多的词儿，短短的句子，而把事物巧妙地、有趣地述说出来，恰足以使孩子们爱听。"[2]

论述至此，读者是不是也像我一样，将老舍的儿童文学观归入了以周作人为代表的"儿童本位"的儿童文学这一传统之中了呢？

---

[2] 老舍：《儿童剧的语言》，《老舍文集》第16卷，人民文学出版社1995年版。

1936年

再谈儿童文学

惕（茅盾）

因为现在是要实施"儿童年"了，不免再来谈谈儿童文学。

新近读了凌叔华女士的短篇小说集《小哥儿俩》（"良友文学丛书"之二十），觉得其中几篇"写小孩子的作品"颇有意思。现在就从这几篇说起。

《小哥儿俩》中间共收短篇小说十三篇，前九篇全是写小孩子的。作者《自序》中说："书里的小人儿都是常在我心窝上的安琪儿，有两三个可以说是我追忆儿时的写意画。"这是凌女士这几篇"写小孩子的作品"和别的儿童文学的作家如叶圣陶、张天翼他们的作品不相同之处。叶张两位先生的给小孩看的作品似乎都是观察儿童生活的结果；而且似乎下笔时"有所为而为"，所以决不是"写意画"。

凌女士这几篇中，我最中意的，是《小哥儿俩》《搬家》《凤凰》《小英》《开瑟琳》等五篇。

《小哥儿俩》写兄弟两人得了叔叔买来的八哥，快活得什么似的；但是刚得的那天就因为一个不小心，八哥被黑猫吃了，两兄弟就决定要替八哥报仇。第二天一清早，到园子里守那黑猫，不料却看见一口木箱里有一窝新生下来的小猫，那老黑猫就在喂乳。于是两兄弟就被那些可爱的小猫所吸引，忘记了打那黑猫，并且再也不想起要打这咬死八哥的黑猫了。

这故事当然也有它的道德方面的意义。但作者并没取了说教的姿势，单是很灵巧地写出儿童的天真来，使小读者们不知不觉受到道德方面的影响。这方法是好的。

《搬家》也写儿童对于动物的天真和爱护。然而用一两个不大能体贴儿童此种本性的大人的行动作为衬托，于是故事的情绪就颇为紧张（尤其是结梢处），小小的读者自然而然会判断谁是对，谁是不对。

《凤凰》一篇写一个寂寞的儿童跑出后门去看捏面人的担子，中意了一个面凤凰，却因没有钱买不到，急得要哭，于是就有一个拐子利用这机会拐她去，幸而在半途上就被家里找着了。这跟上面《搬家》一篇同样也可以使不大注意儿童精神生活的大人们起点猛省，但在"写小孩子"这方面却是注重在儿童的心地纯洁，不疑大人们（拐子）的诡计。这一篇并没从正面教训儿童去提防"陌生人"，就是虽写了拐子却极力免避引去儿童对于"人"的不信任，这在我看来觉得很有意思。

《小英》是从儿童的眼里写出不合理的婚姻，并且由儿童心里发出对于不合理婚姻的抗议。《开瑟琳》写一个不为母亲所爱的富家女孩怎样不像她母亲和姐弟们的看不起穷人而和女仆的女孩子成为好友。

总而言之，这五篇虽然题材不尽同，但作者所要写的主要点却同是儿童的天真和纯洁。

我是主张儿童文学应该有教训意味。儿童文学不但要满足儿童的求智欲，满足儿童的好奇好活动的心情，不但要启发儿童的想象力、思考力、并且应当助长儿童本性上的美质：天真纯洁，爱护动物，憎恨强暴与同情弱小，爱美爱真……所谓教训的作用就是指这样地"助长"和"满足"和"启发"而言的。

凌女士这几篇并没有正面的说教的姿态，然而竭力描写着儿童的天真等等，这在小读者方面自会发生好的道德的作用。她这一"写意画"的形式，在我们这文坛上尚不多见。我以为这形式未始不可以再加以改进和发展，使得我们的儿童文学更加活泼丰富。

带便说一句：把民间故事改编为儿童文学本来是极应当的事；但我们试看看我们在这一方面的成就（这方面的作品占据了我们现有的儿童文学的大部分），我们老实不敢恭维。因为民间故事有些固然是大众智慧经验的积累（这是好的，对于儿童有益的），但也有不少是传统的有害的"思想"和观念的结晶：改变民间故事决不是可以草率从事的。

◆ 解说

此文原载于1936年1月11日《文学》第6卷第1号。作者惕即茅盾。

对我而言，这篇文章最吸引目光之处，不是茅盾对凌淑华的小说集《小哥儿俩》的评论，而是指出了凌淑华与叶圣陶、张天翼的儿童文学创作方法的不同。这是一个重大的信息，涉及两种不同的儿童文学创作风格，从中能体会出茅盾的儿童文学创作观的审美取向。

茅盾说："作者《自序》中说：'书里的小人儿都是常在我心窝上的安琪儿，有两三个可以说是我追忆儿时的写意画。'这是凌女士这几篇'写小孩子的作品'和别的儿童文学的作家如叶圣陶、张天翼他们的作品的不同之处。叶张两位先生的给小孩看的作品似乎都是观察儿童生活的结果；而且似乎下笔时'有所为而为'，所以决不是'写意画'。"

从这段话里可以明白看出，茅盾所说的叶圣陶、张天翼与凌淑华的"不同之处"有两个，一个是两位先生是"观察儿童生活"，而凌淑华不是，另一个是两位先生是"有所为而为"，而凌淑华也不是。

很显然，在茅盾这里，凌淑华的"写意画"创作与叶圣陶、张天翼的"观察儿童生活""有所为而为"这种创作，是有高下、优劣之分的。为什么"写意画"创作高于、优于"观察儿童生活""有所为而为"这种创作，我们来作一下分析和解说。

我在《儿童文学概论》一书中，将儿童文学的创作归纳为三组不同的方式，其中一组是"外部观察式和内部体验式"，我还引用了日本作家新美南吉的一段话作为注脚——

　　我们深入到昆虫的内部，变成昆虫吧。我们去过昆虫的生活吧。在空中飞舞，在地上爬行，在树叶上歇息吧。在我们的心灵中发现昆虫也可以。去发现潜藏在我们心灵的某处，像星星一样闪烁的昆虫吧。不是追求外部而是探寻内部。丢弃昆虫的客观，获得昆虫的主观。用昆虫的视觉去看，用昆虫的听觉去听，用昆虫的嗅觉去闻，用昆虫的触觉去感受。把通过这些器官获得的东西，用一个观念来加以整理。从昆虫蜕变的我们"成人"的观念发挥重大作用的时候，就是这种整理的时候。而且，正因为成人的观念在整理上发挥着作用，我们的作品才和孩子的作品具有不同的意义。[①]

　　美国第一位获国际安徒生奖的儿童文学作家狄扬也表述过与新美南吉相似的创作主张："我想回到儿童时代，走进儿童时代的本质和美之中。创作儿童书籍的时候，谁都必须这样做。为了唤回儿童时代的本质，我们只有深入而又深入地穿过神秘的本能的潜意识层，重返自己的儿童时代。我想，如果能够到达最为深层、最为根本的地方，重新成为从前的那个孩子，就会经由潜意识，与具有普遍性的儿童相逢。这时，只有在这时，才可以开始为儿童写书。"

　　我从新美南吉、狄扬的话语中领悟出的是，"观察儿童生活"这种创作方式更多的是表现儿童生活的表象，而"在我们的心灵中发现昆虫"（新美南吉）、"重返自己的童年时代"（狄扬）、"书里的小人儿都是常在我心窝上的安琪儿"（凌淑华）这种创作方式表现的是儿童生命的本质。茅盾用"写意画"来比喻凌淑华的儿童小说创作，可能意在揭示其儿童描写达到了神似的境地，而我想说的是，凌淑华作品中的儿童描写是形

---

① 参见朱自强著：《儿童文学概论》第128至131页，高等教育出版社2009年版。

神皆似儿童的。

在说过"观察儿童生活"（"外部观察式"）和写"常在我心窝上的安琪儿"（"内部体验式"）这两种创作方式之后，我们再来索解一下"有所为而为"的含义。

"有所为而为"是不是就是说教或者图解式写作？茅盾还是没有明说，但是他表扬不"有所为而为"的凌淑华的创作："这故事当然也有它的道德方面的意义。但作者并没取了说教的姿势，单是很灵巧地写出儿童的天真来，使小读者们不知不觉受到道德方面的影响。这方法是好的。""凌女士这几篇并没有正面的说教的姿态，然而竭力描写着儿童的天真等等，这在小读者方面自会发生好的道德的作用。她这一'写意画'的形式，在我们这文坛上尚不多见。"（重点号为引者所加）

茅盾认为，"作者并没取了说教的姿势""凌女士这几篇并没有正面的说教的姿态"，就是"'写意画'的形式"，而叶圣陶、张天翼的"下笔时'有所为而为'"这一写作形式"决不是'写意画'"，从这一逻辑关系里，是否可以说，茅盾所说的"有所为而为"很可能就是"正面的说教的姿态"？

在中国儿童文学史研究中，叶圣陶和张天翼的儿童文学一直被置于极高的地位，凌淑华的儿童小说却长期处于不被重视的状态。直到近年，才有唐兵、刘绪源等学者"发现"并重视凌淑华儿童小说的艺术范型上的意义和价值。现在，我们细细品味茅盾早在80年前对凌淑华与叶圣陶、张天翼的儿童文学的两相比较，也许会引发一种"重写"现代儿童文学史的冲动吧。

1945年，朱光潜为凌淑华的小说集《小哥儿俩》作序，也对凌淑华的儿童小说创作给予了很高的评价。朱光潜说："在这里我们看到人，典型的人，典型的小孩子像大乖、二乖、珍儿、凤儿、枝儿、小英，典型的太太姨太太像三姑的祖母和婆婆，凤儿家的三娘以至于六娘，典型的佣人像张妈，典型的丫鬟像秋菊，跄跄来往，组成典型的旧式的贵族家庭，这一切人物都是用笔墨描绘出来的，有的现全身，有的现半面，有的站得近，有的站得远，没有一个不是活灵活现的。小说家的使命不仅在说故事，尤其在写人物，一部作品里如果留下几个叫一见永不能忘的性格，像《红楼梦》里的王凤姐和刘姥姥，《儒林外史》里的马二先生和严贡生，那就注定了它的成功，如果这个目标不错，我相信《小哥儿俩》在现代中国小说中是不可多得的成就。"

我认为，凌淑华的儿童小说属于"儿童本位"的创作谱系。我在前面的解说中已经介绍过当代学者方卫平质疑"儿童本位"论的观点——"儿童心理不仅成了儿童文学活动的唯一出发点和归结点，而且被看成是儿童文学观念性本体的唯一构成物，或者说，它成了唯一制约、统摄儿童文学活动的力量。"那么，凌淑华的儿童小说是不是呈现出这一形态呢？

我们看看朱光潜是怎么说的。"在这几篇写小孩子的文章里面，我们隐隐约约地望见旧家庭里面大人们的忧喜恩怨。他们的世故反映着孩子们的天真，可是就在这些天真的孩子们身上，我们已开始见到大人们的影响，他们已经在模仿爸爸妈妈哥哥姐姐们玩心眼。我们不禁联想到华兹华斯的名句：'你的心灵不久也快有她的尘世的累赘了。习俗躺在你身上带着一种重压，像霜那么沉重，几乎像生命那么深永！'"在朱光潜眼里，凌淑华塑造的"天真的孩子们"，并非与成人生活相隔绝地生活着，所以，"在这些天真的孩子们身上，我们已开始见到大人们的影响"。

1939年，凌淑华做一次题为"文学作品中的儿童"的讲演，开头她说："在普通人对儿童的态度看起来，我们大约可以分为两种，一种是对儿童的一切言语、行动以及模样，都觉得天真烂漫，可爱可怜。……另一种是对儿童漠视的，这种人恐怕也很多。平常说一个人'乳臭未干，懂得什么？'或者说'他简直是个小孩子，理他做甚？'这话的意思，是说'小孩子不能算一个人……'这意思倒不是憎恶，只是一种漠视。"列举大量外国儿童文学作品之后，末尾她说："小孩思想是大人捉摸不着的。但是如若大人们想认识他们，一味认定他们是天真无邪，未免染了感伤气息，亦是错误。说他们是一张白纸，或同一切动物差不多只有冲动，却又犯了漠视毛病，漠视就会有隔膜了。"（1940年1月，凌淑华将此次演讲稿整理为《在文学里的儿童》，发表于当年四月的《文学集林》第四期）于此可隐约看到凌淑华的儿童观中的现实主义色彩。

顺带提一句，在演讲末尾，凌淑华对同时代的儿童文学创作有过评价，她说："近代中国慢慢也有一些描写儿童好的作品了。如丰子恺、老舍、张天翼、叶绍钧诸先生都曾在这上面努力过，努力最大而成绩也最多的算是丰子恺先生。他为儿童写了不少有用的书，如《少年美术故事》之类，他的写法非常圆润自然。"将丰子恺、老舍排在张天翼、叶圣陶之前（恐不是无意为之），并明确指出丰子恺的儿童文学成就最高（与此相反，长期以来，丰子恺恰恰被众多儿童文学史家忽视），无疑透露了凌淑华不一样的儿童文学见解。

关于儿童文学

胡　风

是"儿童年"了。据报纸上的记载，一部分"作家"已经着手了所谓"儿童文学会"的组织。这是应有的新风景。

五四以后的这个长长的文学发展过程里面，儿童文学有过怎样的收获呢？各书局出版了不少的儿童读物，也有不少为儿童办的杂志，甚至有专门出版儿童书籍的书店。虽然如此，但儿童文学一般地是被冷淡地放在"文坛"的领域之外的。在创作上没有真正回答过儿童对于文学的要求，文学批评也没有把那些儿童读物当作对象。

在这样状况之下的儿童读物，一部分是外国儿童读物的翻译或改作，一部分是民间传说的纪录，一部分是历史人物的演义。这里面表现了一个特点——利用现成的材料，因而也就注入了培养了各种因袭的趣味或观念。我们可以随便举几个例子：

一、养成崇拜黄金的心理的，如乐善好施的富翁，挥金如土的志士，老实人得到巨大的遗产以及发现金窖金矿等等内容。

二、养成崇拜权力（尤其是武力）、地位等的心理的，如宣传封建的奴隶道德和超人的英雄之类的内容。

三、养成迷信的心理的，如荒唐无稽的鬼怪，善有善报恶有恶报之类的内容。

在潮水似的这种儿童文学读物里面，我们勉强可以发现一些世界儿童文学作品的翻译和极少的创作。翻译流行得最广的是《爱的教育》，但既成的道德气息非常浓厚，并不能说是健康的东西；像爱罗先珂的童话似的，展开着万灵跃动的虽然是想象然而却流着人生热血的世界，狂歌着向太阳向光明的"鹰的心"的作品，实际上是太少了。近年介绍了伊林的《白纸黑字》《几点钟》《十万个为什么》，算是添进了一个新的倾向。至于创作，我所晓得的在初期有叶绍钧的《稻草人》，现在有张天翼的《大林和小林》《秃秃大王》。

五四运动以后不久出现的《稻草人》，不但在叶氏个人，对于当时整个新文学运动也应该是一部有意义的作品。当时从私的《三字经》和小学的《论说文范》等被解放出来了的一部分儿童，能够看到叶氏的用生动的想象和细腻的描写来解释自然现象甚至劳动生活的作品，不能不说是幸福的。可惜的是，那以后不但叶氏个人没有从这个成绩得到更好的发展，而且很少看到其他的致力儿童文学的作者。这现象一直继续到《大林和小林》的出现。由《稻草人》到《大林和小林》，大概还不到十年的时间，但天翼的童话却取了和《稻草人》完全不同的崭新的样相。就我读过了一半的《大林和小林》说，作者摆脱了以往的儿童文学的传统，他的新奇的想象和跳跃的笔法所传达的内容是儿童的兴味和理解力为基础的社会的批判。

然而，这样的作品的数目和势力，和那些含有毒素的读物相比较，实在是微乎其微的。对于被围困在出版者倾销儿童读物的大势下的儿童读者们，我们的作家们不应该写出一些健康的作品么？把儿童们从因袭的传统观念解放出来，从那些欺骗的说教解放出来，从妖魔鬼怪的毒雾解放出来，也应该是进步的作家们的一份重要工作罢。

……他们（儿童）对于内容持有高的要求。他们从书籍里面等待新的正确的知识，新的经验，新的言语。他们希望作家为他们"更单纯地更明白地写更复杂的东西"，即"用我们小孩子的话"写……上学的儿童从自己的文学（儿童文学）里面要求历史、地理的、科学的生活的知识。（玛尔夏克）

这种对于儿童的文学欲求的看法，和那些把儿童当作神怪故事或道德说教的对象的看法是截然两样的。当然，儿童是"天真烂漫"的，但这不过是说明他们对于自然对于社会还没有确定的认识，并不能因而否认他们的精神活动。相反地，对于这个万花缭乱的自然，对于这个千变万化的人生，他们瞪着惊奇的眼睛，时时在要求着解释和说明。和儿童接近过的人也许有这样的经验：当他感觉到你的说明不够或发现了你是哄他的时候，就要鼓起小的腮巴摇着你的膝头。

但这样说并不是拒绝或忽视儿童文学里面的健全的浪漫主义。想冲破铁栏的老虎的美梦，"向太阳，向太阳"的雕的歌声，渴求光明的土拨鼠的愿望（都见于爱罗先珂的童话里面），都会引起儿童们的热烈的欢心的。从这里，他们扩大了想象力的界限，养成了对于人生的热爱和勇气，也养成了对于黑暗和丑恶的憎恨。这样的浪漫主义才能够和有毒的神怪故事以及葡萄仙子之类的廉价的幻想世界对抗。

五四革命文学运动已经过去了十几年了，进步的作家们不应该忘记了那时候已经喊了出来的"救救孩子"的呼声。

一九三五，一，一二。

◆ 解说

此文原载于1936年4月由文学出版社出版的《文艺笔谈》一书。

这篇短文如果与《〈表〉与儿童文学》一文结合着来阅读，会对胡风的儿童文学创作观念了解得更全面。

胡风首先指出，"五四以后的这个长长的文学发展过程里面""在创作上并没有真正回答过儿童对于文学的要求，文学批评也没有把那些儿童读物当作对象。""在这样状况之下的儿童读物""表现了一个特点——利用现成的材料，因而也就注入了培养了各种因袭的趣味或观念。"

在胡风眼里，不是"利用现成的材料"的创作，是极度贫乏的："至于创作，我所晓得的在初期有叶绍钧的《稻草人》，现在有张天翼的《大林和小林》《秃秃大王》。"

对于叶绍钧的《稻草人》，胡风给予了充分的肯定："五四运动以后不久出现的《稻草人》，不但在叶氏个人，对于当时整个新文学运动也应该是一部有意义的作品。"我们需要对"当时整个新文学运动"一语给予重视。我在多种场合说过，中国儿童文学不是如一些学者说的是"古已有之"，而是"现代"文学，而且最能代表现代文学新质的也许正是儿童文学。① 胡风的这句话是不是也把儿童文学看作是"整个新文学运动"的一部分呢？

对《稻草人》，胡风也是有保留意见的，他说："可惜的是，那以后不但叶氏个人没有从这个成绩得到很好的发展，而且很少看到其他的致力儿童文学的作者。"胡风的这一评价与鲁迅在《〈表〉译者的话》里的看法（"不料此后不但并无蜕变，而且也没有人追踪……"）就很相似了。

接着，胡风谈到了张天翼的《大林和小林》《秃秃大王》与《稻草人》的区别："由《稻草人》到《大林和小林》，大概还不到十年的时间，但天翼的童话却取了和《稻草人》完全不同的崭新的样相。就我读过了一半的《大林和小林》说，作者摆脱了以往的儿童文学的传统，他的新奇的想象和跳跃的笔法所传达的内容是儿童的兴味和理解力为基础的社会的批判。"在这论述两者区别的字里行间，我们似能感到，胡风或许是认为《稻草人》不够"崭新"，还属于"以往的儿童文学底传统"，其"社会的批判"尚不是以"儿童的兴味和理解力为基础"。

---

① 参见朱自强著：《中国儿童文学与现代化进程》第三章第一节"儿童文学：五四新文学的有机组成部分"，浙江少年儿童出版社2000年版。

为了阐明自己的儿童文学创作主张，胡风介绍了苏联儿童文学作家马尔夏克的观点："……他们（儿童）对于内容持有高的要求。他们从书里面等待新的正确的知识，新的经验，新的言语。他们希望作家为他们'更单纯地更明白地写更复杂的东西'……"胡风进一步说出了自己的话："对于这个万花缭乱的自然，对于这个千变万化的人生，他们瞪着惊奇的眼睛，时时在要求着解释和说明。"

　　如果结合前面对张天翼的《大林和小林》的评价，再结合胡风的《〈表〉与儿童文学》一文来读，可以看出胡风主张的就是现实主义创作方法。

　　胡风也例举爱罗先珂童话，提出了他对儿童文学的浪漫主义的理解："从这里，他们扩大了想象力的界限，养成了对于人生的热爱和勇气，也养成了对于黑暗和丑恶的憎恨。这样的浪漫主义才能够和有毒的神怪故事以及葡萄仙子之类的廉价的幻想世界对抗。"

《表》与儿童文学

胡　风

　　《表》的主题是一个过着放浪生活的浮浪儿成长为一个爱好知识，热心劳动，对生活能生起真实感应的健康孩子的经过。是从现实生活里取来的题材，然而却被叫做"童话"，是写给儿童们看的，这就和到现在为止被介绍过来的（这里且不说创作）儿童文学截然不同了。

　　在这以前被介绍过来的儿童文学的绝对大多数里面，我们看得出什么主要的特征呢？

　　第一，作家们把所谓"儿童"完全看成了一种抽象、一种概念，好像生殖器崇拜教的传统观念把处女看成神秘一样，他们把儿童当作了神秘的存在。他们以为儿童是完全处在一个超现实的世界里面，只是和幻影神游，所以在他们为儿童写的作品里出现的不是美丽的公主就是漂亮的王子，再不然就是能够征服一切妖魔鬼怪的万能的英雄。

　　第二，和上面所说的相反，一部分作家想把儿童屈伏在特定的道德世界里面，勉强使他们只是被动地接受教义，完全追随作者的主观希望。最明显的例子是托尔斯太的童话，部分地说，《爱的教育》也是属于这一类的。

　　儿童文学里面的这现象自然有它们的根源，但我在这里只想指出一个共同的特点，就是作者们都把儿童当作一种抽象的东西，不会能动地和现实生活的纠葛发生感应。这虽然是把儿童的精神活动和现实生活绝缘，但实际上那些"超"现实的作品内容依然是某种现实要求的反映，不过是在"天真"的笑声中把儿童送进了有毒的认识里面罢了。

《表》的主人公彼蒂加是一个浮浪儿，被捉住送到少年教养院里去了。在去教养院之前，他在警察局拘留所里从一个酒醉的市民那儿攫取了一只表，他热烈地希望着拿着这只表逃走，换一笔钱来过一番海阔天空的放浪生活。这个逃走的计划在路上没有成功，他只好希望进了教养院以后再图实现。但在教养院里这计划也不容易做到：因为那只表闹了一些有趣的波折，他只好一天一天地住下。这中间，他渐渐地对求知的活动感到了兴趣，在劳动里面体味到了快感，这兴趣这快感终于消化了他的想逃走的欲望，养成了在人与人之间应有的健康的心理。凑巧碰到了一个偶然的机会，慌乱地把那只无法处置的表归还原主了。

浮浪儿，这是一个具体的儿童，旧社会和变乱时期所留下的疮疥之一；放浪习性的脱除和蜕变，被描写在这里的是一个真实的过程，因为它带着情势的推移和感情的波动。这是《表》的对于传统儿童文学的最有力的反抗，也就是《表》的最基本的特色了。

我们可以举出主人公彼蒂加对于表的感情的变迁做例子。

他最初得到了表的时候：

"哈！"他想。"好运道"！

他放开拳头，看着表。太阳在窗格子外面的晴天上放光，表在他手里发亮，他呵一口气，金就昏了。他用袖子一擦，就又亮了。彼蒂加也发亮了：

"聪明人是什么都对的。一切坏事情也有它的好处。现在我抓了这东西在这里。这样的东西，随便哪一个旧货店都肯给我五十卢布的。什么？五十？还要多……"

他简直发昏了。他做起种种的梦来……（八页）

当他被带到警察局长的面前，几乎要被搜查的时候：

他悄悄的用一个指头去触一下裤子的袋子，有一点东西在那里动，有一点东西在那里跳，好像一颗活的心脏，或是活的挣着的鱼儿，这就是表。（一二页）

进了教养院以后就要到卫生课去洗澡换衣服，这时候他的表几乎被发觉了，但他用了些狡计，闹了一通笑话，终于拿回了它：

彼蒂加就走到浴布那里去。一点不错！表就躺在那下面。彼蒂加拿起它，擦干了。狂喜的看着，金好像太阳一般的在发光……他感动地把这太阳塞在崭新的公家的裤袋里……（三三页）

于是他把它埋在园中的旷地里，但恰巧给教养院搬来预备过冬的木头压住了。他只好等着，但这中间他经过了一些事故，心情起了变化，对于生活的兴味也起了变化，所以当他能够重新把表掘起了的时候：

他坐在回廊里一个窗台上。定了神，打开那布片。

经过了很久的时光，金子却依然没有锈。恰如那时一样，太阳一般地在他的手上发光。然而他觉得这表变小了，变轻了……很轻……奇怪。

他在思索，惊奇。

他把表放在耳朵边，没有声音。他开开了表盖。不走了。

指针停在八点二十分前的地方。

这更奇怪了。

"这怎么能呢？"他想。"经过这么多的时光，过了一整年了，这表却还走不到一点钟么？"

太阳忽然射进玻璃来，他吃了一惊，把表塞在袋子里。

它却一下子变得重了。它坠下袋子去，还贴着他的腿。（九〇页）

彼蒂加然而没有逃。不逃了。……去年夏天他也曾梦想过。但现在，现在是完全两样了。

在他头里的，现在已经是别样的东西。这至多不过使他觉得奇特：逃走么？为什么呀？哪里去呢？

然而表是在的。他到底真的得到该死的宝贝了。

这总得定一个结局。

他天天把表装在袋子里，不住的在思索：怎么办呢？

他想索性抛掉它，但这太糟蹋了。还给库兑耶尔（表的原主）罢？但他住在哪里呢？再也看不见他了。好像消失在土里了。

各种的思想在苦恼他，而袋子里是装着这讨厌的家伙。（九一页）

这是非常"深入浅出"的刻画，神气活现地如在目前，不仅仅使读者知道这个故事，而且还能够使读者感觉到那内容的颤动。其他像彼蒂加对于表主人库兑耶尔的态度的变迁，对于压住了他那只表的木头的感情的变迁，对于书籍的感情的变迁，都是在合理的条件下面展开的心理状态，自然而然地使读者沉入了作品里面。

把儿童看做也是现实生活的参加者，把儿童的精神活动看做一方面也是和现实生活纠葛的交涉。这是产生《表》这种儿童文学的创作态度，也就决定了《表》这一类的"童话"不得不是反映了生活真实的艺术品。大人看了也非常有趣，那原因就在这里。

然而，作为"童话"，作为儿童文学，《表》的特色在什么地方呢？

第一，故事的结构非常明了而且有趣。彼蒂加在拘留所里攫得的表，到教养院去之前应该是会被搜出的，但这时候出现的警察却是一个"宽兄"，滑过了。在到教养院去的路上，这位"宽兄"使彼蒂加得到了逃走的机会，但彼蒂加的表却掉在开始逃走的那地方，等到跑转来找到的时候，又和那位"宽兄"警察碰着了。在教养院的卫生课里，表应该是无法收藏的，但他用诡计骗过了，于是埋在地下，又碰巧给木头压住了。夜里偷着起来翻木头，害病，搬木头，弄假成真地做经济事务负责者……后来终于得到了表，但那时候他不但对它感不得欢喜，反而觉得是一个累赘，运气使他有机会交回了原主人的女孩子。

这情节是非常跳跃的，一会儿"运道"特别地好，一会儿很"晦气"。这里一个傻头傻脑的警察，那里一位好好先生的卫生课。……故事的曲折和凑巧，很合于儿童的好奇心理，能够使他们大大地高兴。

第二，文字明快，新鲜，具体。从前面的引用里已可以看出，这里还随便举两个例子：

他微笑着，拔步便跑，走掉了。

他转去街角，这才真的跑起来。他狂奔。他飞跑。像生了翅子一样。像装了一个推进机一样。他的脚踏起烟尘来。他的心跳得像风暴。风在他脸旁呼呼发响。

房屋，篱垣，小路，都向他奔来。电线杆子闪过了。人们……山羊……警察……（一八页）

天全黑了，天空上装满了星星的时候，打起钟来了……（四一页）

天还冷，有雾。发着新鲜的泥土气。墙壁外面，喜鹊在白杨树上吵嚷。

他打着寒噤。他悄悄的走近篱垣去，望一望楼窗。玻璃显出淡红色，微微的发闪，好像小河里的水。窗门后面是一点响动也没有。（八九页）

作者用的表现法都是具体的，使幼小的读者们抓得住一个明快的印象；虽然被表现的情境并不单纯，但他却能用简易的文字向读者描出了着色的画片。不用繁复的描写，不用抽象的词句，然而却能够写出新鲜的真实的内容：这是儿童文学的作者所必要的本领。这个特色，在方块字的译文里面也是非常惹眼的。

第三，幽默的甚至乐天嬉笑的色彩很浓厚。这里只举一个例子，是彼蒂加去教养院之前和警察局长的对话：

他很恭敬的站着。很驯良。他微笑着，望着局长，好像连一点水也不会搅浑的一样。局长是喷着他的烟环，看起文件来了：

"唔，你什么时候生的？"

"我不知道。可是我十一岁了。"

"哦。那么，你说出来罢，你到我们这里来做客人，已经是第几回了？我看是第七回罢？"

"不的。我想，是第三回。"

"你不撒谎吗？"

"大约是这样的。我不大清楚了。您比我还要清楚哩。"

彼蒂加是不高兴辩论的。和一位局长去争论，毫无益处。如果他想来是七回。让他这么想就是了。他妈的！

"如果不和他去争，麻烦也就少……也就放得快了。"

（一〇－一一页）

读到这样的描写，大概是要失笑的。浮浪儿的一副小小的狡猾面孔生动地摆在纸上了。其他像浴室里的一段趣剧（二七－三三页），尤其能够使读者开心。

儿童们没有染上生活的阴郁，原来爱笑而且喜欢热闹；能够说出对于生活的快朗的感觉的表现方法，幽默的表现方法，当然会被他们所接受所欢迎了。

所以，用《表》做例子就可以说明我们对于传统的儿童文学作家的见解是不能同意的。儿童文学的特征并不是绝对地在于题材和主题，不过是选择题材和设定主题的方法比较不同，而且须用一种特殊的结构和表现方法罢了。公主王子的童话我们不承认是有益的儿童文学，因为那不能使儿童了解人生的真实；用文学体载写科学知识的儿童读物，虽然是有益的东西，但我们也不能把那当作真正的儿童文学，因为那没有艺术的力量。我们所要求的儿童文学必须是反映人生真实的艺术品。所以大人们看了也决不会觉得无味，同时又必须用的是切合儿童的心理状态和知识水准的取材法和表现法，使儿童能够最大限度地容易了解。

当然，儿童的精神活动里面还有富于幻想的一面，儿童文学里面是有浪漫主义的一面的，但在这里却无暇细说了。

◆ 解说

此文原载于1936年4月由文学出版社出版的《文艺笔谈》一书。

在1930年代中期，似乎人们一下子认识到儿童文学创作需要"蜕变"（鲁迅语，参见本书对《〈表〉译者的话》的解说）这一问题。胡风的《〈表〉与儿童文学》是对这一时代风向的一个反映。

《〈表〉与儿童文学》的独特价值在于从儿童文学创作中，考察其背后蕴含的儿童观，在当时，这是道人之所未道，是很有见识的。

胡风指出"以前被介绍过来的儿童文学的绝对大多数"作品，存在两个他所反对的倾向。

"第一，作家们把所谓'儿童'完全看成了一种抽象、一种概念，好像生殖器崇拜教的传统观念把处女看成神秘一样，他们把儿童当作了神秘的存在。他们以为儿童是完全处在一个超现实的世界里面，只是和幻影神游，所以在他们为儿童写的作品里出现的不是美丽的公众就是漂亮的王子，再不然就是能够征服一切妖魔鬼怪的万能的英雄。"

"第二，和上面所说的相反，一部分作家想把儿童屈伏在特定的道德世界里面，勉强使他们只是被动地接受教义，完全追随作者的主观希望。最明显的例子是托尔斯太的童话，部分地说，《爱的教育》也是属于这一类的。"

胡风分析说，这两种倾向有"一个共同的特点，就是作者们都把儿童当作一种抽象的东西，不会能动地和现实生活的纠葛发生感应。"

但是，胡风所主张的儿童文学的儿童观却不是"把儿童当作一种抽象的东西"，而是把儿童看作现实中的具体人，即"把儿童看做也是现实生活的参加者，把儿童的精神活动看做一方面也是和现实生活纠葛的交涉"。胡风认为，苏联作家班台莱耶夫的儿童小说《表》就是由这种"创作态度"创作的作品。

在《〈表〉与儿童文学》一文中，胡风详细分析了《表》的艺术特色："第一，故事的结构非常明了而且有趣。""第二，文字明快，新鲜，具体。""第三，幽默的甚至乐天嬉笑的色彩很浓厚。"

应该说，胡风所概括的三个特色都是很到位的。但是，从儿童观的研究这一角度看，胡风更应该紧紧抓住彼蒂加这一儿童形象，对其作为"现实生活的参加者"，如何"能动地和现实生活的纠葛发生感应"这一方面进行具体而深入的分析，以说明"反映人生真实的艺术品"的特质，从而更清晰地建构出现实主义儿童文学的创作理念。

胡风选择儿童小说《表》作评论对象，是因为"用《表》做例子就可以说明我们对于传统的儿童文学作家的见解是不能同意的。"他说："公主王子的童话我们不承认是有益的儿童文学，因为那不能使儿童了解人生的真实……我们所要求的儿童文学必须是反映人生真实的艺术品。"

尽管胡风也认识到"儿童文学里面是有浪漫主义的一面的"，但是，对"公主王子的童话"的否定，还是反映出一方面胡风对于不同年龄的儿童对儿童文学有着不同的需求这一点缺乏意识，另一方面对于"公主王子的童话"是在另一个维度，用另一种方式"反映人生真实"这一问题缺乏认知。

新儿童文学的起点

范　泉

一

　　撇开了含有毒素的连环图画和仅仅以赚钱为目的的儿童读物不谈，回过头来，试检点一下中国儿童文学的成绩吧，那在儿童文学作家方面，我们可以列举叶圣陶、冰心、张天翼、钟望阳（笔名苏苏）、陈伯吹、贺宜、司徒宗、包蕾先生等。叶圣陶的《稻草人》，是开了中国儿童文学的门户。冰心女士的《寄小读者》，是给少年们带来了儿童文学的醉心的"爱"。张天翼的《秃秃大王》和《大林和小林》，可以说是中国儿童文学的里程碑，他以崭新的形式，从儿童心理的路线，发掘了新的题材，灌输了新的知识。贺宜和钟望阳，是把战争和血泪的现实，表现在儿童文学作品里的勇敢的尝试者。陈伯吹是《小朋友》周刊的编者，那发表在期刊里的一连串的作品，都可以证明他是一个真正献身于儿童文学的研究者。包蕾的作品，偏于儿童剧方面。司徒宗曾写了不少的儿童小说和童话，但可惜没有出版。此外如茅盾、陈鹤琴、吕伯攸、赵景深、芦焚、杨刚、顾均正……他们都曾经在儿童文学方面从事写作和编辑，但如茅盾的《少年印刷工》，却至今还没有出版。

　　翻译方面，首先我们应当提出已故的鲁迅先生和夏丏尊先生。夏丏尊先生的《爱的教育》（亚米契斯作），几乎已为全中国的少年们所熟知。鲁迅先生的《表》（班台莱夫作），比起他翻译的《爱罗先珂童话集》，《小约翰》（蔼覃作），《俄罗斯的童话》（高尔基作），无论在原作的构图和译文的技巧上，更值得我们的称颂。此外如黎烈文的《红萝卜须》（赖纳作），茅盾的《团的儿子》（卡达耶夫作），都可以作为中国儿童文学写作的"模型"。

但可惜，鲁迅和夏丏尊已经去世，张天翼患肺病，无能握笔，叶圣陶和冰心，似乎已久久隔离了儿童文学的园地，茅盾、黎烈文、芦焚、杨刚、赵景深，也好像并未专心致力于儿童文学的写作，剩下的几位儿童文学工作者，多半忙于教书和编辑，没有充分的时间来从事创作和翻译，因此这贫弱的中国儿童文学，虽然已经萌芽，但却始终还是停留在鲁迅先生的"格言"时代！——"救救孩子"的时代！

二

处在中国这样的社会环境和政治情势之下，我们应当建立怎样的中国风格的新儿童文学呢？——这是一个值得我们讨论的问题。

这里为了篇幅的限制，试就我个人的意见写在下面。

首先，我认为，像丹麦安徒生那样的童话创作法，尤其是那些用封建外衣来娱乐儿童感情的童话，是不需要的。因为处于苦难的中国，我们不能让孩子们忘记了现实，一味飘飘然的钻向神仙贵族的世界里，尤其是儿童小说的写作，应当把血淋淋的现实带还给孩子们，应当跟政治和社会密切地联系起来，《团的儿子》就是一个好例子。

第二，我认为，在写作上，应当摆脱五四时代的"小脚"作风，而需要大踏步地走向孩子们的群里，去向孩子们学习语汇，研究儿童心理，用孩子的智慧和幻觉来表现富有教育意义的题材。

第三，我们不单是表现，不单是暴露，还需要暗示和争取。固然，我们不能叫孩子们的头脑变成化石，但我们是需要孩子们的智慧苗长，而且要使他们认清现实，指示他们未来的路向。成长在这样时代里的我们，忽视了进步的思想便会掉入堕落的陷阱。

第四，我们应该发扬民族的智慧。这就是说，凭我们这个古老民族五千年来的历史，存在于民间的传说和歌谣是异常丰富的，例如蒙古的无数可爱的传说，台湾高山族的灿烂的歌谣，这些都是我们民族的遗产，我们应当批判地加以吸收，整理和改造。这样的工作非但可以加强中国儿童文学的潜力，抑且可以发扬优秀的民族的智慧。

中国风格的新儿童文学的起点，应当是从这四个据点出发的。

◆ 解说

此文原载于1947年4月6日《大公报》。

细心的读者一定会发现，此文与上一篇选文的发表时间相隔了十年。

我有意没选1937年至1946年这十年间的文章。1937年以后，日本对中国进行全面侵略，中国人民浴血奋战了八年。日本军国主义的侵略战争，对儿童文学所赖以生存的社会条件造成了极大的破坏。我想通过"留白"，更醒目地将日本侵华战争造成的这一阶段现代儿童文学文论的贫瘠呈现在读者面前。

范泉在文中列举了一些儿童文学作家的创作，可算作对五四以来儿童文学成绩的检阅。其中对张天翼的《秃秃大王》和《大林和小林》评价最高，列举的贺宜、陈伯吹和包蕾后来成为1949年中华人民共和国成立之后的中坚作家。

范泉也谈到了翻译，认为夏丏尊翻译的《爱的教育》（意大利，亚米契斯）、鲁迅翻译的《表》（苏联，班台莱耶夫）、黎列文翻译的《红萝卜须》（法国，勒纳尔）、茅盾翻译的《团的儿子》（苏联，卡达耶夫）"都可以作为中国儿童文学写作的'模型'。"

此文的价值在于不仅提出了"新儿童文学"这一理念，而且作出了四个方面的具体构想。

第一点，认为"安徒生那样的童话创作法""用封建外衣来娱乐儿童感情的童话"，是不需要的。同时提倡"儿童小说的写作"，主张"应当把血淋淋的现实带给孩子们，应当跟政治和社会密切地联系起来。"

范泉的这一观点，让我们想起三十年代里茅盾在《关于"儿童文学"》中，胡风在《关于儿童文学》《〈表〉与儿童文学》中表述的观点，即基本上都在倡导现实主义的创作方法。

第二点，重视"儿童"，发掘孩子们那里的儿童文学资源。其方法是"大踏步地走向孩子们的群里，去向孩子们学习语汇，研究儿童心理，用孩子的智慧和幻觉来表现富有教育意义的题材。"

应该说，这是一种崭新的儿童文学创作的方法论，尽管在阐述上失之简单，但是却有着较大的思考空间。

第三点，这一点是与第一点的现实主义方法是相联系着的，但是明确提出了要"争取"儿童读者，即用"进步的思想"使"他们认清现实，指示他们未来的路向。"从中可以感受到范泉的左翼思想倾向。

第四点主张的是"发扬民族的智慧"，这也在一定程度上体现出范泉的独特眼光。虽然40年前孙毓修编辑《童话》丛书，曾经从中国古代典籍中"刺取旧事"，但是，并未有"发扬民族智慧"的意识，另外，范泉的"民族智慧"的资源与孙毓修也有不同，那就是选取的是"民间的传说和歌谣"。在主张"发扬民族的智慧"时，范泉提出了"应当批判地加以吸收，整理和改造"这一方法，也是十分可取的。

儿童读物的编著与供应

陈伯吹

一 广义与狭义

最先应该给予解释的什么叫做"儿童读物"？

简单地回答是："儿童阅读的书籍。"这样的说明，当然不能令人满意的。世界文坛巨匠高尔基（M. Gorky）曾经这么说："这种读物，当可助长幼龄儿童求知的兴味，并可保证孩子们粗通小学程度的科学，更当介绍他们认识祖先们所破坏的旧的实际情形，及所建设的新的实际情形。"这个"界说"，可以说是适当而且完全了。

除此以外，笔者还得加以述说的——

儿童读物的范围很广，当然也包括"小学（国民学校）教科书"在内；但一提到教科书，尤其是小学教科书，这就够在她各方面写成若干篇论文，因为这是一个复杂而又专门的问题。所以本文要研讨的儿童读物，不是指广义的而言，乃是指着除了教科书以外，连那些作为补充读物和课外读物的读物，甚至于各科的副课本、练习本、日记和书信等等的指导书籍，也一概不包括在内，纯粹是在狭义的偏重文学欣赏的这圈子内的儿童读物。

二　读物的贫血

战乱不已，烽火烧遍了大半个中国的今日，经济崩溃已在加速度地下坡，首先遭受到政治的经济的摧残的，是文化与教育；而这文化与教育的动力的出版事业，便因成本奇昂，售销不广，一天比一天更萎缩，不久恐怕就要昙花一现似的幻灭了，儿童读物的不能独自繁荣，是势所必然；而且这贫血的现象，实亦由来已久，不过如今更为加剧，快到了不治的地步罢。

还记得"大公报"副刊的"出版界"的主编，有一次约笔者写"谈儿童读物"一文，意欲推荐一些儿童读物给教师和家长作为选择时候的参考；但写完了以后，就发现所举的儿童读物，多数是翻译的，绝少创作；更多数是高年级的，绝少中、低年级的（该文见"大公报"沪版三十六年四月二十七日及五月十一日"出版界"副刊），这又可以知道儿童读物贫血的病情，非亟应加以医治的不可的了。

只是生活与工作，出版与供应，这中间存在着一个很尖锐的矛盾，几乎无法克服。

然而一想到"二十世纪是儿童的世纪""儿童是未来国家的主人翁""救救孩子"……等话，不能不竖起脊梁，挺起胸膛，咬紧牙关，束紧肚子，拿出艺术的良心来，站在教育文化的岗位上，百折不挠地只顾耕耘，不问收获（指物质的报酬而言）地向这块荒芜的土地开垦，让好战分子去掘自己的坟墓罢，他们必然会葬身在内战的火焰里，充其量不过增加儿童文化工作者，以客观上的困难罢了。

起来！我们要向贫血的儿童读物输血；虽则我们自己也不免于贫血。

三　编者的前提

儿童读物的制作，不外乎创作、编辑、翻译、重述、节选等等几种手法，但是创作与编辑两种方式，占了制作的大部分，本文为述说方便起见，概称为编著。

在着手编著一册或一篇儿童读物以前，应该先决定了前提，这好比航海家先决定了方向一样，否则所编著的作品，无异闭门造车，终因不合辙而废弃在一旁。

第一个前提是"编著给谁看"？

答案很容易很简单："编著给儿童看。"根据这个正确的答案，在编著进行时，必须注意到"儿童本位化"：文字合于儿童的程度，事物合于儿童的了解，顾及儿童的生理和心理以及阅读的兴趣，务使成为儿童自己的读物而不是成人的儿童读物这些，实实在在是编著儿童读物的基本条件。

第二个前提是"编著给怎样的儿童阅读"？

这答案虽然比较复杂一些，也可以很容易地回答出来："编著给现代的中国儿童阅读。"根据这个答案，须得补充一下，才能够明白而具体所谓现代，是科学进步的时代，不论生活上最基本的衣食住行，日新月异，极度地物质的官能享受，甚至杀人的武器已经有了空前可怖的原子炸弹，和传说中的细菌弹，宇宙放射线等等，所以那些迷信的事物，空幻的梦想，幸运的机会等，一概被揭弃了，不能再让现代儿童中毒。又中国的儿童，正在惨痛的内战中长大起来，贫穷饥饿、失学、流浪、犯罪、疫病重重压迫着新中国幼苗的成长，而这些幼苗，绝大多数散处在全国农村各地，那些地方也正是世界上最落伍最黑暗的角落，编著一些什么样的读物给他们看呢？是不是写述一些都市的足以眩耀夸张的豪奢的生活与新奇的事物？是不是写述一些封建的歌功颂德的言辞，鼓动并且引诱他们盲目地奋斗成为独裁的奴役人民的"伟人"？是不是写述一些人云亦云的歪曲的言论去欺骗他们，因而让他们没有了是非正义的感觉？……不是的，不是的，不论哪一个现代的中国儿童都不需要这种庸俗的编书匠给予他们的渣滓。他们所需要的是——正确的认识与思想，科学的知识与技能，艺术的欣赏与创作。

前提决定了，随后依照着选择题材，随后动手编著。

四　题材的采择

儿童读物题材的采择有两个目标指向两个广大的领域。

其一，是"社会"的内容：我们必须把历史上的人类从石器时代进化到原子时代的生活的演变情形，指给我们年幼的一代的儿童看。旧世界怎样改变成新世界，在这里，应该特别指出劳动的神圣，自古以来，千千万万的劳工，怎样辛苦地改变了自然的面目，创造出一个物质文明的世界来。但在这艰难辛苦的历程中，那些皇帝、贵族、地主、武士，却怎样地浪费了劳工的劳力，要不是给他们的自私和贪心所桎梏，人类早就加速地超越了现阶段的文明了。而在这科学发达机器发明的现代，世界上应该不再有"饥饿"两字出现；并且全人类的生活程度，将普遍地提高，任何人可以不虞物质享受的匮乏了。可是现在的世界怎样呢？这病状，这症结要从各个角度上看到各方面去描写出一个或淡或深的轮廓来，让下一代的儿童能够有一种正确的认识。不仅如此，还要进而指出目前人类社会中，正进行着一种斗争，使得劳苦大众的劳力不给私有财产所奴役；今后的新世界中，人人自食其力，人人都要工作，不许有不劳而获的人，工作是一种人与人间的服务，所谓"我为人人，人人为我"就是绝不是资本主义的利润。最后还是要强调那最后的胜利，必属于最大多数的劳苦大众，新的制度，新的社会的成功，会无限地增加男女老小的生活幸福。

也许有人会怀疑，这么复杂的社会问题，这么深奥的社会原理，怎样可以去写给儿童阅读，并且使得他们小小的头脑领会明白呢？这完全是写作技巧的问题，要看编著者怎样处理题材，怎样结构事实，怎样以小见大传达一个具体的印象，揭露一副深刻的图画，安徒生（H.C.Ar.lersen）的《卖火柴的女儿》（*A Little Match Girl*），司吐华夫人（Mrs.H.B.Stowe）的《汤姆叔叔的屋子》（*Uncle Tom's' Cabin* 即《黑奴吁天录》），斯替普涅克（Step niak）的《一文钱》（*A Penny*），这些都是很好的例子。

其二，是"自然"的内容：笔者可以提纲絜领地说：我们在这个题材的领域里，应该写作三类的书籍：

第一类写"人类受自然的虐待"：暴风、雷雨、地震、寒冷、炎暑、洪水、干旱、疫病、猛兽，……处处和人类为难，处处和人类作对，把死亡威胁着人类。

第二类写"人类和自然的争斗"：垦荒、浚河、造林、筑堤、灭蝗，……使自然到处屈服，到处为人类的击败，它所给与人类的威胁、损害，渐渐减少到最低限度。

第三类写"人类征服自然"：建水闸发电，发明雷达，利用原子能，……那是人类在新社会里团结起来，天下一家，在有组织有计划之下劳动，利用自然的伟大的力量为人类服役，来增进人类生活的福利，争取健康争取长寿。

这三类的题材，应该非常有系统，并且非常严密地把她们的细目逐个逐个写下来，随后依照世界人类进步的历程，以及彼此间的关系，有机体地排列起来，写成一册与一册，一套与一套，互相衔接，互相关连，互相发明的新儿童读物。

笔者提出这两大类的题材，虽然只是粗枝大叶地说，（因为篇幅的关系，不容许细述，日后有机会时当另为专文。）几乎包括了人类全部的智识，对于儿童，可说是一部"儿童万有文库"。自然，在目前经济情况，出版条件之下，对于这样庞大的出版计划，是无法进行的；但是盼望不久即来的民主新中国，能够集合人力物力，完成这样的一部"小人"阅读的"大书"，不仅中国儿童有福了，中华民族也有辉煌的前途了。

附带地说，如果真有一天要动手编著这么一套书，还应该事先参考一下高尔基在 Izvestia 报上发表过的一篇"论童读物"的论文，以及杰出的天才的少年科学读物作家伊林（M. llin）的兄弟一位优秀的儿童诗人马夏克（C. Marshak），也在同一报上发表过两篇讨论儿童读物的文章，都可以作为参考。

五　写作的技巧

在目前的儿童读物界中，神话、演义、武侠、侦探，以及其他的今本古本的旧小说，依然胜过了一些新的进步的读物，正如旧连环图画断然地压倒了新连环图画一般。若论内容，无疑地不论是质料、思想各方面，后者较为适当，正确进步，然而好的内容，没有好的形式把它表达出来，便无从引起读者的阅读兴趣，也只有让那些低级趣味的下流读物猖獗起来。——这情形至少在金元国家中也不免，只要看那些电影故事，侦探小说。充满在上海那些贩卖西书的铺子里，就可想当然耳，也许程度的比例上好一些罢了，这好比经济学上的一个不易的定律——"劣币驱逐良币"一样，也无分中外古今的。

总之：编著儿童读物，写作技巧的成功，也就等于成功了百分之五十或六十了。

首先，我们要了解，儿童读物必然是儿童文学的读物，不论她的内容是社会的或自然的，必须要依照文学的形式与艺术的技巧来编著。

其次，讨论文章作法，与研究文艺写作的书籍，出版的已经非常的多，一个作为儿童读物的编著者，必须具有文学的修养，并且使前进的新颖的理论，不要把儿童读物估量得较低，因此掉以轻心，以为粗通文字的人，即能执笔一挥，这种错误的认识，常常自误误人。要知道一篇最好的儿童读物，不论其为童话、寓言、小说、传记、书信，甚至剧本等等，要用估量一篇最好的文艺去估量她。关于这等中外的参考书籍，相当的多，本文限于篇幅，不必细细说来。

再次，为什么旧读物比较新读物更受小读者欢迎，如果容许笔者简单地指出，就因为"情节好""动作多"的缘故，这也许是笔者个人的一种肤浅的看法。

所谓"情节好"，就是题材处理得好，也就是结构曲折，引人入胜，更就是布局精致，繁简得法。从前的章回小说，所以能百读不厌，就靠这个秘诀。美国著名儿童读物的研究者盖兹（A.I. Gates）曾经用分析相关统计各个阅读兴趣的特质，它的结果第一是"奇特"，相关系数"三五"；其次是"动作"，相关系数"二三"……这"奇特"也就包括"变化"在内。但是一般的儿童读物，没有足够的篇幅，能够容纳一个峰回百转的结构，除了大本的长篇的篇什以外。这是事实，儿童的注意力不会过久，阅读时间太长的篇幅并不适宜。然而这也不是绝对没有办法，只要看文艺中有一种"短篇小说"，在二三千字的篇幅内，也可以有一个完善的结构，著名的莫泊桑和柴霍甫的作品，是儿童读物写作者用来揣摩的最好的"取样"。

所谓"动作多"，就是生动的叙述和描写。不错，凡是记叙文，叙述和描写的手法是不可缺少的（还有抒情和修辞）。在出色的文艺里，我们常常可以读到幽静的细致的描摹，还有心理的象征的描写，但是这些手法用诸在儿童读物里，就相当地有了问题，因为适合于儿童的生理和心理的描写，恰好相反，他们是喜欢热闹的活动的描写，要一波未平，一波又起地紧凑，紧张，所以编著儿童读物，如果像写作文艺那样地写作，不免会失败的。美国著名儿童读物研究者克丽黛女士（Miss Kready）在她的童话研究中曾经提出过一个具体的例子，指出罗斯金（J. Ruskin）的《金河王》中开始时的一大段关于山谷的描写是可以删除的，因为静的写景，在儿童天性中是不感兴趣的。（也许是心智的发展尚未到达这一种欣赏的阶段。）

当然，编著儿童读物的写作技巧，不能说已尽于此，这里不过举述个人以为最值得指出来的两点。

六　用字与造句

先说用字（词也包括在内）。

无可讳言地，过去与现在各书坊所出版的儿童读物，彼此间用字并不一律，写法也不一律；甚至于在同一篇读物同一本书篇内，用字与写法也不一律；各种儿童期刊，也都独行其是。这在见多识广的成人看来，以为是无关紧要；可是在先入为主头脑比较单纯的儿童，阅读起来无形中增多了疑问，增加了困难，这实在是一种头脑的浪费，不必要的。

记得在两个月前，笔者与几位中国儿童读物作者联谊会的友人，得到一个机会，与吴研因先生谈谈儿童读物上的许多问题时，吴研因先生就提出了这个长久被人忽视的问题。笔者主编儿童刊十余载，接读了无数的来稿，也有这种深感痛苦的经验，因此就在自己编辑的刊物范围以内，制列一张表格，校对时务请校对先生统一用字及写法。（战时任职国立编译馆时，教科书组陆殿扬先生也厉行这个办法。）现在经吴先生郑重提出，并嘱扩大这个运动，就觉得一方面有公开的必要，另一方面要联合同工的友人起来共同商订实行的办法，与用和写的标准，藉以减少儿童阅读的阻碍。绝对可以避免而尚存在。

现在随手举出若干例子来以见一般。

（甲）用字（词）不一律

（1）它——牠（用作中性及无性代名词）

（2）着——著（用作进行分词）

（3）哪——那（用作疑问形容词）

（4）地——的（用作副词）

（5）底——的（用作物主位代名词）

（6）这里——这儿

（7）多么——多吗

（8）明天——明儿

（9）机关车——火车头

（10）一霎那——一刹那

（乙）写法不一律

（1）擔——担

（2）雙——双

（3）卻——却

（4）衖——唧

（5）麵——麭

（6）画——划

（7）沈——沉

（8）迭——叠

（9）氈——氊——毡

（10）夠——够——彀

次说造句。

这里不说修辞学上所有的"夸饰""取警"等"变格的说法"，因为这太专门了，也是一般文艺写作上的研究问题，本文就笔者所想到的谈谈关于儿童读物的造句。

编著儿童读物，在造句方面第一要注意的是"短句"使得儿童容易阅读，容易了解，这样也就容易发生阅读的兴趣。

进一步是要注意"口语"，所有的句子，"文"的气味能减到零愈好，这个最好的例子是安徒生童话，他老人家写完一篇以后，就去念给儿童们听，看看他们是否听得懂，这是无异请儿童做老师，要他们指示给他修改的地方，因此他的文学作品，才是真正的儿童自己的读物，因此他的作品以写作技巧而言，直到如今还最优秀。请看他所写的——"一个兵，沿着大路走来——一，二！一，二！"（见"火绒匣"）"大雨打在树叶上，伦腾腾！伦腾腾！"（见"小衫树"）"人家真的要想到，鸭池旁边有些重要事件在起来了，其实没有什么事起来。"（见"邻家"）"现在你们听着！"（见"雏菊"）

再该注意的是要写得"生动"。要有力量，要有刺激性与诱惑性，同样的一句这样写和那样写，断然有着显著的不同，例如吉百龄（R. Kipling）在他的"象儿子（The Elephant's son）"一篇中，把象写做"厚皮动物"，把鳄鱼写做"大皮袍子"和"带铁甲的自动兵舰"……这些句子多么生动，又多么新鲜呀！

说到"流利"，就是不要写拗句，或者过度地雕琢得晦涩为深，或者故意把字面弄得诘屈聱牙，这些都会使得行文不流利，不自然，一定不会使得儿童爱不释卷的。

在本节里尚须附带的提说到两点：就是"常用字（分级常用字汇）"和"简体字"：前者是可以供给写作时用字的参考，倘若能够这么做，那就能大大地增加了儿童阅读的便利。后者也是减少儿童认字与写字时的困难：民国二十五年，教育部曾经公布了第一批的简体字，且已明令应用，终因顽固政治家的重大压力而取消，这委实是儿童语文教育的不幸。试问"竈"与"灶"，"邊"与"边"哪个方便？改革了有什么不好？抗战中新生的打垮的"垮"，搞得好搞得坏的"搞"，这两个字现在都已普遍应用，连报纸上的社论，杂志中的论文，也通用无阻，请问这两个无根无据的字，普遍写用了以后，有什么不对？有什么损害？要知道语言，文字也在不断地演变，顽固的政治家必不能长生不死，哪能保证简体字的到终不能实行呢？何况那一次教育部的公布的一批简体字，是取着郑重的保守态度，取舍的标准相当严格的。——站在儿童读物的立场上，写这几句话表示一种抗议。

七　插图与封面

从符号到图画，从图书到文字，这是一种进步的趋势。如今记载事物，发表思想，都用文字，图画只站在附庸的地位，作位辅助的用处，除了艺术上的成就以外，在普通书籍中，已不为人所重视。这在成人的读物，还勉强可以说；如果是儿童读物，则大谬不然。

读物的形式对于阅读的效率，有着密切的关系；而所谓阅读的形式，图画却占了大部分。图画对于文字，可以说明想象，增进了解，提高兴趣，她在儿童读物上地位，是与文字分庭抗礼的。笔者常留心欧美的儿童读物，会发见读物的内容，并不出色，只因为插图太好，本来无意购读的书，就买回去欣赏插图；而且同一内容的书，往往因为插图的争奇斗胜，便有了很多不同的版本。有的写作者还因了插图者惊人的成就居然也跟着身价十倍，竟成了"文以图传"，这又是数见不鲜的事。

根据笔者平时观察的结果（当然是不科学的），插图至少要符合下列六个条件：清晰、单纯、具体、彩式、式样的变化，排列的适当，一定可以充分发挥插图的效果。

根据国立中山大学研究院教育研究所陈孝禅先生研究"小学教课书图画问题"，得到如下的结果，兹撮述其大意：（一）内容：儿童最欢喜"人"，次为"动物"，再次为"植物"。（二）笔调：照相画居首，钢笔画第二，毛笔画居末。因为前者明晰、准确翔实。（三）大小：大幅（全页）最受欢迎，愈小愈不满意。（四）体裁：实体画为首，次为近乎儿童的自由画，象征画最不行。（五）繁简：有背景的插图，认为最美丽。（六）颜色：彩色画第一（但黑影画在高年级生与彩色画受同样的欢迎），黑白画第二，轮廓画殿后。

还有一个有趣的结果，就是"童话插图"的测验结果，儿童并不喜欢"小羊穿衣服""小羊直立如人"，却喜欢爬行的常态的小羊，这也许是一个意外的收获。

　　更有故事性的动作较多的插图，也比一般的插图受儿童欢迎。

　　说到封面，彩色的（三色的尤佳）要比单色的来得好，可无疑义。在彩色中间年幼的儿童最喜欢红色，蓝色，再次浅红。年长的儿童，渐渐喜欢蓝色和绿色了。

　　儿童读物的封面，等于一件璀璨的衣服，如若"佛要金装，人要衣装"的原则成立的话，那么，儿童的编著者，不得不重视封面，不得不给于最美丽的设计。

　　最后附带地说一说版式大小的问题。欧美的儿童书籍，大多数是大型本，$12\frac{1}{8}\times9\frac{1}{8}$吋很普通（俗称十二开本），$14\times\frac{1}{2}\times10\frac{1}{4}$吋（俗称八开本）的也有。日本的中型较多，多数是$10\frac{1}{4}\times7\frac{1}{2}$吋（俗称十六开本）和$9\frac{1}{4}\times6\frac{7}{8}$吋（俗称十八开本）。我国所有的，最多是$7\frac{1}{2}\times5\frac{1}{8}$（俗称三十二开本）也有$6\frac{7}{8}\times5$（俗称三十六开本），更有$5\frac{1}{8}\times3\frac{3}{4}$（俗称六十四开本）及$5\times3\frac{1}{2}$吋（俗称七十二开本）的，不过并不普遍。这也是一个编著儿童读物的研究问题；不过这又触及了学校和家庭的设备（课桌书橱等）问题了。不过儿童读物无论在编排、插图、封面各方面说起来，都以大型本为佳，因为排式容易变化，插图、封面也容易漂亮。这是一个经济的问题。

八　人才的培养

　　编著儿童读物是一种专门的工作，所以需要专门的人才来展开这个重要的教育文化工作。

　　现在会编写作的人在国内似乎并不多；而会编会写作的未必即能编著儿童读物。何况生活的重压，逼迫得一部分人转易了岗位呢！所以人才的培养，已经到了急不及待的时机。我个人以为高中师范，专科师范，大学教育学院，师范大学，亟应添设"儿童文学"或"儿童读物"一学程，并且规定为"必修科目"，这样，数十年后，也许会得人才辈出，而优秀的儿童读物，也琳琅满目，美不胜收了。

目前仅大学师范学院课程内列有"儿童文学及青年读物一学程，三学分，三、四、五年级选修，且为选修科目，无论如何是不够的。如今大、中、小学课程正在修订中，笔者愿为儿童读物前途作一微弱的呼吁。

九　供应的问题

我国学龄儿童人数众多，儿童读物在出版数量上看，无疑是一个巨大的数字，供应自成问题。

国家应该奖励人民投资文化出版事业；必要时给予实力支助。对于历史悠久，大规模的文化出版机关，更应该给予出版上种种的便利，使能大量生产，减低成本，这样才能普遍供应，丰富人民的精神粮食，也丰富儿童的精神粮食。

苏联对于儿童读物，由于"国家出版局""教育用品处""青年前卫出版公司等"几个庞大的机关出版，一本书，每版五万、十万、十五万册地出版着，定价五分、一角、二角地价廉物美，鲜明的封面，到处可以看到。又由儿童读物的博物馆，展览全部的书籍，一方面鼓励出版，一方面供应阅读。这是足以效法的。

若说建国时期，"教育第一——尤以基本教育第一"，那么，也就是"儿童读物第一"的意义，对于她的编著与供应问题，是值得加以详尽地讨论的。

◆ 解说

此文原载于1947年9月《教育杂志》第二十三卷第八号。

范泉在《新儿童文学的起点》一文中说："陈伯吹是《小朋友》周刊的编者，那发表在期刊里的一连串的作品，都可以证明他是一个真正献身于儿童文学的研究者。"的确，在1940年代儿童文学研究领域，陈伯吹是一位非常活跃并出产有质量的成果的一位研究者。

此文与本书后面收选的《儿童读物的检讨与展望》一论一史，均有架构，且超越显而易见的常识，显示了作者在儿童文学研究上的扎实功力。

首先，陈伯吹辨析了"广义与狭义"的"儿童读物"这一概念。对于"儿童读物"，他把"教科书""补充读物""课外读物""副课本""练习本""日记和书信"，"一改不包括在内"，特指的"纯粹是在狭义的偏重文学欣赏的这圈子内的儿童读物。"可见，此文所谓"儿童读物"应为"儿童文学"之代名词。

接着，陈伯吹指出了儿童"读物的贫血状态"以及造成这种状况的原因——"政治的经济的摧残"。陈伯吹还发出了对阻碍儿童文学走出贫血状态的"内战"的诅咒："让好战分子去掘自己的坟墓罢，他们必然会葬身在内战的火焰里"。

第三节至第七节，分别论述的是儿童文学的读者、题材、写作技巧、语言和插图。对于儿童文学创作而言，已是较为完整、较为系统的结构性的研究。

在"编著的前提"中，陈伯吹指出儿童文学的编著（创作与编辑）有两个前提。

第一个前提是以儿童为读者。这是一个普遍性前提。饶有意味的是陈伯吹提出了"儿童本位化"这一主张，认为"文字合于儿童的程度，事物合于儿童的了解，顾及儿童的生理和心理，以及阅读的兴趣，务实成为而自己的读物；而不是成人的儿童读物。这些，实实在在是编著儿童读物的基本条件。"应该说，这样的"儿童本位化"与以周作人为代表的1920年代的"儿童本位"论是相接续的。

第二个前提是针对具体状况提出来的。陈伯吹着眼于两个方面，一是"现代"这个"科学进步的时代"，一是处于"惨痛的内战中"的"中国的儿童"。

陈伯吹认为，在"科学进步的时代"，"那些迷信的事物，空幻的梦想，幸运的机会，一概被扬弃了，不能再让现代儿童中毒。"这样的看法，与冯飞在《童话与空想》一文（见本书）中表述的"可说科学必先有一种空想，以此空想，诉之于无数经验，然后有发明的事实"这一见识相比，可说是倒退了。

倒是陈伯吹对"惨痛的内战中"的"中国的儿童"，特别是"散处在全国农村各地""最落后最黑暗的角落"的儿童的关注令人有所触动。"他们所需要的是——正确的认识与思想，科学的智识与技能，艺术的欣赏与创作。"这一认识也能让人认同。

关于儿童文学的题材，陈伯吹提出了"两个广大的领域"："社会"与"自然"。

对于"社会"这一题材的内容，陈伯吹是取现实主义方法的，而且是站在阶级斗争的立场，"……强调那最后的胜利，必属于最大多数的劳苦大众，新的制度，新的社会的成功，会无限的增加男女老少的生活幸福。"

对于"自然"这一题材的内容，陈伯吹只是将教科书上的人与自然的关系的三个阶段——"人类受自然的虐待""人类和自然的争斗""人类征服自然"复述出来而已，并无新的创意。

关于写作技巧，陈伯吹只"举述个人以为最值得指出来的两点"，即"情节好"与"动作多"。这两点可以说是儿童文学创作的"秘诀"，陈伯吹是抓住了关键。在论述中，陈波吹一再提到外国学者的相关研究，提到外国作家的可以作为借鉴"取样"的创作，显示出他的较为广阔的国际化的视野。

关于儿童文学的语言的论述，陈伯吹提出了"短句""口语""生动""流利"几项标准，属于内行看门道之见解。

陈伯吹对插图与封面非常重视，这恐怕也是出自"儿童本位"的眼光。他说："如今记载事物，发表思想，都用文字，图画只站在附庸的地位，作为辅助的用处，除了艺术上的成就以外，在普通书籍中，已不为人所重视。这在成人的读物，还勉强可以说；如果是儿童读物，则大谬不然。"插图"在儿童读物的地位，是与文字分庭抗礼的。"

读陈伯吹的这些论述，我不禁想到当下出现的图画书出版的热潮。这也可以说，1980年代以来，儿童文学研究在走过了一段忽视幼儿文学（图画书）的弯路之后，终于回到了正途。于此可以见出，60多年前的人们在很多儿童文学的看法上是不违物理常情的。

《儿童读物的编著与供应》一文的难能可贵之处，是重视并呼吁儿童文学的人才培养。陈伯吹提出了举措建议——"我个人以为高中师范，专科师范，大学教育学院，师范大学，亟应添设'儿童文学'或'儿童读物'一学程，并且规定为'必修科目'，这样，数十年后，也许会得人才辈出，而优秀的儿童读物，也琳琅满目，美不胜收了。"

对于教育科学而言，这完全是切中肯綮的建议，但是六十多年过去，一直少有采纳，导致在师范院校无法聚集起有规模、高层次的儿童文学专业学术队伍，令人思之生憾。

1948年

儿童读物的检讨与展望

陈伯吹

检讨过去的儿童读物，最近也要上溯到民国八年（1919年）。为什么？因为"五四运动"就在那年发生的。

五四运动是一个政治进步运动，也是一个文艺复兴运动。而酿成及推动这个运动的是青年大学生，所以在教育上也掀起了波澜，要求政治进步，要求文艺复兴，也要求教育革新。

谈到教育革新，不仅是教育制度与行政的革新，也得是教法与教材的革新。在小学，除了二三十年来沿用着的教科书以外，至此一方面要求教科书的进步，一方面出现了教科书以外的"辅助读物"。不久，儿童的"期刊"也诞生了。

本文为述说的便利起见，分列成四个时期检讨，指出某时期当时的某一个重要趋势，并不是真能划清界线，有一贯性的时代哪里能割裂的呢？

一、文学风味的时期
（约在民国八年至十四年）

民国十一年新学制颁布，语体文教科书印行，这在小学教科书上有了划时代的改革；文体也兼采童话、小说、诗歌等，内容注重欣赏吟味，注重想象，注重阅读趣味，是这时期教科书的特色。

至于辅助读物，恰好在这个时候，欧美的文学名著，大批被欢迎输入，翻译出版，盛极一时。而一位著名的文学作家，在他那不朽的杰作之中，有意无意地写过几篇无论在内容上和形式上都适宜于儿童阅读的作品，例如托尔斯泰的一些短篇故事，王尔德的几篇童话体小说，罗斯金的《金河王》，笛福的《鲁滨逊漂流记》，斯威夫特的《格列佛游记》等等，不论儿童或成人都喜欢阅读。实际上也的确是良好的辅助读物；至于《格林童话》和《安徒生童话》更不必说了。而这些读物，无疑具有浓重的文学风味，大大地刺激了小读者的读书欲望，和养成了阅读习惯。

期刊有《儿童世界》（民国十一年一月七日创刊）及《小朋友》（民国十一年四月六日创刊）的发行，它们都是周刊，而且也一样的注重阅读兴趣，刊载童话较多。

二、教育价值的时期
（约在民国十五年至二十年）

这时期从注重趣味转变到注重教训，不论教科书、辅助读物、期刊，它们的反映是一致的。

具体而明显的：辅助读物在这时期出版的有《爱的教育》，接着有《孩子的心》，再后有《苦儿努力记》，因了具有教育的价值，销售很不坏，并且逐渐地成为儿童读物出版界的一种趋势。

平心而论，读物注重阅读趣味，是合于教育原理和儿童心理的，只因为太热心于趣味，把趣味纯娱乐化了，甚至于低级化了，这当然是不好而且不妥当的，一时虽然风行，日久必被觉察，等到悟出过去的破绽，这转向也是自然而然的。所可惜的，未能熔铸趣味与教育在一炉，烹煮成一种上等的精神食粮，去哺育儿童，不使他们尝到一种枯燥的焦味。这一点直到现在还没有能够做到。好的"寓言"也太不容易写作；就是伊索、拉·封丹、莱辛、克雷洛夫等寓言家的名作，也较少有积极意义的教育价值。

这时期，正当国民革命北伐前后，"党义"侵入了教科书的领域，而一些革命的人物的故事和传记竞载在期刊上，这些，是否有真正的文学风味和教育价值，确也具有疑问。

三、科学常识的时期
（约在民国二十一年到二十六年）

这一时期的儿童读物是从"想象的"踏进"现实"的境界。

教科书首先尝试不采用"鸟言兽语"的材料；虽然这问题激起了正反两方面热烈的讨论，终于未有结果。而且这种问题决不能单凭主观的见解去武断，如果在国内永远没有统计的材料，没有实验的报告，问题也就永远不会得到解决。另外应该指出的，就是在"读"的材料中，插入"做"的材料，逐渐地消灭"读"与"做"的距离，这可以说是遵循陶行知先生的"教学做"的教育学说，谁读过他的诗"人生两个宝，双手与大脑……"的都还能记忆起来。

虽然如此，这是儿童读物的一条康庄大道，并且是一个正确的指标。问题在于文学的写作技巧，是否能够消化硬性的科学常识，使灌输知识如传达印象一般地为读者所喜爱而容易接受。换一句话说，与其直接把知识诉诸于儿童理智；不如间接披上艺术的外表诉诸于儿童的感情、想象、思想各方面，使其在兴趣横生中领受科学知识与技能。

辅助读物方面出版的有陶行知先生主编的《儿童科学丛书》百册，以及《两条腿》《昆虫故事》《十二姊妹》《绿的世界》《人体旅行记》，以及伊林的几本科学故事等。

期刊方面有异军突起的《小学生》（北新书局出版），《常识画报》发行高中低三种阅读程度的，而且都是半月刊，可说是杂志界别开生面的儿童刊物。三日刊的《儿童晨报》，也努力灌输时事知识，并兼及历史、地理方面的材料。

从注意教育又转变到注重科学常识，算不算进步呢？若说是进行，进步又在哪里呢？

前一时期的儿童读物，虽然有若干的效果可以收获，但是心理建设终究不免偏于唯心的观念论，既肤浅，又空泛。姑不论那些作为公民训练的美德，如忍耐、谦让、勤劳、节俭之类，其本质的价值若何，可否作为操行的绝对训练标准，就是小读者是否乐于接受也还颇成疑问。空虚的观念，决不能如真实的常识，能够带人生活中去实验与体味。

得补充说明的，自民国二十年沈阳事变，接着二十一年淞沪抗日血战以后，全国朝野都有一致的呼声："科学救国！""迎头赶上！"文学是时代的反映；而儿童读物的转变到注重科学常识，一半也由时代的浪潮冲击的罢。

四、社会意义的时期
（约自民国二十七年起）

卢沟桥的炮声响了，神圣抗战的旗帜飞扬在祖国的大地上。帝国主义的侵略，法西斯的狂暴，使得全世界爱好和平爱好自由的人民，烧起正义的怒火，敲着它们的丧钟。

抗战与抗暴的文学成为这一时代人民的武器艺术，儿童读物也得算清旧账，王子公主的童话固然无聊，马牛羊鸡犬豕的廉价寓言也一样地要不得；就是那科学常识的"儿子问，父亲答""学生问，老师答"样的单调叙述，也成为千篇一律的公式化，唤不起科学兴趣来。

今日的世界，已不再容许儿童做梦，狂风暴雨，阵阵地吹打，而且一阵加紧一阵，将来的幸福快乐的光明世界，要在今日面对现实，奋发有为，创造出来。社会不让人们在观念世界里躲避，怎能让儿童在幻想世界中求满足呢？要叫儿童的小眼睛观察着，小头脑思考着这世界上的一切真相！

这时期的教科书有《战时读本》和《抗战建国读本》。在辅助读物方面，虽然抗战日益展开，而反映现实的题材的创作，仍和前三个时期一样凤毛麟角般的少。翻译方面可以举出来的《帖木儿及其伙伴》《小夏伯阳》《一文奇怪的钱》等等。至于期刊方面，更加凋零，多数被环境逼迫得停刊了。

时值非常，题材丰富，收获反成凶年，这不能不归咎于政治了。

"胜利"复员以后，因了写作者和出版者的乐观希望，儿童读物除教科书仍为"国定本"外，其他的辅助读物和期刊，都有欣欣向荣的现象。不料好景不常，犹如昙花一现，两年多来，币值惨跌，相反的纸价剧升，而排工、印工、油墨、颜料、制版、装订等等，都跟着比抗战前涨上几十万倍；最令人叹息的，稿酬多数不及排工的一半，书籍的成本这么贵，一般的购买力又那么低，销售的地区愈来愈狭小。加上邮费既昂，寄递又慢又不便，在这情形之下的儿童读物，哪能有广阔的发展和长足的进步呢？所以展望前途，一片漆黑，这又不能不归咎于政治了。

复员两年多来，教科书方面因了"国定本"的内容与供应问题，出版了不少的副课本与练习本，这并不是儿童读物出版的好现象，说得过火些仅是生意眼，利润较有把握而已。辅助读物方面，单行本并不多，炒冷饭的大型文库已出版了三种，这理由也和出版副课本一般无二。期刊方面倒显得蓬勃，但也只怕"夕阳无限好"吧！

本来写作是苦工，儿童读物的写作，更是吃得苦中苦，不为人所知。虽然每当一年一度的儿童节时，大家一齐来凑热闹："救救孩子！""要选好书！"但是儿童读物写作者何尝受人重视，谁都以为猫啊，狗啊，鸡啊，鹅啊，略识之无的人，个个会写，值此"戡乱"第一，既无津贴，又无配给，比清苦的教师还要清苦万分。所以这些儿童读物写作者仿佛是呆子，为什么不去买卖股票呢？然而他们并不气馁，只要不缺乏呆子的精神，垦殖、拓荒，这块园地终于会有光明灿烂的一天！雪莱说过的："冬天已经来了，春天还会远吗？"以此诗句作本文结束。

◆ 解说

此文原载于1948年4月1日《大公报》。

作为儿童文学历史的研究，这篇文章并不长，但是却言简意赅地对三十年儿童文学的历程进行了深度研讨和建构，堪称"迷你"的儿童文学史纲，颇有启发意义和学术价值。

历史的研究，包括文学史的研究必须对价值时间进行阐释，因此，写作《二十世纪中国文学史》的汉学家顾彬说："我所写的每一卷作品都有一根一以贯之的红线。"[1]同样，夏志清写《中国现代小说史》，也在企求"从现代文学混沌的流变里，清理出个样式与秩序"。[2]文学史研究，如果没有对价值时间的发现和阐释，就会如韦勒克所说，"把文学研究简化为列举著作，写成编年史或记事。"[3]

作为简要的儿童文学史纲，《儿童读物的检讨与展望》就对价值时间进行了阐释。陈伯吹将三十年的儿童文学演化过程分成了四个时期："一、文学风味的时期（约在民国八年至十四年）""二、教育价值的时期（约在民国十五年至二十年）""三、科学常识的时期（约在民国二十一年到二十六年）""四、社会意义的时期（约自民国二十七年起）"。

---

[1] [德国]顾彬著：《二十世纪中国文学史》，《中文版序》第30页，华东师范大学出版社2008年版。

[2] 转引自王德威：《重读夏志清教授〈中国现代小说史〉——英文本第三版导言》，见[美]夏志清著：《中国现代小说史》第34页，复旦大学出版社2005年版。

[3] [美国]韦勒克：Concepts of Criticism（New Haven，）第15页，转引自[美]夏志清著：《中国现代小说史》第329至330页，复旦大学出版社2005年版。

姑且不论这种阐释是否得当，至少与现有的中国现代儿童文学史著作相比，给人以耳目一新之感。比如张香还著《中国儿童文学史（现代部分）》④的分期是："第一编五四时期儿童文学""第二编内战时期儿童文学""第三编抗战时期儿童文学""第四编解放战争时期儿童文学"，基本是按照主流意识形态观照下的中国现代史的框架，将儿童文学进行简单分隔。再比如，蒋风主编、多人合著《中国现代儿童文学史》⑤的分期是："第一编1917 — 1927年间的中国儿童文学""第二编1927 — 1937年间的中国儿童文学""第三编1937 — 1949年间的中国儿童文学"，也是沿用了通行的中国现代文学史研究的十年一分期的框架。更重要的不同在于，这两种儿童文学史至少在编目层面上，并没有"文学价值时间"的阐释，张香还的著作的"内战""抗战""解放战争"，表述的都不是文学价值，而蒋风主编的著作的"1917 — 1927年间"等等，也不是对文学价值时间的阐释。

可以看得出，陈伯吹在"检讨"现代儿童文学的三十年历史时，是努力想观察出演变，"清理出个样式与秩序"的。对于"文学风味的时期"与"教育价值的时期"之间的关系，陈伯吹论述说："平心而论，读物注重阅读趣味，是合于教育原理和儿童心理的，只因为太热心于趣味，把趣味纯娱乐化了，甚至于低级化了，这当然是不好而且不妥当的，一时虽然风行，日久必被觉察，等到悟出过去的破绽，这转向也是自然而然的。所可惜的，未能熔铸趣味与教育在一炉，烹煮成一种上等的精神食粮，去哺育儿童，不使他们尝到一种枯燥的焦味。这一点直到现在还没有能够做到。"对于"教育价值的时期"与"科学常识的时期"之间的关系，陈伯吹则提出了这样的问题"从注意教育又转变到注重科学常识，算不算进步呢？若说是进步，进步又在那里呢？"陈伯吹给出的回答是：

---

④ 张香还著：《中国儿童文学史（现代部分）》，浙江少年儿童出版社1988年版。
⑤ 蒋风主编：《中国现代儿童文学史》，河北少年儿童出版社1986年版。

"前一时期的儿童读物，虽然有若干的效果可以收获，但是心理建设究不免偏于唯心的观念论，既肤浅，又空泛，……空虚的观念，决不能如真实的常识，能够带入生活中去实验与体味。"陈伯吹还"补充说明"，当时面临日本的侵略，全国上下都有"科学救国"之呼声，"文学是时代的反映，而儿童读物的转变到注重科学常识，一半也由时代的浪潮冲激的罢。"对陈伯吹的阐释，赞同与否另当别论，其能"自圆其说"总该承认。

对自己的儿童文学史分期，陈伯吹说："本文为述说的便利起见，分成四个时期检讨，指出某时期当时的某一个重要趋势，并不是真能划清界线，有一贯性的时代哪里能割裂的呢？"对文学史的复杂与纠缠，有这样清醒的认识，亦实属难能可贵。

当然，陈伯吹对现代儿童文学三十年历史（其实不止三十年）的认知也有值得商讨之处。

陈伯吹说："检讨过去的儿童读物，最近也要上溯到民国八年（1919年）。为什么？因为'五四运动'就在那年发生的。五四运动是一个政治进步运动，也是一个文艺复兴运动。而酿成及推动这个运动的是青年大学生，所以在教育上也掀起了波澜，要求政治进步，要求文艺复兴，也要求教育革新。"

将儿童文学的发生归功于"青年大学生""推动"的1919年的"五四运动"，恐怕不符合儿童文学发生期的历史史实。儿童文学发生的动力来自清末民初中国向现代社会转型的历史实践。"儿童文学的生产，也需要历史的、社会的构成条件，是以'一整套社会机制'来进行实践的。"⑥我在《中国儿童文学与现代化进程》中说，"古代封建社会的'父为子纲'的儿童观对儿童的沉重压迫，使中国儿童文学这个胎儿的出生变得格外艰难，需要整个社会来一场轰轰烈烈的变革来助产（正如欧洲关于'人'

---

⑥ 朱自强：《"儿童文学"的知识考古——论中国儿童文学不是"古已有之"》，《中国文学研究》2014年第3期。

的真理的发现，需要启蒙运动来帮助擦亮眼睛一样），因而中国儿童文学呱呱坠地的那一天，就成了中国历史上的重大节日。不过，我所说的这个节日并不是生活感觉中的某一天，而是历史感觉中的一个时代，在这个时代里，中国儿童文学诞生的证据在整个社会随处可见：在思想领域有旧儿童观的风化，新儿童观的出现；在教育领域有教育体制、教育内容、教育方法的革新；在文学领域有为儿童所喜闻乐见的新的表现方法的确立；在出版领域有成批的儿童文学作品问世等等。"[7]而对中国儿童文学的产生而言，与现代文学（新文学）相一致，最为重要的两个条件是"思想革命"和"语言革命"，发动这两种革命的都不是"青年大学生"，而是周作人、鲁迅、胡适这样的人物。

另外，陈伯吹能"发现"（"发明"）出"科学常识的时期"，并对"从'想象的'踏进'现实'的境界"这种二者择一的选择予以充分肯定，也许与他的"那些迷信的事物，空幻的梦想，幸运的机会，一概被扬弃了，不能再让现代儿童中毒"这一对幻想的态度有关。他在1950年代创作的《一只想飞的猫》也是重现实轻幻想的儿童文学观念的一种体现。

陈伯吹的《儿童读物的检讨与展望》一文，是本书收选的最后一篇文论，它发表于1948年，再过一年，中国的历史将翻到新的一页，而儿童文学也将步入它的下一个历程。

---

[7] 朱自强著：《中国儿童文学与现代化进程》第57至58页，浙江少年儿童出版社2000年版。

附录：

"儿童文学"的知识考古
——论中国儿童文学不是"古已有之"

朱自强

关键词：儿童文学；观念；建构主义；古代；现代

摘要：关于中国儿童文学是"古已有之"还是"现代"文学的学术讨论，是事关儿童文学学科建设的重大问题。儿童文学不是一个"实体"，而是在特定的历史条件下建构出来的一个观念。依据建构主义的本质论，对"儿童文学"这一观念进行知识考古，就会发现，中国的"儿童文学"这一观念，是在从古代传统社会向现代社会转型的清末民初这一历史时代产生、发展起来的。在中国，"儿童文学"没有古代，只有现代。

自觉地进行学术反思，在我有着现实的迫切性。我的儿童文学本质理论研究和中国儿童文学史研究，在一些重要的学术问题上，面临着有些学者的质疑和批评，它们是我必须面对的问题，也是我愿意进一步深入思考的问题。其中最为核心的是要回答本质论（不是本质主义）的合理性和可能性这一问题，而与这一问题相联系的是中国儿童文学的历史起源即儿童文学是不是"古已有之"这一问题。这两个问题，是儿童文学基础理论建设和学科建设上的重大问题，需要研究者们进一步重视，充分地展开思想的碰撞和学术的讨论。

本文倡导建构主义的儿童文学本质论，并借鉴福柯的知识考古学方法以及布尔迪厄的"文学场"概念，对"儿童文学"这一观念进行知识考古，以深化我本人对中国儿童文学是否"古已有之"这一问题的思考，同时也期望目前走困局的对这一文学史问题的讨论，能够另辟蹊径，现出柳暗花明。

一、建构主义本质论：儿童文学史论的一种方法

对于文学史研究来说，理论方法非常重要。按照爱因斯坦的说法，理论决定着我们所能观察的问题。讨论中国儿童文学是否"古已有之"这一文学史的重大问题，必然涉及研究者所持的儿童文学观。对儿童文学本质论的认识和思考，是讨论这一问题的学术基础。

近年来，有的儿童文学研究者接受西方后现代主义理论的一些观点，发出了反本质论（有时以反本质主义的面貌出现）的批判声音。我想，我的本质论研究也在被批评之列。甚至毋宁说，由于我出版了《儿童文学的本质》一书，理所当然地首当其冲。我自认为，自己的研究尽管含有一定的普遍化、总体化思维方式，但是，基本上不是本质主义研究而是本质论研究，努力采取的是一种建构主义的姿态。

在反本质论的学术批评中，吴其南是有一定的代表性的学者。他在《20世纪中国儿童文学的文化阐释》一书中说："……这些批评所持的多大（大多）都是本质论的文学观，认为现实有某种客观本质，文学就是对这种本质的探知和反映；儿童有某种与生俱来的'天性'，儿童文学就是这种'天性'的反映和适应，批评于是就成了对这种反映和适应的检验和评价。这种文学观、批评观不仅不能深入地理解文学，还使批评失去其独立的存在价值。"[1](P6)

"本质主义的文学理论不是文学本质论的代名词，不是所有关于文学本质的理论阐释都是本质主义的。本质主义只是文学本质论的一种，是一种僵化的、非历史的、形而上的理解文学本质的理论和方法。""建构主义不是认为本质根本不存在，而是坚持本质只作为建构物而存在，作为非建构物的实体的本质不存在。"[2] 但是，吴其南的上述论述是将本质论和本质主义不加区分地捏合在了一起，他要否定的是所有"本质论的文学观"。从"儿童有某种与生俱来的'天性'，儿童文学就是这种'天性'的反映和适应"这样的语气看，他似乎连"儿童有某种与生俱来的'天性'"也是反对的。吴其南是经常操着后现代话语的学者，他的反本质论立场，我感觉更靠近的是激进的后现代理论。但是，我依然认为，吴其南积极借鉴后现代理论，探求学术创新的努力是值得肯定的。

尽管我依然坚持儿童文学的本质论研究立场，但是，面对研究者们对本质主义和本质论的批判，我还是反思到自己的相关研究的确存在着思考的局限性。其中最重要的局限，是没能在人文学科范畴内，将世界与对世界的"描述"严格、清晰地区分开来。有意味的是，我的这一反思，同样是得益于后现代理论。

后现代哲学家理查德罗蒂说："真理不能存在那里，不能独立于人类心灵而存在，因为语句不能独立于人类心灵而存在，不能存在那里。世界存在那里，但对世界的描述则否。只有对世界的描述才可能有真或假，世界独自来看——不助以人类的描述活动——不可能有真或假。""真理，和世界一样，存在那里——这个主意是一个旧时代的遗物。"[3](P13-14) 罗蒂不是说，真理不存在，而是说真理不是一个"实体"，不能像客观世界一样"存在那里"，真理只能存在于"对世界的描述"之中。正是"对世界的描述"，存在着真理和谬误。

著述《语言学转向》的罗蒂对真理的看法，源自他的"语言的偶然"这一观点："……如果我们同意，实在界（reality）的大部分根本无关乎我们对它的描述，人类的自我是由语汇的使用所创造出来的，而不是被由语汇适切或不适切地表现出来，那么我们自然而然就会相信浪漫主义'真理是被造而不是被发现的'观念是正确的。这个主张的真实性，就在于语言是被创造的而非被发现到的，而真理乃是语言元目或语句的一个性质。"(3)(P16) 其实，后结构主义也揭示过"所指"的"不确定性"。用德里达的话说："意义的意义是能指对所指的无限的暗示和不确定的指定……它的力量在于一种纯粹的、无限的不确定性，这种不确定性一刻不息地赋予所指以意义……"(4)(P23)

连批判后现代理论的伊格尔顿也持着相同的观点。他说："任何相信文学研究是研究一种稳定的、范畴明确的实体的看法，亦即类似认为昆虫学是研究昆虫的看法，都可以作为一种幻想被抛弃。""从一系列有确定不变价值的、由某些共同的内在特征决定的作品的意义来说，文学并不存在。"(5)(P27) 其实，伊格尔顿是说文学作为一个"实体"并不存在，文学只作为一种建构的观念存在。这一观点的哲学基础是语言不是现实的反映，而是对现实的虚构。语言里没有现实的对应实物，只有对现实的概念反应。

虽然作为"实体"的儿童文学不存在，但是作为儿童文学的研究对象的文本却是存在的，尽管范围模糊并且变化不定。面对特定的文本，建构儿童文学的本质的时候，文本与研究者是一种什么关系呢？吴其南说："'现实作者'和'现实读者'是在文本之外的。而一篇（部）作品适合不适合儿童阅读，是不是儿童文学，主要是由文本自身决定的。"(1)(P2) 这仍然是把儿童文学当做是具有"自明性"的实体，是带有本质主义思维色彩的观点。本质论研究肯定不是脱离作为研究对象的文本的凭空随意的主观臆想，但一部作品"是不是儿童文学，主要是由文本自身决定的"这一说法，从反本质主义的建构主义观点来看，恐怕是难以成立的。文本无法"自身决定"自己"是不是儿童文学"，因为文本并不天生拥有儿童文学这一本质。

作品以什么性质和形式存在，是作家的文本预设与读者的接受和建构共同"对话"、商谈的结果，建构出的是超越"实体"文本的崭新文本。在这个崭新文本的建构中，读者的阅读阐释起着至关重要的作用。比如，我读某位作家的一篇文章，将其视为描写作家真实生活的散文，可是，作家在创作谈中却说，是当作小说来写的。假设我永远读不到那篇创作谈（这极有可能），在我这里，那篇作品就会一直作为散文而存在。可见，这篇文章是什么文体，并不"主要是由文本自身决定的"。再比如，安徒生童话并不天生就是儿童文学。试想一个没有任何儿童文学知识和经验的成人读者，读安徒生的童话，阅读就不会产生互文效果，自然也不会将其作为儿童文学来看待。一部小说，在某些读者那里，可能被看作历史文本。一部历史著作，在某些读者那里，也可能被看作小说文本。本质并不是一个像石头一样的"实体"，可以被文本拿在手里。本质是一个假设的、可能的观念，需要由文本和读者来共同建构。在建构本质的过程中，特定的文本与研究者之间，肯定不是吴其南所说的"'现实读者'是在文本之外"这种关系，而是在社会历史条件下，在文化制约中，研究者与文本进行"对话"、碰撞、交流，共同建构某种本质（比如儿童文学）的关系。

我相信，持上述建构主义的本质观，能够将很多从前悬而未决、甚至纠缠不清的重要学术问题的讨论发展、深化下去。比如，建构主义的本质论可以成为儿童文学史论的一种方法，有效处理在中国儿童文学史发生问题研究上，出现的是否"古已有之"这一争论。到目前为止，主张中国的儿童文学"古已有之"的王泉根（观点见《中国儿童文学现象研究》）和方卫平（观点见《中国儿童文学理论批评史》）与主张儿童文学是"现代"文学的我本人（观点见《中国儿童文学与现代化进程》）之间的讨论，可以说是彼此都不同程度地陷入了本质主义思维的圈套，从而处于一种解不开套的困局的状态。但是，如果引入建构主义的本质理论，也许可以走出山穷水尽，步入柳暗花明。

二、理念的知识考古："儿童文学"并非"古已有之"

王泉根认为："中国的儿童文学确是'古已有之'，有着悠久的传统"，并明确提出了"中国古代儿童文学""古代的口头儿童文学""古代文人专为孩子们编写的书面儿童文学的说法。[6](P15-24) 方卫平说："……中华民族已经拥有几千年的文明史。在这个历史过程中……儿童文学及其理论批评作为一种具体的儿童文化现象，或隐或现，或消或长，一直是其中一个不可分离和忽视的组成部分。"[7](P28) 我则不同意上述中国儿童文学"古已有之"的观点，指出："儿童与儿童文学都是历史的概念。从有人类的那天起便有儿童，但是在相当漫长的历史时期里，儿童却并不能作为'儿童'而存在。……在人类的历史上，儿童作为'儿童'被发现，是在西方进入现代社会以后才完成的划时代创举。而没有'儿童'的发现作为前提，为儿童的儿童文学是不可能产生的，因此，儿童文学只能是现代社会的产物。它与一般文学不同，它没有古代而只有现代。如果说儿童文学有古代，就等于抹杀了儿童文学发生发展的独特规律，这不符合人类社会的历史进程。"[8](P54) 尽管我提出了儿童文学是"历史的概念"，却没有意识到，在方法论上，要用对古人如何建构儿童文学这个观念的探寻，来彻底取代对那个并不存在的儿童文学"实体"的指认。

陷入讨论的僵局状态，是因为双方都在拿"实体"（具体作品）作证据来证明自己的观点的正确性。王泉根说，晋人干宝的《搜神记》里的《李寄》是"中国古代儿童文学"中"最值得称道的著名童话"，"作品以不到400字的短小篇幅，生动刻绘了一个智斩蛇妖、为民除害的双绞线少年女英雄形象，热情歌颂了她的聪颖、智慧、勇敢和善良的品质，令人难以忘怀。"[6](P24) 我则认为：《李寄》在思想主题这一层面，与'卧冰求鲤''老莱娱亲'一类故事相比，其封建毒素也是有过之而无不及。

'李寄斩蛇'这个故事，如果是给成人研究者阅读的话，原汁原味的文本正可以为研究、了解古代社会的儿童观和伦理观提供佐证，但是，把这个故事写给现代社会的儿童，却必须在思想主题方面进行根本的改造。"(8)(P82-83)方卫平把明代吕得胜、吕坤父子的《小儿语》和《演小儿语》看作是儿童文学的"儿歌童谣"，我却赞同周作人的观点："……如吕新吾作《演小儿语》，想改作儿歌以教'义理身心之学'，道理固然讲不明白，而儿歌也就很可惜的白白的糟掉了。"(9)(P548)"他们看不起儿童的歌谣，只因为'固无害'而'无谓'，——没有用处，这实在是绊倒许多古今人的一个石头。"(10)(P112)

涂明求的《论中国古代儿童文学的存在——以童谣为中心兼与朱自强先生商榷》一文，是一个典型的把儿童文学作品当作"实体"的存在来指证的研究。涂明求例举我的一些动情地赞美童谣的感性化文字，说这里面有一个"诗人朱自强"，然后将从文学历史学、文学社会学立场出发，否定中国儿童文学"古已有之"的我，称之为"概念朱自强"，说"这个清辉遍洒、童心本真的朱自强""驳倒了'概念朱自强'"。(11)在我内心中和研究中的确存在"诗人"（感性）和"概念"（理性）这两个"我"，但是，涂明求将我的不同语境的研究中出现的两者对立起来，是没能理清不同的学术维度。涂明求的论文有一点是正确的，那就是我对现代社会的"'儿童'的发现"和"儿童文学只有'现代'，没有'古代'"的论述，的确是一种"概念"辨析。

如果我们在本质论上，不是把儿童文学当作一个"自在"（方卫平语）的存在，而是当作"自为"（朱自强语）的存在①，即不是把儿童文学看作是客观存在的、不证自明的"实体"，而是作为一个建构出来的"观念"

---

① 方卫平曾说："中国儿童文学理论批评从自在走向自觉，这是一个何等漫长而艰难的历史过程！"（见方卫平著：《中国儿童文学理论批评史》第52页，明天出版社2006年版）朱自强则认为："儿童文学与它的创造者人一样，也是一种自为存在。"（见朱自强著：《儿童文学的本质》第10页，少年儿童出版社1997年版）

来认识把握的话，再面对中国儿童文学史研究中存在的是否"古已有之"的争论，就可以另辟径来展开讨论，使各自的理论言说得到拓展和深化乃至修正。

上述争论双方都是把所谓古代儿童文学的存在，当做一个"实体"来对待。可是，儿童文学偏偏又不是一个客观存在的"实体"，不像面对一块石头，一方说这就是石头（儿童文学），另一方也得承认的确是石头（儿童文学）。判断一个文本是不是儿童文学，并没有一个放之四海而皆准的客观标准。你拿你所持的儿童文学理念来衡量，说这是儿童文学作品，而我所持的儿童文学理念与你不同，拿来一衡量，却说这不是儿童文学作品。这样的"公说公有理，婆说婆有理"的讨论不光是很难有一个结果，更重要的是这样的讨论学术含量、学术价值很低，也很难形成学术的增值。

依据建构主义的本质论观点，现在我认为，作为"实体"的儿童文学在中国古代（也包括现代）是否"古已有之"这一问题已经不能成立！剩下的能够成立的问题只是，在中国古代，作为一个建构的观念的儿童文学是否存在这一问题。对这一问题，方卫平似乎已经作出了肯定的回答。他的《中国儿童文学理论批评史》虽然把古代称为儿童文学的"史前期"，把古代儿童文学理论批评看作是"前学科形态"，但是，行文中还是出现了"……在明代以前……围绕着童谣起源、本质等问题所形成的种种解释，也就成了中国儿童文学理论批评的滥觞"[7][P38]这样明确又肯定的观点。而在介绍了吕得胜的《小儿语序》和吕坤的《书小儿语后》两则短文之后，也有这样的评价："吕氏父子的这两则短文，单从理论批评的角度看，自然还显得粗浅谫陋；但是，从历史的角度看，它们在中国古代儿童文学批评史上，却写下了不可忽视的一页。"[7][P43]这里特别需要说明的是，在方卫平的《中国儿童文学理论批评史》一书引用的古人文献里，都没有出现过"文学"和"儿童文学"这两个词语。不过，古代文献里，比如《南齐书文学传论》《南史·文学传序》出现过"文学"一词，有的解释与现代意义的"文学"有相通之处。但是，古代文献里从未出现过"儿童文学"一词，可见古人的意识里并没有"儿童文学"这一个概念。

在此，我想针对作为观念的儿童文学在中国古代是否"古已有之"这一问题，引入布尔迪厄在《艺术的法则——文学场的生成与结构》一书中提出的"文学场"这一概念进行讨论。布尔迪厄认为，要理解和阐释"什么使在博物馆展出的一个小便池或一个瓶架成为艺术品"，"这需要描述一整套社会机制的逐步出现，这套社会机制使艺术家个人作为这个偶像即艺术品的生产者成为可能；也就是说，需要描述艺术场（分析家、艺术史家都被包括在当中）的构成，艺术场是对艺术价值和属于艺术家的价值创造权力的信仰不断得到生产和再生产的场所。"[12]（P275）"艺术作品的意义和价值问题，如同审美判断的特定性问题，只能在场的社会历史中找到它们的解决办法，这种历史是与关于特定的审美禀赋的构成条件的一种社会学相联系的，场在它的每种状况下都要求这些构成条件。"[12]（P273）

儿童文学的生产，也需要历史的、社会的构成条件，是以"一整套社会机制"来进行实践的。所以，对探讨中国儿童文学是否"古已有之"这一问题，我在《中国儿童文学与现代化进程》中说，"面对中国儿童文学的产生这一重大文学史事件，我们不能采取对细部进行孤证的做法，即不能在这里找到了一两首适合儿童阅读，甚至儿童也许喜欢的诗，如骆宾王的《咏鹅》，在那里打到了一两篇适合儿童阅读，甚至儿童也许喜欢的小说，如蒲松龄的《促织》，就惊呼发现了儿童文学。中国儿童文学绝不是在上述那些平平常常的日子里，零零碎碎地孤立而偶然地诞生出来的。古代封建社会的'父为子纲'的儿童观对儿童的沉重压迫，使中国儿童文学这个胎儿的出生变得格外艰难，需要整个社会来一场轰轰烈烈的变革来助产（正如欧洲关于'人'的真理的发现，需要启蒙运动来帮助擦亮眼睛一样），因而中国儿童文学呱呱坠地的那一天，就成了中国历史上的重大节日。不过，我所说的这个节日并不是生活感觉中的某一天，而是历史感觉中的一个时代，在这个时代里，中国儿童文学诞生的证据在整个社会随处可见：在思想领域有旧儿童观的风化，新儿童观的出现；在教育领域有教育体制、教育内容、教育方法的革新；在文学领域有为儿童所喜闻乐见的新的表现方法的确立；在出版领域有成批的儿童文学作品问世等等。这样一个儿童文学的诞生已成瓜熟蒂落之必然趋势的时代，只能出现于中国社会的现代化进程之中。"[8]（P57-58）日本也是同样情形。日本儿童文学诞生于明治时代，也是因为明治时代新的儿童观的出现为儿童文学的诞生奠定了思想基础，明治建立并普及了现代小学校这一教育制度，同时，印刷技术革命，资本主义经营和中产阶级为主的购买层的出现等等，这些条件结构在一起，成为日本儿童文学诞生的历史条件和社会基础。

我认为，如果要论证儿童文学理念"古已有之"，同样像布尔迪厄所说的，"需要描述一整套社会机制的逐步出现"的状况，有这样"一整套社会机制"，才能形成布尔迪厄所说的那个"社会惯例"——"社会惯例帮助确定了一直不确定的并在简单的用品与艺术作品之间变动的界限"。[12]（P271）

如果对假设存在的古代的儿童文学"场"进行描述，将会出现什么情形呢？在思想领域，有占统治地位的朱熹那样的成人本位的儿童观；在教育领域，有对儒家经典盲诵枯记的封建私塾；在文学领域，有重抒情轻叙事、重诗文轻小说的文学传统；在出版、经济流通领域，印刷技术水平低下，文学作品难以作为商品流通。如果我的上述描述反映的是古代社会的普遍性，那么，它与我在前面描述的儿童文学得以产生的那个现代社会是完全异质的。是否可以这样说，如果我们将在现代社会中产生的某些特定的文本称为"儿童文学"，那么，我们就不能将与现代社会性质相反的古代社会里的某些特定的文本称为"儿童文学"。

事实上，方卫平在《中国儿童文学理论批评史》里，对古代的"社会空间"作了这样的描述："与传统文化对儿童特点和精神需求的扼杀比较起来，这些在传统儿童观顽石的夹缝中偶尔生长起来的理论小草终究还是难以为中国古代儿童文化领域带来哪怕是些微的春色，难以改变历代儿童不幸的生存地位与精神境遇。"[7)(P35)] 在方卫平所指出的古代历史和社会条件下，说能孕育出儿童文学（这个儿童文学只能是一个现代人的概念），其间必然出现逻辑上的断裂。

针对儿童文学这一观念在中国古代（也包括现代）是否存在这一问题，我还想引入福柯提出的历史学研究的"事件化"方法。"在福柯看来，有总体化、普遍化癖好的历史学家常常热衷于发现普遍真理或绝对知识，而实际上，任何所谓普遍、绝对的知识或真理最初都必然是作为一个'事件'（event）出现的，而'事件'总是历史地（的）具体的。""这样，事件化意味着把所谓的普遍'理论''真理'还原为一个特殊的'事件'，它坚持任何理论或真理都是特定的人在特定的时期、出于特定的需要与目的从事的一个'事件'，因此它必然与许多具体的条件存在内在的关系。"[13)(P141)] 某一知识（比如儿童文学）作为一个"事件"的出现，都会具有一定的确定性，就如福柯所说："……不具有确定的话语实践的知识是不存在的，而每一个话语实践都可以由它所形成的知识来确定。"[14)(P203)] 吉登斯也说道，"确实存在着历史变革的一些确定性事件，人们能够辨认其特性并对其加以概括。"[15)(P5)]

我认为，在人类历史上，"儿童文学"这一观念的创造，就是福柯所说的"具有确定的话语实践"的知识，就是吉登斯所说的"历史变革的一些确定性事件"之一，对其"特性"，"人们能够辨认""并对其加以概括"。

如果我们把古代"儿童文学"观念（假设有）的生成"事件"化，会出现什么情况？结果显而易见：古人的文献里，从来都没有出现过"儿童文学"这一语汇，主张儿童文学"古已有之"的现代学者的相关研究，目前还无法将"儿童文学"在古代事件化，无法将"儿童文学"描述成"确定的话语实践"，无法梳理儿童文学这一知识（假设有）在古代的建构过程，更没有对其"特性"进行过"辨认"和"概括"。

一个概念，必有它自己的历史。在古代社会，我们找不到"儿童文学"这一概念的历史踪迹，那么，在哪个社会阶段可以找得到呢？如果对"儿童文学"这一词语进行知识考古，会发现在词语上，"儿童文学"是舶来品，其最初是先通过"童话"这一儿童文学的代名词，在清末由日本传入中国（商务印书馆1908年开始出版的《童话》丛书是一个确证。我曾以"'童话'词源考"为题，在《中国儿童文学与现代化进程》一书中作过考证），然后才由周作人在民初以"儿童之文学"（《童话研究》1913年），在五四新文学革命时期，以"儿童文学"（《儿童的文学》1920年）将儿童文学这一理念确立起来。也就是说，作为"具有确定的话语实践"的儿童文学这一"知识"，是在从古代传统社会向现代社会转型的清末民初这一历史时代产生、发展起来的。

有研究者拿周作人"中国虽古无童话之名，然实固有成文之童话"一语，作为中国古代已有儿童文学（童话）的依据，其实，这个例子恰恰是对古代已有儿童文学这一观点的驳斥。周作人是这样说的："中国虽古无童话之名，然实固有成文之童话，见晋唐小说，特多归诸志怪之中，莫为辨别耳。如[16](P340) 在这段话里，"莫为辨别"一语特别重要。按照接受美学的观点，没有接受者，作品将不会存在。因此，当《吴洞》这样的作品被古人"归诸志怪"来接受，而不是被当作由现代概念判定为"童话"的这种作品来接受，我们就不能说古代存在过"童话"，而只能说存在着"志怪"。现代的"童话"概念里有着"给儿童的故事"这一含义，而古代的"志怪"，毫无疑问地没有"给儿童的故事"这一含义。可见，"志怪"与"童话"这两个语词，无论是能指还是所指都是不同的。我认为，对古代的民间文学（包括童谣）也应该以此理论之。

古人"莫为辨别"的还有古代童谣。周作人说："自来书史记录童谣者，率本此意，多列诸五行妖异之中。盖中国视童谣，不以为孺子之歌，而以为鬼神凭托，如乩卜之言，其来远矣"[17](P294–295)到现代人周作人这里，方"视童谣""为孺子之歌"："儿歌之用，亦无非应儿童身心发达之度，以满足其喜音多语之性而已。"[17](P300)

中国古代尽管出现了"童谣"这一语汇，但是，这一语汇完全不能与作为"知识集"（佩里诺德曼语）和"文学场"（布尔迪厄语）的"儿童文学"这一现代概念划等号。也就是说，即使能证明古代存在"童谣"理论，但是却不能由此而得出古代存在"儿童文学"理论这一结论。我想，我的这一观点也是对涂明求上述与我商榷的论文的一个回应。

需要辨析的还有"自觉"与"非自觉"这两个修饰语。主张儿童文学"古已有之"的学者（比如王泉根和方卫平），为了将所谓的古代儿童文学与现代儿童文学相区别，往往说古代儿童文学是"非自觉的儿童文学"，现代儿童文学是"自觉的儿童文学"（可见论者自己也知道两者不是一个东西）。但是如前所述，如果不是把儿童文学看做一个"实体"，而是当作一个理念，所谓现代儿童文学是"自觉的"，古代儿童文学是非自觉"的这一观点就不能成立。因为古代如果存在儿童文学这一"理念"，作为理念，就不可能是"非自觉的"，而必然是"自觉的"。

另外，"现代意义的儿童文学"也不是科学的、逻辑一致的表述，因为这一表述是以存在"古代意义的儿童文学"为前提。古人从没有建构过任何意义的儿童文学观念。如果进行知识考古，很显然，"古代意义的儿童文学"这一概念产生于现代人这里，是他们在现代社会，拿着根据格林童话、安徒生童话等现代作品建构起来的"儿童文学"观念，回到古代，代替不作一声的古代人来指认某些文本就是儿童文学。也就是说，"创造"了"古代儿童文学"的不是古代人，而是现代人，所以，还是只能说，儿童文学是现代人创造的现代文学，儿童文学只有"现代"，没有"古代"。

对作为观念的儿童文学的发生进行研究，要问的不是儿童文学这块"石头"（实体）是何时发生、存在的，而是应该问，儿童文学这个观念是在什么时候，在什么样的历史条件（语境）下，出于什么目的建构起来的，即把儿童文学概念的发生，作为一个"事件"放置到特定的历史语境中进行知识考古，发掘这一观念演化成"一整套社会机制"的历史过程。而且，如果如罗蒂所言，"只有对世界的描述才可能有真或假"，那么，我对儿童文学这一观念的现代发生的描述，和一些学者对儿童文学这一观念的古代发生的描述，两者就很可能一个是"真"的，另一个是"假"的。

〔参考文献〕

（1）吴其南.二十世纪中国儿童文学的文化阐释[M].北京：中国社会科学出版社，2012年.

（2）陶东风.文学理论：建构主义还是本质主义？——兼答支宇、吴炫、张旭春先生[J].文艺争鸣，2009年，7期.

（3）[美]理查德罗蒂.偶然、反讽与团结[M].北京：商务印书馆，2005年.

（4）转引自[美]格拉斯凯尔纳、斯蒂文·贝斯特.后现代理论批判性的质疑[M]北京：中央编译出版社，2011年.

（5）[英]特里·伊格尔顿.当代西方文学理论[M].北京：中国社会科学出版社，1988年.

（6）王泉根.中国儿童文学现象研究[M].长沙：湖南少年儿童出版社，1992年.

（7）方卫平.中国儿童文学理论批评史[M].济南：明天出版社，2006年.

（8）朱自强.中国儿童文学与现代化进程[M].杭州：浙江少年儿童出版社，2000年.

（9）周作人.歌谣[A].钟叔河编订.周作人散文全集第2卷[C].桂林：广西师范大学出版社，2009年.

（10）周作人.吕坤的《演小儿语》[A].钟叔河编订.周作人散文全集第3卷[C].桂林：广西师范大学出版社，2009年.

（11）涂明求.论中国古代儿童文学的存在——以童谣为中心兼与朱自强先生商榷[J].学术界，2012年，6期.

（12）[法]皮埃尔布尔迪厄.艺术的法则——文学场的生成与结构[M].北京：中央编译出版社，2011年.

（13）陶东风.文学理论的公共性——重建政治批评[M].福州：福建教育出版社，2008年.

（14）[法]福柯.知识考古学[M].北京：三联书店，2012年.

（15）［英］安东尼·吉登斯.现代性的后果[M].南京：译林出版社，2011年.

（16）周作人.古童话释义[A].钟叔河编订.周作人散文全集第1卷[C].桂林：广西师范大学出版社，2009年.

（17）周作人.儿歌之研究[A].钟叔河编订.周作人散文全集第1卷[C].桂林：广西师范大学出版社，2009年.

（发表于《中国文学研究》2014年第3期，翻译发表于韩国学术刊物《儿童与青少年文学研究》2013年12月，总第13期）

《现代儿童文学文论解说》：

重构中国儿童文学批评史

刘绪源

"通过选文和解说，努力建立现代儿童文学文论与当代儿童文学文论的互动性关联，进而建构一个属于我本人的中国儿童文学理论批评史的基本框架和大致走向。"

朱自强的这本《现代儿童文学文论解说》和前已印行的鲁迅、周作人等论儿童文学的专集不同，前几种都由编选者"辑笺"；本书则改为"解说"，书中选有孙毓修、周作人、鲁迅、郭沫若、叶圣陶、赵景深等18人文章，外加一次多人座谈会记录，共37篇，文后解说大都不短，最长的(关于周作人《儿童的文学》)有近万字，有的比原文长两倍还不止(如关于冰心《寄小读者》序)。可见，在这本书中，朱自强自己的观点占了很大的分量。于是，当初发表的文论，这些文论在当时和后来造成的影响，现在的选编者对这些文章和影响的看法，这三者在书中发生了激烈而有趣的碰撞，翻开书页，火花四溅，煞是好看，并引发紧张的思考。朱自强对自己的要求是："通过选文和解说，努力建立现代儿童文学文论与当代儿童文学文论的互动性关联，进而建构一个属于我本人的中国儿童文学理论批评史的基本框架和大致走向。"(见本书《导论》)看来，这是一个颇具"野心"的选本。读完全书，我们发现，一个重写儿童文学批评史的充满活力的雏形，确已呼之欲出。

　　首先是作者文心之细，这是本书能取得学术成果的一个必要前提，因为这关乎学风和方法，体现了作者看待问题的眼光和眼力。解说当然侧重于对内容的理解，但也见缝插针进行了一些有趣的考证。如第6～7页，作者对孙毓修主持的《童话》丛书初版时间、编撰者及"童话"一词的来源，作了重新考订：在时间上，他否定了王泉根、方卫平所说的"1909年创办"，根据他所找到的第一集第一编《无猫国》的重印本，查获初印时间应是1908年11月；编译或编写者，也不是王泉根所说的先由孙毓修一人，"后由茅盾、郑振铎续编"，而是由谢寿长、高真常、张继凯等人共同参与；对"童话"的语源，朱自强发挥了自己的日语专长，梳理了此词在日本出版物中的百年轨迹，进一步指出日本对诞生期的中国儿童文学的影响，从而否定了盛巽昌与洪汛涛的推断。在93页，朱自强查实了郭沫若的《儿童文学之管见》发表于《民铎》月刊2卷4号，出版日期为"民国十年正月十五日"，那就应是1921年面世，而不是蒋风、王泉根等过去所说的1922年。但朱自强又自疑：文末标注的写作时间是"1月11日草"，郭人在日本，当时没有快递、传真，这离刊物出版时间是否太近了？他提出了两种可能：一是出版日期的"正月"指农历一月，二是刊物可能延期出版。我以为，这两种可能都会存在，而刊物延期(大大晚于标注日期)在那时是非常普遍的。有这样的态度，许多重大学术问题才能厘清，才不至于含糊待之。过去，蒋风、吴其南、方卫平等都认为现代中国的"儿童本位论"源出于杜威的"儿童中心说"，在周作人《儿童的文学》一文的解说中，朱自强对此作了详细分析，一点一点地梳理出这一观念的来源，指出它与杜威理论并非一回事。这种治学方式，本是现代学术的基本规范，朱自强在日本留学时，师从鸟越信等严谨的专家，更养成了在细小处决不轻易放过的习惯，对中国儿童文学理论界的意义非同小可。因儿童文学研究受粗疏、主观、臆断乃至强词夺理的干扰，实在是太多了。

书中还曾举到一例(见第146页)，说竟有人指周作人《儿童文学小论》不过是"一点儿小论"，是"随感性的文字"，根本算不上理论。我读后哑然失笑，未曾读懂周作人的读者往往会上这个当，因周氏从来喜欢把自己说小，从不打什么大招牌，他的著述一概谦称小书、小论，在如日中天时出的书也叫"苦雨斋小丛书"，他的重要论述从来只以清淡的随笔文字出之，但真正的行家(诸如胡适和鲁迅)都能读出分量。这一关未过，怎能了解周氏理论？只好以"都都平丈我"一类塾师视之罢了。但也由此可见，这一行业中的粗疏已达到怎样的程度。

本书解说的另一特点，是充满论辩性。上世纪八九十年代之交，朱自强初登文坛，以一篇《新时期少年小说的误区》令人瞩目，文中点名批评班马等人的创作，一点不留情面。他的观点有重要的独创性(如对于儿童观的重视)，但行文也有莽撞处，给人以"黑旋风"的印象。时过境迁，朱自强在界内地位彰显，在高校也成名教授，谈话著文稳健起来，板斧抡得少了，印象似已渐近"入云龙"。但近年锋芒又复凌厉，在本书中，与界内诸同行一一点名论战，寸步不让，而行文周密，材料充实，已无莽撞之气，颇似"豹子头"或"小李广"了，这是十分喜人的。

在郑振铎《〈稻草人〉序》一文的解说中，他旗帜鲜明地提出：叶圣陶的童话集《稻草人》和郑振铎所编的《儿童世界》，都存在前后不一的转向，这与强调"为人生的艺术"的文学研究会成立有关；"儿童文学(包括童话)'为人生'这绝没有错……问题在于，其主张表现的人生和'成人的悲哀'的绝望性。儿童文学不是任何的成人观念和情感都可以投注进去的容器"；这段解说还借助德国凯斯特纳等作家的话，强调，"只有对人类持有信心的人才能对少年儿童有所帮助"，怎样将苦难"显示给儿童"是一个需要儿童文学探究的大问题。他对郑振铎的肯定意见持否定态度，对王泉根等当代学者的赞颂则作了有力批驳。在冰心《〈寄小读者〉四版自序》的解说中，他对冰心这部名著的文学价值也提出了大胆怀疑，并说："无论是中国现代儿童文学史研究，还是中国现代儿童文学批评史研究，都极有必要对冰心所代表的'传统'进行深入的反思。"这篇解说对方卫平等人的观点也进行了大段辩驳。在茅盾(化名"惕")《再谈儿童文学》一文的解说中，他借助茅盾的分析，强调了凌叔华的儿童文学创作事实上高于"一直被置于极高的地位"的叶圣陶和张天翼，表达了"重写"儿童文学史的冲动。论辩最为激烈而密集的，当数与吴其南等争论"儿童本位论"的问题了。

行文至此，我忽然想到，当年赵家璧请蔡元培、胡适、鲁迅等一起编定第一个十年的《中国新文学大系》，除创作外，还专设"建设理论集"和"文学论争集"——新文学草创之初，理论上抓住"建设"和"论争"，那是抓了要害。中国儿童文学批评史严格说仍在草创阶段，所以自强文风中突出了"论辩性"和"建设性"，我以为是极有益的。他的建设，首先在方法论上。他提出"建构的本质论"的方法，与我以前提的"建构论须与本质论相统一才有价值"颇相似，但他的提法明显高于我，因我还在防范后现代理论的消极作用，他则能在不伤既往学术传统的前提下对后现代理论作积极的应用。通过这一方法，他论证了"一切儿童文学都是现代文学"的重大命题(见本书自序与附录)，又理出"儿童在人格权利上与成人平等，在心理、生理上与成人不同"这两个中国的"儿童的发现"的逻辑支点——这其实就是"儿童本位"的理论(见《儿童研究导言》的解说)。统观全书，我感觉到，在朱自强所构建的未来的中国儿童文学批评史中，"儿童观"应是其逻辑起点，这与他早年入行时的思考相一致，可谓一以贯之；而真正潜伏着、发展着、有着无穷前途的理论内核，就是"儿童本位论"——周作人、郭沫若、严暨澄等对此都有精辟论述，本书也处处闪烁着这一理论的光泽。

本书的解说可视作重构新批评史的雏形，我希望它完整的全貌能早日呈现，这定能推动中国儿童文学理论的新发展。

对话、批评及其建构主义

——评朱自强《现代儿童文学文论解说》

黄贵珍

关键词：儿童文学；对话精神；文学批评；建构主义；本质主义；研究方法

摘要：在《现代儿童文学文论解说》一书中，朱自强借编选现代儿童文学文论与解说的形式，与现代儿童文学文论家对话，又与当代儿童文学研究者对话；对当下某些儿童文学研究者的学风、儿童观、研究方法，有理性地进行批评；运用建构主义本质论的研究方法，大体勾勒出了中国现代儿童文学创作的基本局面，并初步建构了中国儿童文学理论批评史的基本框架。

对于文学理论批评史的研究，大致有两种做法：一是撰写专门的批评史，如王运熙、顾易生主编的《中国文学批评通史》（七卷），从先秦到近代，勾勒出了中国本土文学理论的发展脉络；一是编选文论选本，如郭绍虞主编的《中国历代文论选》（四卷本），从经史子集、序跋、书信等选出有代表性的文论，然后一一进行解说、汇通，也是一部隐然若见的"中国文学批评史"。这两种做法都可见出著者的功力，各有千秋，都能成为经典。但相比前一种做法，我更欣赏后一种做法：它既体现了编选者的眼光，更体现出编选者对文本的阐释能力，而在扎实可靠之文献基础上建构起来的文学理论史，无疑更可靠更具说服力。正因如此，在读过方卫平的《中国儿童文学理论批评史》后，再读朱自强的《现代儿童文学文论解说》，欣喜之情，难以言表。

朱自强在该书的《导言》里说："编选中国现代儿童文学文论并为其撰写'解说'这一工作，属于理论批评史论的范畴。从事这项学术工作，需要具有儿童文学理论、中国儿童文学史、中国儿童文学理论批评史这几方面的知识储备。"在儿童文学的研究领域里，这项编选现代儿童文学文论并解说的学术工作，朱先生是不二的人选——这从他的博士论文《中国儿童文学与现代化进程》及《儿童文学概论》两书中，就能看出朱先生扎实的文论功底与宽广的理论视野。尽管前面有王泉根先生选评的《中国现代儿童文学文论选》，该书也清晰地呈现了王先生在儿童文学理论批评史论方面的研究心得。但读过朱、王两位先生编选的文本，就知道朱先生的工作并不是重复性的，而是在王先生的既有成果基础上有补充与超越。朱先生视野之开阔，眼光之独到，校勘之细致，解说之精辟，批评之酣畅，方法之新颖，使得这部《现代儿童文学文论解说》成为近年来儿童文学理论建设方面不可多得的具有里程碑意义的成果。

一、对话的精神

倡导对话理论的巴赫金有一个观点，就是"没有对话，就没有思想"。作为一个现代学术研究者，不仅仅要熟悉对话理论，还要具有对话的能力，把对话作为一种学术生长与理论建构的方法。

编选《现代儿童文学文论解说》，朱先生首先借选编现代儿童文学的经典文论，通过对文论的梳理与故去的现代儿童文学文论家对话。如对周作人的《儿童研究导言》一文的解说，朱先生联系前面介绍的同是周作人写的《儿童问题之初解》，归纳出周作人在中国的"儿童的发现"上所做出的贡献："前面介绍到的《儿童问题之初解》一文的主旨之一，是在人格权利上为儿童主张与成人的平等，而《儿童研究导言》的主旨则在于揭示儿童在心理、生理上与成人的不同……周作人于1912年、1913年提出的这两点主张，就是他的'儿童本位'论——中国的'儿童的发现'的两个逻辑支点。"[1](P28)正是在这个意义上，朱先生对周作人推崇备至，认为"开拓中国儿童学的荒地时，周作人是处于打头阵的位置的，他所到达的思想和学术的高度，不仅郑振铎、赵景深、郭沫若、茅盾等新文学主将，而且连鲁迅这样的新文学巨人也不能企及"。[1](P67)在《中国儿童文学与现代化进程》一书中，给了周作人整整一章的篇幅来论述其开创性的贡献，称其为"中国儿童文学的普罗米修斯"，认为周作人是"具有主体性的中国儿童文学的开山祖"。[2]而在对周作人《儿童的文学》一文的"解说"中，朱先生高度评价《儿童的文学》不仅是中国第一篇最为系统地论述儿童文学的论文，而且还应该是中国首次用'儿童文学'这一词语来表述儿童文学这一概念的文献"。[1](P77)通过"辨章学术，考镜源流"，朱先生认为周作人笔下的"儿童文学"这个概念"很可能直接来自麦克林托克和斯喀特尔笔下的'literature for children'一语"[1](P77)，及"儿童本位论"是立足于儿童学上的，来源于美国儿童学与日本儿童学，而不是人类学与杜威的儿童中心主义理论。[1](P79-85)通过朱先生的文论解说，我们得以知晓周作人在儿童文学上的诸多贡献与奠基者地位，及其儿童文学理论的源头与发展过程。

如果说对文论的解说并不属于朱自强先生的首创——王泉根先生选评的《中国现代儿童文学文论选》每篇选文之后均有"硕边小记"，其实也是一种解说，也是一种跟现代儿童文学文论家的对话；那么，在解说中借阐释现代儿童文学文论与当下儿童文学界有影响的研究者（如王泉根、方卫平、吴其南、蒋风、谭旭东）进行对话，则是其一大特色。如对郑振铎《〈稻草人〉序》的解说中，引用了王泉根的评价："本文不仅是认识、理解叶圣陶早期童话创作的重要批评文字，而且是中国现代儿童文学史上坚持儿童文学社会批评与教育作用的'社会学派'的重要理论纲领，对于促进'五四'以来的儿童文学高度直面人生、反映社会生活的现实主义方向具有重要的意义。"[1](P203-204)还引用了方卫平的评价："此文（指《中国儿童读物的分析》）与同一作者的另一篇作家作品专论《〈稻草人〉序》一起，堪称现代儿童文学理论批评之'双璧'，其理论分析及所阐述的观点，就是今天也难以为人们所超越。"[1](P204)而在朱自强看来，王、方两位先生的评价是过高了。他认为"叶绍钧童话的幻想力贫弱和非小说的类型化方式，就使得《稻草人》集在处理现实问题时，文学表现显得非常简单化、概念化"[1](P202)；并且指出，"历来的中国儿童文学史研究，都忽视了中国儿童文学发生期和确立期存在着两个'现代'这一重大的历史事实"——"我所说的两个'现代'，是指先行的以周作人为代表的'儿童本位'的儿童文学理论，与随后出现的以叶圣陶、冰心为代表的儿童文学创作。我在书中（指《中国儿童文学与现代化进程》）论述了这两个'现代'之间存在着相当大的错位。"[1](P204)这样，朱先生就在对《稻草人》集及《〈稻草人〉序》两者的评价上，跟当代的儿童文学论者（如王泉根、方卫平、杜传坤、刘绪源）进行了多重对话。

在对不同文本的评价及具体问题的看法上，朱自强每每有不同于众人的见解，而这种不同的见解被"汇集"在一起，便构成了"众声喧哗"式的对话。这种对话在书中不是个别的现象，而是随处可见、俯仰皆是的具有普遍性的特点——作者正是想通过"努力建立现代儿童文学文论与当代儿童文学文论的互动性关联"，"进而建构一个属于我本人的中国儿童文学理论批评史的基本框架和大致走向。"（《导言》）

综上所述，朱自强借编选与解说的形式，既是与现代儿童文学文论家的对话，又是与当代儿童文学研究者的对话，是一种双重的对话。这种借对话来建立属于自己的中国儿童文学理论批评史的基本框架与大致走向的做法，是值得借鉴的。

二、批评的勇气

安东尼·刘易斯的名作《批评官员的尺度》封面上有一句话：若批评不自由，则赞美无意义。这话自然是很有道理的，但落实到中国文学（包含儿童文学）批评界，批评的自由却不那么容易做到。

中国向来是一个讲人情的国度。人情味很浓既是中国社会的优点，又是中国社会的缺点。用在人际交往方面，可算是一个优点；用在文学批评方面，却是一个缺点。因为注重人情，一方面是社会氛围允许你无尽地赞美，却不大容忍得了自由的批评；另一方面，批评者怕得罪人，不敢去批评别人，即使这批评是理性的，是对事不对人的。这样下来，我们在报刊、网络上，看到太多的溢美篇章，而少有酣畅淋漓的批评。正是在这个意义上，朱自强先生在该书的解说部分对当前部分学者的批评才显得难能可贵。

如果说前面论述到朱自强先生在具体文本及问题的看法上与当下儿童文学研究者的对话，还带有商榷的性质，是一种平等的学术交流的话；那么对个别研究者的学风问题的指出，便是不留情面的严厉批评。如在赵景深、周作人《关于童话的讨论》的解说中，朱先生引用了谭旭东对周作人的一段论述："儿童文学理论有没有真正的大家，这是值得怀疑的！我读到不少所谓的儿童文学理论批评著作，这些著作没有让我建构儿童文学的信心，反而让我怀疑中国儿童文学理论是否有自己真正的话语，是否有自己真正的理论基石，是否有自己真正的学科。我的感觉是，目前我所接触到的儿童文学理论批评都是源自周作人的一本《儿童文学小论》，大家谈来谈去，都是'儿童本位论'和'童真童趣'。周作人无疑是现代文学史上不可否认的大家，但他的一点儿童文学小论，能否承担得起中国儿童文学的理论大厦呢？我想阅读过周作人著作的人都是了解这一点的，周作人那些关于儿童文学和儿童教育的随感性的文字，和今天我们许多作家关于儿童和文学的感想性文字并无多少不同之处。"(1)(P143) 然后对这段话评论道："坦率地说，谭旭东对周作人的这种评价真是看得我心惊肉跳，久久无语。谭旭东的这一言论，暴露出的已经不是学术判断的水准问题，而是学风问题，因为我不相信任何一个仔细、认真地'阅读过周作人著作的人'，会说出如此轻狂的话来。"(1)(P144)

另外，对吴其南的"成人本位"的儿童观，朱先生也多有批评。在对周作人《人的文学》的解说中，朱先生引用吴其南对中国儿童文学性质的一个判断："儿童文学的内容较为清浅，思想情感不十分分化，适合表现具有普遍意义的内容而非较深的更具个性化的内容。"(1)(P54) 针对这一观点，朱先生批评道："'儿童文学的内容较为清浅，思想情感不十分分化'，在这里，吴其南再一次流露出他贬抑儿童文学的价值观。"(1)(P54) 在对戴渭清的《儿童文学的哲学观》的解说中，朱先生又引用吴其南的一段话："儿童年龄小，无论是在实际生活中还是在精神上，都没有形成自己的世界。"(1)(P180) 朱先生认为这是吴其南在儿童观上的倒退，并表示"对这一'成人本位'的儿童观持明确的反对态度"。(1)(P180) 诸如此类的批评，在书中还有许多，恕不一一列举。

在书末，作者附了一篇论文，即《"儿童文学"的知识考古》。这篇文章着重论述的是"中国儿童文学是不是'古已有之'"，涉及到儿童文学史论的方法论问题。通过对吴其南、王泉根、方卫平有关论点的反驳，借用福柯的知识考古学与布尔迪厄的知识社会学，提倡一种建构主义的本质论。其实质已经超出了观点的争锋，而是对于儿童文学领域本质主义研究方法的批评。

朱先生的批评，对事不对人，对现象不对人，对方法论不对人。其立论有据，其批评有节。这种理性的批评，相信对于学界不良的风气，甚至对于所批之学者，都是大有裨益的——如果这些被批评的人，能够平心静气地接受这种对话式的学术批评的话。

三、建构主义本质论

虽然建构主义这一术语是在作为附录的《"儿童文学"的知识考古》一文里提出的，但作为一种方法却贯穿了《现代儿童文学文论解说》的始终。

建构主义作为一种方法论，是同本质主义相对的。对于本质主义，陶东风给的定义是："在本体论上，本质主义不是假定事物具有一定的本质而是假定事物具有超历史的、普遍的永恒本质（绝对实在、普遍人性、本真自我等），这个本质不因时空条件的变化而变化；在知识论上，本质主义设置了以现象、本质为核心的一系列二元对立，坚信绝对的真理，热衷于建构'大写的哲学'（罗蒂）、'元叙事'或'宏伟叙事'（利奥塔）以及'绝对的主体'，认为这个'主体'只要掌握了普遍的认识方法，就可以获得超历史的、绝对正确的对'本质'的认识，创造出普遍有效的知识。"[3]

本质主义的思维方法把永恒的、普遍的、静止的、模式化的"特性"和"本质"当成一种不变的"实体"归于一个固定的对象，在后现代思潮的影响下，日益暴露出其弊病来。因而一些有识之士，开始从福柯、布尔迪厄、罗蒂等西方学者那里借用知识考古学、知识社会学理论，尝试以建构主义取代本质主义。阿雷恩·鲍尔德温等著的《文化研究导论》写道："取代本质主义的最好方法是社会建构主义者的解释。典型的建构主义观点可以用西蒙娜·德·波伏娃的话总结如下：'女人不是生为女人的，女人是变成女人的'。"[4]跟波伏娃类似表述的还有萨义德在《东方学》里论述到的，"东方"不是一个本质化的实体，而是西方文化的建构；及福柯说的："人的本质——假如人有本质的话——并不是一种与生俱来的、固定的、普遍的东西，而是由许多带有历史偶然性的规范和准则塑

造而成的。"（5）

朱先生在辨析了建构主义与本质主义的区别后说："本质是一个假设的、可能的观念，需要由文本和读者来共同建构。在建构本质的过程中，特定的文本与研究者之间，……是在社会历史条件下，在文化制约中，研究者与文本进行'对话'、碰撞、交流，共同建构某种本质（比如儿童文学）的关系。"（1）（P354）

朱先生持上述建构主义的本质观，对"儿童"与"儿童文学"的概念作了详述的辨析，认为"儿童与儿童文学都是历史的概念。从有人类的那天起便有儿童，但是在相当漫长的历史时期里，儿童却并不能作为'儿童'而存在。……在人类的历史上，儿童作为'儿童'被发现，是在西方进入现代社会以后才完成的划时代创举。而没有'儿童'的发现作为前提，为儿童的儿童文学是不可能产生的，因此，儿童文学只能是现代社会的产物。它与一般文学不同，它没有古代而只有现代。"（1）（P355）相信那些持中国儿童文学是古已有之的论者，认真看完朱先生的论文后，会发自内心地认同朱先生的观点。

朱先生把建构主义的方法运用到该书所选的系列文章，大体勾勒出了中国现代儿童文学创作的基本局面：一是以叶圣陶《稻草人》、冰心《寄小读者》、张天翼《大林和小林》为主流的现实主义风格作品；一是以凌淑华《小哥儿俩》、老舍《小坡的生日》为代表的具有写意画特点作品。前者是在"成人本位"视角下写出的，后者是在"儿童本位"视角下写出的——虽然老舍的《小坡的生日》的"儿童本位"贯彻得不够彻底，舍不得心中那点不属于儿童世界的思想。前者成为中国现代儿童文学创作的绝对主流，后者只是青萍之末、昙花一现。朱先生也基本建构出了中国儿童文学理论批评史的基本框架：一是对叶圣陶、冰心、张天翼为代表的现实主义风格作品高度肯定的理论，以叶圣陶、郑振铎、茅盾、胡风、陈伯吹等人为代表；一是持"儿童本位"的理论，以周作人、丰子恺为代表。从朱先生的文字看，他对叶圣陶、冰心、张天翼等人的代表作有肯定，但对其流弊也多有批评。他无疑更欣赏的是那些以儿童本位创作出的作品，更欣赏的是周作人的儿童本位的理论建构。

其实何止"儿童"与"儿童文学"是建构起来的，"文学"本身就是一种建构。陶东风在《文学理论：建构主义还是本质主义》一文里写道："'文学'不是前人留下来的所有文献（这是前文学时代的泛文学观），而是用'文学'标准圈出来的部分文献，这个'标准'，实际上也就是关于'文学'的定义，从来都是，也只能是一种历史文化的建构。"[6] 正是在这个意义上，福柯才说，尽管人们早已有了荷马、但丁，但只是到了19世纪，才出现了"文学"。[7]

作为一种研究范式，相对于本质主义思维方式，建构主义本质论无疑是一次质的飞跃。一种前卫的理论与方法，理应成为从事文学理论研究者的利器。朱自强先生凭借其扎实的儿童文学理论素养，及对西方最新最有影响之理论成果的吸收与运用，在儿童文学理论建构方面走在了时代的前沿。

[**参考文献**]

（1）朱自强. 现代儿童文学文论解说[M]. 北京：海豚出版社，2014.

（2）朱自强. 中国儿童文学与现代化进程[M]. 杭州：浙江少年儿童出版社，2000：151.

（3）陶东风. 文学理论的基本问题[M]. 北京：北京大学出版社，2004：3.

（4）鲍尔德温. 文化研究导论[M]. 陶东风，译. 北京：高等教育出版社，2004：142-143.

（5）李银河. 福柯与性[M]. 济南：山东人民出版社，2001：4.

（6）陶东风. 文学理论：建构主义还是本质主义[J]. 文艺争鸣，2009(7)：14.

（7）叶秀山. 论福柯的"知识考古学"[J]. 中国社会科学，1990(4)：22.